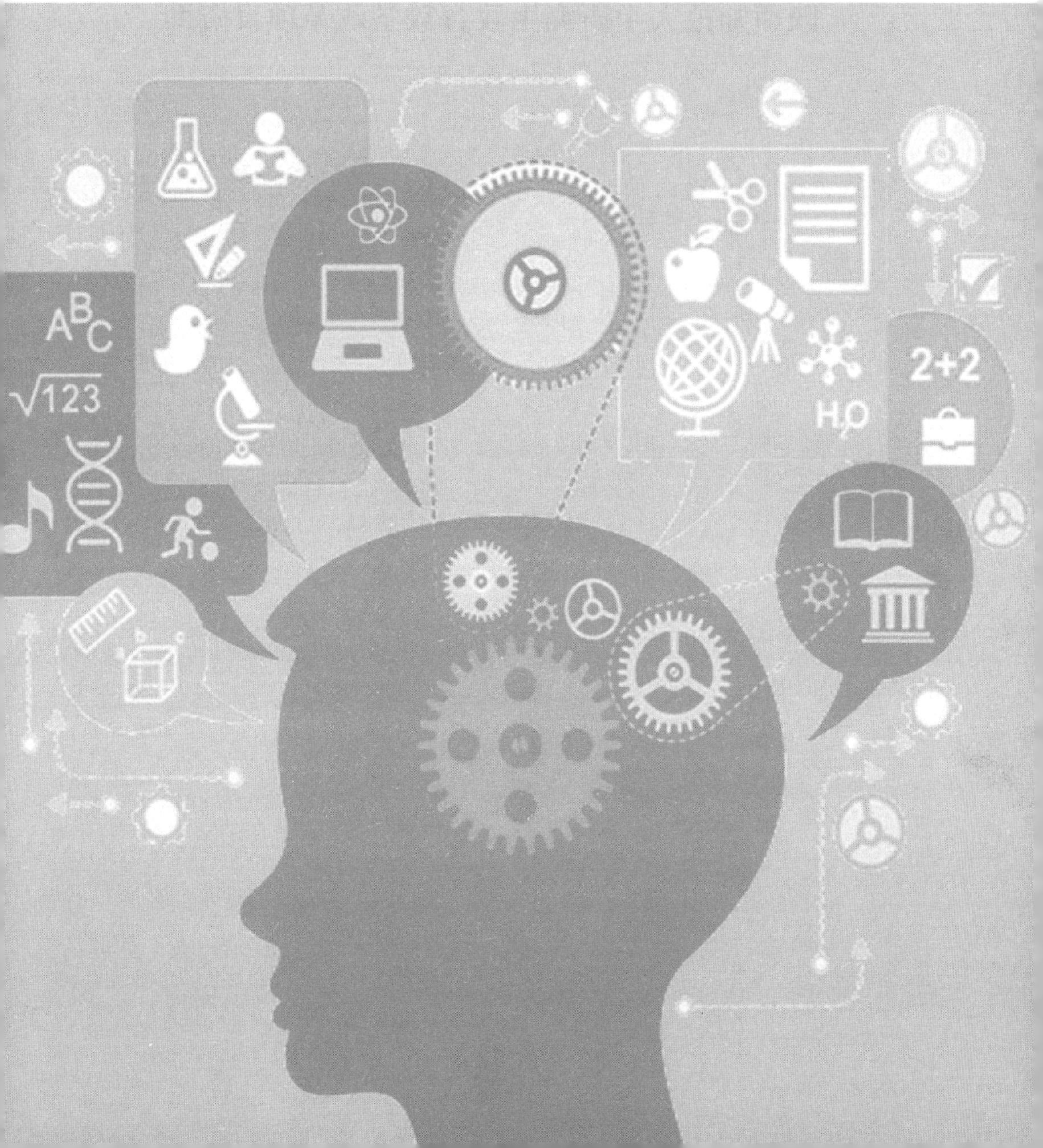
ABC
√123
2+2
H_2O

陕西师范大学研究生教育教学改革项目资助

国家"双一流"学科建设高校通识教育教材

Cognitology of Literature and Art

文藝思維學研究

黎 羌 杜 鹃 郝亚茸/著

东北师范大学出版社
NORTHEAST NORMAL UNIVERSITY PRESS
长春

图书在版编目（CIP）数据

文艺思维学研究 / 黎羌，杜鹃，郝亚茸著 . —长春：
东北师范大学出版社，2016.6

ISBN 978 - 7 - 5681 - 1987 - 0

Ⅰ . ①文… Ⅱ . ①黎…②杜…③郝… Ⅲ . ①文艺学
—思维科学 Ⅳ . ①I0

中国版本图书馆 CIP 数据核字（2016）第 151687 号

□策划编辑：王红娟　　　　　□封面设计：李　　克
□责任编辑：包瑞峰　魏芳华　□内文设计：中联学林
□责任校对：王春彦　隋晓莹　□责任印制：张 允 豪

东北师范大学出版社出版发行

长春市净月开发区金宝街 118 号（邮政编码：130117）

销售热线：0431—84568122

传真：0431—84568122

网址：http：//www. nenup. com

电子函件：sdcbs@ mail. jl. cn

三河市华东印刷有限公司印装

2018 年 5 月第 1 版　2018 年 5 月第 1 版第 1 次印刷

幅面尺寸：170mm×240mm　印张：17　字数：262 千

定价：58.00 元

内容简介

　　"文艺思维学"主要包括文学思维学与艺术思维学,是基于业已成熟的文化与文艺心理学之上,专门研究、探索文学艺术创作心理与文化思维想象的独立学科。此教材从文艺思维学概念、思维学历史、思维学类型、思维学形式、思维学发展等五个方面,全面、系统、深入、形象地进行论述。尤其颇为关注在传统与现代文艺思维理论指导下的文艺创作、文艺欣赏、文艺评论三个层面,及其文艺范式、结构、过程与规律等要义的学术阐释。此教材综合、借鉴了国内外诸多心理学、思维学、文艺学等专家、学者的研究著述与学术观点;并且大量融入当今先进、多样的文艺心理学与写作学例证,成为此领域中的精品学术成果。非常适合大、中专、本科学生,高校硕士、博士生参考与使用,以及社会广大文艺爱好者阅读与鉴赏。

Introduction

Cognitology of Literature and Art, which primarily concerns the cognitology of literature and that of art, is based upon the established cultural science and psychology of literature and art. And it turns out to be an independent discipline that studies and explores preciesly the psychological aspects of the literary and artisitc creations as well as the cultural thinking and imagination. This work will comprehensively and systematically expound five aspects of cognitology of literature and art, i. e. , its difinitions, history, patterns, forms, and its evolution. Paritcularly, this work, directed by the thinking theories of traditional and modern literature and art, will focus on three layers of the cognitology of literature and art, so to speak, the literary and artistic creations, apreciations and citicism. Also, it will give an interpretation of such academic aspects as the literary and artistic paradigm, construction, process, regulations, etc. Fundamentally, this work, apart from referring to many books and synthesizing abundant academic views of the specialists and scholars in psychology, cognitology, literary and artistic sciences, have typically integrated in bulk the advanced and colorful instances of contemporary psychological science of literature and art, and those of grammatology, thus proved as an excellent academic achievement of its field. To summarize, this work is suitable for those who study in colleges, universities and various institutions, including the undergraduates, graduates and PhD candidates, and it is also available for those who love literature and art to read and appreciate.

序 言

陕西作家协会副主席，著名散文家：朱鸿教授

我至陕西师范大学文学院十年有余，基本上独来独往，很多老师仅是面熟。实际上我是积极入世的，有贞士之美，无神仙之求，终于独来独往，错过了难得的灵魂交流的机会。

黎羌先生就是人们所熟悉的博士生导师李强教授。

我认识这个人，但怎么认识的，我却没有印象，更不知道他的来龙去脉。在文学院的门口，在楼道，在停车场，有时候在开会之际，我碰到他，他总是挎着一个黑包，猜度要上课，囊中必是电脑或讲义。偶尔他腋下夹一个厚重的信袋，估计内装他的什么稿子，因为他既是学者，又是作家，著述甚多。

近年他曾送我《神州大考察》《那些外国大盗》《长安文化与民族文学研究》等书。他面色平静，目光游移，似乎永在思索着。他的胡子浓密且黑，剃净的下巴一片铁青。只有一次，我发异想，觉得黎羌先生若留须将会是一个真汉。

起码有一次，他成大作，准备出版，嘱我为序。然而我磨了一天又一天，磨了一月又一月，推脱了这件事。一是我懒，二是我不敢当。我以为黎羌先生会以此鄙夷我，从而相遇校园，会把他的眼睛投向天上的鸟儿，给我一个应得的冷遇。既使如此，我也准备承担，因为问题在我这里。不过他没有，依旧很热情，用略带沙哑的声音问我干什么，忙不忙。在惭愧之余，我也感受了他的厚道。

他和杜鹃、郝亚茸女士所作的一部教材又要出版了，其仍不弃我

1

之浅薄，托之以序。我向何处逃呢？已经没有角落可躲，也不存在草丛树林可钻，只能答应。

我遂读了《文艺思维学研究》，感念颇丰。

既然这是一部教材，那么它就会有明确的受众：当代高等院校的本科生、硕士研究生和博士研究生。我以为，除此之外，凡有志进行文学创作或正在进行文学创作的准作家或作家，也许他们不在院校之中，然而也宜于使用，而且必有助益。

既然是教材，那么它也就会认真分析各类学生和文艺青年的知识结构，及其他们对文艺理论与实践的新向往、新求索，满足其需要，点拨其通化，推动其飞跃。我注意到此教材采撷了多种文艺作品，欲以结合文艺作品的解读，取得具感受性与体验性的审问和明辨，从而避免概念和观点的空洞化和雾水化。它也就追求着深入浅出、生动活泼的风格，这一看也便能看出来。

既然是教材，它也就肃然尽具教材固有的概念、结构、启承、语言，还有问题提出和参考文献以及插图，颇为完善矣！

不过这并非普通的一部教材。它是研究文艺思维的，讨论文艺思维学的内涵、外延、功能、意义及其方式，自有其创意表现和前沿表现。它属于文艺创作心理与思维文化现象的独立的人文学科。

此书有五个方面的论述：文艺思维学概念、思维学历史、思维学类型、思维学形态和思维学发展。论述全面、系统、深入，很是清晰。此书呈现的是一个综合性和丰富性兼备的学术成果，凡写作学、文艺学、心理学、思维学、生理学和大脑学科的成果，悉有借鉴，并能化用。

此书不遗余力地捕捉文艺思维学探索领域的最新动态和最新发现，即使思维导图和头脑风暴之类的理念，也能快手而拿。这些也不必我作罗列，其一览便知，知之便悟，不亦乐乎？

祝黎羌先生及杜鹃、郝亚茸二女士的成功！

二〇一六年四月二十四日，窄门堡

目 录
CONTENTS

Contents

绪　论

尚待完善的文艺思维研究

文学、心理学、思维学是什么？文学需要心理学吗？文学研究需要思维学吗？这是作为文学爱好者和研究者经常思考的问题。

据瑞士著名心理学家卡尔·古斯塔夫·荣格在《心理学与文学》一书中谈论："心理学作为研究心理过程的一门学问，很明显，是用于文学研究的，因为人类心理是孕育一切科学与艺术的母胎。"①荣格以诗人文艺创作过程为例指出："就艺术作品来说，我们必须与一个复杂的心理活动的产物打交道——一种显然有目的的产物。就艺术家来说，我们必须研究其心理机制本身。"他还说："创造力像自由意志一样，含有一种秘密。心理学家可以把这两种现象都说成是心理过程，可是他却无法解决这些现象提出的哲学问题。有创造力的人是一个谜，我们想方设法要解开它，可总是无济于事，但是这一事实对现代心理学经常研究的艺术家，及其艺术作品并无什么妨碍。"②

我国著名科学家钱学森在《系统科学、思维科学与人体科学》一文中提出"思维学"这是现代心理学界所关心的重大命题："思维科学的基础科学是研究人有意识思维的规律的科学，可以称之为思维学。"他还明晰地阐释其原理并予以科学分类："有意识的思维除抽象（逻辑）思维之外，还有形象（直感）思维和灵感（顿悟）思维，所以思维学又可以细分为抽象（逻辑）思维学、形象（直感）思维学和灵感（顿悟）思维学三个组成部分。"③

钱学森先生指出的"抽象（逻辑）思维"是指自然科学思维，"形象（直感）思维和灵感（顿悟）思维"则主要为社会科学范畴的文学艺术思维。在此基础理论之

---

①　江西省外国文学学会编. 外国现代文艺批评方法论[M]. 南昌：江西人民出版社,1985.

②　[瑞士]卡尔·古斯塔夫·荣格. 心理学与文学[J]. 顾良译. 文艺理论研究,1982(1).

③　钱学森. 系统科学、思维科学与人体科学[J]. 自然杂志,1981,6(8).

上,有人提出拟建构"智慧思维学"、"形象思维学"、"文艺思维学"、"文学创作思维学"、"文学批评思维学"等分支学科。对此,张宏梁在《文学创作思维学的研究对象、内容和方法》一文中阐述:

　　文学创作思维学,正是意图探讨作家"研制"、"生产"文学作品的思维过程。它要从大量的创作现象入手,研究文学创作的思维本质和思维方式,研究文学创作思维的一般规律和特殊规律。①

　　在文艺思维学或文学思维学旗帜下,实际上还应该划分为文学思维学、艺术思维学,或诗歌思维学、散文思维学、小说思维学、戏剧思维学、曲艺思维学、影视文学思维学等分支科学。但是因为文艺思维学科至今还未真正建立,所属分支学科还在草创阶段。故此,我们本着实事求是的科学态度,无意论证体系庞大、种类俱全的此门新兴学科学,只是力所能及地对"文艺思维"的学术概念、定义、内涵、外延与功能、价值、意义,以及方法、路径等进行由浅入深的研究与探索。

　　回顾中外历史文化,哲人前贤其实对文学艺术的创作心理、思维方法早有涉猎,只不过没有留下严格的相关理论而已。诸如在中国,先秦时期就有文艺心理方面的一些精辟言论,汉魏六朝时期更有令人钦佩的有关文艺思维探寻的经典论著,如《乐记》、《文赋》、《诗品》、《文心雕龙》等著述,已经在文学艺术心理研究方面取得相当的成就。至于隋、唐、宋、元、明、清代,有关文艺创作审美心理研究方面的论述更是丰富多样,如《诗式》、《沧浪诗话》、《童心说》、《人间词话》等著作各具特色。在西方,从古希腊柏拉图的"迷狂说"到亚里士多德的"净化说",再到俄国别林斯基的"形象说",西方以至近现代心理学家的"移情说"、"心理距离说"等理论,都对人的复杂、神秘的文艺心理、文学思维现象有所研究,不同程度地做出应有的贡献。

　　文学是人类创造的反映社会现象与意识形态的一种特有的文化形式;思维是人类特殊的思考、推想方式,是人类区别于动物的特有的生理与心理机制;人的思维过程奠定了产生语言、文字、文学的物质与精神相结合的人类文化基础。

　　不管是文艺心理学,还是文学思维学,都是研究文学、艺术心理或思维现象、过程、特质、功能,乃至文化活动规律的一门独立学科;都是自然科学与社会科学、心理学、思维学、文艺学、文学等相互交叉的一门新兴的人文学科。它们无论在文

---

① 张宏梁. 文学创作思维学的研究对象、内容和方法[J]. 枣庄师专学报,1986(1).

学艺术创作实践,还是在其理论建构中,都有着重要的学术价值与发展前景。

"思维学"是近年来在我国社会科学研究领域发展中比较火爆的一门新兴学科。思维学之所以被人们所重视与推崇,是因为思维是人类区别于动物的特有的一种心理文化方式,同时是文明之人区别于愚昧之人的一种智力分野与知识标志。

人类将自己对情感信息的处理过程称为"思维"。思维行为是人之主体对社会信息进行采集、传递、存储、提取、删除、对比、筛选、判别、排列、分类、变相、转型、整合、表达等的心理能动操作。思维可分为广义和狭义两种:广义的思维是人脑对客观现实的高度概括和间接的反映,反映的是事物的本质和事物之间规律性的联系,其中包括逻辑思维、形象思维和灵感思维;狭义的思维则指心理学意义上的思维现象,专指其逻辑思维。

思维心理活动是人脑间接反映客观事物,深入认识其对象和掌握世界的基本方式,是在已有的知识与经验的基础上,对感知材料进行加工,通过分析、综合、抽象、概括,从而把握事物特征和客观规律的心理过程。思维具有间接性、概括性和主观能动性。思维不同于感觉之知觉,不是对事物的直接反映,而是对其间接地概括和深入地探索。思维也不同于情感,不是态度上的浅层次反应,而是理性的思考和概念上深层次的把握。

人类的思维有"逻辑思维"、"直观思维"、"形象思维"、"灵感思维"等多种类型,此外还有"宏观思维"、"微观思维"、"逆向思维"、"创新思维"等新兴思维模式。在思维的展开与运行方式上又可分为"发散思维"、"聚合思维"、"立体思维"、"统摄思维"等多种思维形式。由此可见,"思维学"堪称是一个既传统、又现实的社会学科大家族。我们所涉猎的"文艺思维"及其文学创作与审美活动主要运用"形象思维",也需要其他思维方式的参与,譬如"直觉思维"、"情感思维"等等,往往在文艺创作中发挥人们意想不到的作用。

自古以来,人们所关注的"思维问题",主要集中在认知心理学范畴,旨在解决人类的基本认知能力,以求验证人类思维的重要形式,如概念、推理、演绎、归纳、类比、决策等水平,从低级心理向高级心理层面过渡的文化现象。其独立学科的重点应放在对人的"创造力思维"的研究。

思维学重要分支在人文学科中还可扩大为"文化思维学"。其中尚待完善的"文艺思维学",是专门研究文学艺术家在从事文艺作品创作过程中较为高级和复杂的特殊思维行为。遗憾的是,由于种种原因,我们过去对此门人文学科及其相关的心理思维形式重视不够。实际上,文艺思维学是一门带有边缘性、综合性、前瞻性的自然科学与社会科学相结合的新兴学科。

《文艺思维学研究》此书旨在在全面阐释思维学理论的基础上,紧密结合文艺学,文学、艺术学与创作实践的具体情况探寻其思维的理论,借以促进与发展人们从事文学艺术创作与研究的学术水平。

归根结底,文艺心理学或文学心理学是研究文艺或文学心理现象、心理过程、心理实质与心理活动规律的一门心理科学。按文艺心理学划分,此门科学首先包括文艺创作心理学和文艺欣赏心理学两大分支。

"文艺创作心理学"专门研究文学艺术创作过程中的感觉、知觉、体验、记忆、联想、想象、情感、思维、意志等心理现象和心理活动的规律,探索文艺个性心理的特点、形成过程及其对文艺创作的影响。

"文艺欣赏心理学"则专事研究文学艺术欣赏过程中的感知、联想、想象、思维、情感等心理现象和心理活动的规律,重点研究欣赏者与文艺作品的心理关系。

文艺思维学或文学思维学为应用思维心理学的基础理论,联系各种不同的文学活动的具体特点,研究人类社会整个文艺活动,主要是文艺创作、文艺欣赏、文艺批评三方面的思维形式、结构、过程和规律。人类的文艺创作活动是多侧面、多环节、多层次的宏大系统工程,其思维活动显示"相似律"、"整体律"、"和谐律"等心理规律。

刘爱伦主编《思维心理学》一书指出:"文艺思维学是自然科学与社会科学所属思维心理学中的一个重要分支,是一门理论性与实践性很强的综合性、新兴学科。"今天我们需要在业已成熟的思维学与文艺学基础理论之上,对其概念、内涵与外延,以及特殊学理进行认真的梳理。

该书"前言"阐述:"思维是哲学、心理学、逻辑学、语言学、教育学,以及信息科学等学科共同关心的人文课题。数千年来,世界上有众多的专家学者付出巨大的努力在解答有关思维的各种各样的问题。"另外,在书中作者还阐释了在西方思维历史研究基础上探索思维的发展规律与方法:

> 研究思维最普遍的方法,集中在揭示思维和认知过程中的一般规律。这种方法利用成功的自然科学,诸如物理和化学,运用最简单、控制最好的情景,使要研究的现象能重复出现,以便发现一般规律。①

---

① 刘爱伦主编. 思维心理学[M]. 上海:上海教育出版社,2002.

社会科学与文学、艺术思维中的一些基础知识，诸如表征、分类、推论、概括、归纳、演绎、创造等一般规律都值得人们重视。对文学艺术的特殊思维的探析，不仅需要借鉴人文学科，而且需要沿用自然科学的研究方法与成果，注重对文艺心理学、思维学意识形态的物化形态与发展规律进行深入细致的探讨。

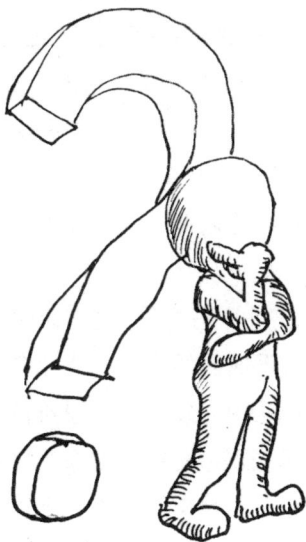

图1 人生的问号

当代著名作家王小波在杂文集《思维的乐趣》中，曾详细论述中国文人如何改造思维旧模式的艰难过程。

他以沉重的笔调回忆他的父亲被旧思维禁锢的不幸遭遇："我父亲是一位哲学教授，在五六十年代从事思维史的研究。在老年时，他告诉我自己一生的学术经历，就如一部恐怖电影。每当他企图立论时，总要在大一统的官方思想体系里找自己的位置，就如一只老母鸡要在一个大搬家的宅院里找地方孵蛋一样。结果他虽然热爱科学而且很努力，但是一生中却没有得到思维的乐趣，只收获了无数的恐慌。他一生的探索，只剩下了一些断壁残垣，收到一本名为'逻辑探索'的书里，在他身后出版。"

王小波还说："我们这个民族总是有很多的理由封锁知识，钳制思想，灌输善良，因此有许多才智之士在其一生中丧失了学习、交流、建树的机会，没有得到思维的乐趣就死掉了。想到我父亲就是其中的一个，我心中就与父亲的人生不幸形成鲜明对照,为之黯然。想到此类人士的总和有恒河沙数之多,我就趋向于悲观。"

给王小波带来真正思维乐趣的是在他年轻时在大学期间,在从事小说文学创作的过程之中:

> 我认为自己体验到最大快乐的时期是初进大学时。因为科学对我来说是新奇的,而且它总是逻辑完备、无懈可击,这是这个平凡的尘世上罕见的东西。与此同时,也得以了解先辈科学家的杰出智力。这就如和一位高明的棋手下棋,虽然自己总被击败,但也有机会领略妙招。恕我直言,能够带来思维快乐的东西,只能是人类智慧至高的产物。比这再低一档的东西,只会给人带来痛苦,而这种低档货,就是出于功利的种种想法。①

王克俭《文学创作心理学》一书专设"创作思维规律的研究"一章,在其中他发现文学与心理思维相互关系的微妙之处:"文学创作的心理过程与文学创作的思维过程关系极为密切。"他从中还发现文艺思维的特殊文化现象:"文学创作思维从总体上说,尽管是以形象思维为主,但抽象思维和灵感思维也起着很大的作用。在某个环节上甚至还起着主导作用。"由此他得出如下结论:"文学创作思维的一般过程是以形象思维为主,以抽象思维和灵感为辅,多种思维形式综合运用的过程,包括'表象—意象—描述意象(语词化)'三个层次。"

人作为在世界上生物进化最高层次的"万物灵长",在高级动物大千世界中,最擅长借助丰富多样的肢体动作语汇来描述深邃思想感情与思维过程。文学、艺术是以有组织的人体动作而构成人的思维外化的文艺形态,语言文字与图形符号在诸意识形态中最贴近人的生命状态。然而人们对自身与文艺的本原和发生并无确切、清晰、科学的分析,以及辨识、梳理与阐释。文艺工作者始终在艺术思维的"黑箱"外围不自觉地运作,不甚清醒地曲解和复制着自我。倘若我们挣脱传统的藩篱,打开思维的时空,探索文艺的内在奥秘,走出自我"克隆"的怪圈,才会重新建构"文艺思维学"这门古老而年轻的学科,使之在发展、繁荣人类文艺事业中发挥更大的社会作用。

文学艺术形象物化形态的独特性有时显示于它的非语言文字性。它在人们面前所呈现的是经过思维运行后提炼、加工、产生一系列活生生的流动的有表征

---

① 王小波. 思维的乐趣[M]. 北京:中国人民大学出版社,2005.

意义的人体动作。形象思维的外化需要文学艺术工作者具有从内在潜行的意象，幻化为外在形象的文艺结构能力。令人感到神奇的是：很多文艺工作者擅长通过思维与创作将现实中攫取的动作外化，从而成为与其迥然不同的艺术符号，以及富有情感价值的文艺语汇体系。

文学艺术作品之所以能成为完整、统一、富有生命力的艺术形式，是因为它是人的抽象思维与形象思维相结合的文化形态。文艺思维的结构性影响着文学艺术作品的生命状态，其生命结构的整体性、转换性与自调性，支撑着文艺作品的产生与发展。有学者发现，生命结构的遗传密码与语言结构有着惊人的相似之处，文艺生命的诞生同样受其生物进化、遗传变异规律的支配。

文艺思维有其横向与纵向思维结构，亦有着顺向与逆向思维结构。在完整、统一、精细的文艺思维结构网络之中，文艺工作者需在文学、艺术的时空坐标中寻找切入的点与面，以求在此基础之上，编织更加宏伟壮丽的人类文化立体谱系。

中国人与西方人因生存的地理环境和文化背景的不同，所拥有的思维方式迥然不同，从而使文艺作品反映人的角度、形式与内容大相径庭。中国传统文化中非常强调亲缘、血族的群体关系，并且对自然天地与神灵有着特殊的情感。故此，会在文学作品中将个体的人，神奇地化入自然群体之中，使之成为主客体混合的符号形式。西方人自古提倡个性的显示与竞争，习惯于将自我摆放在与大自然及其社会相对立的位置上，从而以文艺作品反映人的个体本性。

中国传统文学艺术的和谐、静谧与温文尔雅，反映出东方民族的求和、求静的生命诉求；西方文艺则充满流动性、对抗性与动态性，紧张、激烈而深刻的戏剧冲突。相比之下，中国传统文化与相关的文艺作品散溢着浓郁的多义性、抒情性、复合性；西方文艺则呈现出更多的有着清晰脉络与思路的语言符号叙事性。

文艺心理学或思维学的创立，使文学成为真正研究人的本体的人文学科，从而确立文学、艺术，乃至文化人类学的学术位置。文学思维研究建立在诗人、作家、评论家所依赖的物理学、生物学、社会学、民族学、心理学、艺术美学的基础之上，将其演绎为物质与精神，或生物与文化的物化形态。

文艺思维可将人的内心情感世界有序化、系统化，从而将有机组成的人体动作分解与整合，生动、形象地反映在人的外化器官。我们所倡导的文艺思维学自然需要将其转化过程予以科学、合理的学术阐释。

人生的体验所呈现的生命形式如何幻化为文学的形象符号？又如何创作与塑造成富有美学价值的诗歌、散文、小说、戏剧形态？文艺作品的孕育和形成到底有何客观规律？文学艺术存在何种传播途径及功能价值？均为我们应解决文艺思维学研究的重要问题。

文艺思维学由文学思维、艺术思维所支撑，逐步成长为根深叶茂的艺术生命之树，只有在其生命的谱系中继续探索，才能发现其宝贵的思维文化链接。文学艺术之所以从原始到现实，从低级到高级，从浅显到深刻，完全是因为人的生命谱系不断进化与完善的结果。

生命可贵之处在于运动与创新，在自然选择、适者生存、相互竞争等一系列科学的法则之中，竭力保持探索、求新的态势来突破旧的模式，从而寻找新的生存和发展的空间。人的思维的固定模式要靠锐意进取来打破文艺表现的僵局，努力使静态、凝固、落后的思维模式演变成充满生命活力的新的思维模式，为传统文学艺术注入鲜活的动力。文艺思维始终处于流动的周而复始的前驱状态，社会文化的矛盾冲突，要求富有挑战因素的行为来激活其生命机体。必要时则倡导通过革命性、突变性基因来改进文艺创作特性。

文学艺术创新已不满足传统的图解式的单纯模仿，以及单一模式浅陋的情绪渲染，而需要借鉴相关文艺形式的复合性、多维性的文化表述与解码。尽量利用多种文学艺术手段来挖掘人的复杂的深层次世界，使人的文艺思维贯穿于文学、艺术内省与外化的始末。现代电子通讯理论影响着文艺思维的发生、形成、发展与输出，文学艺术生产的过程亦可通过现代信息科学的原理得以充分阐释。

文艺思维的发生，一触即发的艺术灵感来自冥冥间人的潜意识的深处，实为"长期积累、偶尔得之"的物质与精神的化合物。当文学艺术工作者凭借特殊的悟性，敏锐捕捉住稍纵即逝的心像时，就会产生强烈的创作冲动，千呼万唤使其跃出头脑，传导至全身，出现使用其肢体动作技巧、方法来编排书面文字与图像符号的欲望。

文艺思维学所追求艺术形象的塑造，存在着高度选择、加工、集中、锤炼具体文字书写动作的流程，同时强调对其描述对象的典型化处理，并为之创造具有深刻意义的文化背景与特殊意境；以及在积极借鉴先进思维表现手法的同时，促使文学艺术作品更加拥有民族化的风格。

从直观的生理感知上升到理论思辨的高度，然后再回归到生动感人的文艺形象，为的是经过净化与过滤使文学艺术作品更富有美学意蕴，更显示其人生哲理，更能经得起历史、学术价值的检验。通过深邃思维外化获得更高水平的文艺作品自然会以强盛的生命力流传于世。

孙仁歌在《文学创作与思维形式应用》一文中对文学创作原理与强大的功能深有感触：

> 文学创作终究属于一种非常感性的思维活动，它是从原始的感性状态而升华到理性思考，最后又回归感性的过程。而原始的感性状态正是形象思维运行的前奏，文学创作似乎就是通过原始的感性认识这道"门槛"才得以进入形象思维的"殿堂"。

孙仁歌借助西方作家米兰·昆德拉的文学思维经验而感知："小说家的才智在于确定性的缺乏。他们萦绕于脑际的念头，就是把一切肯定变为疑问。如果说小说家有某种功能，那就是让人发现事物的模糊性。"故此，他惊喜地发现："在思维科学研究中，已经越来越多的学者逐渐走出了一向被认为是思维科学之基础科学的形象思维学、创造性思维学和逻辑思维学的'门户'"，随之，根据不断发展的文艺与文学思维学的需要，"别开生面地开发出模糊思维学、怪异思维学、特异思维学、超前思维学、社会思维学领域里的新天地"①。

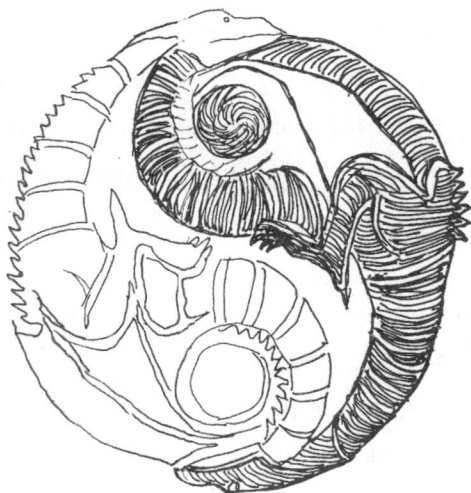

图2 黑白太极图式

由此可见，在思维学、文艺思维学基础上所分蘖出的文学思维学、诗歌思维

---

① 孙仁歌. 文学创作与思维形式应用[M]. 文艺理论与批评,2005(4).

学、小说思维学、散文思维学、戏剧思维学、影视思维学等,随着文艺思维心理研究的不断深入,而使其学术时空更加多姿多彩。日趋国际化、多样化、图像化的文学艺术,必然要顺应文化潮流加快生命系统工程的建设;适应时代的需求,选择、提炼、规范具有普世意义的人类共享的文艺形式,创作、生产出全面、形象、立体化反映与记载世界各国、各民族历史与现实文化的优秀文艺作品。在人工智能与信息处理突飞猛进的新世纪,文学、艺术思维学必然会得以迅猛地发展。

人的思维与动作的不断转型,将促使方兴未艾的"文艺思维学"长足前行,这是文学艺术工作者与文艺理论家们的殷切期待。此门既传统又新兴的人文学科一头连接着历史,一头又伸向未来。在古往今来、新旧文化交叉的缓冲带,文学艺术工作者承担着延续历史、开启未来思维文化的重任。

相比之下,当今我国中小学与高等学校不甚重视学生的思维心理学的教育,尤其缺乏主动、积极的创造性心理学与思维学的训练,从而造成学生"大水漫灌式"死记硬背过时的知识内容,从而形成机械、被动、消极的学究式教育。如此延续下去,必将会严重地影响学生们的创造性思维与文艺想象力的发展。

我们编写这本学术教材,拟从"思维学"、"文艺思维"、"文学思维"与"艺术创作"四个层面进行讨论与研究,拟从"文艺思维学基本概念"、"思维学历史"、"思维学类型"、"思维学形态"、"思维学发展"五个方面全面、系统、深入地论述此门新兴学科。此部教材比较关注文艺思维的基本学理知识介绍,并且注重文艺创作实践与技术操作的提高,力求通过大量举荐古今中外有成就的文学家、艺术家的成就,从其思维过程与方法获取丰富的营养,引导学生们从单一的语文写作训练走向文艺理论研究与文学艺术创作的新天地。

根据大学本科生与研究生的学习实际与知识汲取特点,本教材特别关注正在成长的青少年对新型文化学科有关文艺理论与实践的需求;力求在扎实的科学知识与文艺理论基础上,多结合一些中外优秀文学艺术作品创作实践,以及当今文艺界所接触的各种文体,在使用过程中所发生的问题与解决的办法,深入浅出、生动活泼地讨论与研究;以适应这一学科既是传统性的文艺学,又是现代性的思维科学发展的趋势。目的在于开阔学生们的眼界与思维视野,使其与学过的课堂知识、文艺理论与创作实践紧密相结合,以适应21世纪高等学校传统与现代文化教育的转型与提升。

值得重视的是,美国著名科学家华莱士在其名著《找油的哲学》提出一个著名的思维学观点:"人的大脑里蕴藏着丰富的宝藏,而思维方式,是其中最珍贵的资源。思路要是不对,再有智慧也是徒劳。这时候他脑筋转得越快,往往也死得越早。而好的思维,会使人生旅途充满亮光。每一种好的思维,都是生命历程上一盏明亮的灯,将引导你正确地走向成功的彼岸。"①让我们共同努力,积极、主动地寻找能引导人们"正确地走向成功彼岸"的"好的思维",去发掘"人的大脑里蕴藏"的最珍贵的文化资源,去获取文艺思维学丰富多样、绚丽多彩的富有学术价值的馈赠吧!

---

① 麦冬. 经典思维50法[M]. 呼和浩特:内蒙古人民出版社,2006.

第一章

人的心理进化与思维学

人类大量科学研究表明,人不同于一般动物的主要原因在于:人有相当发达的心理文化,并有不断总结与指导人生的思维科学心理。在人类社会中,这一切并不是原本固有的,而是经过不断实践才获得的。人类从原始社会时期至今,走过漫长的蒙昧、野蛮、文明阶段,随着时代的变迁,文化的发展,人的心理与思维方式也在不断地进化与完善。

聂世茂在编著的《心理学表解》一书"心理的实质和心理学的学科性质"一章中阐释:"人的心理是人在生活实践中作为主体对客观事物(客体)的主观反映——活动,主要是主体大脑的活动。"从这一意义来说,心理研究实质上是对人的大脑的研究,其性质主要表现在:"心理既是主观的东西又是客观的东西,具有主观和客观的二重性。主观性是相对的,客观性则是绝对的。主观性则是心理的主要特点"①。他还引用了著名心理学家潘菽关于心理学跨界研究的一段重要论述:

> 心理学是一种跨界科学,是跨于自然科学和社会科学之间的一门科学,既有自然科学性质的一面,也有社会科学性质的一面。心理学是自然科学和社会科学两大领域之间的一个重要联系渠道或桥梁。这种渠道或桥梁有它很重要的作用。从前途看,心理学的自然方面还大有发展余地。但比较起来,心理学的社会方面将会有更大的发展余地。②

如果从社会与精神文化方面审视,人的"心理"指人的内心世界、意识活动、精神现象等,其中包括感觉、知觉、记忆、注意、情感、思维、想象、意志、性格,以及梦幻、灵感、直觉等显现的或潜在的精神活动。其心理要素一般概括为"知"、"情"、

---

① 聂世茂.心理学表解[M].重庆:重庆出版社,1987.
② 转引自:聂世茂.心理学表解[M].重庆:重庆出版社,1987.

"意"三方面,即"认识活动"、"情感活动"、"意志活动"三个相互联系的方面,从而统一形成人的心理整体。人的心理活动形成于社会实践之中,是人脑对客观现实的主动与能动的反映。我们理应从人文学科角度对文学艺术工作者的身心与相关器官的进化历程,并以人脑神经元为基础组成的高级神经系统,以及极其复杂的生命结构进行全面、系统、科学的探索与研究。

第一节　文学人类学与原始思维

人作为经过数万年进化、不断完善的高级灵长动物,有着与飞禽走兽相类似的生物运动属性,仍然保留着用各种动作来表达喜怒哀乐等各种情绪的生理本能。随着生物属性的不断进化,人在逐渐脱离动物低层次的生理过程中,不断地将其外部动作进行心理规范得以延伸。

法国现代哲学家、社会学家列维·布留尔的名著《原始思维》是研究原始人类思维的重要理论集成。他搜集了大量关于原始部落的材料,认真、细致地研究了落后和原始民族的思维方式、思维内容和思维规律,他认为原始民族思维是"原思维",或者说"非逻辑思维"。列维·布留尔指出这种思维是世代相传具有非常神秘性质的集体表象。原始人的宗教信仰、风俗习惯、言语运用都是"集体表象"的外在体现,原始人的个体思维和行动完全由集体表象所支配,"原始人就是以这种思维方式来认识世界,并企图征服世界的。巫术、占卜、图腾就是原始人在这种思维模式下企图把握对象世界的产物。"①

从原始社会形态逐步过渡到奴隶社会、封建社会、资本主义社会、社会主义社会诸社会文化形态,人的行为随之从蒙昧、野蛮状态向文明、理想层面进化;渐次由低层次、浅层次向着高层次、深层次跃动。对人的日常生活行为、动作与从中提炼出来的文学艺术符号的研究与探索,均可归结为方兴未艾的文化人类学之"人学"的理论范畴之中。

"人学",亦称对人类学的研究,可分为"体质人类学"与"文化人类学"两大学科,人学则侧重后者,并对前者兼而有之。建立在对人的本体的种属、性别、体能的生理研究基础之上,继而对其人的文化特质进行全面的解剖与理性的探析。作

---

① (法)列维－布留尔著．原始思维[M]．丁由,译．北京:商务印书馆,1981．

为文学艺术与文化本体,则着重对人的能动的连续性的肢体动作发展规律,以及人与人,人与群体,人与生态环境之间关系进行科学的研究与阐释。

"人",书写虽然简单,可是要真正了解、认识、解释却是复杂与艰难的。生物学术语界定人;属于"人科"、"人属"中的一类。从生理功能解剖、结构方面审视,人属于哺乳动物,是生物进化中最优秀的产物,其进化过程与其它哺乳动物相似,但人具有与其它动物截然不同的特点。文化学学者通常把人看作文化的创造者及其产物,认为人的"文化性"才是其真正本质所在。

翻阅历史,在世界生物界中再没有比"人"更为高级而完善的生物种群了。人被称为"万物之灵长"、"宇宙之奇迹",对其赞誉之辞林林总总,诸如:"人杰地灵"、"人中骐骥"、"人中狮子"、"人中之龙"、"人中豪杰"、"人之水镜"、"人贵知心"、"人皆可以为尧舜"、"人人握灵蛇之珠,家家抱荆山之玉",等等。

对于大写的"人",顶天立地的人,富有思想与充满活力的人,古今中外有诸多文人墨客,以浓墨重彩描绘其特殊文化景致。特别是人们对人间之伟人、天才、奇人的高歌礼赞,更能引起社会各界高度的重视。

对人的描述,我国古代有许多优秀诗文,诸如陈羽《古意》之"人言此是嫁时服,含笑不刺双鸳鸯";元结《舂陵行》之"安人天子命,符节我所持";唐玄宗李隆基《赐诸州刺史以题座右》之"视人当如子,爱人亦如伤";李白《古风》之"收兵铸金人,函谷正东开";王绩《绩溪岭》之"林深村落多依水,地少人耕半是山";李商隐《韩碑》之"元和天子神武姿,彼何人哉轩与羲",等等。

颂人之才德、才识的诗文诸如:杜牧《雪中书怀》之"人才自朽下,弃去亦其宜";韩愈《送区弘南归》之"野有象犀水贝玑,分散百宝人士稀";皎然《读张曲江集》之"相公乃天盖,人文佐生成",等等。

颂人物之奇才、精英、豪杰的诗文诸如:刘宪《奉和幸长安故城未央宫应制》之"士功昔云盛,人英今所求";王维《送韦大夫东京留守》之"天工寄人英,龙衮瞻君临";杜甫《贻阮隐居》之"陈留风俗衰,人物世不数";无名氏《题童氏画》之"林下材华虽可尚,笔端人物更清妍";朱存《金陵览古·乌衣巷》之"人物风流往往非,空余陋巷作乌衣";牟融《送沈侯之京》之"刘晏才高能富国,萧何人杰足封侯";张祜《陪楚州韦舍人北闉门游宴》之"卿材尊宦达,侯业重人豪",等等。

另有唐诗人杜荀鹤写道:"少年辛苦终身事,莫向光阴惰寸功。"宋文人王安石写道:"男儿少壮不树立,挟此穷老将安归?"宋代民族英雄岳飞诗词云:"莫等闲,白了少年头,空悲切!"明代文人冯惟敏写道:"一刻千金难买,青春一去不再来。"

《增广贤文》写道:"枯木逢春犹再发,人无两度再少年",等等。

　　尽管后世各封建朝代对人才与人性有所压抑,但仍有不少诗人为争得人的崇高地位与权利而秉笔直书。诸如:宋代女词人李清照《绝句》云:"生当作人杰,死亦为鬼雄。至今思项羽,不肯过江东。"宋代民族英雄文天祥《过零丁洋》云:

　　　　辛苦遭逢起一经,干戈寥落四周星。

　　　　山河破碎风飘絮,身世浮沉雨打萍。

　　　　惶恐滩头说惶恐,零丁洋里叹零丁。

　　　　人生自古谁无死?留取丹心照汗青。

　　自古迄今,至明清时期,中国文坛仍有一些歌颂人杰、期待人才降世济众的优秀诗词出现。诸如倡导改良激进之士龚自珍《己亥杂诗》云:"九州生气恃风雷,万马齐暗究可哀。我劝天公重抖擞,不拘一格降人才。"另有赵翼《论新绝句》云:"李杜诗篇万口传,至今已觉不新鲜。江山代有才人出,各领风骚数百年。"乃至当代伟大诗人毛泽东《沁园春·雪》纵情咏叹:"惜秦皇汉武,略输文采。唐宗宋祖,稍逊风骚。一代天骄,成吉思汗,只识弯弓射大雕。俱往矣,数风流人物,还看今朝。"

图3　青云直上

在西方世界,具有人文主义、人本主义思想,竭力追求人性解放的诗人、作家、艺术家,常将自然、社会界创造奇迹的人,作为文学艺术作品创作的永恒主题。文艺复兴运动中的英国伟大诗人、戏剧家莎士比亚在《哈姆雷特》名剧中,借助丹麦王子之口吟诵了一段赞颂人杰的美妙诗文:

> 这个覆盖众生的苍穹,这一项壮丽的帐幕;这个金黄色的火球点缀着的庄严的屋宇,只是一大堆污浊的瘴气的集合。人类是一件多么了不得的杰作! 多么高贵的理性! 多么伟大的力量! 多么优美的仪表! 多么文雅的举动! 在行为上多么像一个天使! 在智慧上多么像一个天神! 宇宙的精华! 万灵的灵长!

在西方文艺启蒙运动与狂飙运动过程之中,德国诗人、剧作家席勒为伟大的作曲家贝多芬《第九交响曲》所写的《欢乐颂》,可谓对人类精英的名传千古的高歌礼赞。1785 年,诗人在莱比锡农村资助一名神学院大学生返校学习,在送行的宴会上,一挥而就写出此首歌颂人道主义的光辉诗作:"欢乐啊,群神的美丽的火花,来自极乐世界的姑娘。天仙啊,我们意气风发,走出你的神圣的殿堂。无情的时尚隔开了大家,靠你的魔力重新聚齐。在你温柔的羽翼之下,人人都彼此称为兄弟。大家拥抱吧,千万生民! 把这飞吻送给全世界! ……遇到忧愁要坚持勇敢,要帮助流泪的无辜之人,要永远信守立下的誓言,对友与敌都待以真诚。"

德国著名作曲家贝多芬早在 22 岁就想为席勒此首《欢乐颂》谱曲,于三十多年后的 1824 年 5 月 7 日,当他看到此诗词仍然甚为感动,破天荒地在《第九交响曲》中首次加入人声大合唱,夙愿得以实现。遂在维也纳演出获得巨大成就,受到皇家成员与广大听众连续鼓掌与欢呼。他依此交响音乐艺术形式来歌颂"欢乐、友谊、爱情",呼唤"人与人之间的和睦相处、团结友爱",以体现"自由、平等、博爱"之美满境界。

美国著名诗人沃尔特·惠特曼更是崇尚人、赞美人的诗歌大家。他于 1855年陆续写作与自费出版了《草叶集》,是开创美国文学史划时代意义的伟大诗篇。当年,特别是以《我自己的歌》震惊世界诗坛。他的名诗《我歌唱自己》称其"歌唱一个人的特性和内心",是对人热情洋溢的动人赞歌。诗中写道:"我歌唱自己,一个单一的、脱离的人,然而也说出民主这个词,全体这个词。我从头到脚歌唱生理学,值得献给诗神的不只是相貌或头脑。我是说整个结构的价值要大得多,女性和男性,我同样歌唱。歌唱饱含热情、脉搏和力量的广阔生活,心情愉快。支持那些神圣法则指导下形成的、最自由的行动,我歌唱现代人!"另如他在《我歌唱那带电的肉体》中,更是充满激情描绘有七情六欲与生命力的男人与女人:

> 我歌唱带电的身体,我所喜爱的人们围绕着我们,我也围绕着他们。他们一定要我跟他们一同行动,对他们作出反应。还要使他们免于腐烂,给他们慢慢地装足灵魂。爱上了男人或女人的肉体,这件事是难以说清楚的,肉体本身就难以说清楚。男性的肉体是完美的,女性的肉体也是完美的。

> 这是女性的形体,它从头到脚都散发着神圣的光轮,它强烈而不可抗拒地吸引着人们。男性不多也不少,也是灵魂,他也占据着他的地位。他也是一切品质,他是行动和力量,那已知的宇宙的活力在他身上。啊,我是说这些不仅是肉体的各个部分和肉体的诗篇,也是灵魂!啊,我现在说这些就是灵魂!①

由惠特曼上述诗作可见,他歌唱的是享有灵魂、生命活力的"大写的人",是青年男女健美的灵与肉。他也热情歌颂未来年轻的文学艺术家,诸如:1860年所写的名诗《未来的诗人》如此酣畅淋漓地倾诉:"未来的诗人!未来的演说家、歌唱家、音乐家!今天请不必为我申辩,并且解答,我是抱着什么样的目的。但是,你们是一群新人物,土生土长的健壮,属于大陆,是空前伟大的,醒来呀,你们必须为我申辩!"

众所周知,关于"人学"是以人为研究对象,主要研究"人的本质";"人的形式";"人的存在"和"人的未来发展"等问题的独立学科。其研究内容主要集中在四个方面:1. 研究人类本身的进化问题;2. 研究人的本质问题;3. 研究人的心理机能的规律及其应用问题;4. 研究人在社会中的地位问题。

人作为科学研究的对象,是一个非常复杂的生命系统,需要综合相关学科共同进行研究。人首先是人类学、心理学、生物学、生理学、教育学、伦理学和医学等学科的研究对象,由此在现当代产生许多自然与社会新的学科。在自然科学方面有不同年龄的生理学、形态学、高级神经类型学、人类遗传学、躯体学等。

"人学"是关于人的存在、本质及其产生、运动、发展与变化规律的新兴科学。人学首先以人自身为研究对象,并将人纳入自然界和宇宙之中予以通观审视。文学所记载的则是人的行为,是以其塑造形象,反映人的生活,表达思想感情的一种

---

① （美)沃尔特·惠特曼. 草叶集[M]. 合肥:安徽人民出版社,2012.

语言文字艺术。

俄苏著名作家、文学理论家高尔基在《论文学技艺》一文中提出"人学是文学","文学家的材料是和文学家本人一样的人,他们具有同样的品质、打算、愿望和多变的趣味和情调。"①后来,他建议把文学称为"人学"。文学人类学亦可称为"文学人学",在一定意义上,文学研究亦为和文学形式与内容相关的人体、人脑文学功能研究。

在20世纪初的"五四"新文学运动时期,著名学者周作人曾于1918年12月撰写了一篇著名的《人的文学》论文,以"人道主义"来界定新文学。后来,文艺理论家钱谷融于1957年《文艺月报》第5期,撰写了《论"文学是人学"》的著名文章,引发全国文艺理论界展开热烈、持久的讨论。1985年底,文学评论家刘再复在《文学评论》上发表对"文学是人学"的反思论文《论文学的主体性》。他认为"文学是人学"这一重大命题的出现至少有如下三大贡献:

1. "文学是人学"的含义,必定要向内宇宙延伸,不仅一般地承认"文学是人学",而且还要承认文学是人的灵魂学、性格学和精神学。

2. 情感是文学最根本的原动力,故"文学是人学"命题的深化,就不仅要承认文学是精神主体学,而且要承认文学是深层的精神主体学,是具有人性深度和丰富情感的精神主体学。

3. "文学是人学"命题的深化,不仅要尊重某一种精神主体,而且还要尊重和肯定不同类型的精神主体,因为这些不同类型的精神主体在现实生活中表现为差异无穷的个性。每一种个性都有一个无限丰富的世界,其深层均积淀着人类文明的因子,显示群体精神的投影。②

丁大同著《人学笔记》是一部专门研究人学与文学思维的学术专著,他在"自序"中,引用了19世纪末名声显赫的挪威剧作家易卜生的名剧《培尔·金特》诸多台词,以此传奇故事来论证人的本性所在:该剧主人公培尔·金特原本在传统生活中过着安安稳稳、顺顺当当的生活。可是他进入现代工业市场,社会象征性的"原始大森林"中,却丢掉了"自我",变得磕磕绊绊,四处碰壁,不知所措。他机械

---

① 转引自:鲁枢元,童庆炳,程克夷,张皓主编. 文艺心理学大辞典[M]. 武汉:湖北人民出版社,2001.

② 转引自:鲁枢元,童庆炳,程克夷,张皓主编. 文艺心理学大辞典[M]. 武汉:湖北人民出版社,2001.

式地不停歇地剥着洋葱头,可是一层又一层地剥来剥去,总是找不到内核。严峻事实证明,他同样遭遇到一个举世难解的"斯芬克斯之谜",深切感知"人按照人的样子来做人,这是 20 世纪最后留给人们的一个世界性问题。"①

现当代人之所以找不到"自我",是因为在主观与客观上迷失了前进的方向与生存的价值。客观环境的沧桑巨变,使恪守传统思维观念的主人公在现实面前,无法识别走出"原始大森林"的正确道路,从而引起莫名焦虑与极度恐慌。法国现代派诗人波德莱尔在名诗《应合》中曾形象倾诉:"自然是一座神殿,那里有活的柱子,不时发出一些含糊不清的语言。行人经过那儿,穿过象征的森林,森林露出亲切的眼光对人注视。仿佛远远传来一些悠长的回音,互相混成幽昧而深邃的统一体,像黑夜又像光明一样茫无边际,芳香、色彩、音响全在相互感应。"

当传统思维保守的现当代人无意闯入"象征的森林",听到各种"含糊不清的语言","互相混成幽昧而深遂"的"一些悠长的回音",其"芳香、色彩、音响全在相互感应"。面对如此纷繁杂驳、奔腾流动的现代世界社会潮流,这些落伍的人们自然会迷失方向,坐以待毙。我们从神秘性、多义性、模糊性的诗歌,音响性、节奏性、流动性的音乐,梦幻性、色彩性、光感性的自然环境之中,可意识到应改变原始思维模式,以多维、多层、多侧面去寻找塑造主客观精神状态的"对应物"。

文艺理论家张韧在《小说新思维》中指出:"人类思维大体划分为五大发展阶段:最初是原始的与具体事物分不开的、直观的、拟人化的动作思维;在动作思维与抽象思维之间有一个中间的环节即形象思维;继之为知性思维与形而上学思维,最后是辩证思维。"论述到小说创作现代思维时,他深入浅出予以剖析:

> 这种思维已成为我们今天时代的思维特点,它给小说创作与批评带来了从未有过的多元的宏阔的世界。小说新思维,说到底,是以人为中心的小说思维。这种新思维不是给小说制定林林总总的戒律,去束缚小说家的手脚,而是以开放的眼光与博大的胸襟、解放作家创造性的生产力。②

在现实生活中,若要具备"解放作家创造性的生产力",不仅需要不断进行心理学、思维学研究与探索,还应该借助在人文科学方面,取得的人类工程学、价值论、启发研究法、性格分析学等新成果进行理性辨识。过去有"老三论"——"系统

---

① 丁大同. 人学笔记[M]. 北京:群言出版社,1997.
② 张韧. 小说新思维[J]. 文学评论,1990(1).

论"、"信息论"、"控制论",如今又有"新三论"——"耗散结构论"、"协同论"、"突变论",以及生物物理学和生物化学的诞生。在此基础之上还应提倡运用数学、物理学、化学和技术科学,去开辟人类学、自然与社会科学逆向过程的梳理,即以精密科学和技术"人学"的新途径综合性研究人的文艺创作思维。

第二节　文学心理学的文化学基础

人不仅是自然动物,主要还是文化动物,其属性皈依于社会文化行为。故此,对其内在与外在的心理、思维活动,都应该从文化人类学层面审视,从文化角度来研究人与社会。德国文化人类学家米契尔·兰德曼认为,从前的生物学、人类学都是对"人学"进行研究的前奏,"文化的人学才是第一个包含了完整的人的含义的人学"。①　并认为,此学科为哲学人类学发展的"最高点",是"一种未来的人类学"。

西方思想家、文化人类学家曾给"人"下过许多定义。诸如:恩斯特·卡西尔说:"人是唯一一种能创造符号,并能理解符号的动物。"萨特说:"人是一种自为的存在,并且是一种能够主客体互为体验的存在。"海德格尔说:"人是唯一一种能够知道无,而且能创造有的存在者。"巴斯德说:"人的本质是他的可能性,而非现实性;是他的期望,而非实现。他的本质就是他的活动,他的对于未来的不朽的预感。"

人与动物的本质性区别在于:人不仅有低层次的生理机能,而且有高层次的心理机能,并且能成功地将其思维结果付诸于人的行动。人的思维是宇宙与社会作用于高级动物言行长期形成的文化结晶,是人的大脑逐渐完善的精神文化显现,人的大脑与思维均在不断进化过程之中。在初级阶段为"原始思维",仅为直观、琐碎、杂乱的感性思维,人的文艺创作也仅限于单纯的自然模仿与本能动作的重复。经过长期的观察与分类,综合与提炼之后,这种思维才会转化为文化现实,产生为有一定距离感的文化动作,或称"艺术动作",此可视为形象思维的必然结果。

尚待人的口头语言演变成为文字符号,并将头脑中对外界物象化为概念,进

①　(德)米契尔·兰德曼. 哲学人类学[M]. 贵阳:贵州人民出版社,2006.

而演绎、推理成为文化理论时,人的抽象思维开始指导文艺创作与文学的编排,将其无法反映人的思想情感的外化动作删除,继而根据需要重新创造新的动作符号。当人的抽象思维与形象思维遇合时,或者在抽象思维指导下,其形象思维在高层次自由运作时,文艺符号才变得更加富有人文意义与具有情感价值。人的内在文艺思维一旦与外在动作接通线路时,则意味着文学艺术作品已经处于孕育或诞生的前夜。

早在 19 世纪时,英国杰出的人类学家、文化史学家爱德华·泰勒在《原始文化》一书中,曾为文艺思维基础之"文化"制定了一个举世公认的经典定义:

> 文化或文明,就其广泛的民族学意义来说,乃是包括知识、信仰、艺术、道德、法律、习俗和任何人作为一名社会成员而获得的能力和习惯在内的复杂整体。人类的各种各样机会中的文化状况,在其可能按一般的原理加以研究的范围内,是一个适合于研究人类思想和行动规律的课题。①

经过文化学比较研究我们所知,这一经典定义与现在对人类文明,即与包括物质文化与精神文化在内的"文明"的解释是人类历史一切文化成果的理论非常吻合。同样,人类文化与文艺思维也应该是"人类文化或文明"的综合体。

用以研究文化、文化现象或文化体系而设置的"文化学",亦称为"文化科学",文艺思维学亦为探讨人类思维规律的文化科学。其主要任务即为探讨人类各种文化现象的起源、演变、传播、结构、功能与本质,以及文化的个性与共性,以及特殊规律与一般规律。

对文化学的研究,最早始于欧洲学术界。德国学者列维·皮格亨积极主张进行文化研究,他于 1838 年首次提出"文化科学"一词,并倡导建立其专门的学科。此后,德国学者 C. E. 克莱姆于 1854 年在《普通文化学》中首先正式使用"文化学"一词。1871 年,自英国学者泰勒名著《原始文化》问世之后,"文化学"概念引入英语世界与西方各国。一些西方学者认为,文化学、人学与文化人类学在本质上是一致的,只是名称不同而已。

最初从事现代文化学理论体系研究的人,首推美国学者 A. 克罗伯。他认为:"文化是一种架构",是包括各种外显或内隐的行为模式,只有通过符号系统学习才能得以传递;文化来自历史文化系统;文化具有清晰的内在结构或层面,有自身

---

① （英）爱德华·泰勒. 原始文化[M]. 连树声,译. 桂林:广西师范大学出版社,2005.

发展的特殊规律;这种文化发展规律明显地体现并反映在以人为研究轴心的文化人类学学科系统之中。

在克罗伯的文化理论基础之上,美国人类学家与新进化论的代表人物 L.怀特进一步发展了"文化学"的基本理论和研究方法,他确认文化在人类学中所发生的作用,重要命题研究,以及在现代文化学兴起过程中的理论条件,被人们誉称为"文化学之父"。他把文化看作一种特殊的、客观存在的社会现象。文化作为一个完整的学术体系,可分为"工艺体系"、"社会体系"和"意识形态体系"等三个主要分支体系。这种文化系统论观点同样适用于对文化人类学、文艺思维学的研究与探索。

图4　沉吟中的思想者

翻阅西方文化史学研究文献,文化人类学家通常喜欢从"文化角度"研究人,他们普遍认为"人的文化性"才是人的本质所在,人是真正的物质与精神文化的创造者及其社会文化产物。

德国学者兰德曼认为,以前的生物学、人类学都是对人进行研究的"人学"的铺垫,而"文化的人学才是第一个包含了完整的人的含义的人学"。恩斯特·卡西尔用符号学来解释"人学",并认为:人与其说是"理性的动物"与"社会的动物",还不如说是"符号的动物",人即为能利用符号去创造文化的高级动物。他同时指出在人世间,"一切社会文化成就,诸如神话、语言、艺术和科学,都是所谓人类符号活动的结果"。卡西尔在其名著《人论》中鞭辟入里地论述:

亚里士多德把人定义为"社会动物"是不够全面的。它给我们是一个类概念而不是种差。社会性本身并不是唯一特性,它也不是人独有的特权。在人这里,我们所看到的不仅是像动物中的那种行动的社会。作为一个整体的人类文化,可以被称为不断自我解放的历程。语言、艺术、宗教、科学是这一历程中的不同阶段。在所有这些阶段中,人都发现并且证实了一种新的力量——建设一个人自己的世界,一个"理想"世界的力量。①

我们从上述诸多文字可知,只有从人文学科的"文化人类学"入手,着重从文学、艺术学角度来研究人的创作心理机能的客观规律,才能逐步梳理清楚"整体的人类文化",人与作品"在社会中所处文化地位","理想境界的追求"与"自我解放"等问题。

关于对人的思维文化的初步研究,可追溯到古希腊著名学者亚里士多德的基础理论。他借用希腊词源组成"人的研究"这一学术词组。可是作为整体学问,即区别于动物与人的生物特性的研究则要推迟至1501年,当时的德国学者 M. 亨特编写的《人是万物之灵》一书最初使用了"人类学"一词。一百多年后的1655年,另外有一部名著《抽象人类学》,以英文"人类学"署以书名,并对人的研究首次作了较为科学的区分:"人类学或人类本性史,迄今为止一般可以分为两类:第一类为心理学,即关于理性灵魂的本性的讨论;第二类为解剖学,也就是说,通过解剖揭示人体的结构或构造。"

这位西方学者将人类学划分为两类,即第一类为现代意义上的"文化人类学";第二类则是归属于自然科学的"体质人类学"。人类学从语源上讲,实际上是指专事研究人的科学。此门学科试图依据人类的生物特征和文化特征,综合性地研究"人",并且强调人类的差异性以及种族的文化概念。

人类学成为一门独立的科学,是19世纪达尔文的"进化论"出现以后才确立的。在进化论的影响之下,人们开始运用科学理论探讨人类在种族和文化上的差异性与共同性,并且不断发展新的学术理论。作为人类学的基础学科和重要组成部分的"体质人类学",又称为"自然人类学"或"生物人类学"。它是从生物学角度研究人类群体体质特征,及其形成与发展规律的科学门类,亦可认为是将人类视为一种自然界动物加以比较研究的一门人文学科。

---

① (德)恩斯特·卡西尔. 人论[M]. 北京:西苑出版社,2004.

所谓"人类群体",包括人种、种族、民族和各种人类的共同体。人们通过对人类群体体质特征、结构的剖析,探讨包括远古、现当代人种、种族、民族的分类,以及人类自身的起源、形成、演变、分类、分布和体质特征。另外还涉及解析人类的血缘、基因和遗传,测量不同人种和地区的人体外部器官的结构、比例、特征,探索其人种和种族混杂,及其相互差异的原因,以及从基因和血缘的角度分析不同民族之间的亲缘关系与来源,等等。

早在 17 世纪末,英国解剖学家爱德华·泰森在伦敦曾发表了一篇《一个矮人和一个猴子、一个猿、一个人的比较解剖》的重要学术论文。文中的"矮人"即指原始猿人,并得出"矮人位于人和猴之间"的科学结论,而被后人称他为"灵长学之父"。到了 18 世纪中叶,瑞典博物学家 C. 林内在《自然系统》一书中首次尝试建立有关人类起源,及其在自然界地位的科学假说,并睿智地将哺乳动物灵长目高级人属动物,称其为"智人"。

直到 1859 年 11 月,英国著名生物学家达尔文整理完成:他随费支罗伊舰长参加的"贝格尔"舰环球航海五年所著"旅行考察笔记",撰写出举世瞩目的科学巨著《物种起源》,全称为"物种起源由于自然选择或生存竞争中适宜品种的保存",此书正式出版后,这一分支学科理论才用于社会实践。随后,他撰写的《人类的由来》、《人类和动物的表情》等专著陆续问世,驰名世界的"进化论"学说才得以创立。英国自然科学家赫胥黎随之应合,编撰了《人类在自然界的位置》与《论人脑和猿脑的构造和发育的异同》予以声援与赞誉,成为当时轰动西方学术界人类文化研究的历史重大事件。

伟大的无产阶级革命导师马克思在《资本论》第一卷中,称誉达尔文的《物种起源》天才地提出了"自然选择的规律",是一部"划时代的著作"。恩格斯在《劳动在从猿到人转变过程中的作用》一文中,亦高度赞赏达尔文"人猿同祖论"的科学理论与学术观点。

"进化"这个词,从辞源学上讲是"展开"的意思,从语言学中审视,指事件有起始、有秩序的结果。生物进化论学说无论是对体质人类学,还是对文化人类学理论建构都是至关重要的。西方学者哈登高度评价:"《物种起源》的出版深刻地影响了人类学这门新生科学,成为人类学史上的新纪元"。英国人类学家马雷特在《人类学》一书中,甚至视"人类学是达尔文之子"。

在我国历史上,原本没有"人学"与"人类学"一类的科学术语,但是自古以来,中国学者对人体本身奥秘的探索,对人的识别、认知理论与实践一直未曾中断。最早表现在"天人合一"的自然科学,集中体现在社会伦理学、医学的探索,后来过渡到社会人文科学的研究,诸如对人的自然属性、人与人道、人性、人格等人之生理、心理特征的学术探讨。

对人本体自然属性的认识,最早见诸于先秦的《黄帝内经·素问》,相传为华夏始祖黄帝所作,后经历代行家里手增删、修订而成。此书形成于春秋战国时期,后于唐宝应元年(762)经王冰整理补订,重新编次成今文本,始定八十一篇,厘为二十四卷。《黄帝内经》内容十分丰富,既有自然界事物运动变化规律,又有人体生理卫生知识,也包含着人与自然和社会外界环境的关系,为我国古代人类研究奠定了坚实的理论基础。后人对此书奉若神明,崇尚有加。学者们对此倾心诠释、校勘、注文、疏理,阐发经旨,不遗余力。名垂千古的有关类书,诸如:隋代杨上善撰《黄帝内经太素》、金代刘完素撰《黄帝素问宣明论方》、《素问玄机原病式》,明代马莳撰《黄帝内经素问注证发微》,张志聪撰《黄帝内经素问集注》,高士宗撰《黄帝内经素问直解》,黄元御撰《素问悬解》,等等。有人评价上述有关中国"人学"伦理、医学类著述,"惟求经义通明,不尚训论详切","凡经中章节字句,均释得融洽分明",对中华民族与体质的演变及认识提供了较为务实、完备的文献资料。

北宋时期,根据《黄帝内经》学术原理,王惟一曾铸造医用铜人,并著文"脏腑十三经",据说是迄今最早的中国古代人体模型。南宋宋慈博采所传诸书,自《内恕录》以下凡数家,荟而萃之,厘而正之,增以己见,撰写成《洗冤集录》五卷,科学、详尽地阐述了人体生理结构与死尸解剖的各种辨别方法。据说,此书是我国乃至世界历史上产生年代最久、最具系统的一部专业性人学法医典籍。

明代大儒王圻不仅编撰《续文献通考》、《洪川类稿》等名著,还汇辑以"人"为轴心的重要文献《三才图会》,因其采集广博,论证周详,颇有学术意义与实用价值。他通今贯古,凡及天、地、物和人时,常辅以图谱,以见形貌,详细著述,仅三才之"人才",以"人物"、"身体"与"人事"为目次论述,即达三十一卷之多。

明代著名医学家李时珍感叹古文典籍所载药物讹错、疏漏较多,须重新评估、补充和订正、整理,遂遍访名医宿儒,广搜民间验方,待远涉深山旷野,观察和收集各种药物标本。他参阅大量古代文献,结合对人体的全面考察与自身经验,历时27年,数易其稿,于明万历六年(1578),编撰成驰名中外的药物学名典《本草纲目》。此书科学地总结了16世纪之前的中国传统药学、医学及人学理论,对研究生物、化学、天文、地理、地质、采矿、民族、文化等方面有着非常重要的参考价值。

于后世,国际自然学界誉称此书为"中国植物志"或"东方医学巨典",认定李时珍《本草纲目》与达尔文的《物种起源》齐名,对人类学的建立与发展有着同等重要的学术地位。

根据《民族画报》1979 年第 8 期图文介绍,在西藏拉萨发现了极为珍贵的"布达拉宫藏医解剖挂图",此文考证其图是"根据《四部医典兰琉璃》编绘的一套科学、完整的"医药彩色挂图,共 79 幅,于 1704 年绘成"。与此同时,有人在西藏高原还发现一幅出自唐代吐蕃时期的"人体解剖图绘画",由此可证实我国古代少数民族同样很早对医学"人学"亦有重要理性认识。

清代回族学者刘智著《天方性理》一书,他对人的生理器官及功能有着一系列独具特色的学术见解。他认为:人的各种感觉和脏腑器官均"各有所司",其大脑能够"总司其所关合者",具有统摄各个器官的总觉作用,并呈现两大功能:一是"纳有形于无形",即把人们曾经看到、听到、接触到、感知过的物象贮存、藏纳在大脑之中;二是"通无形于有形",即大脑与感觉运动器官产生"视、听、味、嗅"等感觉,并通过神经中枢传达情感,做出"十情说":"喜"、"怒"、"爱"、"恶"、"哀"、"乐"、"忧"、"欲"、"望"、"惧"。此理论对人的七情六欲与情感的由来,以及大脑在人类进化中的学术位置研究有着非常特殊的价值。

王清任是一位敢于解剖人的尸体,进行"人学"研究的清朝著名医学家。他集42 年的观察与研究之经验,将人体生理构造"绘成全图",并率先否定《黄帝内经》的"五藏神说",提出了科学的"脑髓说"。他明确指出:"灵机、记性不在心在脑","灵机、记性在脑者,因饮食生气血,长肌肉,精汁之清者,化而为髓,由脊骨上行入脑,名曰脑髓"。他认为:统管于人的所有感觉器官的"脑髓",支配着人的四肢与各种脏器,诸如:"两耳通脑","两目系如线,长于脑","鼻通于脑",甚至人之梦境都是"乃气血阻滞脑气所致"。这对我们理解恩格斯在《自然辩证法》一书中,关于人脑支配着各种器官与语言思维表达能力的经典理论颇有启发性。依其原理,人赖以生存的生理功能首先是"劳动",然后是"语言和劳动"相结合,形成最主要的心理推动力。只有使人的脑髓及其所统辖的各种器官一起发展,并日渐趋于完善化,人的思想意识才愈来愈清晰,抽象能力和推理能力才日渐发展。

从人文科学角度审视,我国古代哲人贤达对"人学"的探寻情有独钟,如道教始祖老子提出天、地与人为"三才",指出"域中有四大,而人居其一"。所谓"四大",系指道、天、地与人,以期"天人协调","天人合一"。具体到人之所属与天地之微妙关系,即如《周易》所云:"有天地,然后有万物;有万物,然后有男女;有男女,然后有夫妇。"正是众多"男女"、"夫妇"等组成了社会整体及阴阳世界,从而演绎出绚丽多姿的人类历史文化。

溯源于汉代,著名思想家董仲舒,将人与天地及创造礼乐的理论阐述得淋漓尽致,他指出:"天地人,万物之本也。天生之,地养之,人成之。天生之以孝悌,地养之以衣食,人成之以礼乐。三者相为手足,不可一无也。"宋代著名学者张载在《西铭》中对董仲舒的学术理论非常赞同,他认为:以父喻天,以母喻地,以同胞兄弟喻人与人,以同类喻人与物之关系,并进行深入论证提出:"天能为性,人谋为能。大人尽性,不能天能为能,而以人谋为能"之主张,即为"谋事在人,成事在天"的千年古训下了形象的脚注,并认为只有经人之合力,才可达到"天人合一"的"诚明"境界。

在我国历史上,对人之才能与性情进行较为全面系统研究的学术名著,当推三国著名思想家刘邵编撰的《人物志》。此书主旨在于如何鉴别人之综合素质,他认为"人才不同,成有早晚","学能以成材"。刘邵将"人才"分为"兼德"、"偏材"、"兼材"三种类型,并根据各种人性将其划分为十二种类型:"盖人流之业十有二焉。有清节家、有法家、有术家、有国体、有器能、有臧否、有伎俩、有智意、有文章、有儒学、有口辩、有雄杰"。他在此书"序"中指出:"夫圣贤之所美,莫美乎聪明。联盟之所贵,莫贵乎知人",从而论证对人的研究再没有比认识人才更为重要的事了。"盖人物之本,出乎情性。情性之理,甚微而玄,非圣人之察,其孰能究之哉?"由此可见,刘邵对人的本质与思维形式的理解有着非凡的洞察力。

因为《人物志》兼有名、法、道、儒诸家思想,开创了魏晋名理玄谈之风气,故深受历代文人墨客所推崇。清代中兴名臣曾国藩常备置《人物志》于案头,朝夕研磨,参阅时事。台湾学者南怀瑾评价《人物志》是一部"前无古人,后无来者,纵横中外的人才学的教科书"。当代国学大师汤用彤将《人物志》关于人才的论述,总结为八个层面,并述其大义:"一曰品人物则由形所显观心所蕴","二曰分别才性而详其所宜","三曰验之行为以正其名目","四曰重人伦则尚谈论","五曰察人物常失于夸尤","六曰致太平必赖圣人","七曰创大业则尚英雄","八曰美君德则主中庸无为"。

汤用彤先生曾将刘邵列为古代文论"名家",认为他与玄学大家王弼齐名,并视《人物志》为"知人任官之本"。他在《读〈人物志〉》一文中如此论证:"刘邵、王弼所陈君德虽同,而其发挥则殊异。《人物志》言君德中庸,仅用为知人任官之本,

《老子注》言君德无名,乃证解其形上学说。故邵以名家见知,而弼则为玄学之秀也。"①

刘邵的《人物志》中共三卷十二篇,以翔实的资料、广博的知识、清晰的逻辑、卓越的文采,以及推重人材之道,辨析人材之论,荐拔人材之识,堪称"千古奇文佳作"。此书不仅在我国古代文献学中成为熠熠生辉之金玉,乃为跻身世界人类学与人学文库之珍宝。美国心理学家施赖奥克曾将《人物志》译名为"人类能力的研究",在此之后,此书曾风靡西方世界,成为畅销欧美诸国的中国传统文化与人类之名典。

文化人类学家张荣寰在《人学研究及其应用的目的》一文中综观中国古今人学研究之精华,进一步阐释人学在漫长的历史进程中,所形成"思维理念"的重要价值:"人学研究及其应用的目的是配合人的上升,在人格及其生态上的上升!以人为本是人学的基本观点,是一种综合的、具有立体思维理念的发展观。它着眼于发展的整体性、协调性和可持续性,不仅体现逻辑思维和系统思维特征,而且有效地提升了人的生态思维,确立了生态思维方式的现代意蕴,并且说明人学研究,及其应用的目的是配合人的上升,在人格及其生态上的上升!"②

回顾人类发展的历史,人的思维文化的演变,是从原始社会到现当代社会,不断从低级上升到高级,从粗糙上升到细微,从粗野上升到雅致,从单一上升到多样的文化历程,从而形成人类东西方文明相互交融的文化格局,构建丰富多样、绚丽多彩的心理、思维文化大千世界。

思考题:

1. 什么是心理学与思维学?

2. 什么是文学人类学? 它与原始思维有怎样的关系?

3. 如何理解文化学与文学人类学之间的联系?

4. 怎样理解文学是人学?

5. 刘邵编撰的《人物志》的主要观点是什么,意义何在?

---

① (三国)刘邵撰. 人物志[M]. 北京:中国商业出版社,2009.

② 张荣寰. 人学研究及其应用的目的[J]. 哲学研究,2008(3).

第二章

文艺思维与人脑科学研究

人作为"万物之灵长",之所以能够在地球上当仁不让"主宰一切",是由于人类既是自然动物,更是社会动物与文化动物,有着超越其它动物的思维机能,并且在漫长的生物与心理进化中,不断丰富和完善自身的思维与语言能力,逐步从低级、蒙昧与野蛮阶段过渡到高级文明层次,从而创造了最为先进的物质与精神文明世界。

人类之所以能创造先进的物种文明,是因为人类的智慧,以及拥有思维的先进性。人类思维的出现,因从匍匐爬行到直立行走,改变了人的大脑结构,增强了人脑的记忆。人的思维与意识是人脑的特殊机能或属性,是人脑对现实生活与客观事物的真实反映。要弄清人的思维的奥秘,必须要对人的大脑生理与心理机制进行科学的剖析与研究。

思维是人脑对现实事物间接概括的加工形式,以内隐或外显的语言或动作表现出来。思维对客观联系进行着多层次的加工,以揭示事物内在、本质的特征,是人的高级生理、心理活动形式。思维过程则是人脑对信息的处理过程,包括分析、抽象、综合、概括、对比等,并按照不同事物的发展规律形成系统的、具体的形象与逻辑形式。

人类记忆的实现,为人类思维的显现提供了巨大的文化时空。记忆通过神经网络相互连接于思维过程,形成神奇无比的生理、心理现象,思维是人类大脑神经相互联系的能动反映。如果把记忆点比作城池,将神经看作道路,则思维就是行走在城池与道路中的行人。人类的思维活动建立在相应的物质基础之上,一切心理活动均呈现于脑细胞之间的神经联络。人类大脑结构的不断进化,使人类记忆能力以几何方式递增,人类思维也因此而得到不断进化,且这种发展又通过基因遗传形式得以扩充。

第一节　人脑生理结构与文化机能

人类生理构造中最为神秘与复杂难解的莫过于"人脑"。人的大脑是人的肢体中的总司令部,是中枢神经系统最高心理指挥所。据医学家的科学试验与解释,被覆在大脑半球表面的灰质称"大脑皮层",其中含有许多锥体形神经细胞、神经细胞及神经纤维。灰质的深处是髓质,髓质内含有神经纤维束与核团。在髓质中,大脑内的腔室是侧脑室,内含透明的脑脊液,埋藏在髓质中的灰质核团是基底神经节。大脑半球的表面有许多深浅不同的沟裂,其中主要有"中央沟"、"大脑外侧裂"与"顶枕裂"。

据有关科学资料数据显示,大脑半球自人的出生后不断发展。成人的大脑皮质表面积约为1/4平方米,约含有140亿个神经元胞体。它们之间有广泛、复杂的生理联系,是高级神经活动的中枢。大脑皮层通过髓质的内囊与下级中枢相联系。人脑的外部包裹有结缔组织的被膜,脑脊液充满于大脑的腔、室、管内。

另外,据现代脑科学的生理解剖证实:人的大脑分为左、右两个半球,大脑左、右半球的分工有所不同。左大脑半球有语言、阅读、书写及逻辑、推理、计算的能力,主要处理形形色色的语言符号;右大脑半球主要处理各种各样的形象,具有图形、空间结构的构思能力,并有音乐欣赏能力,以及形成非言语性概念的能力。左大脑半球的思维活动有人类特有的心理功能,由此可以证明人脑进化发展的一侧化趋势,预示着人脑存在着巨大的心理思维潜力。

据心理学、思维学研究成果显示,人脑的左、右两半球的思维工具与功能亦有不同。左半球的主要思维工具是语言,我们可以称此种思维为"语言思维";右半球的主要思维工具是形象,我们称此种思维为"图像思维"。语言是形象的象征性符号,形象是语言代表的意义。在人的大脑中,形象和语言,形象思维和语言思维之间并非"漠不关心","老死不相往来",而是连接大脑两半球的胼胝体,以难以想象的速度传递左右大脑的珍贵信息。

自古以来,人脑这个生理"黑箱"一直无法打开,其心理结构研究始终处于迷雾笼罩之中;至于人脑中深藏的思维系统及其功能,一直处于学者们艰难、深入、细致的学术探讨过程之中。人的思维系统从生理学上说,指与思维过程直接有关的一系列神经结构,思维的大脑部位是若干不同机能部位所组成的复杂的生理系统。对人的思维系统与神经心理学的研究,定位不同的脑损伤,对思维工作造成的破坏有着深刻、细微的生理与心理功能差别。大脑半球额叶对组织人的智力活动,以及所包含的智力动作的程序编码十分重要,大脑半球后半部则给保证完成智力活动创造了必要的操作条件。

文学艺术创作是人类特殊人群的一种智能复杂的精神活动,这跟从事文艺活动的人的特殊思维系统密切相关。从文艺创作心理学来说,思维系统是创作主体心理机能的一个重要方面,具体包括人的言语活动,以及概括、分析、判断、推理、综合、联想、想象、幻想等心理机能,其中既包括"抽象思维"、"形象思维",也包括"灵感思维"此种特殊的思维方式。对从事文艺创作的主体来说,其思维方式主要是想象的、灵感的、形象的思维活动,其主要生理机制均来自右大脑皮层深处。

根据左右大脑半球功能的差异理论显示,右脑的活动对于文学艺术家的创作实践来说甚为重要。思维是心理活动的高级阶段,之所以不同于初级感觉,是因为它必须从感性逐步达到充分的理性认识阶段。文学创作中的思维活动拥有文学作品产生思想性、认识性、哲理性的文化基因。被人们誉为20世纪"西方鬼才"的奥地利小说家弗朗茨·卡夫卡,就是一位既具有敏捷、细腻心理感觉能力,又十分崇尚思维理性的优秀作家。在他的文学创作实践中,既具备形象思维、灵感思维的能力,又具备抽象思维的能力,其思维系统十分复杂而高深,是常人难以匹敌的。

人的思维感官知觉,是人的各种感觉与刺激物组合的反映,其中包括听觉、视觉、嗅觉、味觉与肤觉等外部感觉,此种感觉是指接收外部刺激,反映外界事物特别属性的心理思维感觉。

图5　发散的人脑

　　众所周知,"知觉"是人脑在外界刺激影响下的生理反射活动,客观对象的许多心理部分形成奇特的"复合刺激物",大脑皮层对复合刺激物的各个组成部分进行有效的分析和综合,从而形成文学、艺术家创作对象的完整映象和知觉组合。

　　所谓"知觉组合"中的听觉感官"内耳",其螺旋腔内,诸如:蜗牛壳在内耳的底部听觉细胞分布的地方,注满透明的液体,听觉细胞有无数细毛,浸在液体中。其声浪波及液面,则使细毛摇动,形成神奇的"神经流"。外耳最重要的部分为耳孔,又名"外耳道",是声音传达到鼓膜的必经之路。鼓膜与中耳连接,富有弹性。中耳充满空气,使鼓膜的振动平正,其中连有三块小骨,一端联接鼓膜,一端通向中耳和内耳连接的薄膜。声浪先使鼓膜震动,由小骨承受,穿过空气,传入内耳液,然后由螺旋腔内听觉细胞承受之,以激动神经流,最终传达到大脑。

　　耳朵感受的"声音"有强、弱、高、低、纯、杂之区别,波动力愈大,其声愈强,反之愈弱;振动愈快或者音波愈短,其声愈高,反之愈低;混合的波长愈整齐,其声音愈纯,反之愈杂。声音的强弱高低相等,其声终觉不一样,此特点叫作"音色",又称"音质"。两种振动略同的声浪相合,轮流产生一强一弱的声音,此特点叫作"音拍",不同的人与经过训练与否的人、会对声音的分辨有所不同。

　　人们所熟悉的音乐中的乐音又称为"纯音",反之为"杂音"或"噪声"。音乐可强烈地影响人的主要感受器官,特别是影响人的循环器官和呼吸器官。人们倾听谐和音,流到大脑的血流加速,脉跳加快,呼吸加深。音乐还有治病功能,尤其能治疗一些心理疾病。据古代西方文献记载,希伯来国王大卫为扫罗弹琴,借以驱除其忧郁症;奥地利作曲家贝多芬以音乐旋律使"愁苦者快乐,胆怯者勇敢,轻浮者庄重"。许典军在《音乐与综合素质教育》一文中如此形象阐释:

　　　　优秀的音乐家聂耳,在他那短暂的生命里,用音乐做武器,发出了战斗的呐喊,吹响了时代的号角。有多少热血志士高唱着《义勇军进行曲》这首民族战歌,奔赴抗敌战场。英国文豪喀莱尔说:"法国国歌《马赛曲》能使每个军人及听众的血液在脉管内沸腾,使人落泪,不怕死。"①

　　无数事实证明,优美的音乐对人的性爱、情爱亦有重要的辅助作用。达尔文著文提到大多数雄性哺乳动物偏爱在生育期间歌唱,女子在音乐声中更加有性感与美感。先秦典籍《诗经》云:"窈窕淑女,琴瑟友之。……窈窕淑女,钟鼓乐之。"

---

①　许典军. 音乐与综合素质教育[J]. 中国音乐教育,2003(6).

中国古代诗人早已认识到乐音与人的性欲之间的微妙关系。元杂剧《西厢记》中张生以琴声挑逗崔莺莺，司马相如以乐曲《凤求凰》倾慕卓文君，都是典型的例证。再如贝多芬谱写的《月光奏鸣曲》《献给爱丽丝》等，均为情爱之表述，乐音艺术感召之范例。

人的"视觉"在各种感觉中最为重要与直接，是"看得见、摸得着"的生理感官形式。人的眼睛内部构造恰似一架照相机，其眼底网膜仿佛是一卷胶片，网膜上的棒形与锥形两种细胞，专司感受自然光线与颜色。据有关视觉生理数据显示，世界上以深浅可辨的各种颜色总数达三万两千多种，仅由极白到极黑中间可分辨的深浅灰色就达上百种之多，可见视觉识别率之深邃莫测。

我们平时所知的世间颜色为"三原色"，即由"红、黄、蓝"所组成。另外，可识别天空彩虹为"赤、橙、黄、绿、青、蓝、紫"七色光谱。据色彩实验数据所证实，人眼能辨别的彩色多达一百五十到一百六十余种。在古代文学典籍中，人们所吟诵"青出于蓝而胜于蓝"，"色之深青者曰蓝"，并不是纯粹的三原色之蓝，而是在三原色基础上混合搭配出的诸多"间接色"，另外还有相应的"余补色"。这些光谱与颜色对人的生理、心理、思维情感上都会引起千差万别的反映。

人的"肤觉"与"触觉"有一定关联，具体又可细分为温觉、冷觉、触觉和痛觉。这些知觉是人的最基础、普通与原始的感觉，在日常生活与文学艺术作品中有着大篇幅的记载与显现。皮肤对硬、软、滑、粗、锐、钝、燥、湿、黏、腻，以及冷、温、热、痒的复杂感觉异常敏锐，文艺作品中对此生理感官形象的细微描写，常令人赞叹不已。

人的"嗅觉"又称为"陆地感觉"与"近土感觉"。虽然人与鸟类及水族一样，嗅觉微乎其微不甚敏感，远逊于飞禽走兽的人所能嗅闻的大自然气味。但是在日常生活中演变成文艺创作过程，仍具有很重要的作用。心理学将单纯的嗅觉分为六种，即"药、花、果、脂、腐、焦"，后又在此基础上混合分离出466种。不过根据有关研究证实，女子，特别是青春期女子，其嗅觉能力要比男子发达与成熟得多；女子分辨气味的能力比男子精微得多。尤对花香产生浓郁兴趣，能引起快感，特别是对栀子、晚香玉、百合花等的嗅觉与魔力最为强烈。

人的"味觉"，单纯的正味只有"酸、甜、苦、咸"四种，对其混合体则可分离多达44味。人的味觉在舌刺与味蕾内，每条味蕾有味觉细胞六或八个不等，然后由味觉神经通于大脑的生理刺激反应。据味觉试验得知，人以"咸"最快，"甜"次之，其次为"酸辣"与"苦涩"，相比之下，男子的味觉较之女子要强。不同国家与民族地区的人民对"味"有着不同的偏爱,所谓"南甜北咸,东辣西酸",此生理、心理感觉经常呈现于文艺作品的字里行间。

人的生理感觉所形成的思维形式,是人类心理过程中极为复杂的一种生理现象,是人脑对客观事物直接或间接的反映。它归纳了客观事物的本质属性与内在规律性,属于理性认识的学术范畴。思维实现了认识过程从现象到本质、从感性到理性的转化,从而构成了人的高级认识阶段,促使人类创造了地球上最高级别的物种文明。刘爱伦主编的《思维心理学》对其思维符号记忆与心理学的关系作了如下阐述:

> 思维可概括为:是一系列内部的符号活动,它导致产生新颖的、有效的主意或结论。符号活动是指思维者对外部事件的表征系列,则表明思维不只是由知觉经验或长时记忆再现所驱动的外部反映。外行与心理学家的思维定义,其主要区别在于:心理学家对任务重视,认为人们在完成任务时,思维集中在一个清楚而具体的目标上;而外行的思维概念中则很可能包括各种类型的自发反应和幻想。①

人类思维到底是什么时间开始形成,并不断得以进化的呢? 根据考古学与动物学研究成果所知:人类在形成之前,始自爬行类动物,人类是由四肢动物的形体演化而来的。依此推理,人类的脑细胞也是由动物的脑细胞演化而来的。作为以脑细胞生理活动的人类思维活动,同样是由动物的思维活动进化而来的。人类的直立行走为思维的形成和进化提供了基本的自然物质条件。

大约在6000万年之前,人类的祖先作为初级动物,已经在地球上出现,在觅食过程中,逐渐从热带雨林来到热带草原和温带草原,并在草原林木间进一步进化与发展。大约在300万年之前,人类开始直立行走的探索,从而改变了原来大脑与地球引力的角度,使原本平行于地面的半球型稳固结构的大脑,逐步演变为与地面垂直的生理状态。正是因为与地球引力的作用使大脑弧形机构的变化,人类大脑产生了塌陷变形,出现了凸凹隆回,记忆不再像大脑光滑时那样容易遗忘,记忆贮存实现了生理、心理进化之可能。

人类大脑进化的实现,为记忆的增加提供了较大的发展空间,人类直立行走促进了大脑的进化。人脑表皮形状的变化,使得大脑存贮信息能力大大增

---

① 刘爱伦主编. 思维心理学[M]. 上海:上海教育出版社,2002.

强,并且记忆时间也增长了许多。人类对过去事件的记忆能力和对现实事件的分析、判断能力从而登上生命的新台阶。人类记忆的实现,为人的心理思维的形成奠定了坚实的基础,实现了由低级动物心理向高级动物思维转化关键的一步。可以说,人类大脑进化成功是直立行走的必然结果,是科学意义上人类思维形成的物质文化前提。

根据达尔文的"进化论"所知,人类本身就是此种动物进化过程的必然阶段,日趋更新的动物自然进化不会停止,人类的思维活动即为此种动物心理活动进化的结果。猿类在不停地进化之中,以期待产生科学、合理的形体和复杂、缜密的思维结构。在人类出现之前的猿类思维仅属于动物思维,只是一种本能思维,即为了繁衍和生存而产生的程式化思维。现当代人逐渐具备了抽象思维和形象思维能力,从而促进了科技进步与文化艺术的创新。只有在人类当今时代,思维能力才日趋完善、科学和复杂化。

显而易见,人类大脑的进化是思维形成的物质基础。在漫长的人类大脑进化进程中,其生理基因也在不断发生进化与演变。继而人类的思维能力要通过两个步骤实现心理遗传:一是人类的语言、文字等社会活动;二是生命物质遗传,也就是基因遗传。

"生命"是一切生物体所表现出的生存状态与物象活动,如生长、发育、生殖、代谢、遗传,均为生物体所特有的生命现象。"基因"是生命遗传物质的基本单位,支持着生命的基本构造和性能,是决定生物体生、老、病、死的内在因素。生物体全部遗传基因的组合,则称为"基因型",又称"遗传型"。生命基因对人与动物的终极影响,则是通过支配生命机体及其神经系统的建构得以实现。大脑作为中枢神经系统的执行者,其基本的生命策略均来自于自然科学的基因遗传。

"生命学"理论不仅可以解释自然学中生物遗传的现象,还可以阐释社会学中文学艺术作品产生的生命伦理,亦可使文艺思维与创作活动从生命基因的基本原理中得以萌发、成长与完善。这也是我们在文艺思维中融入遗传基因成分的原因。对人类大脑进化的认知,涉及到"生物遗传与进化","智慧遗传","思维进化"三大学科问题的解读:

1. 生物遗传与进化。没有生物的遗传,就没有生物的进化,也就没有人类的遗传与进化,更不可能具有人类智慧的遗传与进化。遗传是人类机体结构、功能特征进化的基础,也是人类思维与智慧进化的物质与精神基础。

研究生物体遗传与变异规律的分支学科"遗传学",涵盖三方面的内容:第一是遗传物质本质,即遗传物质的化学本质,其中包含遗传信息、结构、组织和变体。第二是遗传物质的传递,包括遗传物质的复制、染色体的行为、遗传规律和基因在群体中的数量变迁。第三是遗传物质的实现,包括基因的原初功能、基因的相互作用、基因作用的调控,以及个体发育基因的作用机制。"染色体"作为遗传物质,是基因的主要生理载体,其本质是脱氧核糖核酸和蛋白质的组合,遗传物质的传递主要通过 DNA 的复制来实现。遗传信息是 DNA 的信息与程序,在人体细胞中,染色体数目决定男女性别。

生物的遗传基因,记录了生物整个进化的过程,只有解读了基因,就能够搞清楚生物的进化历史,也就可以阐述基因蕴含的基因文化,以及基因中蕴含的生物改造自身,以便创造自身的基因智慧,同时还能了解在人类进化中智慧主导的进化过程。我们从人类的基因中,可以解读基因文化与基因智慧;从生物分子、细胞组织和生理器官中,看到分子智能、细胞智能、组织智能和器官智能。

如果说,早期人类是智慧形成的进化过程,那么,当智慧形成以后,人类的发展就步入了智慧进化期。其中包括两个方面:一是人体自身进化,即人体的功能、结构、机制的进化;二是人类文明的进化,诸如文化、知识、观念、科学技术、物质文明、精神文明、社会关系与组织,等等。

生物学意义上的进化,是指生命由非生命的物质产生,其物种的遗传性完全按照自然法则发展、变化的过程。生命属于一种分子现象,生物分子构成生命体,具有生命的最小单位。极为复杂的奇妙的生物分子是一种有机分子,并且具有生物分子智能。

人类胚胎的发育过程,是一个遗传信息程序执行生物遗传"渐变"的过程,而不是细胞"突变"的过程。在生物遗传过程中,生物体内发育、形成许多高智能的生理器官,执行着各自不同的生命功能。它们要比原有结构最为复杂、功能精密的人工智能仪器还要高级。譬如其分子器官,构成了细胞内物资运输的"高速公路"与"高效运输线",联想起来真是有些不可思议。

2. 智慧遗传。遗传是通过细胞染色体,由祖先向后代传递的生物品质。生物遗传不但给人类完整的身体,同时也形成完整的智能结构——"大脑",这是智慧遗传无比神奇的物质基础。生物遗传是由遗传基因所携带的遗传信息来完成的,其中包括构成人体结构、功能,以及智慧的生理信息。人类的遗传智慧如同人体的生理功能一样,不受人的意识控制,属于"潜意识"部分,必须由后天的学习和实践来开发,被人们所感知。在此基础上形成的意识是指人的大脑对于客观物质世界的反映,是感觉、思维等各种心理过程的总和。

"遗传",让人类拥有难能可贵的潜在智能,其中最重要的任务是能够识别和学习人类知识,能完成自身创造的信息体系。人类的信息体系包括:语言、文字、符号、图形,等等。人类的大脑不是真空的,它包含着形成潜在智能的全部信息。能够识别和学习人类所创造信息体系的智能中心,在大脑的显意识区域,处于一种开放、发散状态,随时可以接受外来的大量信息。在此过程中,发育与定型过程是人类由"自然人"进化为"社会人"的关键时期。

在此时期发育的婴儿,如果没有接受到人类的文化信息,而仅仅局限于动物层面的生理信息,就有可能演化为具有动物习性的"人",如我们所知道的"狼孩"。同样,婴儿对周围环境和同伴的接受过程也很重要,如果他处于一个正常的人文环境之中,就会进化为高级的"人";反之,可能会退化为智能低下的动物。因为,人类在婴儿时期尚未形成自主意识,不具备选择和识别环境的能力,早期进化有一个适应环境的过程,而不是选择和识别的过程。

婴儿早期教育,不仅唤醒了祖先遗传给人们的沉睡的"智慧中心",促进了其生理结构的发育与成熟,同时也注入大量的人类信息,使其具备最初的人的"原始意识"。显然,人类信息是促进婴儿形成正常"认知心理智力"的一个重要因素。由此可见,"显意识"是后天进化所获得的心理机能,其主要特征是"主动的注意与关注",这与婴儿先天的条件反应有所不同,后者是"潜意识"与"被动的、无意识的行为"。

"智慧遗传"一般包括两部分:一是生物遗传,即由内部 DNA 基因遗传的大脑和智慧信息;二是外部遗传,即由文字、符号、图像等遗传的科技文化知识。若以形象比喻来解释这两部分遗传特质:内部遗传好比是电脑硬件和基本运行平台,外部遗传恰似各种电子应用软件。

人类在遗传过程中,其内部继承了生物遗传而来的智慧,外部遗传的科技文化知识,则需要通过后天的学习来继承。在生物遗传过程中,祖先不可能把已经创造的科技文化知识遗传给我们,只是把智慧赐给了人们。为什么会这样呢?因为此种以遗传方式获得的智慧将伴随接受者的一生,在短时间内是不可能形成和改变的。如果我们从祖先那里仅仅接受了外部知识遗传,而没有获得能够创造知识的智慧遗传,那么在我们短暂的生命中,将很难或者根本无法改变这种知识遗传。故此,使知识遗传成为人类大脑中的固有智慧,这将对个体进化产生极大的束缚。

我们无须以遗传的方式直接去获取现成知识,我们所获得的遗传是智慧的结构与基础功能,是学习与创新所缔造的智慧,这是个体有限的生命不可能完成的进化。当人类个体获得祖先漫长进化过程中形成的智慧遗传,人生就能够学会说话的能力,以及建立识别和学习人类所创造的信息体系。我们可以通过自身学习获得前人的智慧结晶,并在此基础上创造出新的知识与智慧。人类的这一智慧遗传进化过程,是主动适应环境、认识世界、改造世界的主动进化意识,从而创造出劳动工具、语言文字、符号图形,等等,以推动科技文化的创新发展。人类的科技文化创新,经过大脑智慧的整合,转变为人的智慧的一部分,反过来又促进了人类自身智慧的进化。

一个拥有健全大脑的普通人的先天遗传智慧,实际上与特殊人的先天遗传智慧并没有根本的差别,因为二者都在接受人类进化的先天智慧。不过,先天智慧在婴儿的大脑中还处于沉睡状态,必须由后天的教育和开发才能启动,以升华为未来的人生智慧。对于一个有正常智力的人来说,能否拥有正常的智慧,主要取决于后天的教育、学习和实践活动的开发。在大脑发育期间,先天遗传的是神经通道结构,后天的学习实践建立的是思维通道功能;先天遗传的是"原本"智慧,后天获得的是"习得"智慧。前者是群体智慧的进化,有一个长期缓慢的过程;后者则是个体智慧的进化,有一个相对短期快速的发展过程。

3. 思维进化。思维是人类脑细胞自发的生理活动,是人类认识自然界和自我的社会现象过程。人类大脑结构的不断进化,促使人的记忆能力不断递增,人类思维也因此得到持续的发展。

人类思维的进化是由简单到复杂,由低级到高级的发展过程。思维不是"从无到有"的补缺过程,而是"从有到健全"的完善过程,其心理特征同人体及语言的进化过程是相同的。人类的形体由古猿的形体变化而来,其语言也是由古猿的呼唤声演化而来。人类的思维能力同样传承着古猿的心理能力,是由古猿的简单思维发展、演化与丰富的结果。

自然界所有的动物都有中枢神经控制系统,有了此套系统也就有了心理活动机能,只是孰高孰低而已。思维在不同的动物当中具有不同的功能,在低级动物中,思维的作用更多的是本能控制;高级动物除了本能控制以外,还有为适应环境所做的努力。到了人类高层次思维,则要为改造社会环境与心理机能所进行的智能工作。

要想知道人的思维过程是如何进行的,就要对"细胞的工作过程"有所了解。

细胞是由细胞膜、细胞质和细胞核组成的。细胞核由染色体组成,染色体主要由DNA组成(DNA是控制细胞生存、生长、发育的核心物质)。大脑细胞与普通细胞的不同之处在于,脑细胞不能分裂,即不能进行生长,那么,在大脑中起到分裂作用的细胞物质被什么功能所取代呢?中枢神经控制系统是大脑细胞与其它细胞功能的不同之处,可以肯定DNA是中枢神经控制系统中的根本物质。在大脑细胞中,DNA与其它细胞的作用有根本性的不同,那就是脑细胞中的DNA不能指导脑细胞进行分裂,这一功能则由人的思维过程所替代。

大脑中的思维过程究竟是如何运行的呢?只有了解了大脑细胞中的工作原理,才能揭示人的思维过程的秘密。如前所述,脑细胞无法进行细胞分裂,无法再生并不是说脑细胞丧失了生理功能。在脑细胞中,绝大部分染色体是处于常染色体的状态,也就是说处于活跃的状态,它的功能只有心理思维本原才能解释。正因为脑细胞的功能被思维过程所取代,因此人类脑细胞中的DNA蕴藏着指导人类进行思维活动的全部遗传密码。DNA指导合成蛋白质(或肽链)的过程就是思维的过程,以及思维心理的结果。如果所合成的蛋白质能够在大脑中留存就构成了"记忆",记忆时间的长短取决于留存时间的长短和状态。如果被封存或被清除就形成了"遗忘",处于封存状态的是"暂时遗忘",处于清除状态的是"永久遗忘"。

上述生理与心理学过程揭示与解释了为什么人类的思维结果不能被遗传。因为思维过程是DNA指导合成蛋白质(或肽链)的过程。指导思维过程的指令性物质是DNA,思维的物质是蛋白质(或肽链),因此DNA可以随生殖繁衍产生遗传,代表思维结果的蛋白质(或肽链)不能随生命过程将所代表的信息传递到后代机体之中。

生物进化是如何产生人类思维的呢?我们在对人类的思维进行研究时,可对蛋白质(或肽链)的结构进行更加深入的研究,对不同的蛋白质是否代表不同心理思维的研究结果表明,在不同的个体中,蛋白质所代表的思维结果是不一样的,这因为每个个体在记忆时参与组成记忆的环境、影响因素的差异显现不同。

从哲学定义审视,思维是主体的行为,是思维意识的主观表现形式。思维是主体发现客体对自身有所影响后,为了获得处置客体的意识,做好消除客体影响的准备工作。亦为思维组织在生存意识的主导和思维意识的指挥之下,对感知组织获得的知识进行分析与处理的行为。

主体是有生命的物体,是行为的主导者和实行者。生物主体具有行为的需要和能力,行为是生物主体的日常生活方式。生命是生物的进化、应激、运动、行为、特征、结构所表现出来的生存意识。生命或生存意识是生物主体的本质、内在规定和组成部分,是生物主体的生长、发育、繁殖、代谢、进化、运动和行为遵循的普遍规律。客体是同主体处于相互联系、相互作用之中,现象、环境、矛盾和问题,是主体行为产生的原因和涉及的对象。客体对于主体的生存和发展的研究具有重要的学术价值。

"思维意识"是人的主体意识的具体形式,是思维的本质、内在规定和组成部分,是思维行为的指挥者。思维意识是生物主体的生存意识与感知组织获得知识经过思维融合产生的结果。

"主体意识"是主体发现客体对自己有所影响后,神经指挥中枢产生和发出的指挥主体进行活动,以消除客体对其影响,实现生存和发展目标的意向、意念、方法、方案和命令。主体意识不仅包含着主体先天具有的生存意识,而且拥有后天获得的文化知识。主体意识是生存意识与知识经过思维融合的结果,行为一般是主体意识的表现形式。

说到底,人的思维与言语、语言的关系,实质上就是大脑和语言符号之间的主客体关系。人的大脑是社会知识的仓库和加工厂,是高度发达的语言信息处理系统。人的生理解剖与实验的结果告诉我们,在语言活动过程中,起主要作用的是三个"神经中枢",此结论来自法国外科医生保罗·卜洛卡 1861 年通过对人脑的解剖研究。他发现在左侧大脑皮质中,有一个部位支配人的发音和说话能力,即第一个神经中枢称为"卜洛卡区",它位于大脑左半球低额回部分,主管说话过程;第二个叫"维尼克区",是因为德国病理学家卡尔·维尼克 1874 年确定大脑的左半球中支配语言记忆和理解的有关部位;此区域位于大脑左半球高颞回附近,它主管听话和对语言的理解;第三个是"视觉区",它把视觉与"维尼克区"联系起来,涉及书面语的阅读和理解过程。

神经语言学和病理语言学的研究学理表明,人类的语言活动主要与大脑左半球某些部位相联系。语言学学界普遍认为,控制语言活动的大脑左半球主管理性的抽象思维,右半球主管感性的形象思维。通过对大脑的解剖对比可以认识到:人的大脑左半球控制语言的有关部位,且比右半球的相应部位体积大,结构更为复杂。

神经语言学的主要任务是探讨人脑和语言之间的关系。人脑中的神经生理活动是一种心理微观行为,而人们在社会中的语言交际活动是一种思维宏观行为。在人的大脑和语言的关系中,"遗传因素"、"环境因素"与"时间因素"是三个共同作用的基本因素。人工智能研究者认为,大脑认知过程有三个级别:第一级别是"神经过程",第二级别是"初级信息加工",第三级别是"高级心理过程"。人类的语言能力,一部分是从遗传基因中得到的,另一部分是人在社会语言活动的交互作用下学习得到的。人的语言能力的形成,一方面要有先天遗传的物质基础,即大脑神经系统和发音器官、听觉器官等生理构造;另一方面还要依靠后天环境的培养过程,即交流思想和传授知识的社会作用。这两方面思维活动与语言能力相辅相成,缺一不可,这就是辩证唯物主义的心理思维与语言观。

第二节 社会文化心理与文艺思维

众所共知的"社会文化学"有两大重要支柱,即物质文化与精神文化。由此而派生出来的"文化生物学"、"文化心理学"与"文化社会学",有力地支撑着文学艺术创作与研究的发展。对上述三大文化学科的探析,将有助于我们加深对文艺思维学的进一步认识与理解。

"文化生物学"系指把文化视为一种独特的借用生物体系进行研究的理论。这一相关理论认为文化是由人来保持的,如同复杂、庞大的生物体一样,也有自己的生命及生命期。从中我们可以弄清文化功能活动,如文化传承、文化运动、文化变迁和文化调节的来龙去脉。

"文化心理学"系指从心理学的观点分析文化本质的理论。人类的心理素质影响着自身的文化模式,并决定着个体生存的社会状况。西方文化心理学派曾以人性、人格与文化变迁为研究主题,来寻找个体人格和社会文化的相互作用、相互影响所形成的文化模式。

"文化社会学"则是用社会学的理论和方法研究文化现象的学科。文化社会学特别强调文化的社会作用,以及文化在具体的社会领域中所具有的重要价值,强调应把文化看作社会学研究的主要对象。

只有我们将文化生物学、文化心理学,以及文化社会学有机地结合起来,全面、系统、科学地进行研究,才有可能探索清楚文学艺术之文化心理、思维演变进化的奥秘。

在地球上,唯有人是拥有文化和智慧的高级动物,人作为自然界有丰富感觉的主体,实为生物进化的优秀产物。人在漫长的生物进化过程之中,同时亦进行着卓有成效的文化进化。进化是生物界的基本特征,是生物运动的总规律,它制约着生物界动、植物的演变,也同样主宰着人类历史的发展。按"物竞天择,适者生存"的自然法则,自然选择和竞争机制自始至终制约着人类的生物与文化进化。

在达尔文生物进化论的基础之上,恩格斯通过对"猿向人进化"的剖析与研究,特别强调"劳动"在这一过程中的巨大意义。他在《劳动从猿到人转变过程中的作用》一文中指出:

> 它是整个人类生活的第一个基本条件,而且达到这样的程度,以致我们在某种意义上不得不说:"劳动创造了人本身"。①

人在赖以生存的自然空间之中,通过"劳动"行为逐步完成从猿向人的转变,以及进化至最高级的生命形式。这不仅有效地解放了人的双手和大脑,还创造了其它满足生命需要的感觉器官,诸如听觉、视觉、触觉和动觉器官等,在此物质基础上才能产生人类引以为自豪的文学艺术产品与文艺理论。

为了满足生命各层次的物质和精神之需要,为了在自然界和社会抗衡中"实现自我",以挖掘人的全部潜能,满足与宣泄郁积的生命能量,从而将丰富的意象活动和情感形式物态化,人类必然要创造迥然不同的文学、艺术形式。

文艺创作作品作为反映人类精神世界和社会意识形态的文化凝聚物,无可置疑地伴随着人类的生命进化与发展。人类在生物进化的基础上,各种文体跨越了由生物基因的差异积累,逐步过渡至经验和思想符号形式积累的高级文化形式。

文学、艺术之生命依附于人类文化进化,其形成与演变过程有一个由下而上、循序渐进的生命孕育过程。文艺作品最初来源于生命的基因与基因群,经错综复杂、巧妙和谐地相互配合,并在与自然和社会各种竞争中不断适应调整,以繁衍生长和自我复制,久而久之,逐渐创造出相对稳定和各自独立的物化形态。

"文艺"之属"民间语言文学"是伴随人类生命活动历史最早的艺术形式,然而遗憾的是由于人们的文化局限性和思想偏见,在 20 世纪以前并没有人将其作为独立的自成体系的学科研究,由此造成了人们对文学艺术概念与特征模糊观念的认识。

从国内外有关辞典的诠释之中,我们看到,文学创作离不开人体有节奏的内

---

① (德)恩格斯. 劳动从猿到人转变过程中的作用[M]. 于光远译. 恩格斯. 自然辩证法. 北京:人民出版社,1984.

外部动作,再则要在有组织的人体动作中注入丰富的思想感情,从而构成反映社会生活的独特艺术形式。人类的生命机体,是一个非常复杂、精密而严整的统一体。人是社会的人,同时也是生物的人,人的生物因素是构成其自然属性的物质文化基础。人的生理感觉器官是人体接受各种社会刺激的物质结构,也是人的精神体系中的感性系统实体。

人的感受器官对其有机体内部和外部刺激反应产生的结果被称为"感觉"。人的感觉能力是组成生命活动的一个重要因素。在某种程度上来看,生命本身就是感觉能力的显现,文学艺术家创作行为与动作均取决于其独特的思维心理与感觉能力。

人的生理结构的活动,包括各种感觉器官感受客观世界的生理活动,如"神经系统"、"循环系统"、"骨骼系统"、"肌肉系统"和"呼吸系统"的活动,等等。正是这些名目繁多、功能齐全的感受器官有规律地运动,才构成文学艺术形式的生理与心理文化依据。

根据汪济《系统进化论美学观》一书中的观点,人的精神体系中的感性系统可划分为三个组成部分:"机体部"、"感官部"和"中枢部"。他如此阐述人的生理文化功能:

> 其一,机体部,广义地说,它包括高等动物(成人体)的所有系统。其二,感官部,这里的含义是狭义,指五种感官,主要是对体外各种刺激信息产生相应感觉。其三,中枢部,这里指的是狭义的中枢,仅指大脑中管理主观的理智、意识、意志活动的部分。①

我们在探索人体的生命运动时,离不开对人的生理结构活动的深入剖析。首先须对人的精神体系中感性系统即"外部运动系统"与"内部运动系统"进行行之有效的探索。

外部运动系统是指人的机体部与外部环境发生相互作用,人们通过各种感受器官,即"五官"、"皮肤"和"肢体"等感官来感受和改变环境,以求不断变动与调整自身的活动空间。

内部运动系统则通过人的大脑皮层的活动,使人体内部的脏器,如循环、消化、分泌等生理系统产生有机的运动,使复杂的心理活动在生理感官系统得以显现。事

---

① 汪济. 系统进化论美学观[M]. 北京:北京大学出版社,1987.

实证明,往往人的内部心理活动决定着外部机体的表现及其人体运动全过程。

中国古典小说名著《儒林外史》传奇故事"范进中举"家喻户晓,当书中的主人公得到"中举报帖"时,即显现奇特生理与心理过程,著名作者吴敬梓对其产生的内、外动作细致入微地描写:

> 范进三两步走进屋里来,见中举报帖已经升挂起来,上写道:"捷报贵府老爷范讳进高中广东乡试第七名亚元。京报连登黄甲。"

> 范进不看便罢,看了一遍,又念一遍,自己把两手拍了一下,笑了一声道:"噫! 好了! 我中了!"说着,往后一交跌倒,牙关咬紧,不省人事。老太太慌了,慌将几口水灌了过来。他爬将起来,又拍着手大笑道:"噫! 好! 我中了!"笑着,不由分说,就往门外飞跑,把报录人和邻居都吓了一跳。走出大门不多路,一脚踹在塘里,挣起来,头发都跌散了,两手黄泥,淋淋漓漓一身的水。众人拉他不住,拍着笑着,一直走到集上去了。众人大眼望小眼,一齐道:"原来新贵人欢喜疯了。"①

由此部古典名著文字证实,文学艺术创作出的人物形象是有节律人体动作的艺术显现,是人的心灵激情的特殊外化形式。人体动作的完成需要生理器官奇妙的感觉,即能使感官发生天生的反应力。按人的感官器的位置感觉可分为"外官觉"与"内官觉",文学创作中特别强调的"动觉"归属于外官觉。

外官觉之"动觉",系指人身处于各种外在机体运动的感觉,其中包括如"筋肉感觉"、"肌腱感觉"、"骨节感觉"、"平衡感觉"、"旋转感觉"、"晕眩感觉",等等。

人体是生理信息的发射场,它对应和接纳瞬息万变的客观世界,产生、系统的流动感情,并投射于活生生的内部感官和外部感官。随之,丰富多变的自然节奏,组织出完整、流动的艺术画面,描述出人生大起大落的命运,爆发出激动人心的生命火花。从此种意义上讲,文学可谓人体的高歌礼赞,集中、提炼并得以强化的艺术生命体。

文学艺术各种文体作为物质与精神的有机化合物,既离不开常态的人的生理活动,也脱离不了连续不断的心理定势。这种对心理活动趋向产生制约性的主体状态模式,使内在心理世界的力与外在物质世界力的"异质同构",从而产生生命力高度的谐和与统一。

---

① (清)吴敬梓. 儒林外史[M]. 北京:作家出版社,1956:31.

图6　凝神屏气

　　"文艺形式"作为人类精神物态化的意识形态,以及反映社会生活的文化凝聚物,同样自始至终伴随着自然界和人类生命进化。生命是生物体,亦包括人类机体所特有的生理现象,表现出一系列生命活动特质:生长、发育、生殖、代谢、遗传与变异。生命的真谛在于不断地运动。文学艺术再现人的生命运动过程,尤擅长于描摹人的潜在心理活动,以及丰富的精神世界。

　　人类的生命运动充满了节奏性,其本质来自生物体运动系统有规律的张与弛的生理与心理活动。诸如人的神经活动,兴奋与抑制,血液循环,心脏节律性的舒缩,呼吸的深浅与缓急等,人的外部节奏动作来自人的内部的神经活动和心理节奏运动。

　　神经活动具有节奏性的兴奋与抑制规律,人兴奋到一定程度,就必然出现超限抑制;抑制到一定程度,兴奋又随之产生。血液循环总是伴随着心脏的波动,呼吸系统则根据呼吸肌和神经中枢的调节,产生内在的节奏规律。生理节奏性活动是构成生命运动显现的根本依据。

　　节奏不仅是自然界和社会的文化反映,也同样是文学艺术创作运动的主宰力量。郭沫若先生在《论节奏》一文中曾指出:"节奏之于诗是它的外形,也是它的生命。我们可以说没有诗是没有节奏的,没有节奏的便不是诗。"①

　　人的情感的唤起、流转和强化是心理结构活动的重要依据。作家、诗人情感能量的不断积聚、流通与刺激,以及不断地增加其力度与强度,产生出复杂、微妙

_____

　　①　郭沫若. 论节奏. 文艺论集[M]. 长沙:湖南人民出版社,1984.

的喜、怒、哀、乐等心理活动,致使人的内在潜意识、前意识、意识和超意识得以充分的表现与发挥。正如文艺评论家金马在《情感智慧论》一书中表述:

> 人类情感的"蒙面舞会"跳得太久了,应该摘掉假面,静默下来,怀着怡然的心情凝视关照一下我们的情感世界。①

人类"情感活动"的外化,作用于人的机体部、感官部和中枢部,必然要产生强烈而持久的生理反应。在此过程之中,自然会出现心率脉动的加快,呼吸的加深、急促,血流量的增加,扩张面部表情和肌肉的变化紧缩,肢体的舒展开放。在此种心理状态下,文学艺术创作者激情满怀、斗志昂扬所形成的浓烈情感、往往会压倒理智,并将强烈的情绪投注于生理机体,幻化为有节奏的人体动作与姿态,使人的内部情绪得到淋漓尽致的体验与发挥。

文艺工作者经复杂的心理思维建构之后,将意念化为具体的语言符号,再经重新组织与编排,自然形成文学艺术良好的创作状态。其文艺思维的外化过程,人的创造性思维经历从隐性变为显性,从无序变为有序的转化过程。为了改变滞后的思维研究之现象,必然要追求文艺思维的深刻性、广阔性、灵活性与独立性,并积极诉诸于具象的文学艺术理论与实践。

我们所看到的诸多优秀文艺作品,都是作家、诗人、艺术家"长期积累"、"精益求精"的文艺思维结果,均在刻意追求理论与实践的思维深度与广度,以及思维品质的提升。

"思维深度"亦称思维的深刻性,指的是一个人思维的深刻程度。文艺思维理论这门新兴学科的定位,基于其概念、定义、内涵、外延的科学与准确。思维深度的特征表现为遵循事物的规律,预见事物的发展进程。文艺工作者不仅要善于透过问题的现象了解其本质,而且要善于揭露现象产生的原因,善于预见研习的进度和结果,并且能从多层面和多重性联系中去思维。

"思维深度与品质"是文艺工作者的突出特征。思维深度使其智力发达,明察秋毫,能在人们所熟悉的现象中发现社会文化发展的规律。思维深度与兴趣广度有密切的联系。文艺工作者对某种创作与研究感兴趣,才有可能促使思维深度获得长足发展。

思维广度与思维深度是密切联系、相互作用的。文艺工作者对研究对象的深

---

① 金马. 情感智慧论[M]. 北京:北京师范大学,2014.

入认识,取决于是否能全面地思维,深入认识研究对象,掌握事物的规律。

"思维的广度"亦称思维的广阔性,指人的思维有广度,想象力强,表现为善于从多方面综合性思考问题,在不同的知识与活动领域进行创造性思维。思维活跃、心理宽阔的文艺工作者,善于全面地探讨问题,不仅能够抓住问题的基本轮廓,而且能够不遗漏问题的主要因素和重要细节。在我们的文艺理论实践中应促进此种品质得到正常发展。

思维广度使文艺工作者获得广泛的知识,在不同方面和领域进行人文社科创造,无论是在学术理论上,还是文学艺术创作方面都会获得突出的贡献。比如古希腊学者亚里士多德的思维广度表现在既有巨大空间,又有惊人的预见与发展。他能概括所处时代的一切科学知识。亚里士多德博学多才,他在哲学、心理学、伦理学、政治学、美学和物理学等各个领域均作出了重要贡献。

"思维的品质"主要包括思维的广度、思维的深度、思维的灵活性与思维的独立性。思维的品质与思维的灵活性、独立性有一定的关系。一般来说,文艺理论工作者的心理思维要有一定的深度与广度,系指思维独立性强,思维灵活性大。因此,思维广度与深度对于基础文艺理论研究、技术研究与科学研究都是十分重要的文化品质。

目前,人们所处的社会变化速度不断加快,特别是高科技创造的"人工智能"正在逐步模拟人脑思维,包括模拟创造性的程序,智能机器人直接对话的联合装置,以及逻辑语言学模型与知识性数据库等的长足发展,这些对人的思维的广度、深度与品质提出严峻挑战。智能机器人有可能逐步超越人脑思维能力,但是归根结底,"人"终究是思维世界的主宰。

人类日积月累所铸造的丰富深邃的思维方式,特别是文艺工作者的"形象思维"与"灵感思维"的奇妙思维结合体,无法被机械器物所替代。故此,对基于心理学、思维学与文艺学,以及形而上的文艺思维学,应该具备与时俱进的态度与超前务实的精神,潜心地对其进行全面、系统、科学的研究与探索。

思考题:

1. 怎样理解人脑科学?

2. 人的生理结构与心理功能是如何相互作用的?

3. 人类社会文化与思维的关系是什么?

4. 谈谈文学思维的深度与广度。

第三章

中国心理学与文艺思维研究

从古至今,人类社会经历了无数物质文化与精神文化的变迁,其中亦包括客观社会文化的发展,还包括人类主观思想心理的变异。伟大导师马克思在《1844年经济学—哲学手稿》中指出,人们在此历史过程之中,"是用全面的方式,因而是作为整体的人,来掌握它的全面本质"①。此文中所述"全面本质"即涵盖物质文化与精神文化许多因素,其中涉猎所属的心理学范畴有视、听、嗅、味、触觉,以及思维、观照、情感、意志,等等。所指人的个体所有的生理器官,均针对掌管该对象,以及占领或掌管人类现实世界。它们针对的活动对象就是人类生活中的文化思维活动。

著名文艺理论家朱光潜在《谈美书简》一书中,引用上述经典理论之后特别指出:人类思维的生理"器官的功能,不仅在认识或知觉,更重要的是'占领或掌管人类的现实世界'。这就必然要包括生产劳动的实践活动,其中包括艺术和审美活动。各种感官都是在长期历史发展中由实践经验逐步形成的。'各种感官的形成是从古到今全部世界史的工作成果'"。② 亦为"从古到今全部世界史"与心理学与文学思维学的历史成果。对此,我们须从中国文化思维进程与文艺心理学的发展历史及其研究著述全面审视与总结。

第一节　中国文艺心理与思维研究

论及人类心理现象,自古就存在于世,但是在中国学界认识较晚,对人的心理

---

① （德）马克思 . 1844 年经济学—哲学手稿［M］. 中共中央马克思恩格斯列宁斯大林著作编译局,编译,北京:人民出版社,2002.

② 朱光潜 . 谈美书简［M］. 上海:上海文艺出版社,1980.

理论研究与探索仅为近、现代发生的科学大事。据《中国大百科全书·心理学》分册《心理学史》介绍:"中华民族有史以来,直至1840年鸦片战争,历代的思想家有过不少涉及心理问题的论述。这些论述散见于'经'、'史'、'子'、'集'等典籍之中。但是,由于这方面的系统研究开始得较迟,迄今尚未得到充分和系统的发掘。就现在的研究来看,'人贵论'、'形神论'、'天人论'、'性习论'、'知行论'、'情二端论'和'主客论'是中国古代心理学思想的几个主要范畴和重要特色。"①对此,张宏梁的《文学创作思维学的研究对象、内容和方法》一文在其理论基础之上,较为清晰地勾勒出近现代中国文艺心理学流派研究的发展历史:

> 文艺心理学在国内外产生得比较早一些。我国文艺心理学的拓荒者是朱光潜先生。他的《文艺心理学》(上海开明书店1936年版)是我国最早的文艺心理学专著。但由于时代的限制,该书还未形成(作者也并不想建立)自己的理论体系,主要是介绍国外各国的文艺心理学观点:作者用了较大的篇幅讲的仍是美感经验,文艺与道德自然美与自然丑,艺术的起源与游戏,刚性美与柔性美,悲剧,喜感,笑与喜剧等美学问题。思维科学研究蓬勃兴起,把文学创作心理学进一步划分,引出"文学创作思维学",也是顺理成章、顺应文艺科学、思维科学发展的新趋势的。文学创作思维学正是意图探讨作家"研制"、"生产"文学作品的思维过程。它从大量的创作现象入手,研究文学创作的思维本质和思维方式,研究文学创作思维的一般规律和特殊规律。②

追溯华夏文化历史,中国古代第一部专门论述文艺理论的论著应该是《乐记》,又称《礼记·乐记》,其中包括《乐本》、《乐论》、《乐礼》、《乐施》、《乐言》、《乐象》、《乐情》、《魏文侯》、《宾牟贾》、《乐化》、《师乙》等十一篇,旧传为二十三篇,曾保存在西汉学者戴圣辑录的《礼记》卷十一(题为"乐记第十九")和司马迁所撰《史记》卷二十四(题为"乐书第二")之中。《乐记》一直被奉为中国古典文艺理论基石,或称中华民族美学、诗学之精华,亦为中国古代心理学与思维学的奠基之作。

我们从先秦思想家荀子的《乐论》、汉代司马迁的《乐书》、毛苌的《诗大序》,以及有关古代诗歌与音乐论述中得知,所涉基本论点与《乐记》一脉相承。中国传

---

① 心理学史[M]. 北京:中国大百科全书出版社,1985.
② 张宏梁. 文学创作思维学的研究对象、内容和方法[J]. 枣庄师专学报,1986(2).

统艺术之本质涵盖意义甚广，且有鲜明的指向性，即始终强调与社会政治、文化与礼义、道德联系在一起。尽管《乐记》也指出"声、音、乐"或"诗、乐、舞"三者相统一，亦认知音乐与诗歌具有"情动于中，故形于声，声成文"等文艺理论功能。

上述古代论著，均认为文艺创作产品为文人情感的结晶体，但其大前提框定在封建统治阶级"政"与"礼"之范围内，由此为"歌功颂德"、"风月吟诵"之御用文艺作品与理论培植丰腴的文化土壤。诸如《乐记》、《乐论》、《乐书》中沿用的文艺经典理论，即所谓"诗，言其者也；歌，咏其声也；舞，动其容也。三者本于心，然后乐气从之"；"故歌之为言也，长言之也；说之故言之，言之不足，故长言之；长言之不足，故嗟叹之；嗟叹之不足，故不知手之、舞之、足之、蹈之也。"此类至理名言被历代文人学者奉为文艺理论圭臬。

另外诸如："故变风发乎情，止乎礼义。发乎情，民之性也。止乎礼义，先王之泽也"，"故正得失，动天地，感鬼神，莫近于诗。先王以是经夫妇，成孝敬，厚人伦，美教化，移风俗"等言论，曾高屋建瓴于华夏传统文化理念之上。在上述"厚人伦、美教化"的儒家思想的影响之下，中国传统文学逐渐走上"厚物载道"、"文以载道"的文艺心理功能的道路。正如唐代诗人白居易所述："大凡人之感于事，则必动于情，然后兴于嗟叹，而形成于诗歌矣。"从而得以"文章合为时而著，歌诗合为事而作"之文艺学说。

魏晋时期著名理论家陆机在《文赋》中关于文学之"诗缘情"，"收百世之阙文，采千载之遗韵"，"文采盛于目，音韵溢于耳"等论述，亦道出中国古代文艺心理学的深刻内涵。特别是此文中关于诗作构思的名言佳句更为世代所传诵：

> 其始也，皆收视反听，耽思傍讯，精骛八极，心游万仞。其致也，情瞳眬而弥鲜，物昭晰而互进。倾群言之沥液，漱六艺之芳润，浮天渊以安流，濯下泉而潜浸。于是沈辞怫悦，若游鱼衔钩而出重渊之深。浮藻联翩，若翰鸟缨缴而坠曾云之峻。收百世之阙文，采千载之遗韵，谢朝华于已披，启夕秀于未振。观古今于须臾，抚四海于一瞬。

东晋著名学者刘勰的《文心雕龙》更为阐述中国文艺思维原理的奠基之作。此书对文学作品构思想象、谋篇布局，以及遣词造句、修辞技法有着许多精辟、深邃的理论见解。特别是其中的《神思》一章中有关文艺思维的描述绘声绘色、精彩绝伦："文之思也，其神远矣！故寂然凝虑，思接千载，悄焉动容，视通万里；吟咏之间，吐纳珠玉之声，眉睫之前，卷舒风云之色：其思理之致乎？故思理为妙，神与物游……夫神思方运,万涂竞萌,规矩虚位,刻镂无形。登山则情满于山,观海则意溢于海。我才之多少,将与风云而并驱矣。"

图7　诗圣杜甫

唐代文艺理论家司空图效仿东晋著名诗人陶渊明,弃官归乡,长期隐居于中条山王官谷,全身心沉醉于大自然与诗的纯美境界之中。他触景生情,饮酒作诗,低吟浅唱,自得其乐,其正果得以"道心",体悟出"雄浑、冲淡、纤秾、沉着、高古、典雅、洗练、劲健、绮丽、自然、含蓄、豪放、精神、缜密、疏野、清奇、委曲、实境、悲慨、形容、超诣、飘逸、旷达、流动"等二十四品之诗格。其中每品各以十二句四言韵语加以描述与评析。

陈良运在《中国诗学批评史》中高度褒奖司空图的文艺论著《诗品》,说其书是一部"真正的艺术哲学经典之作,对于文学艺术审美创造、审美接收方面的独特贡献,在世界范围的美学史上,都是值得大书特书的。"①

南宋文学批评家严羽曾以语录体诗话形式,别具一格地撰写出在中国文学理论史上产生重大影响的《沧浪诗话》,全书分为《诗辨》、《诗体》、《诗法》、《诗评》、

① 陈良运. 中国诗学批评史[M]. 南昌:江西人民出版社,2001.

《考证》等五篇。他推崇盛唐,论证古典诗词,反对宋诗的散文概念化,强调"羚羊挂角,无迹可求"的旨趣,尤须重视诗歌的艺术意境营造。严羽特地提出"以禅喻诗"为特色,力主"禅道惟在妙悟,诗道亦在妙悟"。其文艺理论格外新颖,后人深得启发,并将其"妙悟"确立为学诗、作诗的基本思维与方法。

对具有中国风格的文艺思维学研究而言,最为精彩,广为人们争相传抄的是《沧浪诗话》一段名言如下所述:

> 夫诗有别材,非关书也;诗有别趣,非关理也。然非多读书多穷理则不能极其至,所谓不涉理路,不落言筌者,上也。诗者,吟咏情性也。盛唐诸人惟在兴趣,羚羊挂角,无迹可求,故其妙处透彻玲珑,不可凑泊,如空中之音,相中之色,水中之月,镜中之象。言有尽而意无穷。

此名著还推崇"诗有别趣"之境界,是因为诗之特殊文体与性质所使然。诗歌不能混同于散文"以理入诗",须"吟咏情性",因"惟在兴趣"所至,所谓"诗之极致有一,曰入神"。照此运作,才能书写出"一唱三叹"之乐音,以及"诗而入神"之伟作。

时值清末民初,在"中体西用"的洋务文化运动之中,王国维先生为介绍西方哲学、美学、文学,在研究中国传统诗学、心理学、文学、思维学、文化学方面做出巨大的努力与卓越的贡献。特别是他撰写的《人间词话》可谓对中国传统文艺理论最精彩的文字总结。

关于《人间词话》的主要文艺学论点与学术成就,已有诸多学者著文介绍与评述。举其要者如:"能写真景物真感情者,谓之有境界。"此"境界说"是《人间词话》的文艺理论核心。对此,王国维反复论述:"境非独谓景物也,喜怒哀乐亦人心中之一境界。故能写真景物、真感情者,谓之有境界,否则谓之无境界。"他还指出:"有造境,有写境,此理想与写实二派之所由分。然二者颇难分别,因大诗人所造之境必合乎自然,所写之境亦必邻于理想故也。"另有类似精彩警句格言:"有有我之境,有无我之境。""无我之境,人惟于静中得之;有我之境,于由动之静时得之。""文文山词,风骨甚高,亦有境界。""言气质,言神韵,不如言境界。有境界,本也;气质、神韵,末也。""词以境界为最上,有境界,则自成高格,自有名句。"等等。

王国维在《人间词话》一书有一段为人传诵的名言佳句,亦为论述"境界"之语:

　　古今之成大事业大学问者,必经过三种之境界:"昨夜西风凋碧树,独上高楼,望尽天涯路",此第一境也;"衣带渐宽终不悔,为伊消得人憔悴",此第二境也;"众里寻他千百度,蓦然回首,那人却在灯火阑珊处",此第三境也。此等语皆非大词人不能道。然遽以此意解释诸词,恐晏、欧诸公所不许也。①

　　王国维先生认为"境界"必须通融于"意境"。他在《人间词话》中论述:"古今词人格调之高无如白石,惜不于意境上用力。故觉无言外之味,弦外之响,终不能与于第一流之作者也。"

　　在《人间词话》中,王国维进而阐释:"文学之工不工,亦视其意境之有无与其深浅而已。自夫人不能观古人之所观,而徒学古人之所作,于是始有伪文学。学者便之,相尚以辞,相习以模拟,遂不复知意境之为何物,岂不悲哉?"继而,他又将"意境"与"情境"紧密联系在一起进行比较研究。在《人间词话删稿》中,王国维提出:"昔人论诗词,有景语、情语之别,不知一切景语皆情语也。"其理论为现当代形象思维学奠定了坚实的学术基础。

　　中国当代文艺思维学研究正是建立在中国传统文化学、文艺诗学与心理学基础之上。对此,杨春鼎在《中国形象思维研究20年》②一文中详细介绍:"20世纪50年代以来,我国学术界关于形象思维的研究"大约分为如下三个阶段:

　　第一阶段,即起始阶段产生于20世纪50年代至"文革"前夕,在此阶段,我国文艺界、美学界初步开展了形象思维的研究与讨论。著名美学家李泽厚发表于1959年《文学评论》第2期的《试论形象思维》一文,是这一阶段的主要成果。然而这篇文章当时不仅不为理论界普遍认可,而成为《红旗》杂志重点批评的对象。

　　第二阶段从1978年开始,为恢复研究与讨论形象思维的阶段。毛泽东主席给陈毅元帅的书信中三处讲到"诗要用形象思维",因"十年浩劫"而中断的形象思维研究又得到学术界的重视,并带来全国范围的几乎所有高等院校、科研机构、报刊社团参与的"形象思维大讨论"。形象思维研究不再成为学术禁区,而成为美学、心理学、文艺学研究的重要攻关课题。

　　第三阶段是从20世纪80年代初开始的,这是自觉、深入、科学地研究形象思维的阶段。于1981年,《自然杂志》发表了钱学森先生《系统科学、思维科学与人

---

① 王国维. 人间词话[M]:上海:上海古籍出版社,1998.
② 杨春鼎. 中国形象思维研究20年[J]. 晋阳学刊,2005(1).

体科学》一文,提出"创立形象思维学"的设想。他认为形象思维是人类普遍存在的思维形式,而不限于文学艺术家专用的思维形式。钱学森从现代科学技术体系学科的崭新角度,把思维科学放在与自然科学、社会科学并行的综合学科位置上,为形象思维研究开辟了更为宽广的研究途径。

20 世纪末至 21 世纪初之间,我国有关文艺心理学与文学思维学研究的成果日益增多,诸如北京大学金开诚教授在 20 世纪 80 年代连续出版《文艺心理学论稿》、《文艺心理学概论》等有关文艺心理学方面的著作。其中《文艺心理学论稿》(北京大学出版社 1982 年出版)分为"表象篇"、"思维篇"、"情感篇"等主要部分,围绕着"自觉表象运动"这个核心,阐述了"表象"的特征与内在机制,"自觉表象运动"与抽象思维及情感心理的关系,从而构成了以"表象"为逻辑起点,以"自觉表象运动"为总体特征的关于文艺心理学的比较理论体系。他的《文艺心理学概论》中特别强调根据人的大脑活动的整体性原则,论证文艺创作与欣赏以自觉表象运动为核心。借以实现表象活动、思维活动与情感活动的有机结合的重要性,辩证性地论证了文艺创作过程中,文学家、艺术家心理活动及其客观发展规律。

鲁枢元著《创作心理研究》(黄河文艺出版社 1985 年出版)是一部文艺创作心理研究的论文集。该书从"一切生活现象只有变成文学家的心理现象,才有可能变成文学现象"这一基本观点出发,科学、系统地研究了文艺创作的心理机制及其运行规律。他认为,文学艺术的创作活动,就审美主体的心理活动方式而言,是一个包括感觉、知觉、统觉、联觉、冲动、体验、注意、记忆、认识、思维、直觉、想象等心理功能在内的极其复杂的心理过程。从心理机制而言,它包括"感觉体验、动机动力、知解分析、调节控制、整合完型",同时还指出:"它的一端连结着人的生理机制,一端连结着个人的社会关系,它是一座沟通社会与个人、生活与文学的桥梁"。

钱谷融、鲁枢元主编的《文学心理学教程》(华东师范大学出版社 1987 年出版)一书,所论范围包括"文学创作心理"和"文学欣赏心理"两个大方面。在创作心理学方面,又涵盖了创作主体、创作客体对象、创作表现的工具(符号)—语言等主要方面,具有较完整的系统性。全书视野开阔,体例新颖,广泛、及时地从哲学、美学、社会学、人类学、语言学等邻近学科汲取最新研究成果。此外,《文学心理教程》紧密联系文艺创作实际情况,其心理学的认识与结论均建立在文学创作实践所获大量、翔实的第一手资料上,具有很强的说服力。

王先霈著《文学心理学概论》(华中师范大学出版社 1988 年出版)是以苏俄心理学中社会文化历史学派的观点为参照,并吸收了西方现代心理学的研究成果,充分利用中国古代文学心理学思想的丰富资料,结合中外作家的创作经验,对文学创作和欣赏过程中的心理现象进行深入的理论探索。特别是对那些历来讨论较多,对文学活动指导意义较大的理论问题,诸如:文学家的观察和体验、创作情绪、创作心境、文学创作心物、言意关系,无意识、直觉和灵感、作家的才能与个性、欣赏中的期待与满足、趋同与趋异,等等论题,进行了较为集中、全面的阐述。该书力图在探讨人类文学活动普通心理规律的同时,体现中国审美心理的理论特色,颇注重相关理论的系统性、科学性与当代性的结合。

黎山豸著《文艺创作心理学》(长江文艺出版社 1988 年出版)采用"对话体"形式论述了文艺创作心理学人们关注的五大问题。其中"创作活动的心理形式"一章,进行了感受、直觉、观察、情感、思维、想象、灵感、体验等方面的讨论;还有"文学艺术家的心理结构"一章,从心理结构层次、思维特征、创造的智力等方面论述,覆盖文艺思维形式的各个层面,给文艺学界很大的启示。此书所阐述的文艺心理学、思维学原理亦可印证我国古代文艺家复杂的创作境况。

高楠著《艺术心理学》(辽宁人民出版社 1988 年出版)运用了西方"格式塔"心理学、马斯洛心理学、认知心理学、精神分析学等心理学研究成果,其理论横跨古今,融汇中西,以人为母题,以情感为核心,以心理定势为枢纽,以潜意识为重点,以艺术创作与实践为依据,以性格特征为中心,较全面、系统地研究了文学艺术认知心理现象的客观规律性。

曹文轩著《思维论》,作为"文艺探索书系"成果之一,由上海文艺出版社于1991 年出版。该书从哲学的角度讨论了文艺思维原理,并对此领域一系列重要艺术命题进行哲理高度的重新审视,从而在更深层次上肯定了一些新命题,否定了一些旧命题。譬如,他对"再现论"提出质疑,认为"只有表现的艺术,没有再现的艺术"。因为艺术是表象世界,表象世界不等于客观世界。若执意肯定"再现论",实际上抹杀了作者的创作个性和风格。艺术只能是对客观的主观表现。在讨论艺术的起源及本质时,作者认为:以往的艺术起源理论只说出了艺术的次原因,而不是元原因。由于人类有了精神情欲和创造的生命冲动,才产生了艺术文体。而这种艺术又是自由的,有规律而没有规则,并表现出三种创造形式:"省略"、"重组合"、"空幻"。该书还讨论了"感觉与思维","语言与思维"的关系。另外,作者还对"想象"、"知识"、"泛论"等名词提出自己独特的看法。

董小玉著《文学创作与审美心理》(四川教育出版社 1992 年出版)是一部研究文艺创作心理机制与审美心理的学术专著。该书侧重从审美心理学角度探讨创作主体、创作活动的心理过程,以寻觅文学创作的基本规律。全书分别论述了文学创作的心理需要、感受、思维、想象、情感、构思、技巧、语言等八个知性范畴,及其内在运行规律,并且结合哲学、心理学、美学、文化学、社会学、语言学等学科理论,从不同的理论视角对创作心理进行理论阐释,从而建构起"创作审美学"的理论框架。

彭方著《文学人才学》(中国文联出版社 1992 年版)是探讨作家智慧奥秘和成才规律的学术专著。全书探讨了"创作过程的情绪性"、"劳动方式的个性性"、"不可替代和重复的独创性"等职业作家的基本特征,分析影响作家成才的一些重要条件,研究了潜意识、潜感觉等深层心理结构;对记忆、想象、灵感等的积蓄和触发,以及心理变异、超常、精神深处的苦闷,创作主体的真正解放和自由,创作冲动的来潮和驱动等要素之间的关系等问题进行了有益的探讨。

刘安海著《文学创作:系统的心灵创造工程》(华中师范大学出版社 1993 年版)是一部专门研究文学创作思维学的著作。全书把文学创作过程看作一个心灵创造系统工程,这个工程被作者称为"母系统",其下统摄六个子系统:第一个为创作动机,第二个为观察体验,第三个为创造思维体系,第四个为整合完形,第五个为艺术表现,第六个为调节控制。此书认为每个子系统同母系统之间都有着极其紧密的学术联系。作者的立论建立在对诸多理论知识的融汇,以及对大量创作实践想象的分析基础之上。

杨文虎著《艺术思维与创作发生》(学林出版社 1998 年版)一书首先对"艺术"和"前艺术"思维方式进行独到的理论阐释,将"神话思维"视为一种叙事活动,认为神话思维起源于人类的梦境,并且考证、探究其发生年代,及其人的梦思与想象的辩证关系。在此基础上,作者依次讨论了原始思维方式中"隐喻思维"的逻辑法则与功能,原始思维文化产物之文学艺术符号、艺术构思的刺激模式和形象思维的关系。该书因为涉及并参照了人类学、神话学、民俗学、思维学、心理学、语言学、符号学等诸多学科,其理论在广阔的文化视野层面上对文学艺术创作进行了全新的审视。

吕景云、朱丰顺著《艺术心理学新论》(文化艺术出版社 1999 年版)为艺术思维心理学专著,分为上、中、下三编,总共十二章。书中论证"艺术思维"的章节文字较多。第一章"艺术掌握世界方式的诸要素",作者认为"艺术思维和艺术心理的作用应居首要地位";第二章"艺术思维中的艺术语言",作者认为"离开了艺术语言就难以展开艺术心理活动和艺术思维活动";第六章"意象思维的逻辑"和第七章"艺术思维的规律"中主要阐明两大问题:一是探明艺术思维中所包含的意象思维(一般称形象思维)和抽象思维怎样交替进行、配合活动的规律;二是探明意象思维的四种思维形式和三种思维规律,以及与抽象思维相互关系的文化特性。

朱行能著《写作思维学》(人民出版社 2007 年出版)把写作学和思维学有机结合起来,分别从"写作的思维品质"、"写作的思维类型"、"写作的思维方式"等三个方面,认真审视多年公布的高考作文试题,将写作学和思维学全面、系统、有机地交叉、融合进行研究。作者认为:写作是思维的一种外在表现形式,思维贯穿整个写作过程,"没有思维的尝试就没有科学的写作行为"。该书就学生们应具有怎样的写作思维品质,怎样才能具有优秀的写作思维品质,学生应掌握哪些写作的思维类型和思维方式,怎样才能灵活运用各种写作思维方式,得心应手进行写作等问题,进行了全面、细致、系统、深入的探讨。

陶伯华著《智慧思维学》(吉林人民出版社 2010 年出版)被列入"中国思维科学丛书"之中。他从钱学森先生提出的"大成智慧工程"与"大成智慧学"的高度出发,对"智慧思维"做了进一步高层次的理论探索。特别是对"生物智能"的演进、"原始思维"的飞跃、"抽象思维"的提升、"辩证思维"的发展、"创新思维"的开拓,以及"人机思维"的匹配等连锁性问题等,进行前沿性、系统性的学术探讨。

童庆炳主编的《文学理论教程》从文艺学与思维学高度进行阐释:"文艺学是研究文学的性质和特点及其发生、发展的规律的科学,属于社会科学范畴。文艺学是文学实践的理论总结,又受到文学实践的检验和修正,并给文学实践以指导。文艺学有三个主要组成部分:文学理论、文学史、文学批评。文艺学是文学实践的理论总结,并给文学以指导。"①显而易见,文艺心理学或文学思维学均须按照上述心理学、思维学与文艺学中"文学理论、文学史、文学概论"及其学理予以科学梳理,如此才能得以全面、系统的佐证。

第二节　中国思维学的理论基础

翻阅史书经典,我们发现,中国传统文艺思维理论早已散见于"经、史、子、集",以及历代思想家、教育家、文学家言论著述之中。古代心理学业已成为中华民族文明道德与传统文化体系的一个重要组成部分,其基本原理分别归属于"人

---

① 　童庆炳主编. 文学理论教程[M]. 北京:高等教育出版社,1992.

贵论"、"天人论"、"形神论"、"性习论"、"知行论"、"情二端论"、"主客论"等六个重要学术范畴之中：

1. 人贵论。"贵"，即贵重、富有价值，认为世界万物之中，人最为可贵，其作用最大。"人贵论"与《尚书》"惟人，万物之灵"含义相通，大致从先秦时开始出现，并逐渐演化为此学术观点。春秋末年，著名思想家老子把"人"看作天地间"四大"之一："故道大，天大，地大，人亦大。域中有四大，而人居其一焉"(《老子·二十五章》)。《易传》则将人与天、地并列，称为"三才"。战国末年著名思想家荀子云："人有气有生有知亦且有义，故最为天下贵也"(《荀子·王制》)。《孝经》亦云："天地之性，人为贵。"《黄帝内经》云："天覆地载，万物悉备，莫贵于人。"汉代董仲舒云："天地之精所以生物者，莫贵于人"(《春秋繁露·人副天数》)。王充云："倮虫三百，人为之长；天地之性，人为贵，贵其识知也"(《论衡·别通》)。宋代周敦颐云："一气交感，化生万物，万物生生变化无穷焉。唯人也得其秀而最灵"(《太极图说》)。

2. 天人论。亦关于人和天的关系之学说。古代天人论大致可以归纳为以下三种观点：

(1) 天人相分说。或称"天人对立说"。先秦荀子在《天论》中曾精辟论证：

> 大天而思之，孰与物畜而裁之？从天而颂之，孰与制天命而用之？望时而待之，孰与应时而使之？因物而多之，孰与骋能而化之？思物而物之，孰与理物而勿失之也？愿于物之所以生，孰与有物之所以成？故错人而思天，则失万物之情。

荀子认为，大自然与人事各有自己的规律，一般是互不相干的，所以必须"明于天人之分"。从这个观点出发，他希望人做大自然的主人，"制天命而用之"。他提出要顺应天地万物的自然生长，掌握自然发展的客观规律，改造自然，役使万物。此观点凸显了"以人为本"的思想。基于天人对立、"以人为本"思想，在一定时期内是具有积极意义的，但旷日持久"与天斗，与地争"，则不可避免地产生破坏生态平衡、贻害人类自身的消极作用。

(2) 天人相用说。亦称"天人互动说"。以唐代刘禹锡理论为代表："大凡人形器者，皆有能有不能。天，有形之大者也；人，动物之尤者也。天之能，人固不能也；人之能，天亦有所不能也。故余曰：天与人交相胜耳。"他又说："万物之所以为无穷者,交相胜而已矣,还相用而已矣。天与人,万物之尤者耳。"①

古代圣者贤达普遍认为:天与人各有所能,可以互相争胜。这在一定程度上至使天与人处在对立的地位,但其"交相胜"一语,又把天与人联系在一起,并自然而然地引出了"还相用"的命题。就是说,正因为天与人可以交相取胜,所以就应当相互利用,让二者既对立又统一。特别值得注意的是,这种合乎辩证法精神的"天人观",把天与人推上同等的地位,即所谓"天与人,万物之尤者耳"。这种观点的意义在于宣告:"天是物",它不会给人以祸福赏罚;同样,"人也是物",不必巧取豪夺,自谋私利。

(3)天人合一说。亦称"天人和谐说"。这种思想理论源远流长、意韵深长,可上溯至先秦《周易》学说。《周易》虽然没有明确表述天人关系,但已经蕴涵着自然界与人类社会融为一体的永恒观念。其"卦辞"、"爻辞"中或将人事与自然现象融合起来证明吉凶,或以自然现象回答天人诸事问题。此后,孔孟学派与老庄道家学说继承并发展了这一思想。北宋张载首次明确提出"天人合一"的理论。他强调:"儒者因明致诚,因诚致明,故天人合一。"他承袭了"天人相同、诚明统一"的观点,同时把天人合一解释得非常神秘而自然。

图8 翩然起舞

在此之前,汉代董仲舒提出的"天人相类"感应论,曾把天人神秘性推向至崇境界,但他只是"神学"的说教,并没有什么理论依据。而宋代张载、"二程"、朱熹等则赋予"天人合一"相应的理论形态,即所谓"天人一物","人之所以为人,以有天理",

① (唐)刘禹锡. 刘禹锡集[M]. 上海:上海人民出版社,1990.

"天人本只一理"等。对此,燕国材著《中国心理学史》客观睿智地予以评析:

> "天人合一"确实有其神秘的一面,必须予以抛弃,但也有科学的一面,必须予以肯定和发扬。这就是天地人相参,即天生之,地化之,人成之,只有和谐协调,才能保持生态平衡,有利于人类与大自然的持续发展。①

依上所述,"天人合一"主要指四个方面内容:一是人是自然界的一部分,是自然系统中不可缺少的要素之一;二是自然界有普遍规律,人应服从这个普遍规律;三是人性即"天道",道德原则和自然规律是一致的;四是人生的理想是天与人的协调。自然与社会此规律往往显现于中国传统文艺思维与作品之中。

3. 形神论。此为关乎人的心身关系的学说,由"魂魄论"转化而来。古代"形神论"的观点存在着不少分歧,清代戴震却颇有见地把其一分为二,即归纳为"一本论"和"二本论"。

诸如,一本论。戴震明确提出"有血气则有心知"与形神关系的一本论。他在《孟子字义疏证》中写道:"天下为一本,无所外。有血气,则有心知;有心知,则学以进于神明,一本然也;有血气心知,则发乎血气心知之自然者,明之尽,使无几微之失,斯无往非仁义,一本然也。"这里的"血气"表示人的形体,"心知"表示人的精神与心理。在他看来,有了形体,然后才有精神;有了精神,才能通晓仁义,通过学习进入神明。由此可见,所谓"一本"就是以血气、形体为"本",由形体产生精神、心理。这显然是一种唯物一元论的"形神观"。

在中国古代心理学思想史上,属于一本论的主要观点有如下五种:

(1)"形具神生"。这是荀子提出的一个重要观点,开创并奠定了"一本论"的理论基础。他写道:"天职既立,天功既成,形具而神生"(《天论》)。这里从人之"生"的角度,论述了形神之间的关系;先有形体,后有心理、精神,随着人的形体的具备,心理、精神也随之产生。更值得关注的是,荀子不是一般地谈论形体如何产生心理,而是进一步具体地讨论感知、思维的产生等问题。在他看来,人的文化思维是"天君"的产物,而各种感知则是"天官"活动的结果。这一思维心理学思想在中国心理学思想史上具有划时代的意义。

(2)"人死之后无遗魂","气索而死如火烛之俱尽"。这是三国时期思想家杨泉在《太平御览·礼仪部引》提出的"形神观":"人含气而生,精尽而死。死犹

① 燕国材著. 中国心理学史[M]. 杭州:浙江教育出版社,1998.

澌也,灭也。譬如火焉,薪尽而火灭,则无火矣。故灭火之余,无遗炎矣;人死之后,无遗魂矣。"借以用烛火来说明形神之间的神秘关系。

西汉末东汉初思想家桓谭在《新论·祛蔽》对此现象进一步论证:

> 精神居形体,犹火之然烛矣;如善扶持,随火而侧之,可毋灭而竟烛。烛无,火亦不能独行于虚空,又不能后然其。犹人之嗜老,齿堕发白,肌肉枯腊;而精神弗为之润泽,内外周遍。则气索而死,如火烛之俱尽矣。

杨泉曾著文认为:人是含气而生的,气尽了人就会死掉;又如同火灭"无遗炎"一样,人死也就"无遗魂矣"。这与桓谭所说"气索而死,如火烛之俱尽"一脉相承。桓谭虽然论及"精神居形体",表明精神与形体不可分离,但难以得出"形存则神存"的结论。他从"人死"的角度对"形尽则神尽"论述得较为清楚:"烛无,火亦不能独行于虚空。"意为人的形体不存在了,人的精神也就不能继续活动。"气索而死,如火烛之俱尽",意为人衰老死亡时,其形体与精神都会同归于尽。如果说,荀子只是解决了人出生后产生心理的问题,而没有回答人死亡后精神还是否存在。尽管杨泉、桓谭二位古代哲人没有回答精神是由形体产生的问题,但他们却解决了形体朽亡后精神也随之死亡的问题。可见,只有把这二位思想家与荀子的形神观点结合起来,才能够较有效地解决形神关系问题。

东汉思想家王充正是在荀子理论基础上形成了自己的形神观。

(3)王充在《论衡·论死》中指出:"未死,精神依倚形体"与"已死,形体坏烂,精神消散亡。"随之,他提出著名的形神观言论:"夫物未死,精神依倚形体,故能变化,与人交通;已死,形体坏烂,精神散亡,无所复依,不能变化。夫人之精神犹物之精神也。物生,精神为病;其死,精神消亡。"

王充从"未死","精神依倚形体"和"已死","形体坏烂,精神散亡"两方面论述形神之间关系。桓谭的"精神居形体",表明精神于形体是一种寄生寓居的关系,二者不存在相互依存、不可分离的关系,难以概括形存则神存。但是王充的"精神依倚形体"表明精神与形体相互依存而不可分离,从而得出"形存则神存"的结论。王充认为,人死之后,形体既已朽烂,精神也就会随之而消亡。

(4)"形存则神存,形谢则神灭"。南北朝思想家范缜在《神灭论》中提出:"或问予云:神灭,何以知其灭也? 答:神即形也,是以形存则神存,神谢则神灭也。"此处的"神即形也",含有不离(不可分割)不异(不相对立)之意。形体存在,精神也就存在;形体萎谢了,精神也就随之而消灭。此外,他还指出:"形者,神之质;神者,形之用。"意谓形体是产生心理的物质基础,心理功能则是形体表现出来的作用。

(5)"因形而发用"与"形非神不运",这是明清之际思想家王夫之在《张子正蒙注·诚明》中的重要观点:"凝之于人而函于形中,因形而发用而起知能。"其意表明,太和之气物化,产生人的形体,形体形成后又会表现一种作用,这就是"知能",亦即人的心理和意识。王夫之的这个命题既含有荀子的"形具神生",也含有范缜的"形质神用"之意蕴。他在《周易大传·大有》亦表述:"故形非神不运,神非形不凭。形失所运,死者之所以有耳目而无视听;神失所凭,妖异之所以有影响而无性情。"

形非神不运,即"以神运形",意思是如果形体失去了心理与精神,那么形体就无法运行和活动。正因为如此,死人虽有耳目之体,但不能有视听之用;离开了形体而独立存在的精神、心理,只能是一种虚无缥缈的魔幻怪异行为。显而易见,王夫之的形神观观点富有辩证主义精神。

另有二本论。所谓"二本",是说把形体("血气")和精神("心知")看作两个本原、实体,即今之所谓的"二元"论。统而言之,中国古代有关"二本论"有如下五种观点:

(1)"形与知处"。先秦哲人墨子在《墨经》写道:"生,刑与知处也。"这里的"生",指生命;"刑"同"形",即形体;"知"为知识,泛指真理、精神。孙诒让为此出注:"此言形体与知识合并同居则生。"就是说,人的形与神相结合,就会表现出强有力的生命力;反之,形与神分离,形体就会成为一具僵尸。这显然是把形体与精神看作两个本原、实体,其关系是既可结合也可分离,这是一种典型的"形神二元论"。

老子亦持类似的观点。据《道德经》云:"载营魄抱一,能无离乎?"河上公出注:"营魄,魂魄也。"魏源《老子本义》云:"营,读为魂。"魄指形体,魂指精神。其"一"有两种说法:或指"身体",或为"统一"。这两句话的意思是,精神("魂魄"均作此解)可以与身体结合,或精神与形体能够统一,既然如此,难道精神与形体就不会分离吗?实质上二者理论都将精神与形体看作两个独立的本原、实体。

②"形、气、神"三位一体。在形神观方面,汉代刘安在《淮南子·原道训》中提出著名的"形、气、神"之学说,并考察了三者之间的关系:

> 夫形者,生之舍也;气者,生之充也;神者,生之制也;一失位则三者伤矣……故夫形者,非其所安也而处之,则废;一气不当其所充而用之,则泄;神非其所宜而行之,则昧。此三者,不可不慎守也。

"形""气""神"三者,在人的生命活动中确实具有各自的重要地位与作用。形体是生命的客舍,它可以储气藏神;气是人的生命之源,它可以使人充满活力;神是生命的主宰,它可以控制人的生命活动。三者各处其位,各司其职,故人云:"一失位则三者伤矣。"如果形体不是安其作为客舍的地位,就会败坏;精气不是发挥它充实生命的作用,就会泄漏;精神若不守住它主宰生命的地位,就会昏暗。所以,必须使三者各安其位,又三位一体,各尽职守,又相互联系。这也是《淮南子》提出的所谓"慎守"的含义与要求。

(3)"形心神"相互制约。在讨论形神关系问题时,成书于南北朝的刘昼《刘子新论·清神》中曾提出"形、心、神"三方面之理论:"形者,生之器也;心者,形之主也;神者,心之宝也。故神静而心和,心和而形全;神躁而心荡,心荡则神伤。"在他看来,"形体"是生命的器官,"心脏"是形体的主宰,"精神"是心脏的宝贝,三者相互影响与支撑。精神安静则心脏和谐,心脏和谐则形体健全;反之,精神烦躁则心脏动荡,心脏动荡则精神遭受伤害。据《刘子新论》所述形、心、神三者之关系,实质上就是形神之间的关系。明显地把形体与精神看作两个实体,是一种二元论的形神观。

(4)"无心则无身,无身则无心"。明代思想家王守仁在《传习录》中提出了著名的形神观:

> 耳目口鼻四肢,身也,非心安能视听言动?心欲视听言动,无耳目口鼻亦不能。故无心则无身,无身则无心。但指其充塞处言之谓之身,指其主宰处言之谓之心,指心之发动处谓之意,指意之灵明处谓之知,指知之涉着处谓之物。

在王守仁看来,没有作为"身"之耳、目、鼻、口与四肢,身就不能视听言动。同样,作为"心"的视听言动,没有耳、目、鼻、口与四肢的活动也不会产生。身是"充塞处",而心则是"主宰"者,是两个独立的生命实体。他还认为,心不仅可以支配身的活动,而且还能够表现为"意"和"知";同时,身、心、意、知、物等五者说到底"只是一件"。

(5)"舍形则无性,舍性亦无形"。明末清初思想家颜元与王守仁的提法基本一致,即主张"形神统一"。他在《四存编》中指出:"形,性之形也;性,形之性也。舍形则无性矣,舍性亦无形矣。失性者据形求之,尽性者于形尽之,贼其形则贼起性矣。"

形体是心性的形体,心性是形体的心性。舍弃形体则没有心性,舍弃心性也就没有形体。一个人失去了心性即由形体去求取,要完善心性也须由形体去追求,伤害形体自然会伤害心性。形体与心性统一,可谓"一荣俱荣,一损俱损"。此说显然亦为形神二元论的命题。

4. 性习论。据车文博主编《中外心理学比较思想史》指出："人性的发展是因先天因素与后天因素互动所致,并对其产生作用的结果。"性习论中的"性"有两种:一种是由生长而来的性,可以称为"生性",亦即人的自然本性;另一种是人出生以后由学习而来的性,可以称为"习性"。所谓"习",是指"后天的教育、学习、习俗与环境等的影响"。①

先秦墨子曾在《所染》一文中指出,人性如"素丝","染于苍则苍,染于黄则黄"。他所说的"染",也是"习"的意思。人的生性犹如一束"素丝",无所谓好坏、善恶之分,只有通过后天的习染,方可得到培养。王充在《论衡》中指出:"善可变为恶,恶可变为善";"习善而为善,习恶而为恶"。可见,染或习的作用之巨大。习性在形成的过程中并非一成不变,会在环境与教育的影响下形成和改变。中国古代思想家还主张把性和习,或生性和习性结合起来,强调"习与性成"和"日生日成"。

荀子《礼论》曰:"性者,本始材朴也;伪者,文理隆盛也。无性则伪之无所加,无伪则性不能自美。"其"性"犹如一块原始、素朴的关乎善或恶的材料;其"伪"是后天加工,即环境、教育、学习对人性发展的影响。没有"天性"的基础,加工就无处下手;没有后天的"习得"与加工,天性就不能自行趋于完美。他明确肯定人的心理实为先天因素与后天因素交融而形成的"合金"。

董仲舒亦有类似的言论:"性者,天质之朴也;善者,王道之化也。无其质,则王道不能化;无其王教,则质朴不能善"(《春秋繁露·实性》)。意即性是与生俱来的自然素质,而善则是教育培养的结果。后来,王夫之集古代性习论之大成,在《俟解》中从理论上作了进一步阐释:"孟子言性,孔子言习。性者天道,习者人道。"在他看来,天道与人道,性与习应当相统一。

5. 知行论。"知"指知识、思想、认识;"行"指人的行为、实践。这不仅是伦理学、心理学的理论基础,而且是哲学、思维学的重要论题。它涉及人类的认识与实践的关系问题。中国历代思想家、哲学家、理学家都对"知行"有自己独特的看法和见解。

关于知与行关系的探讨,最早见于《尚书·商书》:"知之非艰,行之惟艰。"荀子主张知行的统一:"闻之不若见之,见之不若知之,知之不若行之。学至于行而止矣"(《荀子·儒效》)。即认为学可以不断深化、递进,学和行相结合,才能真正

① 车文博主编. 中外心理学比较思想史[M]. 上海:上海教育出版社,2009.

学到位。故亦云:"知之而不行,虽敦必困"(《荀子·儒效》)。就是说,知脱离了行是艰难的。或曰:"知明而行无过矣"(《荀子·劝学》)。同样讲明了行必须有知的帮助。可见,荀子认为知行是统一的,知和行是相辅相成的。

董仲舒亦主张"知先行后"。他指出:"凡人欲舍行为,皆以其知先规而后行之"(《春秋繁露·必仁且智》)。他在这里否定了行对知的作用是片面的。后世宋代的思想家大都承袭"知先行后"的思想,如理学家程颐指出:"须是知了,方行得";"君子以识为本,行次之"(《二程遗书》)。朱熹对此有所发展,提出了知行"常相须"的观点:"知行常相须。如目无足不行,足无目不见。论先后,知为先。论轻重,行为重"(《朱子语类》)。此外,他还说:"知之愈明则行之愈笃,行之愈笃则知之愈明。"此观点包含着知行关系的辩证法思想。明代王守仁则以主张"知行合一"著称于世:"知之真切笃实处即是行,行之明觉精察处即是知。知行工夫本不可离,只为后世学者分作两截用功,失去知行本体。故有合一并进之说。"

明清思想家王廷相和王夫之亦有对知行关系的论述,很合乎科学发展轨迹之说。王廷相提出"知行并举":"讲得一事即行得一事,行得一事即知一事,所谓真知矣。徒讲而不行,则遇事终有眩惑"(《与薛君采书》)。他还明确主张:"必知行举者能之也"(《慎言·潜心》)。并明确提出"实践"的概念,强调"履事"、"习事"和"实历"的重要作用。王夫之对知行关系的主张是:《说命》曰:'知之非艰,行之惟艰',千圣复起,不易之言也……知非先,行非后,行有余力而求知。圣言决矣而孰与易之乎"(《尚书引义》)? 他不赞成"知行合一",并对此提出批评:"知行相资以互用……不知其各有功效而引资,于是姚江王氏'知行合一'之说得借口惑世"(《礼记·章句》卷三十一)。这是更加接近辩证法的知行思想理论。

图9　童年梦想

6. 情二端论。亦称"情二端说",简称"二情说",是中国古代关于情感的分类学说。此学说把情感分为"好"或"爱"、"恶"或"憎"两大类,认为人的一切"情"都是以这二者为基础分化出来的。情二端说虽出自《左传》,但到《礼记》才得以明确表述:"饮食男女,人之大欲存焉;死亡贫苦,人之大恶存焉。故欲恶者,心之大端也。"其后,历代不少思想家都赞成此种观点。经比较研究,二情说与现代心理思维学之情绪分类如出一辙。

钱钟书先生对中国传统理学与文化思维学研究颇有建树。他的文艺美学、心理学专著《谈艺录》(开明书店1948年出版),以传统诗话、札记的方式论证中国古典诗歌艺术,并大量引证西方文艺理论并加以比较研究。此书旁征博引,探幽发微,富有文艺创作心理与鉴赏思维学重要价值。如其中的"论妙悟","讲神韵","谈灵感","说境界","聊灵感"等专论,理论与实践相结合,见解超群,精彩纷呈。此外,他还生动解析了"诗思"、"理趣"、"梦诗"、"通感"、"寄托"等有关文艺心理学方面的理论问题,在海内外学界产生广泛的影响。

鲁枢元、童庆炳、程克夷、张皓主编《文艺心理学大辞典》收录古今中外关于文艺心理学、文学思维学的辞目1656条。其具体内容分为八编:1.文艺心理学一般,2.学科·学派·学说,3.主体心理,4.创作心理,5.作品心理,6.接受心理,7.中国文艺心理学史,8.外国文艺心理史。其中在第二编"学科·学派·学说"中,此书开列出诸多传统思维理论要点:"感应说"、"天人合一说"、"诗言志说"、"大音希声说"、"文气说"、"缘情说"、"以形写神说"、"气韵生动说"、"心物交融说"、"情志合一说"、"造化心源说"、"传神说"、"心境说"、"妙悟说"、"童心说"、"搴神说"、"神韵说"、"性灵说"、"意境说"、"境界说",等等,为我们深入研究中国古今心理学、思维学与文学理论提供了宝贵的文献资料。

关于对文艺心理活动奥秘的探索,著名作家王蒙在为《文艺心理学大辞典》撰写的"序言"中,鞭辟入里地评述:

> 心理活动的丰富性、强烈性与深刻性是文艺的魅力的一个重要源泉。文艺心理活动,是人——尤其是那些具有文艺的悟性的人的精神生活的一个最具质量的部分,是一种无法替代的精神享受与精神升华,是人类文明的一个重要标尺。

他直言不讳地批评与指正,我们的文艺理论工作者在研究文学与思维学心理学方面做得还不够,还需要在"七大方面"进行深入的学术研究:"1.创作的发生学,2. 创作的心理机制,3. 文艺信息与符号,4. 文艺接受心理,5. 文艺接受功能,6. 文艺批评的心理依据,7. 文艺心理学的中国传统。"①

由此延伸,中国传统思维学也应该不断开拓上述诸课题的学术研究时空,以拓展文艺心理学、文学思维学的新天地。与此理论相呼应,张宏梁在《文学创作思维学的研究对象、内容和方法》一文中认为,对文学创作与思维现象认知必须解决下述一些重要问题:

1. 文学创作过程中思维种类的划分;2. 表象、联想与想象;3. 形象概念从具体向更具体的逻辑行程;4. 情感在形象思维中的作用;5. 作品的构思;6. 文学创作中的思维指向;7. 思维对象组合方式的多样性;8. 文学创作思维的几条基本规律;9. 叙事性文学作品创作中的推测;10. 文学创作思维的多种逻辑途径;11. 情节和人物性格发展的逻辑;12. 从不合逻辑的现象看合逻辑的本质;13. 文学创作中的思维和语言的同一与差异;14. 作家的思维素质;15. 关于电子计算机能否进行文学创作的争论。②

李炳全在《文化心理学》一书中指出,不管是文艺心理学,还是文学、艺术思维学,归根结底都应该隶属于"文化心理学"。他在此书"绪论"中指出:"文化心理学突出的是文化,文化是其研究的核心,或者说是出发点和归宿。"他通过对文化概念的梳理和辨析,以及文化心理学有关理论进行一系列探讨与梳理,并以文化为线索把各部分连结起来,使其形成一个有机的整体:

以文化为文化心理学的主线,围绕文化来界定、组织、梳理有关的概念和理论,形成一个较为严密、完整的文化心理学体系。中国文化心理学的研究方法是多元的,前述的主位研究和客位研究策略,同文化研究与异文化研究策略,生态学研究方法,解释学方法等都可以作为它的研究方法。③

除此之外,李炳全还竭力倡导,可以运用"跨文化比较方法、本土心理学研究方法和一些量化方法"进一步深化研究,其主要理论依据是:"历史研究方法是寻找历史事实,以历史事实为基础描述,分析和解释过去的系统过程的方法。民族

---

① 鲁枢元,童庆炳,程克夷,张晧主编. 文艺心理学大辞典[M]. 武汉:湖北人民出版社,2001.
② 张宏梁. 文学创作思维学的研究对象、内容和方法[J]. 枣庄师专学报,1986(2).
③ 李炳全. 文化心理学[M]. 上海:上海教育出版社,2007.

志方法或人种学方法是对人,以及人的文化进行详细、动态、情境化描述的一种方法,主要探究特定文化中人们的生活方式、价值观念和行为模式。"

　　依此推论,作为一门主要以文学艺术为对象,以揭示文学艺术基本规律,介绍相关文化知识为目的的学科,文艺学及思维学主要包括三个分支,即"文艺理论"、"文艺批评""文艺史"。这三个分支均具有不同的研究对象和任务,它们之间既相互独立,又相互联系,相互渗透。文艺思维理论作为研究文学艺术普遍规律的学科,有着独特的研究对象和任务,具有鲜明的实践性和价值取向。在此大前题之下,文艺心理学、思维学,及其新兴的文化思维学需要多维、多角度、多层次、多种研究方法深入探析,这样才能真正探寻其学术奥秘。

思考题:

1. 中国古代有哪些文艺理论? 请具体说明。
2. 中国文艺心理学有哪些研究成果?
3. 中国思维学有哪些理论基础?
4. 请阐释中国古代文艺心理的衍变过程。

第四章

西方心理学与文艺思维研究

相对于东方,西方心理学与文艺思维研究的历史要早得多,学术成果也较为繁富、杂驳。西方思维心理学科建立在近现代科学技术发展的基础之上。据叶浩生主编的《西方心理学的历史与体系》考述:"西方心理学的历史源头可以追溯到遥远的古希腊,甚至比那更早的所谓古希腊前哲学时期。那时人们通过神话对宇宙进行描述和解释。对自然事件的传说是未来的物理学,对人性的传说则是未来的心理学。"①另外,刘爱伦主编的《思维心理学》一书对此也有更加具体的论述:

> 古希腊的亚里士多德(公元前384—前322)认为,外物作用于特殊感官发生感觉,感觉遗留下意象,多次留下一物的意象后,就形成对它的简括形象,即所谓经验。随后,人们从这些"经验"中抽出概念,或把它们概括成原理,这就是思维的基本过程。②

据《中国大百科全书.心理学》之《心理学史》钩沉"西欧各国和美国心理学的形成、演变和发展的历史"时指出:"西方心理学思想源远流长,可以上溯至古代的希腊、罗马。"不过,那时的相关学科还处于模糊、朦胧状态。根据世界心理学史的发展历程,"作为一门独立的科学,一般认为,应以 W·冯特在德国莱比锡大学建立的第一个心理学实验室为开端。"③这是因为西方心理学在演变过程之中,首先要脱离哲学、美学等社会科学的约束,必须要建立在以生物学、生理学为中心的自然科学基础之上。事实证明,无论是东方,还是西方各国的文艺思维原理与方式均需要现、当代的科学技术成果的有力支撑。

---

① 叶浩生主编. 西方心理学的历史与体系[M]. 北京:人民教育出版社,1998.
② 刘爱伦主编. 思维心理学[M]. 上海:上海教育出版社,2002.
③ 心理学史[M]. 北京:中国大百科全书出版社,1985.

第一节　西方心理学研究历程

早在古希腊时期，著名哲学家毕达哥拉斯就认为"数"是"万物的根源"。在心理学科中，他在人的灵魂与身体之间画了一条明显的界限，提出"灵魂不死"与"生命轮回学说"。毕达哥拉斯将灵魂分为理性、智慧和情欲三部分，他认为："理性、智慧在大脑，情欲在心"，认为人的灵魂三者应该力求齐备。他在听觉生理学方面发现，构成心理美的旋律的弦长之比为整数关系。其产生的哲学思维，直接影响了后世的哲学流派及学说，特别是后起之秀——柏拉图的文艺理论。

柏拉图认为，世界本体由"理念"构成，世界万物都是由理念派生出来的，只有理念才是唯一真实可靠的东西。他指出，灵魂来自理念世界，灵魂进入身体而支配身体活动。人体死亡，灵魂又回到理念世界，所以灵魂"永生不死、轮回转世"。他又把灵魂或心理分成三个部分："理性"、"意气"、"情欲"。柏拉图认为：理性是最高级的灵魂，它位于头部；意气指向荣誉，它位于胸部；情欲与肉体的快乐相关联，位于腹部。所指认为人的理性命令意气控制情欲，正直、健康的人能按灵魂等级各行其职，各守本分。由此所形成的"知、情、意"成为西方心理学史上最早的心理现象三分法。

柏拉图还把情感分为"愉快"和"不愉快"两种，并指出凡合乎自然方向和运动目的的事物会使人感到愉快，反之则感到不愉快。他还认为，人的一切知识都是先天就拥有的。所谓"学习"就是在教学帮助下对先天知识（理念形式）的回忆，即所谓的"理念回忆"。这一学说后来成为欧洲心理学中关于"天赋"观念和"内省法"的最初表达形式。柏拉图由此提出一种"联想"的观点，即认为对感性对象的学习，实质上就是基于感性对象与理念形式相似，或是两者有经常的联系，从而唤起人们的回忆。这是关于联想的"相似律"和"接近律"的最初文字描述。

文学、艺术学、文艺学和心理学都是研究人的理念的相关学科，只是各自的角度和使用的方法有所区别。早期西方文艺理论家们已经有意无意地将文学和心理学联系在一起进行探讨和论述。赫拉克利特和苏格拉底曾经认为，人类在进入诗歌创作最佳状态时会产生一种迷狂甚至陶醉。但是，人类早期无法解释这种现象，只好将其归结为"神"之作为。柏拉图后来将文学创作产生"灵感"这种神奇状态，称之为："灵魂在迷狂状态中，对于天国和上界事物难得的回忆和观照"。

钱谷融主编的《文学心理学》从现代心理学角度解释"天国或上界的回忆"，认为是作家个人的经验、记忆、潜意识、集体潜意识的显现,诗人所产生的"灵魂迷狂"现象,为心理活动中的一种"高峰体验状态"。他从文学心理学的角度审视、赞誉柏拉图对于文艺创作心境的生动的描述,从而开创了后世"文艺创作心理学"的先河。

亚里士多德是柏拉图的高足弟子,被马克思称为"古代最伟大的思想家",他对古希腊学术思想曾作了全面的总结。他还是欧洲历史上对心理现象做出系统描述的第一人。亚里士多德的《论灵魂》是西方心理学史上第一部关于心理学的专门著作。此外,他的《论感觉》《论记忆》《论梦》等都直接与心理学有关联。亚里士多德的哲学思想动摇于唯物主义与唯心主义之间。他认为,一切事物都由"质料和形式构成",质料是仅仅具有可能性的原料,必须取得一定的形式,其可能性才能得以实现。这叫作"质料形式论",是初级唯物论思想。他又认为质料是消极的、被动的,而形式是积极的、主动的。形式是事物能动的本质,导致了他的"形式的形式"成为宇宙变化的第一动力的学术观念。

亚里士多德认为灵魂是生活的动力、生命的原理,是身体的形式,灵魂与身体是统一的不可分割的。他认为"心身统一",此为生命现象的唯物论观点;但又认为灵魂是生命的本质,身体只是灵魂的工具,只有"灵魂才使得肉体的动作得以实现"。这样又回到了他关于形式决定质料唯心论的泥淖之中。亚里士多德反对柏拉图对灵魂的"知、情、意"三分法,认为灵魂是整体的,不能人为分割,而应以整体性发挥其功能。他把生物界的灵魂分为三个等级:植物只有滋长的灵魂,动物为感性的灵魂,人则为理性的灵魂。高级灵魂包含低级与中级灵魂,人为高级灵魂。所以,人同时具有三种灵魂,这三种灵魂在人体中起到统一的不可分割的作用。

亚里士多德还指出,"灵魂的功能"可以分为两类:一是认识功能,另一是动求功能。前者包括感觉、记忆、想象和思维;后者包括欲望、动作、意志和情感。他的这种划分法是西方心理学史上最早的"知与意的二分法"。同时他认为,感觉、记忆、想象都具备整体性灵魂的非理性功能。人体总管区域是心脏,是被动的,与肉体同生死的;而思维则是整体性灵魂的理性功能,它是主动的鲜活的器官。肉体死亡之后,则归于纯粹的形式。

亚里士多德把生理之感觉定义为"辨别的官能"。依他的理论,感觉分为五种,即触觉、味觉、嗅觉、听觉和视觉,其中以触觉为最基本的一种感觉。并认识到触觉是一种复合的感觉。他又指出,有些客体的属性,如形状、大小、运动等,不仅仅是一种感觉的对象,要把不同渠道得来的印象结合起来,就必须依靠"共同感觉",即文艺心理思维中的"统觉",这种共同感觉相当于生理学中的整体知觉。他还认为,记忆和回忆不尽相同:"记忆是被动的再生,是人和动物共有的;回忆是主动的,要求文化思维的推理起作用,只有人类才拥有"。他在探讨回忆的条件时指出:"相似的、接近的和相反的事物往往有助于人的回忆"。这是近现代联想主义者称为"相似律"、"接近律"和"对比律"的雏形理论之所在。他还做过一个简单的试验:将人的中指和食指交叉重叠,然后将一小圆球放在两指尖的中间,就会觉得接触到的是两个物体,有人称此为独特的"亚里士多德错觉"。

在公元 5 至 14 世纪的欧洲学术界,基督教神学是占统治地位的意识形态,是古代与近代心理学的重要过渡阶段。叶浩生主编的《西方心理学的历史与体系》一书对此"神学"认真分析后明确指出:

> 奥古斯丁是教父哲学的最高权威,他宣称,柏拉图的理念是造物主在造物前的思想,上帝是根据理念造物的。奥古斯丁认为,灵魂和身体同是上帝创造又各自独立存在的。灵魂是非物质的,分布于全身,支配身体、管理人的一切行为。他还提出"内省法",把人的知识看作有两种来源:一是由感官来的关于外部世界的知识,一是来自灵魂对内心经验的反省。奥古斯丁认为,记忆、理智和意志三者是灵魂的主要官能,但他强调意志的作用,三者在经验上形成统一体。①

公元 15 世纪,欧洲开始进入"文艺复兴"这一崭新的历史时期,古希腊哲学思想的再生,从根本上动摇了人们对神学的依赖与信仰。此时,先进的哲学思想要求人的个性从宗教和封建专制主义桎梏中解放出来,从而"人文主义"先进思想促使人的传统心理思维逐步摆脱神学的羁绊。

西方近代官能心理学体系的建立者、德国哲学家沃尔夫认为,"人的心灵具有各种官能",心灵利用其不同官能从事不同心理活动。他依照亚里士多德的分类法,把人的心理官能分为两大类:"认识官能"和"动求官能"。16 世纪时,菲力普·梅兰契逊在《论灵魂》一书中首创"心理学"这个名词,然而遗憾的是当时并未受到重视。只有在沃尔夫的两部重要著作《经验心理学》和《理性心理学》出现之后,"心理学"这一术语才真正确立并流行起来。

---

① 叶浩生主编. 西方心理学的历史与体系[M]. 北京:人民教育出版社,1998.

中国著名学者唐钺曾把绘画与雕刻的原理应用到西方文艺透视学研究上,对知觉心理学做出重要的学术读解。据他编纂的《西方心理学史大纲》评介:"达·芬奇是文艺复兴时期意大利人文主义运动中最杰出的代表。他强调感觉的作用,认为一切认识都从感觉开始,没有感觉就没有思维,没有认识活动。他说:'我们的全部知识都是从感觉开始的'。"①

从古希腊时期到 19 世纪中叶,在此两千多年漫长的岁月中,西方哲学家为心理学的独立形成,确定了相应的学术研究范围、具体观点以及思辨方法。19 世纪末 20 世纪初,自然科学研究学派成果,如唯物主义、机械主义、经验主义等哲学思想与实验、测量等科学手段及方法,有力促进了"实验心理学"的形成。经过千余年的酝酿与奠基,在 1879 年,以著名心理学家冯特在德国莱比锡大学建立的世界上第一个正式的"心理学实验室"为起点,随之,通过一系列学术成果标志着"心理学"作为一门独立的学科正式诞生。

图 10　企盼家人归来

不过,需要指的是,冯特实验室研究对象绝大部分是感觉和知觉阐述过程,而对人的记忆和思维这样更加复杂的心理测试并不重视。因为他认为人的思维过程太复杂,缺乏稳定性,没有规律,因此不可能内省。冯特指出:只有思维在社会中永恒一致时才具有足够的规则性。真正的思维科学研究是在他建立实验室之后才开始的。

德国哲学家、美学家黑格尔在文艺理论名著《美学》中曾提出:"美是理念的感

---

① 唐钺. 西方心理学史大纲[M]. 北京:北京大学出版社,1982.

性显现"这一重大命题,认为美的理念与人的心理思维有着密切的联系。他高屋建瓴地总结:"艺术内容就是理念,艺术的形式是诉诸感官的形象。艺术要把这两方面调和成为一种自由的、统一性的整体",认为文学艺术创作理念与思维是通过具体的感性的符合现实的形象显现出来的;艺术美是由心灵感知产生而再生的。所以"艺术美高于自然美和宗教美"。他在此部名著中提出的"理念"系指人的精神世界或心理思维的最高真实。"感性显现"指其心理形式,美感根源于外物与理念的汇合一致。黑格尔特别强调:"只有心灵才是真实的,只有心灵才涵盖一切。所以一切美只有涉及这一较高的境界,而且由这一较高境界产生出来时,才真正是美的。"

法国作家雨果撰写的著名小说《悲惨世界》中,有一段主人公生死、美丑、观念与心理描写,可与《美学》理论命题相对应:

> 死对于他好像是个万丈深渊,他站在那阴惨的边缘上,一面战栗,一面又心胆俱裂地向后退却。他并没有冥顽到对死活也绝不关心的地步。他受到的判决是一种剧烈的震撼,仿佛在他四周的某些地方,把隔在万物的神秘和我们所谓生命中间的那堵墙震倒了。他从那无法补救的缺口不停地望着这世界的外面,而所见的只是一片黑暗……觉得自己的胸中有呼吸着的肺,跳动的心,明辨是非的意志,能够谈论,思想,希望,恋爱,有母亲,有爱妻,有儿女,有光明。可是陡然一下,在一声号叫里落在坑里,跌着,滚着,被压着。看见麦穗、花、叶和枝,却都抓不住,觉得自己的力已经失去作用。下面是人,上面是马,徒劳挣扎,眼前一片黑,觉得自己是在马蹄的蹴踏之下。骨头折断了,眼珠突出了,疯狂地咬着马蹄铁,气塞了,号叫着,奋力辗转。被压在那下面,心里在想:"刚才我还是一个活人!"①

在大洋彼岸,诞生一位著名的美国心理学家威廉·詹姆斯,他对文学艺术创作理论最大贡献是撰写的《心理学原理》。在此书中,提出了一种引领新型意识流小说产生与发展的"意识流"文学理论。詹姆斯认为,人的意识并非一节、一节构成,而是一整片、一整片暗自流泻。所以其意识状态经常处在变化之中,它是连续性的,并且在对象里进行选择。由于人的头脑中存在那些自发的、混乱的意识领域,所以在过去的意识之"前意识"被显现出来后,又同当下的活动及意识形成交

---

① (法)雨果. 悲惨世界[M]. 李丹,方于译. 北京:人民文学出版社,1992.

织状态。重新组成人的心理时间感,形成一种在主观感觉具有直接现实性特点的时间感。他天才地指出:"心理学是关于人的文化心理生活现象,及其相适应社会条件的科学"。其功能为专事研究情感、欲望、认识、思维、判断等心理经验,以及人的躯体动作,特别是开发人脑心理生活为直接条件的人文学科。

在詹姆斯的心理学理论架构中,"思维感觉"一直不经意、不规则地流动着,从而在写作心理学形成一个新名词——"意识流"。此词组是指人的意识、思维活动是一种连续性的、变化不定的、斩不断的"流",就像河流那样处于川流不息的状态。由詹姆斯于1884年正式提出此概念,并大力发挥:"意识本身并不表现为一些割裂的片段,像'锁链'或'列车'这样一些字眼,并不能恰当地描述它最初所表现的状态。它并不是什么被连结起来的东西;它是在流动着的。'河'或'流'乃是最足以逼真地描述它的比喻。此后,我们在谈到它的时候,就把它称为思想流、意识流,或主观生活流。"

詹姆斯总结"意识流"具有如下四种重要的特性:1."每一种'状态'都是属于个人意识的一部分";2."意识是经常在变化着的,没有一种状态在一度消逝之后,能够重新出现,并且和它以前的情况完全相同";3."每一个人的意识都可以感到是连续不断的";4."意识总是对于它的对象的某些部分发生兴趣而把其他部分加以排除,它始终是在进行欢迎或拒绝—— 一言蔽之,始终是在对它们进行选择"。

后来,詹姆斯的意识流理论对于西方哲学界、心理学界和文学艺术界确实产生较大的影响,并成为西方现代文艺创作,特别是小说创作与影视拍摄广泛运用的一种艺术技巧。此种心理方法强调作家在捕捉作品人物意识绵延不绝流动过程中,不局限于单纯描写,而须具备复杂的思维。意识流小说通常使用"内心独白"的叙述技巧,主张自然地描绘作品人物连续不断的、视觉的、听觉的、触觉的、下意识的心理印象,这些印象与其合理的思想倾向,遂形成恰似江河溪水的意识之流。诸如乔伊斯在著名长篇小说《尤利西斯》用意识流手法表现现代人物的特殊心理,全纪录记载爱尔兰都柏林市三个普通居民:利奥波德·布卢姆、摩莉·布卢姆、斯蒂芬·迪达勒斯在十九个小时中所产生复杂的心理状态。尤其他在表现潜意识流动状态的女主人公布卢姆的内心独白时,竟然动用长达数十页不加标点的文字,从而表达神奇、象征、暗示、隐喻、隐射的写作效果。

西方学者阿恩海姆的文艺思维学、心理学论著《视觉思维·审美直觉心理学》,通过揭示"视知觉"的理性本质,依此来弥合"感性与理性","感知与思维","艺术与科学"之间的心理裂缝。他认为,任何心理思维,尤其是创造性思维,都是通过意象进行的;反之,意象是通过知觉的选择生成的。阿恩海姆解读"感知",尤其是"视知觉"非常有理论见解。他认为视觉思维的一切功能,作用于对事物探索、选择与把握其本质。只有将具体的视觉对象简化为具有基本动力特征的结构,才有可能与思维活动本身达到"异质同构"。无数事实证明,这是一种既具体又抽象,既清晰又模糊,既完整又局限的形象思维视听感觉。由于它的动力性质,其本身的运动逻辑或规律,形成创造性思维活动的主要推手。阿恩海姆还认为,真正的形象思维是专家学者完善其理论,文学艺术家完善其意象的心理手段,其臻善臻美之目的则来自文艺工作者深邃心理所形成的思维智慧。

美国当代美学家马斯·门罗在谈到心理学、思维学对西方文艺理论界的影响时指出:"19世纪以来,心理学对西方思想的每个领域都产生了革命性的影响。"不言而喻,不仅在自然科学,也在社会科学领域,以及文学理论与艺术创作方面形成巨大影响。至20世纪初,从事"意动心理学"的专家学者,开始试图将研究重心从人的心理转向思维探索,从表征转到具体操作,不再将思维学排斥在实验室研究之外。

在此时期,屈尔佩和他的学生开展了一系列关于伴随控制联想与判断心理活动内省的研究,提出思维的重要成分是否都是有意识的问题,以及它们是否完全符合构造主义元素类别的观点。最终所得的结论是,心理的内容并不是理性的构造或基本感觉的简单总和,应是一种有组织的方式直接指向解决方案。同时,他还指出动机在思维和行为中的重要作用,并发现分解问题的方法,从而产生了适用性很强的"心理测试学"或"测量心理学"。

著名哲学家,无产阶级革命领袖列宁高度评价心理学与相关科学的发展,他认为:"心理想象"与"幻想思维"在文学创作与科技发明中发挥着重大作用,"最严格的科学决不能否认幻想(想象的一种)"。他天才地指出:"丰富的想象与发明创造"应建立在"正确的思维形式与方法的基础"之上,从而严厉批评一些人的偏见:"有人认为,只有诗人才需要幻想,这是没有理由的!这是愚蠢的偏见!甚至数学上也是需要幻想的,甚至没有它就不可能发明微积分。"

在现当代西方诸国,有关文学艺术心理、思维研究学术成果纷纭而至,流派众多,有些学者著述非常值得我国理论工作者学习借鉴。自1987年起,鲁枢元主编出版了中国当代第一套"文艺心理学著译丛书",将国外有关心理学、思维学方面的最新学术成果陆续翻译、介绍到我国学界,诸如:卡尔文斯·霍尔的《荣格心理学纲要》,艾伦·温诺的《创造的世界》,梅拉赫的《创作过程和艺术接受》,鲁道夫

·阿恩海姆的《走向艺术心理学》,海德格尔的《诗·语言·思》,布洛姆的《荣格传记:人和神话》,拉尔夫·朗格纳的《文艺心理学——理论、方法、成果》,等等。此套文艺心理学学术丛书的诞生,确实为我国文坛学界提供了弥足珍贵的心理、思维学研究诸多新的参考系数。

第二节　西方文学思维与理论

自中世纪教会神学趋于瓦解之后,在西方世界因为出现声势浩大、波澜壮阔的文艺复兴运动与启蒙运动,代表着人类文明进步的文艺学、心理学、美学、思维学才逐渐成为历史的必然与学术研究的可能。对此,卓越的哲学家恩格斯在名著《自然辩证法》中对此文明行为高度礼赞:

> 拜占庭灭亡时抢救出来的手抄本,罗马废墟中发掘出来的古代雕像,在惊讶的西方面前展示了一个新世界——希腊的古代;在它的光辉的形象面前,中世纪的幽灵消逝了;意大利出现了前所未有的艺术繁荣,这种艺术繁荣好像是古典文化的返照,以后就再也不曾达到了。……这是一次人类从来没有经历过的最伟大的进步的变革,是一个需要巨人而且产生了巨人——在思维能力、热情和性格方面,在多才多艺和学识渊博方面的巨人的时代。①

伟大的革命导师马克思也激动地指出:文艺复兴所"铸造的这个时代的历史"是"用剑和火的炽热的语言写在人类编年史之上的"。因为"文艺复兴"不仅是西方文艺思想的转变,它还触及其它一切意识形态,尤其是社会政治思想、哲学思想、世界观的全面变革。其次,文艺复兴不光是古代传统文化的"复兴",它还包含着近、现代萌芽的资产阶级文化因素。此文艺思潮发源于意大利,并迅速席卷全欧洲,随之演变成影响深远的宗教改革和农民战争文化运动。

"文艺复兴"时期的文艺理论学界,令人瞩目的是湮灭已久的古希腊哲学家亚里士多德《诗学》的失而复得。在此之前,欧洲文艺界因袭古罗马评论家贺拉斯的《诗艺》,这是一封作者写给皮索父子谈论诗歌和戏剧问题的诗体长信。其基础理

---

① （德）恩格斯. 自然辩证法 [M]. 马克思,恩格斯. 马克思恩格斯选集:第3卷. 北京:人民
　　出版社,1972.

论多取材于亚历山大里亚学派尼奥·托勒密的《诗学》,其中有许多观点与亚里士多德理论相抵触。

尼奥·托勒密著《诗学》分为三大部分:(1)"诗意论",讨论诗歌的内容和原理;(2)"诗法论",讨论诗歌的体裁和技巧;(3)"诗人论",讨论诗人的修养和任务。此书文艺理论框架多出自与亚里士多德相左的柏拉图的一些唯心主义言论。

贺拉斯步柏拉图与尼奥·托勒密之后尘,反复强调文艺作品的理念与教化作用,即所谓的"寓教于乐",主张人物的类型化,倡导沿用传统文学题材,描写趋于定型的人物形象。贺拉斯之后的欧洲文艺理论代表作是朗格诺斯的《论崇高》,圣·奥古斯丁的《忏悔录》,托马斯的《神学大全》等,其理论水平孰高孰低,后世评价不一。

值得重视的是,朗格诺斯用古希腊语写作过一部对后世浪漫主义诗学产生深远影响的《论崇高》。为此,英国古典主义学者德莱登将他称为"亚里士多德以后最大的理论批评家"。17世纪古典主义者布瓦洛将此书译成法文,重版多次,曾在全欧洲学界产生很大影响。

文艺复兴运动高扬人文主义的大旗,以"人"为本,无情地荡涤着中世纪神学的污泥浊水。文艺复兴不仅从希腊、罗马古典文献中汲取营养,如挖掘、整理失传已久的亚里士多德的《诗学》理论,使其发扬光大;另外还有机吸收民间文艺精华,促使"世俗诗作与剧作"活跃于久被禁锢的欧洲文坛。在此过程之中,意大利伟大诗人但丁在文艺理论和创作实践方面起到至关重要的作用。

马克思、恩格斯在《共产党宣言》意大利文版的"序言"中写道:"封建的中世纪的终结和现代资本主义纪元的开端,是以一位大人物为标志的。这位人物就是意大利人但丁,他是中世纪的最后一位诗人,同时又是新时代的第一位诗人。"[①]

创作划时代长篇诗作《神曲》的但丁,在文艺复兴运动中一直是冲锋陷阵的文化主将,同时又是中世纪宗教文学与世俗艺术的集大成者。他擅长哲学、神学、科学、文学,兼通音乐、绘画、建筑等,是那个风起云涌时代的多才多艺的文化巨匠。特别是他的《王政论》、《致斯加拉大亲王书》、《飨宴篇》、《论俗语》等理论著述,为自己的祖国与民族语言的纯洁性,以及文学艺术的民间与民族风格创立做出积极的贡献。

---

① (德)马克思,恩格斯. 共产党宣言[M]. 马克思,恩格斯. 马克思恩格斯选集:第1卷. 北京:人民出版社,1972.

被称为欧洲文艺复兴运动中最有才华的诠释派学者——卡斯忒尔维特罗,于1570年,他潜心将亚里士多德的《诗学》翻译成意大利文,并附"提要"、"注疏"与"诠释",且对受其影响的古典史诗、小说、散文的目的、题材、语言等发表了一系列新颖、独特的学术观点:

> 诗不应写成散文,历史不应写成诗。历史和诗有别,因为历史的题材并不靠史家的才能,而是得自于世界大事的经过,或者是由于上帝的显明或隐晦的意志而产生。其实,史家只给历史以语言,而这些语言却是推理所用的那种,诗的题材却要靠诗人的才能去发现或想象出来。……因为唯独诗人懂得如何处理自己所想象的故事,创造出从未发生的事情,同时又能使这故事像历史那样可喜和真实。①

在文艺复兴运动中,担任《百科全书》总编辑,并负责哲学史、政治史、科学技术、艺术史专项主纂的法国著名学者狄德罗,恩格斯曾给予他高度的评价:"如果说,有谁为了'对真理和正义的热诚'(就这句话的正面的意思说)而献出了整个生命,那么,例如狄德罗就是这样的人。"②恩格斯竭力表彰狄德罗主编的《百科全书》是人类文明最为优秀的成果与"辩证法的杰作"。美学家莱辛亦高度赞誉:"他的每一句名言都像电光一闪,照耀着艺术的奥秘。……对诗人、对画家都起着指导作用。"狄德罗对文艺理论与思维心理学的研究与贡献,主要反映在他的一系列诗歌、美术、美学理论方面。诸如在《关于美的根源及其本质的哲学探讨》一文中,他认为"美的根源在于客观事物",美的性质在于"事物之间的对应关系":

> 我们的感觉与思维的机能是与生俱来的。思维机能的第一步在于对感官进行考察,加以联系、比较、组合,看到相互之间的协调和不协调的关系,等等。……不管人们用什么崇高的字眼来称呼这些关于秩序、比例、关系、和谐的抽象概念——人们愿意的话,也可称之为永恒的、本原的、至高无上的美的基本法则。③

---

① (古希腊)亚里士多德. 诗学[M]. 陈中梅,译,北京:商务印书馆,1996.
② (德)恩格斯. 路德维希·费尔巴哈和德国古典哲学的终结. [M]//马克思,恩格斯. 马克思恩格斯选集:第4卷. 北京:人民出版社,1992.
③ (法)狄德罗. 狄德罗美学论文选[M]. 张冠尧,桂裕芳,译. 北京:人民文学出版社,1984.

　　狄德罗在此文中所提出的"美在于关系"学说,实际也是在推崇文学艺术文体之间独特的心理思维方式、文化关系与比较研究方法。他指出:无论是"自然美、艺术美、人性美、悲剧美、喜剧美",还是"刚性美、柔性美、崇高、滑稽"等,"不论关系是什么,我认为组成美的,就是关系"。他还认为:"美开始出现,增长,千变万化,衰退,消失,都要凭它这一性质。只有'关系'这一概念才能符合这些条件。"

　　德国古典现实主义奠基人,著名剧作家、美学家莱辛,因撰写美学专著《拉奥孔》,评论文集《关于当代文学的通讯》,戏剧论评集《汉堡剧评》等蜚声世界文坛。他的文艺理论名著《拉奥孔》的副标题是"论诗与绘画的界限",即以古希腊人与事物的关系而阐发文学艺术创作原理与心理。

　　古希腊神话中日神庙的祭司"拉奥孔"曾警告安于享受的特洛伊人,希腊联军将以"木马计"攻陷他们的王城。海神波塞冬却偏袒希腊人,放纵两条巨蛇把拉奥孔父子三人绞缠而死。莱辛特借此以罗马诗人维吉尔的史诗《伊尼德》与古代希腊"拉奥孔群像"雕塑作比较,所谓希腊人西蒙尼底斯的"画为无声诗,诗为有声画",以及罗马人贺拉斯的"诗犹如画,有些要远观,有些要近视"。认为此类诗画文体混淆不清的理论,无助于诗歌体戏剧性质的定位与发展。诗以语言、声音为媒介,诉诸于听觉,其擅长的题材是:持续于时间中的全部或部分"事物的运动",特有的效果则是"展示其性格的变化与矛盾,以及动作延续的过程。诗歌主要功能不擅长图画描摹静态的美,而是描写动态的美。"他在《拉奥孔》第二十一章"诗人就美的效果来写美"中有一段精彩绝伦的阐述:

　　　　诗想在描绘物体美时能和艺术争胜,还可用另外一种方法,那就是优美为媚。媚就是在动态中的美。因此,媚由诗人去写,要比由画家去写较适宜。画家只能暗示动态,而事实上,他所画的人物都是不动的。因此,媚落到画家手里,就变成一种装腔作势。但是在诗里,媚却保持住它的本色,它是一种一纵即逝而却令人百看不厌的美。①

　　歌德与席勒同为德国著名诗人、剧作家与美学家,他们的文艺才华与真挚友谊曾在西方文坛传为佳话。关于文学艺术的特质及异同关系,要数歌德的《诗与真》与席勒的《素朴的诗和感伤的诗》论述得最为形象、生动与富有学术价值。

　　歌德在《诗与真》中论述了诗的基本原则,艺术的幻觉,诗与现实,艺术与自然

---

① (德)莱辛. 拉奥孔[M]. 朱光潜,译. 北京:人民文学出版社,1979.

等重要理论问题。他认为："诗从客观世界、具体事物出发,哪怕是即兴诗,也并非
纯粹主观性",诗的美来自于"显现特征的整体"。尤其他提出："造型艺术对眼睛
提出形象,诗对想象力提出形象,因此,诗中的各种形象,首先要受到注意",从而
将艺术的形象思维与直观印象凸显于文艺理论时空。他还惊喜地发现,包括诗歌
与戏剧在内的"每一种艺术的最高任务,即在于通过幻觉产生一个更高、更真实的
假象"①。

　　此部美学名著译者朱光潜先生,除了推崇《诗与真》之外,更倡导应认真研读
亚里士多德《诗学》与黑格尔《美学》:"在马克思主义以前,西方美学和文艺理论
的书籍虽是汗牛充栋,真正有科学价值而影响深广的也只有两部书,一部是古希
腊的亚里士多德的《诗学》,另一部就是19世纪初期的黑格尔的《美学》。"②

　　德国杰出学者黑格尔的《美学》包括三大部分:(1)艺术美学的理念或理想,
探讨美学的一般基本原理;(2)理想发展为艺术美的三种历史类型,探讨象征主
义、古典主义和浪漫主义三种类型的艺术;(3)各门艺术的系统,探讨建筑、雕刻、
图画、音乐、戏剧、诗歌等不同类型的艺术形式。在这个庞大的美学理论体系之
中,黑格尔反复强调:"艺术的内容就是理念,艺术的形式就是诉诸感应的形象。"
他力图通过感性形象来显示"绝对理念",这是美和艺术的基本观点,也同样是文
艺创作思维的根本特点。

　　黑格尔将人类艺术形式按其"美的理念"或"艺术理想原则"划分为"象征
型"、"古典型"与"浪漫型"三大类型。他在《美学》第二卷"理想发展为各种特殊
类型的艺术美"的"序论"中,睿智地指出:"象征型艺术在摸索内在意义与外来形
象的完满的统一,古典型艺术在把具有实体内容的个性表现为感性观照的对象之
中,找到了这种统一,而浪漫型艺术在突出精神性之中,又越出了这种统一。"

　　对象征型艺术、浪漫型艺术、古典型艺术相比较之下,黑格尔认为,"浪漫型艺
术似乎更接近艺术美的本质"。尽管他出于"绝对理念"更推崇理想主义与古典型
艺术,但同时也不得不花费大量笔墨研究人们为什么更热衷于浪漫型艺术的缘
由。我们从《美学》一书认识浪漫型艺术时,确实感到有一种挡不住的美学诱惑。
试问,在人类文明高度发展时所创造的艺术形式如"绘画"、"音乐"、"诗"三大类
中,哪一类不激起人们魂牵梦绕的浪漫情感愉悦及美学享受?特别是诗中的"史

---

① (德)歌德. 诗与真[M]. 林同济,译. 歌德全集:第11卷,莱比锡,1914.
② (德)黑格尔. 美学[M]. 朱光潜,译. 北京:商务印书馆,1981.

诗"、"抒情诗"与"戏剧体诗"更是古老而年轻、常谈常新、永恒不衰的主题艺术。

关于诗歌艺术在历史发展中的崇高地位,黑格尔在《美学》一书中精辟地论述:

> 诗,语言的艺术,是第三种艺术,是把造型艺术和音乐这两个极端,在一个更高的阶段上,在精神内在领域本身里,结合于它本身所形成的统一整体。一方面,诗和音乐一样,也根据把内心生活作为内心生活来领会的原则,而这个原则却是建筑、雕刻和绘画都无须遵守的。另一方面,从内心的观照和情感领域伸展到一种世界,既不完全丧失雕刻和绘画的明确性,而又能比任何其它艺术都更加完满地展示一个事件的全貌。一系列事件的先后承续,心情活动,情绪和思想的转变,以及一种动作情节的完整过程。

在黑格尔的心目中,作为"诗"既能像音乐那样表现主体的内心生活,又能像史诗与戏剧那样再现客观世界的具体物象。故此,他高度赞誉:"诗是人类艺术发展的最高峰",并且认为,诗有着文艺思维心理独特的"掌握方式"。

朱光潜在该书对"诗的掌握方式"出注:"掌握方式译自原文 Auffassungweise, Auffassen 的原义为'掌握',引申为认识事物,构思和表达一系列心理活动,法译作'构思',俄译作'认识',英译作'写作',都嫌片面,实际上指的是'思维方式'。"他玄妙地指出,黑格尔所理解的"诗"的"思维方式"是与辩证的思维,即"玄学的思维"相对应又密切相关的,是用心灵观照的"想象思维"。他认为被后人归纳的"抽象思维"与"形象思维"二者有如下异同与奇妙之处:"玄学思维只是真理和现实世界在思维中的和解,诗的创造活动却是真理和现实世界在现实现象本身中的和解,尽管这种和解所采取的形式仍然只是精神的。"

对西方文艺创作理论产生重大影响的还有奥地利心理学家、精神分析学派创始人西格蒙德·弗洛伊德。他自 1900 年开始,连续不断地撰写出版《梦的解析》、《性欲理论三讲》、《创作家与白日梦》、《达·芬奇和他的童年回忆》、《精神分析引论》、《图腾与禁忌》等心理学、美学、思维学、文艺学研究专著。最引人注目的是弗洛伊德提出由"自我"、"本我"和"超我"三个层次所组成的"人格结构"学说。

弗洛伊德明智地认为:人的心理活动主要是"潜意识",是以性本能冲动为原动力。他将代表性本能的力量称为"里比多",识别人的本能包括生存本能和死亡本能。在其学术名著《梦的解析》之中,弗洛伊德发现"梦"可分为"隐梦"和"显梦",在这两种梦之间存在着凝结、移植、象征、润饰等四个基本思维心理及运作过程。在大量梦境中,特别是于潜意识深处人们普遍存在着两种心理"情结":1."恋母情结"或"俄狄浦斯情结";2."恋父情结"或"厄勒克特拉情结"。这些都成为弗洛伊德文艺思想与精神分析学和文学理论批评中的核心概念和重要观点。我们从中可挖掘与阐释文学作品中所隐含的必不可少的作家早期创作经验中的"潜意识"。

图 11　心理学大师弗洛伊德

弗洛伊德著《论艺术与文学》(国际文化出版公司 2001 年出版),收录了他的 15 篇代表性论文:《詹森的〈格拉迪瓦〉中的幻觉与梦》《戏剧中的精神变态角色》《作家与白日梦》《列奥纳多·达·芬奇和他童年时代的一个记忆》《三个匣子的主题》《米开朗琪罗的摩西》《论无常》《心理分析工作中遇到的一些性格类型》《〈诗与真〉中的童年回忆》《论神秘和令人恐怖的东西》《17 世纪附魔神经症病例》《论幽默》《陀思妥耶夫斯基与弑父者》《致阿尔方斯·帕凯博士的信》《获歌德奖后发表于法兰克福歌德故居的讲话》,等等。弗洛伊德将上述重要学术发现加以理论文字总结,形成了一种富有创见的、全新的社会文化心理学说,并将此学说推广到哲学、社会、宗教、文学、艺术等领域,形成庞大的人文学科与心理思维理论体系。

参照西方一些名人与名著的思维观念,我们赏读美国作家杰克·伦敦名著《马丁·伊登》,其中关于描写人死亡前特殊心理动觉的文学描写,是精神分析学派文艺理论的生动体现：

> 他的不听话的手脚拍击、搅动起来，痉挛似的一忽儿动、一忽儿停，力量也薄弱得很。可是他到底战胜了自己的手脚，战胜了叫它们拍击、搅动的求生的意志。他沉得太深了。尽这副手脚干，也永远升不到水面上来了。他觉得仿佛懒洋洋的浮在一片朦朦胧胧、幻影重重的大海上。四下里是一片五色缤纷的光辉，沐照着他，覆盖着他。这是什么呀？这仿佛是座灯塔；可是这座灯塔就在他自己的脑袋里头——一片闪烁、耀眼的白光。光一闪闪的愈闪愈快。猛听得一阵隆隆声，响了好半天，他觉得自己仿佛在一道望不见底的大楼梯上滚下去。眼看快滚到底了，他掉到黑暗中啦。他只知道这么些。他掉到黑暗中啦。一刹那，他还知道，下一刹那，就什么都不知道了。①

弗洛伊德的得意门生，瑞士心理学家、神话原型批评学派代表人物荣格，自从综合考察世界诸多地区的神话艺术之后，经一系列研究与探索，创立了誉满全球的"集体无意识学说"、"原型说"与"积淀说"。他的文艺心理学论文《论分析心理学与诗歌的关系》，论著《心理学与文学》、《无意识心理学》等，逐步将心理学、思维学的学术触角伸向文学艺术创作实践。

荣格将文艺创作分为两大类：(1)心理学式的创作；(2)幻想式的创作。他清晰地觉察，心理的模式加工素材来自人的意识领域，文学、艺术家体现的就是人的心理结构本身。故此，他提出"艺术家的任务就是赋予集体无意识以形式"的著名观点，还有认知，"不是歌德创造了《浮士德》，而是《浮士德》创造了歌德"的重要论点。

欧洲近现代文坛，因为俄罗斯大批文学艺术家与文艺理论家的横空出世，使西方世界文学天空格外璀璨。在如此众多的文学理论家与美学家之中，别林斯基与车尔尼雪夫斯基组成的"双子星座"显得特别引人注目，尤其是他们优秀的文艺美学理论为后世的文艺心理学、思维学研究浸染夺目的光彩。

俄国革命民主主义者、文学评论家、美学家别林斯基终生从事文艺评论与文学编辑工作。他猛烈地抨击伪古典主义、消极浪漫主义，竭力反对"为艺术而艺术"的狭窄观念，反复论述"艺术是现实的再现"的文艺创作理论原则。特别是别林斯基对"形象思维"的诠释，对"现实的诗"与"理想的诗"的论述，以及关于诗歌

---

① （美）杰克·伦敦. 马丁·伊登[M]. 殷惟本，译. 北京：人民文学出版社，2013.

的分类、戏剧体诗歌的阐述,文艺创作中典型化形象的塑造等独到的学术见解,获得全世界广泛的社会声誉。

别林斯基在评论格利鲍耶陀夫的四幕诗体喜剧《智慧的痛苦》时,提出了"诗用形象的思维"的惊世骇俗的美学观点:

> 诗是真理取了观照的形式;诗作品体现着理念,体现着可以眼见的观照到的理念。因此,诗也是哲学,也是思维,因为它也以绝对真理为内容;不过诗不是取理念按辩证方式,由它自身发展出来的形式,而是取理念直接显现于形象的形式。诗人用形象来思维,他不是论证真理,而是显示真理。①

别林斯基在一系列文艺著述中明确指出:诗人或剧作家"要用形象来思维",要通过文艺作品人物形象来"显示真理"。他赞同古希腊亚里士多德的论点:"哲学家用三段论法说话,诗人则用形象和图画说话。"他认为,文学家、艺术家不同于哲学家以"抽象思维"来达到概念推理,而是用"形象思维"来描述活生生的人物形象。

在《论俄国中篇小说和果戈理君的中篇小说》中,别林斯基论述"现实的诗"与"理想的诗"的对立与异同之时,高屋建瓴地指出:"诗必须描写生活现实","哪里有真实,哪里也就有诗"。并且指出,文学典型是读者"似曾相识的不相识者","塑造典型"是"创作本身最显著的特征之一","没有典型化就没有艺术"。

别林斯基在评论《现代人》一文时申诉:"创作中的典型是什么? 他同时是一个人和许多人,一副面貌和许多副面貌。这就是说,它是这样一个对一个人的描绘,其中包括多数人,即表现同一理念的一整系列的人。"他认为:"莎士比亚悲剧"中的"奥赛罗就是典型","典型性是创作的基本法则之一,没有典型性,就没有创作。……在创作中,还有一个法则:必须使人物一方面是整个特殊的人物世界的表现,同时又是一个人物,完整的、个别的人物。只有在这种条件下,以及通过这些对立物的调和,他才能够是一个典型的人。"在如今的东西方文艺理论界,正是借助于别林斯基的"典型论",才确立了"典型环境中的典型人物塑造"的文艺理论基本原则。

别林斯基在《诗歌的分类和分科》中认为:"戏剧诗歌是最高的诗歌体裁和艺术的皇冠",而"叙事诗歌和抒情诗歌是现实世界的两个背道而驰的抽象极端;戏

---

① 朱光潜. 西方美学史[M]. 北京:人民文学出版社,1964.

剧诗歌则是这两个极端在生动而又独立的第三者中的汇合(结晶)"。在此基础上,他高歌礼赞:"诗歌是最高的艺术体裁",其理由是因为"诗歌包含着其他艺术的一切因素,仿佛把其他艺术分别拥有的各种手段都毕备于一身了。诗歌是艺术的整体,是艺术的全部机构。它网罗艺术的一切方面,把艺术的一切差别清楚而明确地包含在自身之内"。故此,别林斯基统而言之:"戏剧诗是诗的最高发展阶段,是艺术的冠冕,而悲剧又是戏剧诗的最高阶段和冠冕。所以,悲剧包含着戏剧诗的全部实质,包括着它的一切因素,因而喜剧的因素也有充分根据容纳在内。"①由此可见,别林斯基对借助形象思维创作的"戏剧诗"与"悲剧"评价甚高。

俄国美学家、文学批评家、著名作家车尔尼雪夫斯基于1855年撰写出的优秀学位论文《艺术与现实的美学关系》(中文译作"生活与美学"),为他一生的文艺理论生涯罩上炫目的光环。他所提出的著名美学定义:"美是生活",更在西方美学史上占据着至关重要的崇高位置。

车尔尼雪夫斯基在《艺术与现实的美学关系》一书中强调:"生活与艺术中的悲剧事件"并不决定于命运,而是一定客观条件,特别是"社会现象的产物"。它"摒弃悲剧观念中的神秘内容和唯心主义色彩,更加接近现实生活"。车尔尼雪夫斯基认为,文学艺术家"须能够理解真人性格的本质",理解人物在"被诗人安放的环境中将会如何行动和说话"。他还认为,"在人们往往忽略的普通生活现实中每分钟都有戏剧、小说、喜剧、悲剧、闹剧",问题在于你是否有能力发现其中的"现实美与艺术美"。

不过,车尔尼雪夫斯基所说的"生活之美"并非凡人心目中平庸的生活感知,而是从哲学角度的心理美学观照。依照他的观念,"美是生活"有两个层面:其一,在我们看得见的,而且认为理应如此的生活中,任何事物都是美的;其二,凡是显示出生活或使我们想起生活的任何东西,也就是美的。他认为"艺术美"有三大社会作用:1. 再现生活;2. 说明生活;3. 判断生活现象。故此,他特别强调,只有具备上述诸条件,诗人、剧作家、艺术家才能真正感受美,才能"创造形式上新颖的事物"。

著名美学家朱光潜在《西方美学史》一书中,曾对《艺术与现实的美学关系》及其美学理论予以充分肯定与高度评价:

① 选自《古典文艺理论译丛》,别林斯基. 诗的分类[M]. 李邦缓,译. 北京:人民文学出版社,1962.

　　车尔尼雪夫斯基在美学上最大的功绩就在于提出了关于美的三大命题和关于艺术作用的三大命题。这些命题把长期由黑格尔派客观唯心主义统治的美学移植到唯物主义的基础上，从而为现实主义文艺奠定了理论基础。车尔尼雪夫斯基抛弃了别林斯基所未能完全抛弃的艺术从理念出发的原则，而代之以艺术从生活出发的原则，这是德国古典美学以后的一个重大的发展。①

　　车尔尼雪夫斯基的上述论述确实是世界美学理论史上的"一个重大的发展"。他所倡导"美是生活"的重大命题，将美的观念与形式真正交付给赖以生存与发展的土地，以及养育她的人民。事实证明，只有根植于人民生活沃土中的美学与诗学才能绽放出美丽的花朵。

　　前苏联著名小说家阿·托尔斯泰于1938年，在《致青年作家的一封信》中，同样论述到文艺美学与艺术特殊的思维方式："对于我们说来，形象思维只是艺术思维的一部分。如果我只用形象来思考，亦即只用事物的表象来思考，那么，不可胜数的它们全部，我周围的一切，便会变成毫无意义的一片混沌。……我强调指出这一点，绝不是想说，艺术思维是无形象性的；绝不是想说，作家可以说只是用形象来图解自己的思维。不！形象是在这个复杂的过程中自然地形成的。它作为思维的结局，清晰地、准确地脱颖而出。就像一台安装完毕的机器经过了上千道的工序——从图样、从熔解炉的瓦斯到装配机器的磁电机的火花后，从传送带的尽头落地一样。"②

　　撰著誉满全球的文学名著《战争与和平》《复活》《安娜·卡列尼娜》等的俄国伟大作家列夫·托尔斯泰，他还著有一部鲜为人知、重要的文艺理论专著——《艺术论》，别开生面地提出"情感感染说"。他认为："艺术是感情的交流"，并强调检验艺术感染深浅的有三条重要标准：1. 所传达的感情有多大的独特性？2. 这种感情的传达有多么清晰？3. 艺术家真挚程度如何？故此，他为"艺术活动"下了这样一条经典定义："艺术活动是建立在人们能够受到别人情感的感染这一基础上的"，以及，"在自己心里唤起曾经一度体验过的感情，在唤起这种感情之后，用动作、线条、色彩、声音，以及言词所表达的形象来传达出这种感情，使别人

①　朱光潜. 西方美学史[M]. 北京，人民文学出版社，1964.
②　武汉大学中文系. 外国作家谈创作经验[M]. 武汉：武汉大学，1979.

也能体验到同样的感情——这就是艺术活动。"

查阅国内外相关历史文献,文艺心理学或思维学作为一门独立的学科,形成时期于 19 世纪后期至 20 世纪初期。其相关学术标志诸如:英国笛卡尔提出的"心物二元论",认为"心的本质是思维";以弗洛伊德、荣格为代表的精神分析学派对文学艺术家关心的"心理结构"、"创作动机"、"非理性因素"、"原始意象"在文艺活动中的地位,进行了富有创见性的理论探索。另外还有以鲁道夫·阿恩海姆为代表的"格式塔"学派的文艺心理学,将文学艺术作为有机文化整体看待,认为其完整形式通过"异质同构",在此基础上将会产生一种文化新质。再有此时期,欧美一些国家,涌现出一大批从事社会文化研究的历史学派、意识流派、神话原型派、情感符号派、实验心理学派、发生认识论、人本主义心理学的专家、学者,其人、其作都不同程度促进了后世文艺心理学与思维学的发展。

在此重要的历史时空之中,倡导"发生认识论"的瑞士心理学家皮亚杰,他通过对人的智力发育过程的科学考察,深入探讨语言艺术与思维文化的关系。他认为:语言不是思维的根源,也不是逻辑思维的根据,在以其它信号物作为工具的场合下,思维仍可以脱离语言独立而行。皮亚杰把语言看作一种特殊的"信号物",认为此物象可包括语言、心理表象、象征性姿态,等等。

皮亚杰别开生面地将"思维"定义为"活动的内化",认为通过某种信号形式即可把主体对空间客体的活动"内化"到人的头脑之中。他明确指出,思维具有两种形式:一是形象思维,它对瞬间、静止的事物进行模仿,包括知觉、记忆和表象三个方面;二是运算思维,它思考事物从一种状态向另一种状态的转变。形象思维和运算思维均来源于感知运动活动,它们平行发展,又相互补充。皮亚杰虽然否认语言是思维的根源,语言是逻辑思维的根据,语言是思维的唯一工具等观点,但是并不否认语言对思维所起的巨大促进作用。他强调说,"人的智慧越发展,思维越进入高级阶段,语言在思维中所起的作用也就越大。"

根据中西心理学家们的一些观念,文艺创作过程中所依据的形象思维与抽象思维,实为一种以直观形象为思维载体的高级心理活动,是人类亘古不变的基本思维方式。早在古希腊时期,亚里士多德就注意到了人类思维有不同的心理形式,并做了如下初步理论分析:"显然,想象和判断是不同的思想方式。想象是可以随心所欲的,……而获得结论(判断)是不由我们做主的,结论有正确和错误之别。"对此重要的理论原则,马克思曾给予充分的肯定:"这位研究家最早分析了许多思维形式,社会形式和自然形式,也最早分析了价值形式。"由此,对社会现实由点到面,由浅而深,由低级思维向高级思维的发展历史,贯穿于人的思想运作方式与过程,即演化成为不同层面的多维的、立体的思维文化世界。

历史与现实证实,人的感知活动总是在现有的"心理定势"基础上进行的。马克思曾经说过,人的感觉能"直接在其实践中成为理论家"。这正如阿·托尔斯泰以文学创作活动来证实:"我用我全部心理和生理的动作,用我的整个存在去对形象的综合与运动做出反应。"果戈理也说过:"上帝把听取灵魂的魅力的感觉放在我的灵魂里了。"冈察洛夫在创作《奥勃罗莫夫》一书后同样说过:"我在描绘的时候,很少懂得我的形象、肖像、性格意味着什么,我仅仅看见它活生生地站在我的面前,我观看我描绘得真实不真实。"古今中外,大量事实证明,当文学艺术家在全神贯注感知创作对象的时候,他所获得的感觉内容,即成为以事实证明的物质文化生活所造成的精神追求与文化素养,所导引和参与综合性缔造的理想的文艺思维产物。

思考题:

1. 具体说明西方有哪些文艺心理学研究成果。
2. 西方思维学的理论基础有哪些?
3. 阐释西方文艺心理学的演变过程。
4. 文艺复兴与西方文艺理论发展有着怎样的联系?

第五章

文艺符号与文艺心理思维

人的思维意识是人脑机能或文化属性,是人的大脑对现实生活与客观事物的真实反映。要弄清人的思维之奥秘,必须对其大脑生理与心理机制进行科学的剖析。据科学家研究,思维是人脑对现实事物间接概括、加工的文化形式,惯以内隐或外显语言或动作表现出来。思维对主客观关系进行着多层次加工,揭示事物内在的、本质的特征,是人的高级心理活动形式。同时,思维过程是人脑对海量信息的处理过程,具体包括抽象、综合、概括、分析、对比等等,依次按照不同事物的发展规律形成系统的心理逻辑处理与显现。

王克俭在《文学创作心理学》"绪论"中引用《苏联简明文学百科·文学创作心理学》所下的相关定义,对文艺心理学进行深入研究,指出此学问为:"研究作家对现实印象进行创造性加工的心理特点,作为创造者的个性心理,处于动态之中(从构思产生到作品完成)的艺术作品的创造过程的普遍和局部的规律",并且认为:"文学创作心理学在我国尚处于草创阶段,其形成有历史的、现实的学术背景,也有其独立的研究对象和明确的学科坐标及其科学体系"。论及其结果,他认为,此门学科"存在着两个不同的角度:一是运用心理学理论研究、阐释文学创作现象的本质及其规律;二是系统地研究文学创作现象的心理规律,即从文学现象出发研究心理学"①。我们探寻隶属于心理学与文艺学两门学科综合而成的"文艺思维学"研究范畴时,亦可借鉴此种言之有理的学术理论与路径。

由于人们对大脑与思维活动始终处于神秘无知的封闭状态。长期以来,相关学界对大脑科学研究与探索非常艰难,无法了解其内部结构和机理,只有根据其输入值和输出值,或根据其外部性质来判断与完善其系统运作。故此,有学者将其用控制论术语"黑箱"、"黑盒"、"暗箱"或"闭盒"等来形容。有人认为,作家、诗

---

① 王克俭. 文学创作心理学[M]. 北京:中央民族大学出版社,1997.

人的文学创作活动属于一种"黑箱系统"操作,不论是其概念、定义、内涵、外延,以及创作、欣赏、批评、动机等都须通过"黑箱理论与方法"去摸索与认知。在此前提下,尤其需要对文艺思维学中的"文艺符号"与文学、艺术乃至文化心理形式进行全面、深入的解读。

第一节　文艺符号与思维形式

人类无疑是地球诞生以来一切生物中最先进的物种。那么,人类有什么值得骄傲的地方,而成为动物界的主人呢?论其速度和灵巧性,人类不如天上飞行的禽鸟;论其力量和耐力,人类不如海洋或陆地上凶猛的动物。人类既没有鸟类翱翔蓝天的本领,也没有鱼类遨游碧水的能耐;既没有大象、鲸鱼的重量,也没有牛、马、骆驼的力量,那怎么会凌驾于其它动物之上呢?

人类作为高级动物与"万物之灵长",之所以在地球上能主宰一切,是由于其物种既是自然动物,更是社会动物与文化动物,有着超出其它物种的思维与行动;并且在漫长的生物与人的心理进化中,不断丰富和完善自身的思维与语言能力,从低级、蒙昧与野蛮阶段,逐步过渡到高级、文明层次,从而创造出地球上最先进的物种文明。

"思维"是人类大脑中通过神经相互联系的能动反映。人类的思维活动建立在相应的物质基础之上,一切思维活动都是脑细胞之间有机联系的结果。人类大脑结构的不断进化,使人类记忆能力以几何式递增,人类思维因此不断得到发展,而这种进化发展又通过"基因遗传"与"语言、文字"符号的形式得以延续。

回顾历史,人类文明与文化大多以符号形式来记录,均以文字与图像把原始经验转变成符号流传下来。同样,在文艺创作过程中,既要有深刻的体验,形成生动、鲜活的可概括的形象,更要有特别的表现形式,即成熟而完善的思维,通过可感的艺术符号为人们所认知。西方符号学奠基人之一的德国哲学家恩斯特·卡西尔在名著《人论》中认为:"艺术可以被定义为一种符号语言","符号体系"是对"人类经验的构造和组织",以及"在对可见、可触、可听的外观把握中给予我们以秩序"①。

符号语言中最高形式为"文字符号",或称"文艺符号",是文学艺术活动和思

---

① （德）恩斯特·卡西尔. 人论[M]. 北京:西苑出版社,2004.

维活动的一种交流工具,是物化为可供鉴赏的艺术作品的非物质文化外壳。诸如音乐艺术思维外化符号主要是音响、音色、音调、节奏、和声和旋律,以及音乐所需求的其他表现方法与手段。绘画艺术思维外化符号是色彩、线条、明暗、质感等造型手段。舞蹈艺术思维通过各种动作、神态、手势、步法、眼睛和面部表情等来展现。建筑艺术思维则以木、石、砖瓦、水泥、金属等为材料,以建筑物总体布局、结构、比例、对称、均衡、色彩、装饰等作为基本符号。戏剧艺术则通过形体动作符号、道白、唱词等文化符号,服饰、化妆、道具、布景等美术符号。音响、节奏、旋律等音乐符号等多种艺术形式让观众、听众可闻,可见,可感。显然,各门艺术形式的表现方法和手段均起着表达作者思想感情和刻画艺术形象的作用,只有所刻画的文艺作品的符号独具特色,才具有不同的思维类型与审美价值。

在文学艺术创作之中,离不开"文化符号"的运用和创造,不同的符号系统表达了文学艺术家各自不同的思维和情感。艺术家通过对客观对象进行主观思维加工与处理,外化形成系统的符号印记,对其艺术思维进行全面的诠释。艺术符号具有极强的浓缩性,可以将艺术家包蕴万象的思维内容,用最简洁、最直接、最形象的艺术形式呈现出来,从而具备强烈的艺术魅力,给欣赏者以直接的感官冲击。

因此,文艺思维的符号转化是整个艺术创造中的一个重要环节,直接关系到从文艺创作动机的勃兴、审美意象的生成,乃至艺术形式建构的全过程。一个完整的艺术思维的延续,关系着这一心理过程中思维控制、表达,以至文艺符号完美的表现。

文学艺术中的符号对于文艺作品表达而言,是指构成艺术形式的一些具体手段、材料和工具。相对于符号系统,艺术要素如同语言中的字母一样,本身并无明显意义,比如视觉艺术中的色彩、线条和画面,听觉艺术中的乐音、节奏、旋律等。只有当这些手段、工具和材料等被用来表达具体的艺术思维与意象境界之时,才能获得真正价值与意义。

美国著名哲学家、符号论美学家苏珊·朗格认为:"艺术家在现实世界中所能找到的只是艺术创造所使用的各种材料——色彩、声音、字眼、乐音等等,而艺术家用这些材料创造出来的却是一种以虚幻的维度构成的'形式'。"著名文化学者余秋雨也指出:"艺术的创造工程,就材料上说,主要是艺术符号的创建。这是艺术大厦得以矗立的部件性基础。"①

---

① 余秋雨.艺术创造工程[M].上海:上海文艺出版社,1987.

当然,艺术产品不仅仅是靠某些标准性符号简单搭配而成,而是文学艺术家通过心理思维幻化的复杂符号表达鲜活的审美意象,创造出完整的具有表现型的艺术形式。这里面既蕴含着非常个性化的符号建构与艺术精神的表达,也包括人的特殊文艺思维过程、技术手段和技能修养。可以说,艺术产品是思维的整体化结果,是思维艺术符号的神奇转化。

"文艺符号"在本质上是文学艺术思维这种精神活动的物化与外化。当这些物质符号组成艺术产品的时候,这些物质的东西即赋予精神文化的丰富内容,具有审美属性和文化属性的双重属性。譬如音乐中的音响不同于自然音响,舞蹈动作不同于日常动作,影视艺术也不同单纯的视频纪录,经符号外化后才具有哲学与艺术美学的倾向。

文艺符号包括"文学符号"与"艺术符号"。文艺符号学研究涉猎文艺学的三个分支理论,即"文艺理论"、"文学批评"和"文艺史学"。我们根据童庆炳主编的《文学理论教程》的相关理论得知:"文艺学"系"研究文学心理学、思维学的文学理论学科",是"一门以文学为对象,以揭示文学基本规律,介绍相关知识为目的的学科"。"文学作为一种极为复杂的、广延性极强的事物,决定了文学研究视角和方法的多样性。视角和方法的多样性使文学理论呈现出不同的形态。文学哲学、文学社会学、文学心理学、文学符号学、文学价值学、文学信息学和文学文化学等是文学理论的基本形态。"他在论述"文学心理思维"时还特别指出:

> 从文学创作——文学作品——文学接受者这一流动系统看……创作——作品——接受过程,这是一个心理转换过程。无论是文学创作,还是文学接受,都是特殊的心理行为。因此,采用心理学的视角,建立起文学心理学,才能切入这些特殊的心理行为进行研究,文学心理学是文学理论的又一重要形态。古今中外的文学理论,不论自觉还是不自觉,总是倾向于从心理学角度来解释文学活动。①

美国女学者苏珊·朗格是"符号理论"成功的继承者与倡导者,她归纳总结了人类的两种符号形式——"推理的形式"和"表象的形式",令人信服地分析了语言文字、神话、宗教和艺术等学科的具象符号特征,并将"艺术"视为具有表象形式的独立符号。她的《情感与形式》一书是文艺美学心理学研究的"符号理论三部

---

① 童庆炳主编. 文学理论教程[M]. 北京:高等教育出版社,1992.

曲"中的第二部,其它两部名著分别为《哲学新解》和《心灵:人类情感论》。

苏珊·朗格的《情感与形式》一书以"艺术是表现人类情感概念的符号,它不是表现艺术家个人的实际情感"为中心论题,展开全面、深入的学术讨论,其中包括三大部分,即"艺术符号"、"符号的创造"、"符号的力量"。她认为,"人类创造出来的艺术品"即呈生命状态的文艺形式要激发人的美感,就必须使自己作为一个生命活动的投影或符号呈现出来;必须使自己成为一种与生命的基本形式相类似的逻辑形式,即所谓的"生命形式"。

图12　苦思冥想

如前所述,在古代中国,先秦时期也有关于生命蕴育文艺心理、思维要素的一些精辟言论。汉魏至明清时期,曾出现一些探讨人的心理与思维的基础性文艺论著。诸如《文赋》、《文心雕龙》、《人物志》、《诗品》、《沧浪诗话》、《人间词话》,等等。历代专家学者对原始文艺心理现象研究取得丰富多样的学术成果。

论及文艺文体本原,如"诗"的艺术魅力来自何处呢?无疑要从先秦《诗经》时期就归纳的"赋、比、兴"手法寻觅答案。《诗品》文曰:"故诗有三义焉":一曰"兴",二曰"比",三曰"赋"。亦云:"文已尽而意有余,兴也;因物喻志,比也;直书其事,寓言写物,赋也。宏斯三义,酌而用之,干之以风力,润之以丹采,使味之者无极,闻之者动心,是诗之至也。"

按照中国传统儒学"诗言志"的传统论点,诗歌的产生与传播,都与"政教风化"有密切关系。然而南朝钟嵘却认为诗的审美本质是"抒情",他在《诗品·序》

中开宗明义:"气之动物,物之感人,故摇荡性情,形诸舞咏。照烛三才,晖丽万有,灵只待之以致飨,幽微藉之以昭告。动天地,感鬼神,莫近于诗。"特强调诗以真情实感来"动天地,感鬼神",文坛确实如此,世界上还有什么传统文体能超越诗歌艺术感召力呢!

宋代女词人李清照在著名的"词论"中,娓娓道出了诗文作家的玄妙心理思维:

> 乐府声诗并著,最盛于唐。开元、天宝间。……逮至本朝,礼乐文武大备,又涵养百余年。始有柳屯田永者,变旧声作新声,出《乐章集》,大得声称于世;虽协音律,而词语尘下。又有张子野、宋子京兄弟、沈唐、元绛、晁次膺辈继出,虽时时有妙语,而破碎何足名家!至晏元献、欧阳永叔、苏子瞻,学际天人,作为小歌词,直如酌蠡水于大海,然皆句读不葺之诗尔。又往往不协音律者。何邪?盖诗文分平侧,而歌词分五音,又分五声,又分六律,又分清浊轻重。且如近世所谓《声声慢》、《雨中花》、《喜迁莺》,既押平声韵,又押入声韵;《玉楼春》本押平声韵,又押入声。本押仄声韵,如押上声则协;如押入声,则不可歌矣。

清代国学大师章学诚对钟嵘的诗学名著《诗品》非常推崇,他在《文史通义·诗话篇》中对此书给予很高的评价:"《诗品》之于论诗,视《文心雕龙》之于论文,皆专门名家,勒为成书之初祖也。《文心》体大而虑周,《诗品》思深而意远;盖《文心》笼罩群言,而《诗品》深从文艺溯流别也。论诗论文而知溯流别,则可以探源经籍,而进窥天地之纯、古人之大体矣。此意非后世诗家流派所能喻也。"

王国维先生撰写《人间词话》所显现的创作论点,以及文艺思维学术造诣,集中体现在所倡导的"能写真景物、真感情者,谓之有境界"之"境界说"之中,此为《人间词话》的文艺理论核心。对此,他反复论述:"境非独谓景物也,喜怒哀乐亦人心中之一境界。故能写真景物、真感情者,谓之有境界,否则谓之无境界。""有造境,有写境,此理想与写实二派之所由分。然二者颇难分别,因大诗人所造之境,必合乎自然,所写之境亦必邻于理想故也。"王国维还有类似高论:"有有我之境,有无我之境","无我之境,人唯于静中得之;有我之境,于由动之静时得之","文文山词,风骨甚高,亦有境界","言气质,言神韵,不如言境界。有境界,本也。气质、神韵,末也","词以境界为最上,有境界,则自成高格,自有名句",等等,均为文艺心理学与思维学研究须引荐之名言佳句。

王国维的高明之处,在于他将"境界"通融于"意境"。他在《人间词话》中阐述:"古今词人格调之高,无如白石,惜不于意境上用力。故觉无言外之味,弦外之响,终不能与于第一流之作者也。"在《人间词话删稿》中他还指出:"昔人论诗词,有景语、情语之别,不知一切景语皆情语也",以及"词家多以景寓情。"于《人间词话》则云:"大家之作,其言情也必沁人心脾,其写景也必豁人耳目,其词脱口而出,无矫揉妆束之态。以其所见者真,所知者深也。诗词皆然。"王国维先生认为,凡造出"意境"或"境界"之要诀在于诗词"隔"与"不隔"之别。颇为倾心之作"皆在一隔字"伯仲之间,胜出者无不"妙处唯在不隔",以其此情景幻变为文艺创作之"化境"。

中国现当代文艺心理学理论开创者朱光潜先生,在国内外学习与专攻文艺学、美学、心理学等学科,译介、编撰的一系列学术著作,对我国文艺理论与文学艺术创作思维产生长远影响,特别是他在 20 世纪 30 年代撰写的《文艺心理学》、《悲剧心理学》、《诗论》等著述,视野之宽,理论之深,似前无古人,后人亦难之企及。

《文艺心理学》(开明书店 1936 年出版)是我国最早以文艺心理学命名的学术专著,在心理与思维历史研究上有着重要的学术价值和意义。此书将文学艺术创造与欣赏作为重要的心理、思维现象加以研究,着重论述"美感经验"中的"形象直觉"、"心理距离"、"物我同一等"等关键问题,开创了我国文艺心理学研究之先河。此书认为在经长期蓄积和准备而获得的美感经验之后,意象转化为情趣,又在心灵中产生回流,从而扩充了人的想象与认知的深度和广度。

朱光潜先生所论"意象"亦称"艺术形象",可见于我国古代典籍记载,如《周易》中就有"言不尽意","立象以尽意"之说。南朝刘勰在《文心雕龙·神思》中云:"然后使玄解之宰,寻声律而定墨,独照之匠,窥意象而运斤"。司空图在《诗品》中亦云:"意象欲出,造化已奇"。上述传统文艺理论均指通过艺术想象构思成熟,但尚未物态化之艺术形象。朱光潜在其名著《西方美学史》一书借古人之言,发自家之语:

　　　　人凭感觉器官接触到外界事物,感觉神经就兴奋起来,把该事物的印象传到头脑里,就产生一种最基本的感性认识,叫作"观念"、"意象"或"表象"。这种观念或印象储存在脑里就成为记忆,在适当时机可以复现。①

---

①　朱光潜. 西方美学史[M]. 北京:人民文学出版社,2002.

"中国美学散步学派"的创建者、北京大学教授宗白华先生,曾与朱光潜先生齐名。他一方面从康德、叔本华、尼采、歌德、海德格尔等诸多西方美学家的研究成果中吸取理论营养,一方面又对"老庄哲学"、中国传统艺术,以及华夏诗歌、绘画、音乐、书法、园林等进行潜心体验和独特研究。他深入探讨中国文艺美学与创作心理规律,从而形成了独特的美学思想和情景交融的文艺思维理论。他的主要文艺论著有《论文艺的空灵与充实》、《中国艺术意境之诞生》、《美学散步》、《美学与意境》等。宗白华教授认为中华民族艺术意境之奥秘在于创作主体精神的涵养,天机的培植,活泼的心灵飞跃而又凝神观照于心理体验之中,遂产生突发、自由、随意、豁达的文艺创作成果。

著名散文作家秦牧对"意象转化为情趣"遂产生心理美感经验深有感触。他撰写的精巧优雅的散文《蜜蜂的赞美》,由衷地称道小昆虫辛勤的劳动与独特的酿蜜方式:

> 人们对于蜜蜂的赞美,尤其充满哲理的情趣。……蜜蜂酿蜜的方法,给人以重要的启示。它能够博采,又能够提炼,终于,黄澄澄、香喷喷的蜜糖给酿造出来了。它的酿造可以说是一种卓越的创造。

> 一只蜜蜂要酿造一公斤蜂蜜,必须在上百万朵花上采集原料。假如蜜蜂采蜜的花丛同蜂房的距离平均是一公里半,那么,蜜蜂采一公斤蜜,就得飞上四十五万公里,差不多等于绕地球赤道飞行十一圈。

> 看了这样的材料,尝过那味道浓郁的甜蜜,你怎能不对世界上这种神奇的小昆虫感到由衷的赞美呢?[1]

秦牧先生还动情地赞誉:"蜜蜂,这小小的昆虫,人们献给它多少赞美之词!它那种酿蜜方式,使人想起了一切成功的学习、工作和经验。由于广泛的吸收,来源就丰富了。由于接受每一朵花中最甜美的东西,而不是杂乱地搬取,材料就比较上乘了。由于搜集来的东西是经过自己的重新酿造,蜂蜜就比一般鲜花和甜汁要甜美和精粹得多。虽然人们还能从蜜糖的色泽和味道上分辨,它们究竟是橙花蜜、荔枝蜜、枣子蜜或者苜蓿蜜,但是在蜜糖中已看不到橙花、荔枝花、枣子花或者苜蓿花的影子了。甚至作为花的甜液的那种状态也已经不见了。'蜜成花不见',它是经过蜜蜂的一番重新创造的。多么令人称道的酿蜜方式,

---

[1] 秦牧. 艺海拾贝[M]. 上海:上海文艺出版社,1999.

多么令人赞美的辛勤!"对此"蜜成花不见"的精微描述,也使我们领悟文艺思维与文字创作时所形成的神奇、独特的"酿蜜方式"。

当年与秦牧先生齐名被誉为"南秦北杨"的著名作家杨朔先生,在其散文名篇《荔枝蜜》中,也通过以对蜜蜂的微妙感情变化为线索,由蜜蜂辛勤的采花酿蜜联想到人们为创造新生活的劳动,热情讴歌"为人类酿造最甜的生活"的伟大奉献精神。最终使其思想感情得到升华,而"梦见自己变成一只小蜜蜂"。通过上述妙文名篇对比,我们可感知作者对蜜蜂仔细观察与深入认识的过程,运用丰富的联想,由物及人,以事推理,从生活中提炼出浓郁的诗情画意与深刻哲理,从心灵深处感叹这只"整日整月不辞辛苦"的"可爱的小生灵啊,对人无所求,给人的却是极好的东西。蜜蜂是在酿蜜,又是在酿造生活,不是为自己,而是在为人类酿造最甜的生活。蜜蜂是渺小的;蜜蜂却又多么高尚啊!"由蜜蜂起兴,《荔枝蜜》一文又诗情益然地联想到亿万辛勤劳动者,他们"实际也是在酿蜜——为自己,为别人,也为后世子孙酿造着生活的蜜"。当人们比附中西作家艺术家从事的文学创作过程,何尝不也是像蜜蜂一样在酿造精神文化的"甜蜜"吗?

陆贵山在《综合思维与文艺学宏观研究》中高层建瓴地总结:"理论思维是极其重要的。没有和缺少理论思维的民族是没有希望的。科学的理论思维和方法是思想家们对人们的长期的实践活动所积累的经验和体验,进行推理和抽象的产物。这种理论概括能够更深刻、更全面地反映对象世界。没有正确的理论,不会有正确的实践和运动。"①我们通过对文艺工作者人脑进化与心理、思维演化,以及文艺创作过程的研究,方可洞悉思维心理理念对文学艺术创作、文艺批评和文艺思潮,乃至文艺理论研究均具有不可忽视的导引作用。

第二节　文化心理学与文学思维

根据前人研究成果我们所知:"文艺心理学"是文学、艺术心理学与文艺思维学的理论基础,若进一步发展到"文化"研究层面,自然而然导源于"文化心理学"。任凤炎、郑红著《中国文化心理学》一书中特引用杨鑫辉主编《心理学通史》的一段重要理论:"不管是古人还是今人,在人的各种活动中都有人的心理活动的

---

① 陆贵山. 综合思维与文艺学宏观研究[J]. 文学评论,2007(2).

参与。人类也在探索和认识自身的心理活动。"例如古希腊亚里士多德和柏拉图关于"灵魂"的论述,中国先秦时期关于"人性善恶"的论述等等;直到"现代实验心理学对人的认识过程、情绪情感、意志行为和个性特征、人格特点的实证研究,"都是对人的心理与思维问题的探讨。对于各个历史时期,学者在这方面思想理论的系统记载,便是心理学思想史或心理科学史。这里要指出的是,"在历史发展过程中,人们需采取多种视角来探讨人的心理问题,"例如说哲学的视角、心理学的视角、文化学的视角、人类学的视角,等等。

《中国文化的理学》一书还选用该作者撰写的"序言"《应当重视从中国文化的视角研究中国人的心理与行为》,进而深入阐述:

> 多种视角的探索,可以拓展和深化人们对心理学问题的认识与理解。前两种视角的研究是比较丰富而取得了很多成果的,后两种视角的研究则是相当薄弱且开始不久的。对于中国心理学来说,文化学的视角就是要求从中国文化角度研究中国人的心理与行为。①

从"中国文化角度研究中国人的心理与行为",亦包括从中国传统文学、艺术理论的角度研究,所借用的文化、艺术心理学或文学思维学为"研究文学的心理现象、心理过程、心理实质与心理活动规律的一门科学,主要包括文学创作心理学和文学欣赏心理学两大分支。文学创作心理学研究文学创作过程中的感觉、知觉、体验、记忆、联想、想象、情感、思维、意志等心理现象和心理活动的规律,研究文学个性心理的特点、形成过程及对创作的影响。文学欣赏心理学研究文学欣赏过程中的感知、联想、想象、思维、情感等心理现象和心理活动的规律,研究欣赏者与文学作品的心理关系"②。

朱光潜先生著《谈美书简》中"形象思维与文艺的思想性"一章,不仅论证了文化心理学心理活动的规律,还澄清了"文化思维"中的思维概念及功能与价值:"什么叫做思维?思维就是开动脑筋来掌握和解决面临的客观现实生活的问题。所以思维本身既是一种实践活动,又是一种认识活动。思维分为两个步骤:第一步是掌握具体事物的形象,如色、声、嗅、味、触之类感官所接触到的形式和运动都在头脑里产生一种印象。这是原始的感性认识,又称为感觉、映像、观念或表象。

---

① 杨鑫辉主编．心理学通史:第一卷[M]．济南:山东教育出版社,2000.
② 任凤炎,郑红．中国文化心理学[M]．济南:济南大学出版社,2004.

把许多感性形象加以分析和综合,求出每类事物的概念、原理或规律。"

在中国古今美术发展史中,特殊的文化思维对画家尤为重要。清朝初年出现一位才华横溢的山水画大师石涛,他有一句在美术界广为传诵的名言:"搜尽奇峰打草稿",即指画家在观察生活中亦为艺术酝酿与思维之神奇过程。宋朝郭熙在《林泉高致》一书中亦强调山水画应当"身即山川而取之"。古代许多画家就是这样徒步远行,踏遍青山,"身即山川","搜尽奇峰"采风作画的。有的"没乘雪自携饼饵,摹拟竟日忘归";有的"每自担竹笥,中储诗画笔墨";有的"扁舟泛海,尽览山水",均为了将自然意象通过思维与创作化为虚拟的艺术形象。

近代著名画家黄宾虹走遍祖国名山大川,他深爱皖南黄山,几十年间上下来去十多回,并且号称"黄山山中人"。他每到一处,总是全身心地投入真山、真水的博大怀抱。有一次,他冒雨入蜀游青城山,看到漫山幽谷,飞瀑争流,感慨不已,遂情不自禁吟诗一首:"泼墨山前远近峰,米家难点万千重。青城坐雨乾坤在,入蜀方知画意浓。"后来他夜行长江三峡,在瞿塘峡月光下画速写,又不禁连声大呼:"月移壁,实中虚,虚中实。妙,妙,妙极了!"于是在作《题画嘉陵山水》时,把"月移壁"与"雨淋墙头"联系在一起,体悟其绘画艺术之奥妙,不觉道出"我从何处得粉本,雨淋墙头月移壁"如此奇妙无比的审美经验。

我们再从绘画转向诗文创作来审视文化或艺术思维,著名诗人艾青在出国访问期间,观赏完俄罗斯芭蕾舞《小夜曲》后,曾情不自禁创作一首诗《给乌兰诺娃》,形象描绘:"像云一样柔软,像风一样轻,比月亮更明亮,比夜更宁静——人体在太空里游行;不是天上的仙女,却是人间的女神,比梦更美,比幻想更动人——是劳动创造的结晶。"乌兰诺娃轻风一样的旋转,轻云一样的浮游之美妙舞姿,此时在这位著名诗人视听思维中,幻化为梦中美丽的仙女或女神,绝妙的心理描写实来自现实与梦幻思绪和文字写照。适得其反,他在《诗论》中认为,"过分的旋转、晕眩与丧失平衡,则是文学作品中描写人的痛苦、绝望的悽美感觉。"

俄国作家屠格涅夫写的优秀散文诗《岩石》可谓出神入化之妙作,作品中为多种文学思维的意象交融,恰似一幅色彩混合的油画精品。让人读后沁人心肺、赏心悦目。从中我们可以体味到作者对视、听、肤、嗅、味、触觉的综合感觉,并能深入到人的内部动觉与情感欲望,从中感受到美不可言的生命感受:

　　你曾否看见过海洋边古老的灰色岩石,在阳光明媚的春天,在涨潮的时刻,滚滚浪涛从四面八方冲向它——扑打它、戏弄它和抚爱它——并且把闪亮的珍珠似的浪花泡沫泼洒在长满藓苔的石上呢?岩石依然还是一样的岩石——但是,在它的阴沉的表面,焕发着灿烂的色彩。这些色彩述说着那遥远的古代,那时候熔化了的花岗岩刚刚开始凝固,全身闪着火红的颜色。这样,不久前,青春少女的灵魂,又从各个方面闯进了我的衰老的心——而且,在她们的抚爱下,我的心又泛起早已闪烁过的色彩,燃起以前有过的火花!浪涛过去了……可是,色彩还没有失去光泽——尽管刺骨的寒风吹刮着它们!①

　　毋庸置疑,上述中外优秀文艺作品都是文艺形象思维形式的结晶。在具体的文艺创作之中,思维形式和内容总是有机地结合在一起,既不存在没有思维形式的文艺形式,也不存在没有思维内容的文艺内容。但是,思维形式对于思维内容具有相对的独立性,善于掌握和运用多种思维形式进行审美活动的文艺家,往往要注重提高艺术审美能力,以获得文化美的感受,创造艺术美的事物。无论是形象思维和抽象思维,还是创造思维和灵感思维,都应强有力地推动文化心理学与思维学大踏步地前进。

　　众所周知,思维是人类心理过程中极为复杂的心理现象,是人脑对客观事物概括、间接的抽象反映。它反映了客观事物的本质属性与内在规律性,属于理性认识的范畴。思维实现复杂的心理认识过程:从现象到本质、从感性到理性的转化,构成了人类认识的高级阶段,从而促使文学、艺术家创作出无数优秀的文艺作品。

　　思维是人类对客观事物间接的概括和反映,还在于人类自觉地把握客观事物的本质和规律的理性认识活动,是直接反映现实中感觉和知觉的一种高级反映形式与内容的认识阶段。思维概念分为广义和狭义两种解释:广义的思维泛指一切精神现象,与思想意识等同;狭义的思维则仅仅指运用概念、判断、推理来处理问题、做出决策的思维活动。无论是文学思维,还是艺术思维,乃至文艺思维,最终都升华与整合为更深广的文化思维。

　　如上所述,思维是脑科学、心理学、信息科学等多种学科研究的文化形式,对其不断探索的过程,必然涉及到对人的思维本质的全面认识。思维的本质问题历来是思维学研究所面对的一个根本性问题。作为发生于人脑中的理性意识活动,

---

① （俄）屠格涅夫．爱之路:屠格涅夫散文诗集［M］．黄伟经,译．长沙:湖南人民出版社出版,1987.

思维是人类大脑记忆通过神经通道的相互联系,是一种有机的、客观的文化心理思维。

图 13　浮想联翩

　　经过脑科学、神经生理学观察、实验揭示,思维是发生于人的心理物质中的物理、化学、生物的运动,即物质世界运动;心理学认为思维是人脑对现实的一种心理反映,是一种高级意识活动。思维这种物质运动区别于其它物质运动的基本特点,在于它是能够派生和表现高级意识活动的一种物质文化运动。

　　关于思维可派生和可表现的关系,我们可以通过电视连续剧《历史转折中的邓小平》予以阐述:邓小平饰演者马少骅脑中可以派生出他的思维活动,也可以使其思维活动得到表现;但其脑中绝对不可能派生出邓小平思维;只能通过他的言行举止来展现邓小平的思维过程,这也是人脑思维与电脑思维的本质区别。人脑中的思维过程——物质文化运动是可以派生的,也可以表现其高级认识活动,但电子产品却不能派生出独立的思维过程,只能在一定范围内表现人脑高级思维的折射影像。

　　思维科学研究成果进而认知,思维是大脑对客体深层区域的穿透性反映。这种穿透性反映是脑内物质组织和意识共同作用的结果。其中,"客体"既包括物质事物、精神事物和人的活动等存在物,也包括成为"主体"对象的某一空间区域;其

"深层"涵盖了相对于客观事物表层的主观认识,以及印象的深层含义。

不论是文学思维、艺术思维还是文艺思维,乃至文化思维,均作用于应用思维学的基础理论,联系各种不同的文学活动的具体特点,都是在研究人类社会整个文学活动,即文学创作、文学欣赏、文学批评三方面的思维形式、结构、过程和规律。对"文艺创作"与"欣赏",以及"艺术思维"与"活动"的关系描述,如杨春鼎著文所明晰阐释:

> 人类的艺术活动是多侧面、多环节、多层次的大系统,其思维活动有相似律、整体律、和谐律、多意律等规律。艺术思维的规律,是艺术规律的重要组成部分。文艺创作过程中的典型化规律,文艺欣赏过程中的审美再创造的规律,文艺评论过程中的审美评价和理论概括的规律等,都与艺术思维既特殊又一般的规律有关。①

结合国内外优秀文艺作品来审视反映成功的文化思维产品,如美国作家杰克·伦敦创作过许多结构宏大,感情充沛,透射着强烈爱欲与生命力的优秀文学作品。他的小说名著《荒野的呼唤》《白牙》《热爱生命》可谓文学思维活动外化为精彩文字的典范。

《热爱生命》这篇小说描写了美国阿拉斯加地区特殊的自然风光和淘金者的生活经历。小说主人公在极为恶劣的自然环境下,顽强地同饥饿、寒冷、恐怖、野兽与死亡作斗争,充分地表现了他的坚强以及对生存的渴望,以及热爱生命的强烈愿望。俄国女学者克鲁普斯卡娅回忆丈夫列宁在逝世前夕阅读此篇小说感受时,为其独特文学思维与艺术魅力感动不已的动人情境:"在伊里奇逝世的前两天,我在晚上给他读杰克·伦敦的短篇小说《热爱生命》,……这是一篇很有力的作品。……伊里奇非常喜欢这篇小说。第二天他要我继续读杰克·伦敦的小说。但是杰克·伦敦强有力的东西里却掺杂了一些非常软弱的东西。第二次读的那篇小说完全变了样——浸透着资产阶级的道德观念:一个船长答应老板把船上所装的粮食以最高的价格出售。他为了履行诺言,竟然把自己的生命都送掉了。伊里奇笑了笑,挥了挥手。"

克鲁普斯卡娅还提到列宁喜欢阅读的小说精品《第六病室》,这是俄国作家契

---

① 引自:鲁枢元,童庆炳,程克夷,张皓主编. 文艺心理学大辞典[M]. 武汉:湖北人民出版社,2001.

诃夫考察远东地区库页岛时,在采访受沙皇迫害的苦役犯人的生活所撰写的奇特文学作品。列宁读后思想大为震动,曾对他姐姐安·伊·乌里杨诺娃倾心叙述:"昨天晚上我读了这篇小说,觉得简直可怕极了,我在房间里待不住,就站起来,走了出去。我有这样一种感觉,仿佛我自己也被关在'第六病室'里似的。"对此作品,俄国著名画家列宾却有另一种阅读心理感受,他在给契诃夫的信中写道:"简直让人看不懂,这篇小说的内容是这样的平淡、简单,甚至可以说贫乏,怎么弄到最后竟会浮现出这样无法形容的、深刻而庞大的具有人类历史意义的思想啊!"

刘爱伦主编的《思维心理学》一书,除了他悉心探索契诃夫小说思维之外,还借用美国学者杜威的理论剖析世界经典文学作品的巨大魔力,同时指出研究文化、文学、艺术思维必须要遵循的方向与路线:

> 杜威(1910)认为,思维是具有下列特点的多阶段、目标指引的加工过程:1.问题再认,或"感到有困难";2.确定问题和目标的相关特征;3.形成各种可能的解决方法;4.仔细思考和推理各种可能的解决办法,确定最可能的候选方案;5.检验所选方案的可能性。从这个分析中,可以清楚地看到有许多阶段和加工过程,包括分类、编码、决策、判断等,至今仍是问题解决研究的中心。①

如今高度发展的信息科学和认知科学,逐渐对文学、艺术家的创作心理产生一系列重要影响。究其原理,是因为把文艺思维理解为发生在人的大脑中的文字符号与信息变化,或者说是信息转换过程,也就是操作意义上的信息加工过程。按照现在的"人脑科学"原理解读,既包括神经组织把外界信息转换为神经系统信息的加工过程,也包括大脑先有信息对后输入信息的加工,即大脑先进信息经过多次变换、变形成为参照数据、前提意识、结论性描述,从而对后来信息进行科学的比照、变形与改造。人工智能领域的成果表明,文艺思维或文化思维实际上是一种可表现为意识活动的物质与精神相结合的高级心理运动。

从上述研究结果可以看到,思维是人脑神经元中物理运动、化学运动与生物细胞运动的综合,是一种复杂的物质运动形式。心理学的研究结果显示,文艺或文化思维属于一种高层次的文化智慧活动,是一种人脑中承担反映生命机能的物质运动所派生出来的高级意识活动。信息科学揭示,文艺或文化思维活动同样是

---

① 朱光潜. 谈美书简[M]. 上海:上海文艺出版社,1980.

在反映上述同一途径的信息加工过程。在现代信息高度发展的高科技时代,我们期盼着与时俱进,积极借助各种先进的理论实践数据,如实记载文学、艺术工作者的文化心理思维,透析文艺作品如何组织与转化为新的文化符号,以疏通崭新的文化思维形式与心理功能。

思考题:

1. 文学符号具体包括哪些形式与内容?

2. 通过具体文本分析文艺心理学是如何通过思维作用的。

3. 朱光潜在文艺心理与思维历史研究方面有怎样成就?

4. 文化心理学与文学思维的联系是什么?

第六章

文艺思维模式与类型

"思维学"如上所述,是研究人类思维产生、变化、分类、发展规律及其应用的科学。文艺思维如同社会文化心理一样,有各种各样模式与类型,需要我们认真梳理。人类对思维活动过程的探索研究,主要通过对此门学科产生的思想、观点、结果进行理论分析与推断。思维与思想有所区别,其理论问题常为混淆原因之所在,人们只有在思维活动的基础上才能获得相关思想与理论。在此基础上,赵秀文著《思维学》指出"思维学"之"思维术"三个重要组成内容:

> 思维学亦称"思维术",是近年来国内外兴起的建立在传统的生物学、心理学与哲学基础上的社会科学分支科学。此科学王国有三个很重要的组成内容,分别是自然科学、社会科学和思维科学。①

"社会科学分支科学"之"文艺学",或其文体,可分为文学与艺术学,或其文体。文学形式或分为散文文学与韵文文学,或分为诗歌、散文、小说、戏剧、曲艺、影视文学等。思维学之思维术与此对应,亦有诗歌、散文、小说、戏剧、曲艺、影视文学思维研究,或分为诗歌思维学、散文思维学、小说思维学、戏剧思维学、曲艺思维学、影视文学思维学等分支学科。

"思维术"是上述三大学科之结晶体,是人的心理过程中甚为复杂的心理现象,是人脑对客观事物的本质属性,及其内在规律的真实反映。文艺思维术是人类精神生产和生活中重要的思维类型。文学、艺术思维术是以形象思维为主的辩证思维活动,其主体伴随着复杂的审美意识和情感活动。其客体是社会实践中的人性及其美丑观念,在主要思维方式的运用,内容与过程,以及文艺作品等方面均有独特之处。我们研究文艺形式与思维术不能局限于自然科学的生物、心理学,

---

① 赵秀文. 思维学[M]. 长春:吉林大学出版社,2006.

还应该从社会科学、文艺学与文学思维模式与创作思维类型进行深入探索。

第一节 文艺与文学思维模式

文艺或文学是人类通过口头,或通过纸质叙述、创造的文字符号体系,对此思维语言表述过程,国内外学界常借用"叙事学",又称"叙述学"进行分析研究。查阅文献,此分支学科名称始见于法国文艺理论家托多罗夫于1969年发表的《〈十日谈〉语法》一书之中。此种受西方结构主义与形式主义思潮影响的新兴文艺理论,与传统叙事理论的不同寻常之处在于:叙事学立足于现代语言学结构主义理论,更加注重作品本文及其结构,而不是作品的社会意义;它注重叙事作品的共性,而不是具体的艺术成就,故此更加符合现代语言学的科学规范。

叙事学很注重"心理模式"研究,此为通过经验、训练和疏导,对自己、他人、环境,以及接触到的事物形成的文化行为方式,亦可指个体已接纳的某种心理影响的思维机能结构。西方著名心理学家让·皮亚杰将其分为"感知活动模式"、"表象模式"、"直观思维模式"、"运算思维模式"。个体心理之所以能够存在与发展,即在于接纳外界刺激而使心理模式更加巩固与完善。大量文学、艺术信息的接受,生活素材的汲取,均对丰富文学家、艺术家心理模式产生作用,这是能创作出优秀文艺作品的动力与保证。

心理或思维范式亦可理解为心理、思维模型,英文为Paradigm。该名词源于希腊文,含有"共同显现"之意。西方学者库恩认为,包括心理学的任何一种"常规科学都是一种模式","这是任何一个科学部门达到成熟的标志"。汉斯·罗伯特·姚斯等在《接受美学与接受理论》一书中提及如何把握思维范式、阐释文学特征时指出:

> 文学范式的这种特定的完成……是这样一种能力,它能用新的解释方法重塑过去的艺术作品,使之面目一新,使过去保存下来的经验重新得以理解。或亦言志,对历代提出的问题重新发问,而这些问题是过去的艺术能够提出也曾给我们以回答的。①

---

① (德)H. R. 姚斯,R. C. 霍拉勃. 接受美学与接受理论[M]. 周宁,金元浦,译. 沈阳:辽宁人民出版社,1987.

刘志雅主编《思维心理学》"绪论中"对此理论进一步阐释:"思维是人类生存和发展最为关注的问题之一。在理论探索上,它已成为哲学、心理学、逻辑学、语言学、教育学和信息科学等众多学科共同感兴趣的问题;而在应用活动中,思维问题则渗透到实际生活领域的各个方面。……思维具有广义和狭义两重意义。广义的思维包括所有的智力活动;狭义的思维指思维的认知活动,如推理、决策与问题解决。"论及思维范式与文艺语言之间微妙的关系时,该书明确指出:"语言学也研究思维,但只是从语言与思维的关系来研究思维,如研究语言和思维如何相互依存,互为条件,语言和思维有何差异。语言学研究语言的操作规程,心理学研究语言的操作活动;语言学研究语言,而心理学研究言语。"①

20世纪初,瑞士语言学家费尔迪南·德·索绪尔在《普通语言学教程》中睿智地使用"结构主义"方法,对人类语言进行全面的剖析,继尔发现"语言"(langue)与"言语"(parole)两大要素,还明察语言形式是一个大系统,其中有"词汇"、"语法"、"语音"三个小系统,又可分出彼此有联系的各种成分。在此系统中,无论给哪一个成分下定义,都必须考虑与其他成分的关系。更为重要的是,他发现语言是一种符号系统,其符号由"能指"(signifier)和"所指"(signified)两部分组成。"能指"是声音的心理印记或音响形象,"所指"就是语音概念。在符号系统中,最为重要的是单位之间的关系。故此,总结对人类语言现象的研究行之有效的方法为:历史纵向之历时研究与现实横向之共时研究。

索绪尔是西方现代语言学的重要奠基者,也是结构主义的开创者之一。他认为语言符号有两大特性,即"符号的任意性",以及"符号构成是线性序列"。另外他还指出,语言始终是社会成员每人、每时都在使用的系统。说话者只是现成接受与使用,因此具有很大的持续性。语言符号所代表的事物和符号本身的形式,可以随着时间的推移而改变,因此语言是不断变化与发展的。由此可见,索绪尔及其学说,天才地开创了现代语言学与语言思维研究的先河。

经比较研究,现代语言学确实是一张硕大无比的网络系统。随着现代科技的发展,人类文化交流的日益频繁,语言学与其他学科产生越来越复杂与密切的关系。其中包括人文社会科学,诸如社会学、历史学、地理学、考古学、心理学、哲学、逻辑学、文化学、文学、艺术学,等等,以及自然科学如数学、信息论、电子学、医学、符号学、情报学、通信技术、计算机科学、自动化技术,等等。经交叉组合后形成许

---

① 刘志雅主编. 思维心理学[M]. 广州:暨南大学出版社,2005.

多新兴的语言学科,如人类语言学、社会语言学、地理语言学、心理语言学、神经语言学、数理语言学、实验语言学、计算语言学,等等,其中计算机与语言学关系的研究最为活跃,对认识文艺心理学与文化思维学理论至关重要。

概而言之,思维学的本质是在特定物质结构之大脑中,以信息变换的方式对客体深层区域的穿透性反映,是一种可派生、可显现的高级意识活动。我们从思维本质的探讨中发现:思维与心理、认识、思想和意识等方面既有联系,也存在着一定的界限差异。论及思维与心理、认识、思想和意识的区别,如下所述的值得特别关注的三大问题:

第一,思维不等同于一般心理活动。尽管当前心理学界经常将思维作为一种心理活动来研究,并且依此取得很多研究成果。心理作为大脑对客观物质世界的主观反应,是人类对作用于人类机体并引起机体感应的环境因素所发生的有规律的行为反应,包括感觉、知觉、情绪等内心活动,这些心理现象与思维活动,彼此相互影响、相互作用,确实存在着一定的关系。

但是,我们都知道,心理现象分为心理过程和人格两方面。"心理过程"是指认知、情绪、情感和意志等,经历了发生、发展和消失等不同阶段的心理过程形式,如年轻人经常挂在嘴边的"郁闷"、"悲催"、"倍爽"等。"人格"是指一个人区别于他人,在不同环境中一贯表现出来,相对稳定的影响人的外在活动和行为模式的心理特征总和,其中主要包括需要、动机、能力、气质、性格等。而人的思维活动不尽相同,思维是对客观事物间接的概况与反映,是一种经过分析、综合、判断和逻辑推理的理性认识活动。由此可见,思维与感情、情绪、兴趣、注意、需要、意志等纯粹的心理活动,在本质上存在着明显的差异,不能把复合性思维与纯粹的心理活动随意混淆与等同。

第二,思维是感性认识的升华。感性认识是由感觉直接感受到的关于客观事物的现象、外部联系和各个层面的认识。感性认识的对象和内容是事物的现象,基本形式是感觉、知觉和表象。其主要特点是直观性、生动性和具体性,来源于大量社会实践与经验。感性认识是人类通过感觉器官与认识对象实际接触后产生的,与认识对象的联系是直接的。感觉、知觉、表象等感性认识,属于认识过程的初级阶段和形式,只有从理性方面来认识事物,然后才能探讨认识事物的内在本质。

经过升华的思维抓住了事物的内在本质、内在联系和客观规律,属于认识的高级阶段,是人区别于动物的关键所在。思维是人类通过对感性认识信息进行加工转换而获得的,它与认识对象的联系是间接的。思维从现象中揭示本质,以抽象的方式反映对象,具有一定的抽象性。比如,我们经常说某人是"白富美"、"高大帅"等,这就是一种感性认识;当我们说与某人相处一段时间,认为此人"值得交往"、"值得信任",从感性认识到理性认识是思维过程的一次巨大飞跃。

第三,思维与思想、理论有明显差异。思维是人脑对客观事物间接的和概括的反映,着重于形式与结构,属于理性认识的过程;而思想、理论等是人类大脑对客观事物的具体反映,是客观存在反映在人的意识中,经过思维活动产生的结果,着重于内容和意义,属于认识的结果。人的绝大部分思想、理论、观点等都可以通过文字、符号形式记载下来,或者固定在具体的物质和工具上,进行世代传承。从这个层面上来说,思想、理论、观点是可看得见、可感知的,甚至是摸得着的。而作为这些认识结果产生的文化、文学、艺术心理思维活动过程,却是看不见的,更是摸不着的。

图14 自我平衡

文艺思维就是人类在进行艺术创作活动中,想象与联想,灵感与直觉,理智与情感,意识与无意识,形象思维与抽象思维诸要素经过高度融合与复杂的辩证关系构成的特殊心理思维,是文艺工作者进行艺术创造与欣赏直接参与的高级思维活动。我们通常理解的思维艺术包括语言艺术、表演艺术、造型艺术、综合艺术和实用艺术领域的诸思维形式。

回顾人类文化历史,文艺学与心理学的彼此影响,在近现代尤为明显和深远。现代心理学流派中的理论知识已经深深地影响了人们的文学艺术创造与文艺批评。如前所述,美国心理学家威廉·詹姆斯的"机能主义心理学"对后世"意识流"小说创作的影响;德国心理学家弗洛伊德的精神分析心理学对"超现实主义"文学创作与绘画的影响;荣格的分析心理学对"魔幻现实主义"、"文化寻根";"神话学批评"、"原型批评"文学创作的影响;这些心理思维学说已经在人类文学艺术活动中结出"文艺心理学"丰硕的成果。20世纪中期,美国著名文艺理论家里恩·艾德尔在《文学与心理学》中指出:"文学和心理学日益抹去了它们之间的疆界"。从而可以看出,我们进一步研究文艺活动中的文学思维与心理学具有何等重要的历史与现实意义。

相对而言,文艺思维是对客观现实的间接和概括反映,即言语与语言,生动、形象地揭示事物的本质特征,以及对内部规律理性的认识过程借助下述三种"心理感受":

1. 文艺思维心理基础之感觉。"感觉"是人脑对直接作用于感觉器官客观事物的个别属性的反映,是最为简单的心理过程。感觉的产生是心理"分析器"活动的结果。感觉分为"外部感觉"与"内部感觉"两大类。外部感觉包括视觉、听觉、味觉、嗅觉和肤觉。肤觉可分为温觉、冷觉、触觉和痛觉。内部感觉包括运动觉、平衡觉和机体觉。例如苹果的颜色、气味、滋味、光滑度这些个别属性,通过人的眼睛、舌头、鼻腔、皮肤等感觉器官,就能够在主观视听得到红的、香的、甜的、光滑的或者其它感觉。

2. 文艺思维心理基础之知觉。"知觉"是人脑对直接作用于感觉器官与客观事物的各个部分属性的整体反映。知觉的过程即为人脑对客观存在事物的感觉和解释过程。知觉的产生不仅是某一种感觉器官活动的结果,而且是由视觉、听觉、嗅觉和触觉等协同活动的结果。感觉是知觉的有机组成部分,是知觉的基础,知觉则是感觉的深入与发展。例如人的知觉作用于苹果,就意味着感知了苹果许多方面的特点,不是感觉所分别反映的苹果的颜色、气味、滋味、光滑度这些个别属性,而是对苹果的整体知觉。

3. 文艺思维心理基础之通感。所谓"通感"涉及到心理学、修辞学、人类学和文学心理与思维领域。中西心理学家认为，人的各种感官并不绝缘，都可以作用于客观事物进行心理感受反映。人类的认识活动，一般是从感觉、知觉到表象，进而形成概念、判断和推理。人的各种不同的感官只能对事物某些特定属性加以认识。因此，在人们从感觉、知觉到表象的过程中，实际上也是通感即各种感觉器官相通的过程。

从思维心理学角度审视，通感是人们借助联想产生的一种积极的思维活动，是由事物引起的知觉同已有的知识经验相融合，从而更清晰地理解事物意义的心理活动。这种心理活动在修辞学上叫"移觉"，即感觉的转移；在心理学上称为"通感"。例如，人们看到红色，便会联想到篝火、太阳，产生热烈、温暖的感觉；看到蓝色，便会联想到海水、天空，产生凉爽、寒冷的感觉。钱锺书先生对通感有过深入的研究，据他解释："寻常眼、耳、鼻三觉亦每通有无而忘彼此，所谓'感受之共生'；即如花，其入目之形色，触鼻之气息，均可移音响以揣称之。"谈及文学艺术创作者的感官知觉，每个身心健全的作者与读者都会有感知，只是他们的感官知觉与普通人有一定的区别而已。

我们根据具体的文艺创作实践可知，文学艺术创作者均具有较强的感受性，以及敏锐的感觉和知觉能力。强烈的好奇心、对生活的细致观察、敏锐的感觉与知觉能力，使文学创作者能够看到细枝末节的东西，发现常人意识不到的富有特色的东西。比如鲁迅的《祝福》对鲁四老爷书房的描写："我回到四叔的书房里时，瓦楞上已经雪白，房里也映得较光明，极分明的显出壁上挂着的朱拓的大'寿'字，陈抟老祖写的；一边的对联已经脱落，松松的卷了放在长桌上，一边的还在，道是'事理通达心气和平'。我又无聊地到窗下的案头去一翻，只见是一堆似乎未必完全的《康熙字典》，一部《近思录集注》和一部《四书衬》。"作者对"朱拓的大'寿'字"、两边的对联，以及几本书的文字描写都非常细致，虽然这里只触及视觉，但是已经把鲁四家道陈腐没落、守旧虚伪心理形象地刻画出来。

将审美感觉和审美知觉融入散文之中，并发挥成极致的范文，如朱自清先生的《春》，他对春天的描述是那样细致入微，令人神思遐想：

> 盼望着，盼望着，东风来了，春天的脚步近了。一切都像刚睡醒的样子，欣欣然张开了眼。山朗润起来了，水长起来了，太阳的脸红起来了。小草偷偷地从土里钻出来，嫩嫩的，绿绿的。园子里，田野里，瞧去，一大片、一大片满是的。坐着，躺着，打两个滚，踢几脚球，赛几趟跑，捉几回迷藏。风轻悄悄的，草绵软软的。桃树、杏树、梨树，你不让我，我不让你，都开满了花赶趟儿。

红的像火,粉的像霞,白的像雪。花里带着甜味,闭了眼,树上仿佛已经满是桃儿、杏儿、梨儿！花下成千成百的蜜蜂嗡嗡地闹着,大小的蝴蝶飞来飞去。野花遍地是杂样儿,有名字的,没名字的,散在草丛里,像眼睛,像星星,还眨呀眨的。"吹面不寒杨柳风",不错的,像母亲的手抚摸着你。风里带来些新翻的泥土的气息,混着青草味,还有各种花的香,都在微微润湿的空气里酝酿。鸟儿将窠巢安在繁花嫩叶当中,高兴起来了,呼朋引伴地卖弄清脆的喉咙,唱出婉转的曲子,与轻风流水应和着。牛背上牧童的短笛,这时候也成天在嘹亮地响。雨是最寻常的,一下就是三两天。可别恼,看,像牛毛,像花针,像细丝,密密地斜织着,人家屋顶上全笼着一层薄烟。树叶子却绿得发亮,小草也青得逼你的眼。

在此篇经典散文《春》之中,不仅给读者们,有视觉感知,看到了山、水、太阳,开满花的桃树、杏树、梨树,漫山遍野的野花,等等;亦有听觉感知,如"蜜蜂嗡嗡地闹着",鸟儿"呼朋引伴地卖弄清脆的喉咙,唱出婉转的曲子,与轻风流水应和着";"牛背上牧童的短笛,这时候也成天在嘹亮地响";还有触觉感知"草绵软软的";"像母亲的手抚摸着你",以及嗅觉感知"花里带着甜味";"风里带来些新翻的泥土的气息,混着青草味;还有各种花的香"等多种心理感觉,而且每一种强烈的审美感觉都来自作家对生活细致的观察、感受和无限的热爱。

另外,文学创作者还须善于感知天地万物之间细微的差别。譬如,同样是"笑",艺术家可以明显地感知到它们的细微区别:欢乐的或忧伤的,和善的或愤怒的,聪明的或愚蠢的,傲然的或亲切的,宽厚的或刻薄的,放肆的或畏怯的,友好的或敌视的,讽刺的或厚道的,温柔的或粗鲁的,等等。甚至同一种笑,因为作者敏锐的感知和不同,表达在文学作品中却有不同的文字描写。例如清代著名小说家曹雪芹著《红楼梦》中一段有关"笑"的精彩文字描写:

贾母这边说声"请",刘姥姥便站起身来,高声说道:"老刘、老刘,食量大如牛,吃个老母猪不抬头!"说完,却鼓着腮帮子,两眼直视,一声不语。众人先还发怔,后来一想,上上下下都一齐"哈哈大笑"起来。湘云撑不住,一口茶都喷出来了。黛玉笑岔了气,伏着桌子只叫"嗳哟"。宝玉滚到贾母怀里,贾母笑的搂着叫"心肝"。王夫人笑得用手指着凤姐儿,却说不出话来。薛姨妈也撑不住,口里的茶喷了探春一裙子。探春的茶碗合在迎春身上。惜春离了座位,拉着她奶母,叫"揉揉肠子"。地下无一个不弯腰曲背,也有躲出去蹲着笑的,也有"忍着笑"上来替他姐妹换衣裳的。——贾母笑地眼泪出来,只忍不住,琥珀在后捶着。

著名长篇小说《红楼梦》这段描写各种"笑"的文字,可谓穷形尽相、声情毕现,使读者如闻其声,如见其形,如临其境。试想,如果著名作家曹雪芹当年没有对现实生活与人物的细致观察,没有独特的审美感知与文字描述,是不会写出这样优秀作品片断的。

知名文学创作者的优秀作品这种审美感知,往往不仅细致入微,而且独具慧眼。我们在《列夫·托尔斯泰论创作》一书中,读到作者对俄罗斯黑土地上仅存的三朵牛蒡花的一段描写,是那样逼真而传神:"昨日我在翻犁过的黑土休耕地上走着,放眼望去,但见连绵不断的黑土,看不见一根青草。啊!一兜鞑靼花(牛蒡)长在尘土飞扬的灰色大道旁。它有三个枝丫:一枝被折断,上头吊着一朵沾满泥浆的小白花;另一枝也被折断,溅满污泥,断茎压在泥里;第三枝耷拉一旁,也因落满尘土而发黑,但它依旧顽强地活下去,叶枝间开了一朵小花,火红耀眼。我想起了哈吉·穆拉特,想写他。这朵小花捍卫了自己的生命直到最后一息,孤零零地在这辽阔的田野上,好好歹歹一个劲地捍卫了自己的生命。"①

文艺心理学中"通感思维"在文学创作中的应用,看来很普遍与富有生命力。由此可知,艺术活动的通感,确实是人们心理活动一种独具特色的表现形式。在文学创作活动中,当作家进入艺术想象的神游世界,审美创造就会借助各种感觉器官,使其消除界限,彼此相通,互相交错,甚至达到相互取代的地步。人的各种知觉经验,往往通过表象联系、转化与想象,孕育、生发出时空交错的复合感觉经验,从而产生难以言表的"通感美"。

第二节　文艺思维类型的文学显现

在上述文艺理论基础之上,若对"思维科学"进行科学的分类,可分为"思维科学的基础科学"、"思维科学的技术科学"、"思维科学的工程技术"三个重要层次。思维科学的科学技术研究涉及到文艺思维活动的基本形式,主要表现于:"逻辑思

---

① （俄）列夫·托尔斯泰. 列夫·托尔斯泰论创作[M]. 桂林:漓江出版社,1982.

维"、"形象思维"和"灵感思维"。我们通过对这些思维活动形式的研究与探索，方可揭示文艺思维类型学的基本定义与普遍规律。

思维科学基础科学中个体思维的累积和集合，可形成社会群体的集体思维，即社会群体思维或社会思维学。人脑的思维模式除了上述的一般的抽象（逻辑）思维、形象（感性）思维、灵感（直观）思维之外，实际上还有五花八门、多种多样的其它思维形式。在新的历史条件下进行全面、系统、务实的学术开发，非常必要与紧迫。

我们综合国内外一些专家学者的研究成果，梳理出如下十四组思维形式予以简介。需要特别强调的是，其中仅有若干种思维同文艺心理思维学理论与实践有着直接的联系。

1. 线性思维与非线性思维

"线性思维"也叫"一维思维"，是指思维沿着一定的线型或类线型（无论线型还是类线型，既可以是直线，也可以是曲线）的轨迹寻求问题的解决方案的一种思维方法，是一种单向的、单维的、缺乏变化的思维模式。线性思维在某种意义上属于"静态思维"，即以时空和逻辑顺序进行思维。

线性思维又可以划分为如下多种："正向线性思维"，是从某一个点开始，沿着正向以线性拓展，经过一个或是几个点，达到思维的结果，最终得到正确的答案。

"逆向线性思维"，是从某一个点开始，沿着正向以线性拓展，无论经过多少个点，最终都难以达到思维的正确结果。既然正向走不通，就得向着相反的方向思考，经过一个或是几个点，从而得到正确的思维结果，最终得到正确的答案。

"非线性思维"指一切不属于线性思维的思维类型，如"系统思维"、"模糊思维"等。它是相互连接的，非平面、立体化、无中心、无边缘的网状结构，类似人的大脑神经和血管组织。非线性思维则如电脑的RAM，突破时间和逻辑的线性轨道，随意跳跃生发；又如HTML，提供超越时空限制的网状连接路径。非线性思维模式有助于拓展人的思路，使之观察到事物的普遍联系。

从上述思维模式的联系上审视，非线性思维是为了更好地进行线性思维，以深入了解事物的本质。线性思维模式是目的，而非线性思维模式是手段。从思维角度上认识，线性思维使用的是人的左半脑；从层次上讲，线性思维主管显性意识、数字、计算、逻辑推理和具体分析，而非线性思维使用的是人的右半脑；从层次上讲，更多的是在人的潜意识下完成的，较接近于文学、艺术思维。潜意识活动更接近客观事物，更真实，更接近艺术创造。如果有人同时运用线性与非线性这两种思维模式,解决问题的方法就会更多,所从事的文艺创作也更富有成效。

2. 发散思维与收敛思维

"发散思维"又称"辐射思维"、"放射思维"、"扩散思维"、"求异思维",等等。指人的大脑在思维时呈现的一种扩散状态的思维模式,即从各种角度去思考问题;它表现为视野广阔的思维,呈现多层次、多侧面发散状态。或者说是沿着不同的思维路径、不同的思维角度,从不同的层面和关系出发思考问题,以求得到解决问题的各种可行方法,并在此基础上优选出解决问题的最佳方案。

有关心理学家认为:发散思维是创造性思维最主要的特点,是测定人的创造力的主要标志之一。发散思维又可以划分为很多种,诸如:"正向线性发散思维"、"逆向线性发散思维"、"正向非线性发散思维"、"逆向非线性发散思维",等等。"多路思维"是发散思维最常见的模式,即解决问题时不是一条路走到黑,而是从不同角度、不同逻辑起点、不同思维程序考察客观事物,以形成多方面、多层次、多因素、多变量的整体认识。

除此之外,还有"逆向思维"、"侧向思维"、"横向思维"等特殊的思维形式。

"收敛思维"也叫"聚合思维"、"会聚思维"、"求同思维"、"辐集思维"、"集中思维",等等,是指在解决问题的过程中,尽可能利用已有的知识和经验,把众多的信息解题的可能性,逐步引导到条理化的逻辑序列中去,最终得出一个合乎逻辑规范的结论。收敛思维也可以划分为很多种,诸如:"正向线性收敛思维"、"逆向线性收敛思维"、"正向非线性收敛思维"、"逆向非线性收敛思维",等等。

根据专家学者研究所发现:发散思维多用于文学艺术创作与人文科学研究,而收敛思维则多用于自然科学学术研究。发散思维是为了解决某个问题,从某一问题出发所产生的思维办法,思维途径越多越好,以追求与寻找更多的使用办法。而收敛思维作为"创新思维"的一种形式,为了解决某一问题,在众多的现象、线索、信息之中,向着问题一个方向进行思考与联想,以最好的思维得出最好的解决办法和结论。

3. 点思维、平面思维与立体思维

"点思维"又叫"零维思维"。养成零维思维的人,容易将思维固定于某个观点或具体对象上面,不会将该点与其他相关的点联系起来,往往具有凝固、僵化的倾向。常因"一叶障目,不见泰山",在心理思维上表现出一定的主观性与片面性。

"平面思维"是指人的各种思维线条在平面上聚散交错,即哲学意义上的普遍联系,这种思维更具有跳跃性和广阔性。联系和想象是其本质,我们通常所说的"形象思维"一般属于平面思维与联象的范畴。联系和想象是平面思维的核心,其特点通常表现为事物之间的跳跃性连接。平面思维可以从不同的方面相聚于思维的中心,相对达到认识某一方面较全面性的思维过程之中。它受到逻辑形式的制约,反过来又常常受到联想的支持,否则思维的流程就会被堵塞。

"立体思维"也称"多元思维"、"全方位思维"、"整体思维"、"空间思维"、"系统思维"、"综合思维"、"多维型思维",等等。是指思考问题时跳出点、线、面的限制,以空间式、立体式、层次式、交错式思维分析问题。倡导从上下左右、四面八方去思考问题,也就是要"竖立起来思考"。立体思维在思考问题时有三个角度或维度,即空间、时间与时空,因而它又称为"时空整体性思维"。

4. 纵向思维、横向思维与侧向思维

"纵向思维",是按照逻辑推理的方法、形式直上直下的收敛性思维,是指在一种结构范围内,按照有顺序的、可预测的、程式化的方向进行的思维形式。这是一种符合事物发展方向和人类认识习惯的思维模式。此种思维模式遵循由低到高、由浅到深、由始到终的心理线索,因而清晰明了,很合乎思维逻辑。

"横向思维"又称"水平思维",是当纵向思维受挫之时,从横向寻找问题答案。正像时间是一维,空间是多维一样,横向思维与纵向思维代表了一维与多维的互补。在西方,最早提出"横向思维"概念的是英国学者德博诺。他创立"横向思维"的目的,是针对纵向思维的缺陷,从而提出与其对立的互补的思维方法。横向思维是指突破问题的结构范围,从其他领域的事物、事实中得到启示,而产生新设想的思维模式。它不一定有顺序,同时也不能预测。

国内外有些研究者把利用"局外"信息思考问题途径的思维模式,同眼睛的侧视能力相类比,称它为"侧向思维"。侧向思维由于改变了解决问题的一般思路,试图从其他方向入手,从与问题相距较远的事物中受到启示,其思维广度大大增加。因此,横向思维常常在创造活动与文艺创作之中起到重要的促进作用。

5. 正向思维与逆向思维

"正向思维",是人们在创造性思维活动中,沿袭某些心理常规去分析问题,按事物发展的进程进行思考与推测,是一种从已知到未知,通过已知来揭示事物本质的思维方法。这种方法一般只限于对一种事物的思考。这是人们获得预见能力和保证预测正确的必要条件,也是正向思维法则的基本要求。

"逆向思维"亦称"反向思维",不是遵循常理认为的那样去思考问题,而是换成相反的角度去思考问题,往往悖逆通常的传统思考方法。实际上,思维原本没有正向和逆向之分,实为将常规的思维叫作正向思维,将非常规的思维叫作逆向思维,或者可理解为人们通常所说的"换位思维"。

6. 对称思维与非对称思维

"对称思维",是指在解决问题之时,同时从相对的事物,或者相对的角度去思考问题。比如从正面的与反面的,积极的与消极的,横向的与纵向的,现代的与历史等方面去思考。这种运用一对事物矛盾的对立面来进行比较的思维模式,往往能够发现一些新的论点或证据,对于文艺工作者阅读、写作与创新都有着不可估量的功用。

"非对称思维",是利用矛盾心理来对立思考,是创新思维的一种特殊模式,是对模式化和因循守旧的否定与突破。非对称思维是一种辩证思维,因此强和弱,优和劣,先进和落后,快和慢等都是相对的。中国传统文化强调的"对称之美",潜移默化地影响着人们的思维模式。科学家、工程师、文艺理论家在创新设计中采用非对称思维,经常取得意想不到的实用效果。

7. 静态思维与动态思维

"静态思维",是将事物设定在某一静止状态进行分析与研究,借以认识事物的性质、特征的思维模式。其基本要求是人脑的思维运动不能离开事物的静止状态,以保持人脑思维运动和事物存在的静止状态。形式逻辑思维的方法,即为一种相对静止的静态思维。

图15　鼠标的指向

"动态思维",是对事物的运动状态认识的思维形式,是对事物的运动进行分析与研究,认识事物的运动、发展和变化,及其运动规律。此种思维形式要求人们在思维中坚持全面的、联系的、发展的观点,对客观事物的运动状态、规律进行尽可能完整的描绘。它是一种非传统的、非书本的、有特色的、有联系的思维模式。辩证思维是一种富有运动与变化的动态思维。

8. 逻辑思维与辩证思维

"逻辑思维",是指人们在认识过程中,借助于概念、判断、推理等思维形式,能动地反映客观现实与认识过程的思维方式。它是在对认识的思维及其结构发生作用的规律分析前提下产生和发展起来的。只有经过逻辑思维,人们才能达到对其具体对象本质规范的把握,进而正确地认识客观世界。逻辑思维具有规范、严密、确定和可重复的特点。它是人的认识提升的高级阶段,即理性认识阶段。此种思维又称为"分析思维"、"理论思维"与"抽象思维"。

"辩证思维",是指人们通过概念、判断、推理等思维形式,对客观事物发展过程的正确反映,是以变化发展视角辩证认识事物的思维模式,以及对客观辩证法的科学反映。辩证思维最基本的特点是将对象作为一个整体,从其内在矛盾的运动、变化,以及各个方面的相互联系进行考察,以便从事物本质上系统地、完整地认识对象。

辩证思维通常被认为是与逻辑思维相对立的一种思维模式。在人世与万物之间往往是互相联系,互相影响的,辩证思维正是以其客观联系为基础,而对世界作进一步的认识和感知。在思考的过程中感受人与自然的关系,进而得出某种结论的一种思维。"对立统一规律"、"质量互变规律"和"否定之否定规律"是唯物辩证法的基本规律,也符合辩证思维的基本规律,即可形成"对立统一思维法"、"质量互变思维法"和"否定之否定思维法"。

9. 惯性思维与创意思维

"惯性思维"又称"再造性思维"或"常规思维",是指人们运用已获得的知识经验,习惯性因袭以前思维方式思考问题,按照惯常方式解决问题的思维。仿佛物体运动发生的惯性现象,惯性思维常会造成思考事情时有些盲点,且缺少创新或改变的可能性。

"创意思维"也叫"创新思维"或"创造性思维",是指以新颖独特的思维活动,揭示客观事物本质及内在联系;并指引人们获得对问题新的解释,从而产生前所未有的思维成果。它给人们带来具有社会意义的新的成果,是文学艺术家智力水平高度发展的产物。创意思维与创造性文化活动相关联,是多种思维活动的统一。上述"发散思维"和"灵感思维"在其思维创新过程中发挥重要作用。

10. 分解思维、整体思维与组合思维

"分解思维"又称"分离思维",是指一种将研究对象进行科学的分解,使研究对象的本质属性和发展规律从复杂现象中显露出来,从而使研究者能够理清研究思路,抓住主要矛盾,以获得新思路或新成果的思维方法。

"整体思维"也就是"立体思维",也称"多元思维"、"全方位思维"、"空间思维"、"系统思维"、"综合思维"、"多维型思维",等等。它认为立体或整体是由各个局部按照一定的秩序组织起来的,要求以整体和全面的视角把握与审视对象。整体思维的特定原则和规律强调"连续性原则"与"立体性原则",其思维规律即从纵、横两方面对客观事物进行分析和综合,并按照客观事物本身固有的层次和结构组成认知系统,富有逻辑性地再现事物的全貌。

"组合思维"又称"联接思维"或"合向思维",是指把多项貌似不相关的事物通过想象加以连接,从而使之变成彼此不可分割的新的整体,联结成具有新价值、新事物的一种思维模式。著名科学家爱因斯坦说过:"组合作用似乎是创造性思维的本质特征。"然而,组合不是随心所欲地拼凑,必须是遵循一定的科学规律有机的最佳的组合。

11. 整体模糊思维与精确分析思维

"整体模糊思维",是"整体思维"的一种重要形式。中国传统思维方式的一个重要特点就是"整体性"。思维呈现的"模糊"状态不是"模棱两可",而是一种特殊的整体方法论。在哲学思想中,"整体"被称为"一体"或"统体"。整体的观点,就是认为宇宙世界是一个模糊的、有机的整体,任何自然现象都是统一的整体;整体又包含许多部分,各部分之间有许多联系,因而构成一个界限不清,但又是浑然一体的整体。

"精确分析思维"是"逻辑思维"的一种特殊形式,就是把整个世界分解开,分别以各种方式从各个方面进行超验性研究的方法。自近现代以来,随着自然科学分门别类的研究趋于兴旺发达,诸如数学、力学、天文学、生物学、化学、物理学等学科的确立与发展,促使人们的思维模式逐步具有精确性特征。计算机科学的发展,尤得益于此种先进的思维模式。需要重视的是,"精确分析"虽然建立在客观的数据之上,消除了人的主观性,但是它又忽视了事物的个性或特异性。

总之,思维的模糊理论与精密分析,二者相互弥补,促使人类对整个人文世界的理性认识逐步走向深入。

12. 感性思维与理性思维

"感性思维"又称"混沌思维",是指认识建立在感觉基础上,以意识片段与图文为主要形式的直观思维。此时的认识描述只是碎片式的有限认知,并且是多种意识的分离结论,对世界的认识处在无法定义和理解的认识阶段。另外,还有一种"非逻辑思维",是根据直觉、联想和个人感觉进行判断的思维模式,也应该属于一种特殊的感性思维。

"理性思维"是一种有明确方向的思维,有充分的心理依据,能对事物或问题进行冷静、科学的观察、比较、分析、综合、抽象与概括的一种思维方法,是一种建立在充分证据和逻辑推理基础上的思维方式。理性思维是人类思维的高级形式,是人们把握客观事物本质和规律的能动思维。

13. 感性直觉思维与理性逻辑思维

"感性直觉思维",是感性思维的分支思维方式。它注重事物的心理体验,因而借助于直觉的体验,通过主体的直觉,从总体上直接把握、认识对象的本质和规律。人们对事物的认识,往往满足于对经验的总结和对现象的描述,而对感性认识更深层次不作进一步的思考,因而难以抓住事物的本质和规律。

"理性逻辑思维"是逻辑思维的一种分支思维方式。它注重科学、理性,重视分析、实证,因而必然借助于逻辑推理方法,运用归纳法与演绎法,在论证、推演过程中认识事物的本质和规律。一般来讲,感性直觉思维之后,必然是理性逻辑思维,二者不可分离。理性的逻辑思维阶段,是对所定义的意识片段进行主要联系认识与思维参照,在此之后再对所确立的定义进行抽象认识,以确定作为独立存在而互不相悖的认识结论,这一结论形式是非现实对应的认识论。

14. 向内保守思维与向外开放思维

"向内保守思维",是指思维对象指向自身而不是自然,寻求人与自然界,人与人之间的和谐相处,重视社会治理,探究治世之道,不注重探求、改造和征服外部世界。它注重向内"自求",认为价值之源在于"心术"。"自识本心"即可达到自我完善,即把握外界事物的本体。

"向外开放思维",是指突破传统思维定式和狭隘眼界,多视角、全方位看问题的思维方式。它倾向于外界,重视认识自然、改造自然、征服自然,寻求外部世界对人最有价值的东西为已所用。此种思维富于想象,比较容易接受新鲜事物,整个思维模式趋于开放状态。向外开放思维使人们具有"四海之内皆兄弟"的宇宙观念。

在分析问题、解决问题的思维过程中,同时将向内保守思维与向外开放思维两者辩证性运用,以探求或认识事物的本质和规律,可使之达到某种思维的相对平衡。

我们综合上述十四种不同的思维方式可知,在人的心理学研究之中,思维学不仅可针对自然科学的抽象思维或逻辑思维,也可对应于社会科学的形象思维、灵感思维,或正常的情感思维与异常的变态思维。相对而言,这些都是较为抽象意念化的思维形式。相比之下的文艺创作思维较为具体、形象与直观,文艺思维更能显现人的心理本能。

文艺思维学倡导运用文字符号标示文学艺术思维过程,是思维学与文学、艺术创作与实践结合的新的学科。故此,积极吸收与借鉴自然与人文学科心理思维学的学术分类与研究成果,是我们应长期坚持的重要任务。

如上所述,在文学思维模式中,根据文学的文体类别如诗歌、散文、小说、戏剧等,可分为"诗歌思维"、"散文思维"、"小说思维"、"戏剧思维",等等。认识文学思维学,如同探究文学发展规律一样,可对"文学史"、"作家与作品"、"文学理论"与"文学比较"四方面进行全面、系统、科学的探索。另外还要对与文学有关联的文化学、心理学、美学、思维学、符号学等进行一系列比较研究。

深究文学思维类型与"文学叙事"的含义、基本特征,可参阅童庆炳主编的《文学理论教程》中相关理论阐释:

> 文学的叙事(narration),简单地说,就是用话语虚构社会生活事件过程。文学叙事的基本特征包括以下两个方面:1. 叙事的内容是社会生活事件过程,即人的社会行为及其结果。叙事的对象是社会的人,这是一切文学作品的共同对象。……叙事的兴趣不在于静止的人或物,而在于动态的事件,即人的行为及其造成后果,其认识价值就在于显示了社会的运动过程及其意义。2. 叙事是话语的虚构。文学叙事是一种特殊的话语系统,同一般话语有一个重要的区别,即所指对象不同。……叙事文学是用话语来虚构艺术世界。①

由此可见,文艺思维学之文学叙事与文学思维理论,不能囿于传统文艺学范

---

① 童庆炳主编. 文学理论教程[M]. 北京:高等教育出版社,2008.

围,应在趋于动态性的"社会生活事件过程"之中,使用叙事思维而成为具体个性的"话语的虚构"。传统叙事文学中的叙述话语,即叙事作品中使故事得以呈现的陈述语句本身,仅满足于显性叙述人物、事件与情节故事,而疏于对叙事中的深层意义与功能予以足够的重视,更拙于对作品中各个成分或单元之间关系的整体形态,以及文本的复杂结构进行全面、深入、系统化的解读与分析。这就需要积极借鉴新兴的文艺思维学形式,使之文学、艺术思维研究更加科学与实用。

思考题:

1. 思维与心理、认识、思想和意识的区别是什么?

2. 在文艺活动中文学思维与心理学有着怎样的价值与现实意义?

3. 文艺思维具体可以分为哪些类型?

4. 通过具体文本分析感性思维与理性思维的区别与联系。

第七章

抽象思维与形象思维

　　研究人的思维活动规律和形式的学科——"思维科学",可分为"思维科学基础科学"、"思维科学技术科学"及"思维科学工程技术"三个层次。思维学领域的"思维"一直是哲学、心理学、神经生理学及相关学科重要的研究形式与内容。人脑是思维的器官,思维是高度组织起来的物质形态,即"人脑的机能"。思维是人类所特有的反映形式,它的产生和发展都同社会实践和语言紧密地联系在一起。脑科学的研究揭示出人的思维分工协作的特征及其内部机制,这对我们深入探讨文学艺术思维规律及其特征,具有重大的启示意义。

　　根据董奇《右脑功能与创造性思维》一文的研究可知:文艺创作的思维功能实为人的大脑左、右半球相互协同的结果,是人的抽象思维与形象思维的文化合力:

　　　　文学创造所运用的创造性思维反映在人脑中,即左、右半球相互分工,又相互合作。左半球是抽象逻辑思维、集中思维、分析思维的中枢,主要处理言语,主管人们说话、阅读、书写、计算、排列、分类、言语回忆和时间感觉,具有连续性、有序性、分析性等机能。右半球是具体形象思维、直觉思维的中枢,主要处理表象,主管人们的视知觉及复杂知觉模型、形象记忆、认识空间关系,识别几何图形、想象、做梦、理解、隐喻,发现隐蔽关系,模仿音乐节拍、舞蹈,以及态度、情感等,具有不连续性、弥漫性、整体性等机能。①

　　思维科学所辖的"抽象思维"司管人的大脑左半球功能,同时也可以用计算机来替代人脑工作的部分思维;"形象思维"则建立在经验或直感的基础之上。"形象思维"主要研究人类根据经验或直感产生智能活动的行为,以及如何用计算机实现这一过程并使之上升为相关理论。形象思维并不仅仅属于文学、艺术家所专

---

　　① 董奇. 右脑功能与创造性思维[J]. 北京师范大学学报,1986(1).

有,也是科学家进行科学发明和创造的一种重要的思维形式。思维学的基础科学有若干分支,最主要的是"逻辑思维学"与"形象思维学",另外还有个体思维的累积和集合所构成社会群体的集体思维。

诺贝尔奖获得者爱因斯坦是一个具有深刻逻辑思维能力的大师,但他却反对把抽象逻辑方法视为唯一的科学方法,而竭力倡导发挥形象思维的自由创造力。他所构思的理想化科学实验,就是成功运用形象思维的典型范例。如此类型的思维化实验,并不是对具体的事例运用抽象化的方法,而是舍弃现象,抽取本质,运用形象思维的方法,将表现一般本质的思维文化现象加以保留,使之集中、强化与理想化。

第一节　抽象思维与文艺创作

众所周知,思维学的基础科学研究——思维活动的基本形式主要分为三种,即"抽象思维"、"形象思维"和"灵感思维",其任务均为通过对人的基本思维活动形式各自不同的研究,以揭示人的思维的普遍法则和具体规律。

抽象思维,又称"逻辑思维",系指人们在认识过程中借助于概念、判断、推理来反映现实的心理过程。它与形象思维不同,是用科学、抽象概念揭示事物本质,表述认识现实的结果。抽象思维遵循人类认识的一般规律,即由感性认识上升到理性认识。在认识过程之中,相关理论与实践是其重要前提。人们在实践中由感官认知客观事物的外部联系和外部特征,形成一系列感性认识;然后,通过分析、综合,找出事物的内部联系、规律和本质,并通过逻辑判断、推理过程进行科学论证,最后形成相关定义和公式。

抽象思维是在人的理智严格控制下进行思维的,不允许情感支配逻辑的推理和判断,以及控制严谨的理论阐述和精确的数学计算。抽象思维在科学研究中具有重要的学术意义。不过,在艺术创作活动中并不完全排斥和否定其重要作用。因为在艺术活动中由于抽象思维的参与,可以使艺术家更准确、深刻地领会、把握客观对象的内在意义,并对艺术活动中的形象思维起到一定的指导作用。这种作用与功能因艺术种类和体裁、题材所需而有所不同。

早在古希腊时期,亚里士多德就注意到人类有不同的思维形式,并对此做了初步研究与探索。他说:"显然,想象和判断是不同的思想方式。想象是可以随心所欲的,……而获得结论(判断)是不由我们作主的,结论有正确和错误之别。"对此种开创性的理论探索,马克思给予充分的肯定:"这位研究家最早分析了许多思维形式、社会形式和自然形式,也最早分析了价值形式。"并且认为他天才地解析了社会现实由浅而深,由低级思维向高级思维发展的趋势。

毛泽东在《人的正确思想是从哪里来的?》一文中,精辟地论述了人的思维方式与过程,我们至今读起仍具有重要的启发意义:

　　　　无数客观世界的现象通过人的眼、鼻、舌、耳、身这五个官能反映到自己的头脑中来,开始是感性认识。这种感性认识的材料积累多了,就会产生一个飞跃,变成了理性认识,这就是思想。这是一个认识过程。①

抽象思维与形象思维正是适应人类社会实践的不同需要而逐步发展成熟的。这两种思维形式相辅相成、相得益彰,呈现着齐头并进、共同发展的思维态势。抽象思维与形象思维不分伯仲,旗鼓相当,都会使人们获得宝贵的科学认识。不过,由于形象思维获得的理性认识,总是同人的情感因素混融在一起,故缺乏抽象思维那样高度的理论色彩。

抽象思维是人类基本的思维形态之一,是与形象思维、灵感思维相提并论的一种思维形态,是人类最高级的思维形态。心理学研究结果揭示,思维的基本形式是概念、推理和判断。

"概念"因能认识其本质属性,从而为科学对象的核心思维形式,其表现形式相当于语言中的语句或词组。

"推理"是根据一个或一些判断而得出另一个判断的思维形式,它是判断与判断之间的联结、过渡,相当于语言中"因为"和"所以"之间的语句关系。

"判断"是对认识对象、情况的断定,即认识其具有某些属性而不具有另外属性的思维形式。它是由概念联结而形成的,表现形式相当于语言文学中的词句。人们借助判断实现认识过程,从表面的、粗浅的性质特征,逐渐达到认识事物本质、深层属性的过程。

刘江编著《逻辑学推理和论证》认为"正确推理"是正确性思维的前提,"思考过程"须借助于以下各种相应的思维形式:

---

① 毛泽东. 人的正确思想是从哪里来的?［M］. 中共中央文献研究室编. 毛泽东文集:第8卷,北京:人民出版社,1999.

针对某个对象进行思考,作出断定,得出结论。这个过程表现为依据一定的标准或理由(已有的断定)得出一个新的断定的过程。这个过程就是推理的过程。断定就是表现为判断,由已有判断得出新的判断的过程就是推理。推理是在判断的基础上展开的,而判断又是概念的联结。因此,思维的过程就是运用概念、作出判断、进行推理的过程。具体的思维内容总是凝聚,或包含于各种思维形式中,思维活动的展开也要借助于各种思维形式。①

"推理"作为思维活动的一种必要过程,从内容上看,涉及推理人的具体知识背景、智力能力、个性倾向、心理因素等多方面的问题;从形式上看,它的形成总是表现为一定判断力的联结。正确推理是人的思维保持正确性与预见性的前提与重要基础。

图 16　沉湎往事

在根据美国著名小说改编的历史题材影片《汤姆叔叔的小屋》中,有这样一个细微的故事情节发人深省:

汤姆叔叔等侯一批黑奴被奴隶贩子卖掉。在运送他们上船时,奴隶贩子怕他们逃跑,便用铁链子将他们锁起。一位白人小姑娘见到这种情景,便问他爸爸:"爸爸,为什么锁住他们? 因为他们很坏?"爸爸说:"不,是因为主人怕他们。"女孩问:"为什么怕他们?"爸爸说:"因为他们(主人)坏,所以他们也觉得别人坏。"

①　刘江. 逻辑学推理和论证[M]. 广州:华南理工大学出版社,2010.

上面所引用的电影片断展现的父女对话颇富哲理,也是通过思维推理后得出的一种结论。小女孩从自己的经验或常识出发,怀疑被锁住的人是坏人,其逻辑推理是:"凡是被锁住的人都是坏人,他们(黑奴)是被锁住的人,所以,他们(黑奴)是坏人。"小女孩的逻辑反映了孩子的智能,是纯真、幼稚的。在她的世界里,还不懂得,被人锁住的人也可能是好人,而那些锁住他人的人也可以是坏人。

在这部影片中,爸爸在回答小女孩的问题时,则以幽默的口吻进行了以下推理:

①凡是主人害怕的人都要严加防范,黑奴是令主人害怕的人,所以,(主人)对黑奴要严加防范。

②如果自己很坏,常会认为别人也坏;主人自己很坏,所以,主人也认为黑奴很坏。

通过"爸爸"的"逻辑推理",我们可以看到:在美国并非所有白人都是种族主义的拥护者。相反,一些富于正义感的白人,他们对于种族歧视的社会现象也是不满的。

推理就是根据一个或一些判断得出另一判断的思维过程。它是判断与判断的联结与过渡。在形式上,它表现为判断与判断的联结,在语言表达上常用"因为……所以……"或"……因此……"等表达出来。

推理虽然是由判断组合而形成的,但一定的判断作为前提,只能得出某一判断的结论。作为前提的判断和结论的判断之间,总是存在某种特定的联系,这就是推理的思维逻辑性。无论具体的判断内容是什么,如果作为前提的判断之间在形式上存在这种联结,那么得出某一判断作为结论就是确定的,判断间的这种逻辑关系也就构成了推理形式。逻辑思维学就是研究这些由前提到结论的推理形式。

此外,则需要区分推理形式的正确性和推理结论的真实性。推理形式的正确性,推理形式的有效性,推理的逻辑性,是指推理的前提和结论之间联系的必然性,它与推理结论的真实性不同。推理结论的真实性是基于事实的断定,是思维结论与客观事实的一致性。推理形式的正确性不等于推理结论的真实性,错误的推理(前提不真实或推理形式不正确)仍有可能得出正确的结论。往往推理的结论都是正确的,但它们都不是正确的推理。

让我们识别著名寓言故事《运盐的驴子》的推理误区:驴子驮盐过河。它滑了一下,跌倒在水里,盐溶化了。它起来时轻了许多,这件事使它很高兴。后来有一回,它驮着海绵,走到一条河边的时候,以为再跌倒可以比从前更轻,于是便故意一滑,跌倒在水中。没想到海绵吸收了水,沉重地使它不能再站起来,最后淹死在水里。

为什么这只驴子会被水淹死? 因为它的的推理是错误的。在此推理故事中,大前提仅是驴子从生活的某个偶然经历中得出的,既不具有普遍性,又不符合客观实际。从错误的前提中自然无法推理出正确的结论。第一个结论对,也纯为偶然。驴子不知道盐和海绵是两种截然不同性质的东西。盐经水一泡溶化了,当然能减轻重量;而海绵经水一泡,其空隙全注满了水,不但不能减轻重量,反而比原来的重量增加了好几倍。本来已满负荷的驴子怎么能站得起来呢? 它的下场只有"一命呜呼"。

前提与结论之间是否具有某种蕴含关系,实值得深思。推理可分为"必然性推理"和"或然性推理"两类。必然性推理就是前提与结论之间有蕴含关系的推理,演绎推理、归纳推理就属于必然性推理。或然性推理就是前提与结论之间没有蕴含关系的推理,不完全归纳推理、类比推理就属于或然性推理。根据前提的数量,推理可分为"直接推理"和"间接推理"两类。直接推理是由一个前提推出一个结论的推理;间接推理是由两个或两个以上的前提,推出一个结论的推理。根据推理思维进程的方向不同,推理还可分为"演绎推理"、"归纳推理"、"类比推理"三类。对此需要重点谈论,以便人们认识其各种推理以辨轻重利弊:

1."演绎推理"。从思维进程来讲,演绎推理是从对象一般性的认识,推理出对个别对象情况的认识,即从一般到个别。演绎推理区别于归纳推理和类比推理的显著特征,就是其前提和结论之间存在必然性的联系。也就是说,在演绎推理之中,当前提是真的,如果推理形式正确,那么推理的结论就必然是真的。演绎推理根据所依据的前提判断的不同类型,又可分为"性质判断推理"和"复合判断推理"。性质判断推理可以是由一个性质判断,直接推理出另一个性质判断,也可以是两个性质判断,间接地推理出另一个性质判断,从而可分为"直接推理"和"三段论"这两种主要的形式。复合判断推理则因为作为前提的复合判断的类型不同,可分为"联言推理"、"选言推理"、"假言推理"和"二难推理"。

请参阅"齐桓公伐孤竹国"的一段历史故事,同样会给人深刻的启迪:"管仲、隰朋从于桓公伐孤竹,春往冬反,迷惑失道。管仲曰:'老马之智可用也。'乃放老马而随之,遂得道。行山中无水,隰朋曰:'蚁冬居山之阳,夏居山之阴。蚁壤一寸而仞有水。'乃掘地,遂得水。"①

上述历史故事记述:齐桓公去攻打孤竹国的时候,管仲、隰朋都在军中。他们春天出发,冬天返回,在回去的途中迷失了方向,不知如何行走。管仲想了一个办法:"可以让老马发挥作用"。于是,他们让几匹老马在前面走,队伍紧随其后。这几匹老马居然领着大队人马走出了迷谷,找到了返回的道路。后来在翻山的路途中,人和马找不到水喝。隰朋根据往日经验说:"蚂蚁冬天住在山南,夏天住在山北,只要顺着蚂蚁窝向下挖掘就会找到水源。"据此推理果然找到了水源。

在上述两段故事里,管仲和隰朋所做的结论都是通过推理思维得出来的。管仲所用的"老马识途"是类比推理。隰朋则用的是演绎推理,从"蚂蚁生活"的一般规律推理出此山蚂蚁的栖身所在。

2."归纳推理"。归纳推理是从若干对象的认识,推断出关于对象一般情况的结论,即从个别到一般,就是以一些关于个别事物或现象的命题为前提,得出关于此类事物一般性、普遍性结论的推理。归纳推理的结论具有很强的"概括性",反映了人们从个别到一般的认识过程,是人们总结经验材料、探求新知的重要手段。正如刘江编著的《逻辑学推理和论证》一书所叙述:

> 归纳推理把关于个别对象的规定性推广到这一类事物全体,它的结论大多超出前提所断定的范围。故其前提并不蕴含结论,结论因而大多是或然性的。根据归纳推理的前提,是否考察了结论所反映的那一类事物的全部对象,可以把归纳推理分为"完全归纳推理"和"不完全归纳推理"。而不完全归纳推理又可进一步分为"简单枚举归纳推理"和"科学归纳推理"两种。②

3."类比推理"。类比推理则是从关于对象一般性的认识,推理出关于另一对象一般性的认识,或从关于个别对象的认识,推理出关于另一个别对象的认识,即从一般到一般,或从个别到个别。类比推理是根据两个或两类事物某些属性相同或相似,进而推理另一属性亦相同或相似,或者根据某类事物的许多现象都有某种属性,推理该事物的另一对象也有这种属性的推理形式。它是通过对两个或两类事物进行比较,发现相同或相似点后,以此作为依据,推知事物的未知属性。这

---

① (先秦)韩非子. 韩非子·说林上.
② 刘江. 逻辑学推理和论证[M]. 广州:华南理工大学出版社,2010.

种推理的前提和结论是一种或然性推理。与演绎推理相比，归纳推理和类比推理的结论只具有或然性，即前提的真实，并不能保证必然得出真实的结论。

基于上述推理形式的抽象思维是在感性认识的基础上，以概念为认识的基本元素。以抽象为思维方法，语言、符号为基本表达方式，反映客观事物的思维过程。抽象思维的特点还表现在如下"抽象性"、"概括性"、"能动性"、"间接性"、"逻辑性"、"系统性"等六个方面：

1. 抽象性。据陈新夏等著《思维学引论》论证："抽象就是思维把对象的本质属性或特征与非本质的属性或特征区分开来，从而舍弃对象中的非本质的属性、特征和方面，抽取其本质的属性、特征和方面等规定性。这个过程就是思维中的抽象过程。"①抽象思维撇开事物的具体形象而抽取其本质，故具有抽象性的特点。例如，数学中的任何一个数字、一种符号、一个公式、一种定理、一条法则等所涉概念和规律，都是从大量感性材料中抽取其本质特征的抽象思维结果。

事实证明，客观事物具有决定性属性和非决定性属性。事物的决定性属性是仅属于某一类事物，并且又能把这类事物和其他类事物区别开来的属性。抽象思维就是在大量事实和科学的基础上，在思维过程中把某类事物的决定性属性（包括事物的性质和关系）和非决定性属性区分开，从而舍弃非决定性的属性而抽取事物的本质。这个"舍弃"与"抽取"的过程，就是人们对大量感性材料加工制作的过程，即经过思考作用，将丰富的感性材料加以"去粗取精、去伪存真，由此及彼、由表及里"的推理思维过程。

抽象思维经过这种"舍弃"与"抽取"的过程，于是形成许多相关概念。有了概念就可以构成判断，进行推理，人们对于客观事物的认识才有可能完成"从感性认识能动地发展到理性认识"的思维飞跃。列宁在其名著《哲学笔记》中指出："任何语词本身就已经是在抽象地概括了"。我们发现，在作家、艺术家的思维过程中，作为稳定的思维载体的"熟语"、"成语"往往具有很高的抽象性。

2. 概括性。概括性是抽象思维的另一个重要特征。程世涛主编的《思维与写作》一书认为："概括就是在抽象的基础上，把抽象过程所获得的那些本质的属性、特征和方面等一般规定，结合或排列组合成为一个整体，形成关于对象的一般规定的综合、统一的认识，进而把个别事物的决定性的属性，推及为同类事物的决定性属性，把握同类事物的共同性和一般性。概括的过程反映了思维从个别通向

---

① 陈新夏，等. 思维学引论[M]. 长沙：湖南人民出版社，1988.

一般的过程。"①

由此可知,抽象和概括的统一过程即为抽象思维的基本过程。因而,抽象思维的基础性特点之一就是"抽象性"和"概括性"。对此,陈新夏等著《思维学引论》明确指出:

只有抽象和概括,才能形成概念,才能把握事物的内在联系,才能形成对事物的本质和规律性的认识,使认识从个别上升到一般。只有抽象和概括,才能为科学研究提供出发点和前提,使认识的深化成为可能。②

3. 能动性。抽象思维是认识能动性充分发挥的过程。抽象思维的能动性首先表现为对感性材料的能动的分析和综合。人的认识从感性上升到理性,并不是一个被动的自发过程,而是一个能动、主动的创造过程。当感性材料积累到一定程度的时候,思维即会能动地对这些材料进行分析,并在分析的基础上进行综合,形成关于对对象的一般规定认识。这个过程是能动的,从对感性材料的选择、加工到形成关于对象的本质、规律性认识的全过程,都是主体能动地分析和综合的思维过程。

抽象思维的能动性还表现为思维的目的性。思维的目的性在于力图解决某个或某几个问题。在解决问题的活动中,必须首先发现问题所在,然后使问题明确化,抓住问题的实质和核心,围绕着问题反复进行思考和探索,提出解决问题的方案、计划和办法。运用逻辑论证的形式把问题及其解决方案提出来,以指导人的思维与行为。

抽象思维是能动的,但不能超出感性、无界限地去直接把握对象的本质与规律,只能凭借思维结构对事物进行间接认识。所谓"间接性",无非是说思维只能加工感性材料,从而形成理性认识,不能直接认识对象的本质。从这个意义上说,抽象思维的能动认识过程只能是一种间接的思维认识过程。

4. 间接性。首先表现在能否直接感知其事物属性,对事物的本质、必然规律、事物的一般规律进行全面认识。在此过程之中,抽象思维不仅对于能够直接作用于人的感官的现象、外部联系、表面背后所隐藏着的事物的本质与内在联系、必然性、规律性等进行认识,而且对于没有直接作用于感官而引起感觉、知觉、表象进

① 程世涛主编. 思维与写作[M]. 北京:新华出版社,1990.
② 陈新夏,等. 思维学引论[M]. 北京:湖南人民出版社,1988.

行推论、假说乃至猜想。事物的本质、必然规律往往隐藏在现象背后,人的感官不能直接感知,只有抽象地通过思维去把握,只有思维所达到的理性认识才能全面、深刻的认识。思维获得这种认识,表面上离事物的感性原貌似乎远了些,但是本质上却深刻了。对于许多一时还认识不到的东西,只有通过抽象思维才能够进行推论、假说和猜想。这些推论、假说和猜想,很可能更远离事物的原貌,有些甚至是一种臆断。由此说明,人的思维具有明显的间接性。

抽象思维的间接性还表现为,主体凭借思维结构对其对象进行"蔓延式扩展"的认识。主体的思维结构凝结着主体的观念、知识、经验、范畴、认识能力、思维方式等因素。在认识过程中,主体能够相对脱离对象的原貌,对其进行蔓延式的认识,使认识不断扩大和加深。如果仅仅局限于感性材料,只是一种被动的加工,那么,人的认识就可能是"照镜子式"是片面的、直线性的。一种荒谬的东西的产生,往往是没有根据地臆想的结果,正因为没有根据,与对象的真实性相脱离,我们才说它是荒谬的。但是从思维的活动和过程来看,即使是荒谬的东西,也是思维蔓延式扩展的结果。一种正确的认识,必然是蔓延式扩展的。不同的是,这种蔓延是有根据的。无论什么认识,思维均能相对脱离感性的制约,思维的能动性和间接性不能分离。能动性只有在间接性的条件下才能发挥,间接性也只有在能动性的基础上才变为可能。否则,思维就只是一种"直观"的代名词。

5. 逻辑性。我们从赵光武著《思维科学研究》一书可认识到"逻辑性"是抽象思维的重要特点:

> 所谓逻辑性,指的是思维必须按照一定的形式和方法,遵循一定的思维规律进行。从逻辑学的意义上说,任何抽象思维都是逻辑思维。抽象思维如果没有逻辑性,就不再是正常人的思维了。逻辑性不仅简化了人们的抽象思维活动,保证了抽象思维的正常进行,促进了人类对客观世界的认识,是建立各种学科理论的有力工具。而且,由于总结出了抽象思维初级阶段——"知性思维"中演绎思维活动的基本规律,并形成了形式化方法,为现代的计算机技术模拟、代替人类抽象思维初级阶段的演绎思维活动提供了理论基础。[1]

6. 系统性。抽象思维的逻辑性,意味着抽象思维本身必然具有系统性的特征。抽象思维按照一定的逻辑形式和方法,遵循着一定的逻辑规律或规则,在思

---

[1] 赵光武. 思维科学研究[M]. 北京:中国人民大学出版社,1999.

维的过程中形成对对象的系统认识,因而抽象思维本身表现出系统性的特征。抽象思维作为与直观行动思维和形象思维相对应的一种思维类型,一般具有三大特性:"抽象性和概括性","能动性和间接性"和"逻辑性和系统性"。

人们在科学理论研究思维过程中主要采用科学思维的形式。但是,科学思维作为一种思维类型,并不等于抽象思维。这是因为科学研究活动主要需要唯物辩证思维,无论是科学家还是文艺工作者,除了抽象思维以外,也离不开形象思维和灵感思维。

论及文艺思维中的抽象思维形式,有人认为,文学艺术是靠形象思维而存在的,与逻辑思维不搭界,也完全不需要抽象思维。很显然,这种观点也是错误的。虽然在文艺创作过程中,形象思维占着主导地位,但并不排斥抽象思维在其中发挥重要的作用,这是国内外无数文学、艺术创作与实践所证实的历史事实。

在文艺创作过程中,同样不能排斥抽象思维,如哲理性、议论性散文、札记这一类体裁样式的文学创作,抽象思维也会起着相应的作用。事实上,对于文学创作思维来说,文学是语言的艺术,任何意识形式的"语言符号"都是抽象的逻辑思维成果。在文学创作后期,思维理性因素渗透只会越来越多。思维规律和特征只可能是语言思维和非语言思维的有机融合,是线性逻辑的连续性、有序性和非线性、弥漫性的有机统一。这是人类大脑的生理、心理与思维特征及其语言机制所决定的。

第二节　形象思维的学术争议

形象思维又称为"艺术思维",这是作家、艺术家在观察、体验生活,提炼、显现思想情感时惯常使用的一种特殊的思维方式。因其创作过程中主要用形象来进行思维,故被称之为"形象思维"。

回顾文艺历史,形象思维概念的提出是在 19 世纪时,浪漫主义运动高潮时的产物。1838 年,俄国文学评论家别林斯基首先提出"诗是寓于形象的思维"的命题。他曾精辟地阐述:"诗人用形象思维,他不证明真理,却显示真理。"后来经俄苏著名学者普列汉诺夫、卢那察尔斯基、高尔基等的肯定与沿用,"形象思维"这一术语在苏联和东欧各国广为传播,并于 20 世纪 30 年代传入我国文艺理论界与学术界。

马克思在《〈政治经济学批判〉导言》中曾经指出:理论活动与艺术活动在思维形式方面有着明显的区别。他认为:人的头脑"用它所专有的方式掌握世界,而这种方式是不同于对于世界的艺术的、宗教的、实践上精神的掌握的。"①由此延伸并高度概括:形象的艺术思维与抽象的哲学思维均为认识客观现实、把握世界的最基本的思维方式。

形象思维是用直观形象和表象解决问题的"另类思维"。"形象"这一学术概念,总是和人的感受、生活体验联系在一起,也就是哲学理论中所说的"用形象思维"。另一个与形象思维相对应而存在的心理学概念——"逻辑思维",则指的是一般性的认识过程,其中包含着更多理性的理解,而不多强调一般感受或生活体验。

如上所述,形象思维亦称"艺术思维"或"直观思维"。作家、艺术家在创作过程中,对大量生活表象进行高度的分析、综合、抽象、概括,从而形成典型性形象的思维过程,从而成为反映和认识世界的重要思维形式。事实上,形象思维并不仅仅属于文学家、艺术家,它也是科学家进行科学发明和创造的一种重要的思维形式。文学艺术创作过程中的此种主要的思维方式,必须借助于以形象反映生活,运用典型化和想象的方法,塑造艺术形象,以表达文艺家的思想感情。

细究"形象思维",其原理主要是指人们在认识世界的过程中,对事物表象进行形象取舍时而形成的,是用直观形象的表象解决问题的思维方法。形象思维在对形象信息传递的客观形象体系进行直观感受、储存的基础上,结合主观的认识和情感进行识别(包括审美判断和科学判断),并用一定的图文形式、手段和工具(包括文学语言、绘画线条色彩、音响节奏旋律及其操作工具等等)创造和描述形象(包括艺术形象和科学形象)的一种基本的思维形式。形象思维基本特性表现在非逻辑性、想象性等方面。

形象思维不像抽象(逻辑)思维那样,对信息的推理加工,一步一步地、首尾相衔地、线性地进行,而是要调动许多感性材料,逐步融合在一起,形成新的艺术形象,或由一个形象跳跃到另一个形象。它对思维信息的加工过程不是系列加工,而是点面性,或者立体性的加工改造。它主张使思维主体迅速地在整体上把握问题,遂幻化为具体形象。形象思维是或然性或似真性的思维,思维的结果有待于

---

① (德)马克思. 政治经济学批判大纲. 导言[M].//马克思,恩格斯. 马克思恩格斯选集:第2卷. 北京:人民出版社,1972.

抽象、逻辑的证明或社会实践的检验。

形象思维趋于模糊状态,对问题是非理性粗线条的反映,对问题是大体上的把握,对问题的分析是定性的或半定量的审视。所以,形象思维通常用于问题的定性分析,抽象思维则趋于精确的数量关系。因此,在思维实践活动中,只有将抽象思维与形象思维巧妙结合、协同使用才更有效益。

形象思维所反映的对象是事物的形象,思维形式是意象、直感、想象等形象性观念。"形象性"是形象思维最基本的特点。其表达的工具和手段是人的感官所认知的图形、图像、图式和形象性符号。形象思维的形象性使其具有生动性、直观性和整体性等特性。

形象思维之"想象",是思维主体运用已有的形象形成新形象的过程。形象思维不满足对已有形象的再现,而致力于追求对其所描写形象的深度加工,从而获得新形象产品的产出。所以,想象性使形象思维具有创造性的特点。这也证明了一个深邃的道理:"富有创造力的人通常都具有极强的艺术想象力或文艺思维能力"。

图 17　德国文豪歌德

根据《外国理论家作家论形象思维》一书所综合的国内外相关论据,诸多文艺形象思维的观点予以论证:"形象思维是人类的最基本思维方式之一。"此书大量征引并指出在古代欧洲,古希腊哲学家亚里士多德曾在《心灵论》中很早就开始阐释与"形象思维"相关的理论问题:"想象不同于感觉和判断。想象里蕴蓄着感觉,而判断里又蕴蓄着想象。显然,想象和判断是不同的思想方式。想象是可以随心所欲的……而获得结论是不由我们做主的,结论有正确和错误之别。"①这段重要的文艺理论观点,指出了人的想象和判断的区别,及其互相渗透的密切联系,由此延伸,实指形象思维和逻辑思维的区别和相互关系。

国内外文艺史学界普遍认为,"形象思维"这个名词是俄国美学家别林斯基于19世纪初期首先提出并确认的。他在《智慧的痛苦》一文中说:"诗人用形象来思考;他不证明真理,却显示真理。"他又在《艺术的观念》中最早提出:"艺术是对真理的直感的观察,或者说是寓于形象思维"的著名文艺论点。

翻阅中国古代文艺理论史,用形象思维来指导文艺创作并不令人陌生。早在晋代,陆机的《文赋》是我国较为系统记述形象化创作的文论。他运用"文赋"的传统形式,对文学艺术构思过程中生动表现作了形象化描绘:"精骛八极,心游万仞";"浮天渊以安流,濯下泉而潜浸","观古今于须臾,抚四海于一瞬"。这里讲述的是客观事物所见所闻激发作家的创作冲动,由此而驰骋艺术想象,使心神运思于"八极之远,万仞之高,天渊之流,下泉之浸",使之弥漫于古今之间、四海之内,显现巨大的文艺时空。

运用具体的感性形象来认识和反映客观现实,综观古今中外优秀艺术家、作家主要依靠此种独特的形象思维方式从事文学、艺术创作。在诗歌创作中,仅用几十个文字就可以让读者感受风景的美丽、事件的深刻和人物的丰富;在戏曲舞台上,仅靠几位演员的"坐唱念打"就可以创造千军万马的战争场面。这均为形象思维活跃的过程及结果,都是形象思维在创作欣赏、评论中发挥的神奇作用。

20世纪30年代,"形象思维"一词从东欧俄苏传入我国。新中国成立以后,在美学界和文艺理论界开始大规模的"形象思维讨论",引起人们的高度关注。

文艺理论家陈涌于1956年在《文艺报》9月号上发表的《关于文学艺术特征的一些问题》的文章,成为本次学术大讨论的"导火索"。陈涌在文章中引用了马克思《〈政治经济学批判〉导言》中关于"掌握世界的四种方式"的著名论断,认为马克思的这段话表明,艺术是不同于科学,又不同于科学思维,是另一种掌握世界的方式。他首次大胆地使用了"艺术思维"这个概念,从而提醒与引领中国文学艺

---

① 中国社会科学院外国文学研究所,外国文学研究资料丛刊辑委员会编. 外国理论家作家论形象思维[M]. 北京:中国社会科学出版社,1979.

术界进行思维理论的创建。

随之,毛星于 1957 年发表《论文学艺术的特征》一文,对陈涌的文章提出尖锐的批评:"许多人认为有一种和一般思维完全不同的为作家和艺术家所运用的形象思维。因此,不但文学艺术特殊,连作家、艺术家的思维也是十分特殊的了。我认为这种说法是不正确的。至少,形象思维这个词是不科学的。"他引经据典,对其观点进一步批驳:

> "艺术思维"这个词不只是不科学,而且会造成一连串的误解:以为艺术很神秘,作家、艺术家有自己独特的思维,以为用感官收集形象就可以了,不必要对社会现实问题进行深入的研究;以为作家艺术家只需要有敏捷的感觉就可以了,不必要有崇高的思想和感情,不必要有进步思想的指导,以至认为一切理智的活动都是与文学艺术相敌对的。①

自从此篇文章发表后,国内美学界和文艺理论界讨论变得更加热烈。相继发表了一系列文章,形成了对艺术思维或形象思维肯定和否定两大派别。其中,著名美学家李泽厚是肯定形象思维的主要代表。他在《试论形象思维》一文借助巴甫洛夫的心理学基本理论,旗帜鲜明肯定了形象思维的存在。李泽厚认为形象思维的过程在实质上是"从现象到本质、从感性到理性的一种认识过程,"他强调在整个文艺创作思维过程中永远离不开感性的形象的活动的思维想象。

与其相反,《红旗》杂志 1966 年第 5 期上发表的郑季翘题为《文艺领域里必须坚持马克思主义认识论——对形象思维论的批判》的文章,对形象思维进行了彻底否定。他把问题的解决提高到是否坚持马克思主义认识论的高度,给肯定形象思维的学者扣上了"直觉主义"、"神秘主义"、"极端唯心主义",以至"修正主义"等大帽子。这是在当时的历史条件下出现的一篇完全混淆学术与政治问题界限的文章。郑季翘的言论一出笼,人们再也不敢发表不同意见了。在"文化大革命"中,形象思维问题讨论嘎然而止、噤若寒蝉,成为一个令人畏惧的学术禁区。

不过人们并不知晓,在此前 1965 年 7 月 21 日,国家主席毛泽东曾给陈毅元帅写过一封未曾公开的以正视听,具有拨正方向之功用的书信。其中有一段关于论述"形象思维"的至理名言:"诗要用形象思维,不能如散文那样直说,所以比、兴两法是不能不用的。赋也可以用,如杜甫之《北征》,可谓'敷陈其事而直言之也',然其中亦

---

① 毛星. 论文学艺术的特征[M]. 文学研究,1957(4).

有比、兴。'比者以彼物比此物也','兴者,先言他物以引起所咏之词也'。韩愈以文为诗,有些人说他完全不知诗,则未免太过,如《山石》、《衡岳》、《八月十五酬张功曹》之类,还是可以的。据此可以知为诗歌创作之不易。"毛泽东独辟蹊径,否定了宋代理学家朱熹的见识,并从"诗要用形象思维"立论,以揭示诗歌创作,倡导用比、兴艺术手法来倡导写新体诗歌。他把形象思维和"赋、比、兴"联系起来论述诗歌创作,这是对我国传统文艺理论的睿智、深刻、概括与全面总结。

值得庆幸的是,"文化大革命"结束之后,《诗刊》1978 年 1 月号堂而皇之发表了毛泽东《给陈毅同志谈诗的一封信》,信中高度评价了"形象思维"在文学艺术创作中的重要作用,并明确指出:"宋人多数不懂诗是要用形象思维的,一反唐人规律,所以味同嚼蜡。以上随便谈来,都是一些古典。要作今诗,则要用形象思维方法,反映阶级斗争与生产斗争。"①毛泽东主席深刻总结了几千年我国诗歌创作的经验教训,科学地揭示文学艺术创作的特征和规律,丰富和发展了马克思主义文艺美学与心理、思维理论。

在此之后,《社会科学战线》编辑部编著的《形象思维讨论情况综述·形象思维问题论丛》全面记录与总结了新中国建立初期有关"形象思维"讨论过程,客观地陈述了如下三种基本理论:

1."否定论"。此类观点认为形象思维并不是作为一种与抽象思维并列的思维方式,而是艺术反映生活、表达思想的方法。艺术家的想象只是思维的起点,艺术表现的方法并不等同于认识客观世界的思维形式。并且认为,作家、艺术家在生活和创作实践中要遵循人类认识的普遍规律,没有与此相并列的另一种特殊的认识规律。

2."平行论"。持此类观点的人虽然承认形象思维与抽象思维是不同的思维形式,却又认为客观存在本身表现为本质和现象两个方面,两种思维形式分别把握事物的本质和现象。抽象思维同事物的内在本质相联系,形象思维同事物的外在现象相联系。形象思维不能把握事物的本质和规律,只能为把握事物的本质和规律提供基础。因而只有在了解事物本质和规律的情况下,才能运用形象思维分析和综合感官映象,将对于事物本质和规律的认识表现于形象之中。

3."并列论"。持此类观点的人认为,毛泽东主席在信中提出的形象思维,把形象思维提到认识论和方法论的高度,给它以与抽象思维同等重要的哲学地位,从而

---

① 毛泽东. 给陈毅同志谈诗的一封信[J]. 诗刊,1978(1).

肯定了形象思维是与抽象思维并列存在的思维方式。形象思维同抽象思维方式一样,有一个完整的发展过程,以及感性阶段和理性阶段,也要经过感性到理性的深化与飞跃。就是说,人们用形象思维同样也能认识事物的本质和规律。

大量事实证明,在文艺创作过程中,形象思维与抽象思维确实并行存在,并可共同作用于文学艺术创作全过程之中。二者互相渗透,相辅相成,缺一不可。著名诗人臧克家在《论诗遗典——学习〈毛主席给陈毅同志谈诗的一封信〉》一文中高屋建瓴地指出:

> 诗歌和一切文学作品,应该是"形象思维"开出的花朵,以它的色香动人。
> 诗歌和一切好的文学作品,全凭它的饱含作者爱憎深情的形象去感动人,不是用理论去说服人。①

在大量文艺创作实践活动中,形象思维与抽象思维往往是相互联系、相互辅助、相得益彰的。形象思维伴随着"形象"出现,但是并不意味着只用形象来思维。单纯的人物形象本身,并不是思维的工具,只是形象思维的对象,而且受到创作者价值观、人生阅历、思考能力和艺术创造能力的限制。在形象思维中,如果否认、排斥理性活动,就不能深入认识人的表里与现实生活,也不可能创造真实的艺术形象。对文艺作品故事情节的选择、人物的塑造、矛盾冲突的发展,都必须建立在形象思维的基础之上,并运用逻辑思维进行正确的判断和推理。在文艺创作中,感性思维与理性思维正是在人物形象塑造过程中有机地结合与得到高度统一。

著名作家茅盾根据自己的创作经验,强调形象思维与逻辑思维在创作过程中是反复交错进行的,并认为二者交替存在是科学辩证之关系。美学家朱光潜也有类似的经历与看法,他强调人是一个"有机整体",除了形象思维的能力之外,还有逻辑思维的能力,具体表现在文艺创作过程中,两者往往是"交叉"使用的。他认为"论证性的散文和文艺评论,富有思辨意义"②,显示抽象论证及其形象思维形式。

形象思维或艺术思维中的抽象思维,包括概念、判断、推理和论证等思维形式。在世界上,有没有完全不用抽象思维的文学创作和欣赏呢? 我们回答没有!

---

① 臧克家. 论诗遗典——学习毛主席给陈毅同志谈诗的一封信[J]. 诗刊,1978(1).
② 《社会科学战线》编辑部编. 形象思维讨论情况综述. 形象思维问题论丛[M]. 长春:吉林人民出版社,1979.

且不说画家的寓意如何,一般绘画都有画题,或题在画上的诗句。清代画家郑板桥在一幅《竹石兰蕙图》画上题词:"一竹一兰一石,有节有香有骨。"这是画家自我人格的真实写照,其中既有艺术描绘也有判断推理。美术大师齐白石在抗日战争时期画的一幅《螃蟹》上写道:"看你横行到几时?"暗喻日本侵略者的没落,也隐含着形象描绘和抽象推理。这些都说明在绘画艺术过程中,也借用抽象思维判断和推理,并非只用形象思维。

在各种体裁的文学创作过程中,抽象思维的形式是少不了形象思维作补充的。文学是语言文字的艺术,文学、艺术家要准确地运用语言,就得深入了解文字语词概念的内涵和外延。不仅杂文、随笔是这样,以议论为主的散文也有一定的逻辑结构,优秀的抒情诗、散文和小说等文学作品,也蕴含着局部的判断和推理过程。

反映思维对象的特有属性的思维形式"概念",即用抽象语词来表示。文学艺术要通过语言图文描述形象,就要准确、巧妙地用好语词,以体现概念的内涵和外延。如唐代诗人贾岛有一句著名的诗句:"鸟宿池边树,僧敲月下门。"他为什么要将原来的"推"字换成现在的"敲"字呢? 这是因为"敲"的概念不同于"推"的概念。贾岛对诗句中每个字含义的推敲,均体现了他在吟诗时同样地在运用抽象思维形式。

"判断"是对思维对象有断定的思维形式,一般是由陈述句或对事物表示断定的语句表示。这样的判断句式,在文学作品中大量存在,诸如:"朱门酒肉臭,路有冻死骨"(杜甫《自京赴奉先咏怀五百字》);"人生自古谁无死,留取丹心照汗青"(文天祥《过零丁洋》);"白杨树实在是不平凡的,我赞美白杨树"(茅盾《白杨礼赞》)。这些都是表示形象判断的语句,说明作者在形象思维的同时也在自觉地运用抽象思维形式。

图18　民国才女萧红

在我国传统经典文学作品之中，有一些"意在言外"或"弦外之音"的描写语言，隐含着某种判断意识。如著名作家孙犁的《荷花淀》，他描写水生的女人与水生对话，其中就有"意在言外"隐含的逻辑意念。当水生很晚才回来时，水生的女人抬头笑着问："今天怎么回来这么晚？"听起来，这是不含判断的问话，但却隐含着深层判断。一个年轻的妻子，惦挂着在外参加战斗的丈夫，这一问句实际的含意是："我等你很久啦！"其中并不包含责备的意思。接着水生告诉妻子自己报名去参加地区武装部队，这时女人便低头说"你总是很积极"。其中又隐藏着"你做得对，我支持你"的意思。

文学作品蕴含抽象性深层次的主题思想。一般长篇小说不仅有"正主题"，而且还有"副主题"。一切主题都体现作家对某一社会问题或美丑是非所作出的判断，只不过这种理性的判断不是直接证明出来的，而是通过艺术形象显示出来的。

再如"推理"，文学作品中也有隐性逻辑推理。所谓推理，就是从一个或几个已知的判断，推理出另一个新的判断结果的思维形式。富有深刻意义的文学作品都贯穿着一定的逻辑推理的结构。日本推理小说作家松本清张创作的《奇特的报告》，森村诚一创作的《残酷的视野》，都有十分严密、清晰、令人叫绝的推理逻辑结构。

在中国文学史上的许多诗词也有一定的推理结构。例如"飞来山上千寻塔，闻说鸡鸣见日升。不畏浮云遮望眼，只缘身在最高层"（王安石《飞来峰》）；"九州生气恃风雷，万马齐喑究可哀。我劝天公重抖擞，不拘一格降人才"（龚自珍《己亥杂诗》）；这两首著名格言诗或哲理诗，前后诗句均有深层次的因果关系，均为明显的推理结构。

在一般的叙事散文、叙事诗和小说之中，于描述人物的心理和思维活动时，也少不了或隐或显的推理过程。如在著名作家峻青的《党员登记表》这篇小说中，女共产党员黄淑英发现老赵被捕前珍藏的一张"党员登记表"时，所关系到的思维活动，就包含错综复杂的推理过程。当老赵走近她身边的时候，她看见老赵的两道浓眉陡然皱了一下，眼睛用力眨了两眨；又忽地转回头去，向山上看了一眼，"做了一个神秘的暗示"。黄淑英凭借她一年多地下革命斗争的经验，断定老赵的暗示是有用意的。接着，她到院子里，根据"撕下的布片"、"锅台上的烟灰"进行一系列判断和推理，最后终于在锅台炕洞里找到了用蓝布包裹着的一张党员登记表。

大量文艺创作的理论与实践验证，如果作家、诗人离开了概念、判断、综合等理性认识，那么对形象的选择，对相关形象联结的内在逻辑，对形象所代表和反映的阶层,时代对人文的总体认知等方面,将会有所缺失与偏颇;创作者的思维也只能停留在对形象的简单罗列、增减和堆砌上;其形象再具体,也只会是一堆杂乱无章的"剪影",零七碎八的"底片"。作者既不可能进入自觉、能动的创作过程,更不可能首尾相连、循序渐进地创作出深刻、动人的人物艺术形象。

由此可见,在文学艺术创作活动中,无论情节形象的选择,人物性格的确定,矛盾冲突的发展,典型含义的开掘,都离不开或多或少的抽象思维。总之,形象思维的每一项成果都毫无例外地通过抽象思维的渠道,浸透着逻辑的、伦理的情感认识。

杨春鼎教授在研究形象思维与抽象思维关系中,对文学作品形象的逻辑"论证"深有感触,他在《文艺思维学》一书对此认真分析研究后发现:

> 论证有广、狭之分。广义的论证是根据已知为真的一个或一些判断,证实某一判断为真或假的思维形式,是上述多种思维形式的综合运用;狭义的论证就是证明和反驳中所运用的推理形式。古代荀子、贾谊、韩愈、苏轼的一些说理性的散文,鲁迅的杂文,都用了论证的思维形式。评价一部文艺作品的好坏,总要有论点,有论据和论证方法。这些都是显而易见的。①

从文艺创作理论角度分析,所谓"多种思维形式的综合运用",首先是形象思维,也就是文学艺术家在创作过程中始终伴随着形象、情感,以及联想和想象,通过事物的个别特征去把握一般规律,从而塑造出艺术形象之美。形象思维能力的大小,往往决定文学艺术家的审美水平的高低。形象思维始终伴随着形象塑造,是通过"形象"来构成活生生的人的思维流程,即所谓的"神与物游"。总之,无论是形象思维,还是抽象思维都自始至终伴随着人的丰富感情与理智,以及想象和联想,照此运行,优秀文艺作品才能在广阔天地中自由遨游。

思考题:

1. 抽象思维的特点具体表现在哪几个方面?
2. 演绎推理、归纳推理、类比推理的区别是什么?试举例说明。
3. 形象思维在当代学术界有怎样的争议?
4. 在文艺创作过程中,形象思维与抽象思维分别起着怎样的作用?通过文本分析说明。

---

① 杨春鼎. 文艺思维学[M]. 南京:东南大学出版社,1989.

第八章

灵感思维与文艺思维

"灵感"是指人长期苦思冥想问题,由于受到某种启发,突然得到解决的一种特殊的心理思维活动。"灵感思维"是仅次于抽象思维与形象思维的主要思维方式。"文艺灵感"则是将灵感纳入文学艺术创作思维科学研究范畴之中,从心理创造学的角度激发灵感系统的一种思维模式。揭示这一特殊思维形式的实质及特点,需要借助于实验心理学中的一系列"心理意象"测试,以及"文体思维学"中作家、诗人、艺术家具体写作思维实践与机制。

经科学论证与实验过程证实,灵感往往是人在注意力高度集中、思维活动兴奋状态下产生的。对于作家、诗人来说,灵感是推动文学创作的心理动力,是创作力旺盛的显著表现。因为此时创作者情绪亢奋,想象丰富,思路清晰,艺术形象跃动频繁,从而促使文学艺术工作者带着难以名状的喜悦之情完成文艺创造。文艺创作中的灵感具有"突发性"、"亢奋性"、"情感性"、"非控制性"和"创造性"等特点。当灵感到来之时,文艺家们往往处于如醉如痴、神魂颠倒、狂热异常的创作心态之中,由此而进入"物我两忘,神与物游"的神奇艺术境界。

对心理现象与思维发展的研究,有一种是从生物心理进化论角度,即从人种历史文化发展角度研究思维的方法。灵感思维心理现象是物质世界长期发展的产物,并随着物质运动形态由低级向高级逐渐发展。另一种是从精神世界及语言的产生,意识形态之心理现象显现角度进行审视,通过研究文学艺术创作思维的发展路径寻觅其特殊的思维趋向。

第一节 心理意象与灵感思维

根据科学研究与测定,人的思维进化具有"心理意象"、"直觉"与"灵感"三个维度。其中意象或称为"心理意象",译自西方心理学术语,为心理学意义上使用的"意象"概念。它是指在人的知觉基础上于大脑中形成的感性形象。由于它是仅存于人的主观心灵中的意化形象,故称为"意象"。从存在状态和产生的情况来看,心理意象可分六种,即"知觉意象"、"记忆意象"、"想象性意象"、"意象思维"、"无意象思维"、"直觉意象"等,其心理思维特征如下所述:

1."知觉意象",是客观物象在人类心灵的直接投射。它的形成不仅依赖于客观对象,而且受着诸如"知识经验"、"注意"和"心理定式"等主观条件的制约。客观世界有很多生理现象作为刺激物作用于人的感官,但人们仅能对其感兴趣的部分,或引起注意的部分做出反映,而对其他刺激不予理喻。"注意"使知觉具有一定的选择性,因此知觉意象对于客观事物的反映往往是主观的与片面的。

2."记忆意象",是在知觉意象的基础上,通过记忆在脑海里再现,所以又称"再现性意象"。人在记忆复现的过程中,对知觉意象会自觉或不自觉地进行集中和加工,因此,记忆意象比知觉意象的主观色彩又浓厚了一层。

3."想象性意象",是心理对象不在现场或者不存在的情况下,在知觉意象和记忆意象的基础上,通过想象在头脑中形成的新的形象,故又称为"创造性意象"。这种意象的主观成分更加活跃,主观色彩更加浓烈。但是它仍然要有一定的客观条件作依据,完全凭空的想象性意象是无法产生的。

现代心理学中所揭示的上述三种心理意象,有着重要的文艺理论与实践意义。它以科学实验的方式证实了人类心灵中呈现的形象的性质,同时也为在揭示艺术的本质和形象的特征,提供具有说服力的论据。因此,心理意象成为文艺心理学与思维学必然要涉及的重要范畴。

4."意象思维",指当文学艺术家思考与创作过程时,构成其思维流程的一些物体形象的意象。这种常常伴随着意象的思维活动,即为"意象思维"。在意象思维的过程中,意象以难以预料和方式组合意象与思维中,其它符号元素的秩序即刻被打破,然后再重建起来。这种组合和重建,常常使文艺家俨然看到有关作品的具体意象。如一位作家在考虑作品的情节时,各种意象被打乱又组合,蓦然看到作品中的主角,尽管这个主角在真实的世界里子虚乌有。意象思维在人类心理活动过程中具有非常重要的地位。尤其是在艺术创造过程中,意象能激发艺术家的创造热情,但有时也会阻遏或限制创造性的思维,影响作家更深层地进入,因此要适当控制。

5."无意象思维",即不用意象进行的思维。20世纪初,在德、法、英、美各国心理学家之间曾发生过一场关于"无意象思维"的争论。其交锋焦点：是否存在无意象思维，这也是无意象思维这个概念的来源。无意象思维派称思维可以不用意象而进行，其论据是被测试者的内省报告，这些人不能证实思维有任何意象存在。

无意象思维者和运用意象思维的文学艺术工作者，在思维形式方面有所不同。有些人觉得图示或图形有助于理解概念或关系；有些人则认为必须把这种视觉信息转化为语言形式。前者运用意象思维，使用视觉元素编码；后者属于无意象思维者，使用的是非视觉艺术编码。

6."直觉意象"，指不经过复杂的逻辑思维过程，而是直接、迅速认识事物的思维活动。它是文学艺术活动中一种重要的思维形式，艺术的独特审美，以及认识个性借此得以实现。直觉思维同一般思维活动的区别，体现在直接感悟而非间接认识，可经由某种思维捷径而以不同寻常的逻辑法则进行。

直觉思维的理想状态是直接、迅速地洞察事物的本质特征，灵感、顿悟均属此种特殊的思维形式。但是直觉思维的产生并非毫无根据，它与牢固的科学知识背景，丰富的知识经验，以及积极从事实践活动有密切的关系。直觉在艺术中起着创造性的作用，观察、思索、传达都可借助这一特殊的思维形式而得到深化。

根据大量心理学实验证实，"直觉"是一种不经过分析、推理的认识过程，但能直接、迅速地进行判断的心理功能。直觉是一个人全部心理能力在短时间内的整体显现。由于直觉没有经过推理和深入思索，所以有些人把这种能力解释为一种超感应、先验、天赋、非理性的感知，是一种人的心理本能。诸如法国的柏格森，意大利的克罗齐等都以直觉为研究对象，并认为它是一种与理性认识相对立的高级认知形式。还有一些人否认这种能力，认为直觉不过是一种动作迅速的推理判断。前者把直觉神秘化了，后者则简单化了。

事实上，直觉并不排斥理性，相反，其本身包含理性，它是在经验的基础上和情绪的推动下，在某种媒介的激发中，自觉或不自觉地积淀历史的心理成果，是思维主体大脑突发性的、序列化的复现。这是一种人生经验的概括，是意识由不自觉到自觉的突然显示，是一种"长期积累"中的"偶然得之"。直觉这种反映世界的方式在自然科学研究中也会经常出现，当然运用直觉最广泛的要首推文学艺术产品的生产。正如法国作家巴尔扎克介绍不可理喻的直觉的文艺创作经验所得：

> 在思想家的诗人或作家身上出现一种不可解释的、非常的、连科学也难以明辨的精神现象。这是一种透视力，它帮助他们在任何可能出现的情况中测知真相；或者说得更确切点，是一种难以明言的，将其送到他们应去或想去

的地方的力量。①

巴尔扎克所描述的上述奇特心理现象,正是文学艺术工作者的"神秘直觉",文艺家直觉能力的丰富、活跃,往往同文学艺术创作活动所感悟的"神来之笔"性质有关联。同科学发明创造时所产生的直觉相比,文艺家的艺术直觉还有一个独具的特点:主观情绪的突如其来,令人惊喜不已。只有内心生活丰富的人,才会有活跃的直觉与灵感。它与文艺家的情感活动强弱确实有紧密关联。

西方从事"格式塔心理学"的学者特别强调直觉思维,他们认为感觉的"整合"不需要任何推理而能直接形成。美国心理学家布鲁纳在肯定直觉思维的同时,还强调理解知识结构的重要性。他认为,直觉思维发达的人,可能天生具有某些特殊素质,但其最终效果有赖于牢固的科学心理与思维知识,这样才能使直觉在文艺创作现实中有所作为。

直觉思维在艺术活动中直接关系到形象的形状、色调与风韵。因此,它是塑造人物形象的重要思维过程,是形象塑造直接的和关键的前提,因其存在而产生艺术形象的"具体性"、"形象性"、"生动性"和"丰富性"。

图 19　印度神猴哈曼奴

在西方文艺美学史上,人们长期对直觉思维有着不同的认识与阐述。诸如神学、美学家普洛丁认为感官直觉是靠不住的,只有富有天赋的理性才能观照美感,因而他否定直觉思维的作用。与其相反,直觉论者莱布尼兹、博克、鲍姆嘉通等人

---

① （法）巴尔扎克.《驴皮记》初版,序言[M]. 郑永慧,译. 南京:译林出版社,2003.

则夸大其辞,粉饰直觉思维的作用。他们认为,审美只是一种混乱的朦胧的感觉,只是对审美对象之外特征的直观,无需理性参与。克罗齐进一步认为直觉即"表现美或艺术",文艺形式可视为直觉思维的产物。谢林、叔本华、柏格森等把直觉思维看成一种心理本能,一种与理性认识相对立的美学认识的高级心理形式。

作为重要的思维形式——"灵感思维",无疑与人的心理意象和直觉密切相关。"灵感"作为一种特殊的精神心理现象,它的产生是文学艺术家长期实践、经验积累和思考活动的结果。只有刻苦不辍的创造性文艺创造劳动才能促使灵感诞生。正如俄国著名画家列宾所说:"灵感是顽强劳动而获得的奖赏。"灵感的获得只能是创造主体坚韧不拔的实践活动的结果(包括社会生活实践、艺术探索实践)。另如德国美学家黑格尔的《美学》所描绘:"最大的天才尽管朝朝暮暮躺在草地上,让微风吹来,眼望天空,温柔的灵感也始终不光顾他。"

在古希腊,一些哲人认为,没有一种疯狂的灵感,就不可能成为大诗人。如柏拉图的"迷狂说",认为灵感是神灵依附的结果。其实,灵感并不神秘,若从创作心理角度审视,灵感是创作主体与客体对象两方面的特殊遇合。灵感是在一瞬间造成心灵主体不自觉地沿着客体轨道的自由翱翔,从而释放出巨大能量的心灵活动状态。

文学艺术家在创作过程中突如其来领悟和理解,由此形成的灵感思维具有以下主要特征:

> 灵感的出现往往伴随着强烈的情绪与情感波动。灵感来临之时,艺术家总是处在极度兴奋之中。过去百思不得其解的东西此时豁然开朗,想象随之处于非常活跃的状态。灵感可以是语言构成式的,也可以是符号构成式或图景式的。作家或诗人往往及时地把握灵感,把它化为"语言构成式"的作品,作曲家把它转化为富有表现力的音乐符号,画家则在构成图景的线条和色彩中体现灵感的神奇力量。

灵感思维体现着从潜在到显现的神奇演化过程。文学艺术家长期关注的对象世界的信息在头脑中大量贮存。灵感则使贮存的信息突然接通,瞬间连成一片,使无序变为有序。灵感的主要动因在于主体对于某一潜在目的的长期迷恋。灵感是创造性劳动的产物,它与长期的生活实践及坚持不懈的艺术追求密切相关。灵感具有突发性和瞬时性的心理特征。文学艺术家应该根据自身特点,创造最适宜产生灵感思维的主客观条件。

思维活动按照不同的分类标准可分多种不同的类型,取得中外学界较一致认识的有如下四种：

1. 按照其性质和内部的特点，分为"动作思维"、"形象思维"和"抽象思维"。

2. 按其运用知识经验的方式的特点，分为"再造性思维"和"创造性思维"；

3. 按其遵守逻辑规律的特点，分为"逻辑思维"和"非逻辑思维"（如直觉思维）；

4. 按其有无目的性的特点，分为"指向性思维"和"联想性思维"。

如前所述，据不完全统计，专家学者现已归纳出数十种思维类型。其中对包括直觉、灵感思维的探讨是心理思维科学中最活跃的领域。

综上所述，文艺思维基础核心形式"形象思维"在整个思维学范畴之中，始终离不开具体的艺术形象，离不开完整的艺术意象和具体的感性材料。我们通过俄国文艺理论家杜勃罗留波夫所撰写的《黑暗的王国》中的一段名言，方可了解到形象思维运用感性材料的重要特点：

> 一个感受力比较敏锐的人，一个有"艺术学气质"的人，当他在周围的现实世界中，看到了某一事物的最初事实时，他就会发生强烈的感动。他虽然还没有能够解释这种事实的理论思考能力，可是他却看见了这里有一种值得注意的特别的东西。他就热心而好奇地注视着这个事实，把它摄取到自己的心灵中来。开头把它作为一个单独的形象，加以孕育，后来就使它和其他同类的事实与现象结合起来，而最后，终于创造了典型。这个典型就表现着艺术家以前观察到的，关于这一类事物所有个别现象的一切根本特征。①

形象思维的直感性也可以称为"直接感受性"，或"直觉性"，或"感性直观性"。往往表现在心理直觉高于生理直观，不仅包含直接的感受，即一种感性的观照和感受，而且包括理智对事物本质的觉察。此种心理中的综合的认识能力，相当于德国著名美学家黑格尔在《美学》中反复论述的"敏感"：

> "敏感"这个词是很奇妙的，它用作两种相反的意义。第一，它指直接感受的器官；第二，它也指意义、思想、事物的普遍性。所以，敏感一方面涉及存在的直接的外在的方面，另一方面也涉及存在的内在本质。充满敏感的观照并不能把这两方面分别开来，而是把对立的方面包括在一个方面里，在感性直接观照里同时了解到本质和概念。但是因为这种观照统摄这两方面的性质于尚未分裂的统一体，所以它还不能使概念作为概念而呈现于意识，只能

---

① （俄）杜勃罗留波夫．杜勃罗留波夫选集［M］．辛未艾，译．上海：上海译文出版社，1983.

产生一种概念的朦胧预感。①

黑格尔论"敏感"之观照,即直觉,是感觉与思考,感性与理性,形象与概念熔于一炉的特殊心理思维产物。显而易见,敏感或直觉有两种特殊功能,即对被反映事物外在特征的直接感受能力,以及对其内在本质的直接领悟能力。

直觉心理活动实际上普遍存在于文艺创作和科学创造活动之中。诸如著名物理学家爱因斯坦曾高度评价直觉所具有的创造功能:"真正可贵的因素是直觉,我相信直觉和灵感。"前苏联美学家尼季伏洛娃在《文艺创作心理学研究》一书中高度概括"直觉过程"的七大特性:

① 它们的直接性;

② 没有推论;

③ 不存在某种努力和困难,过程似乎是自己进行的;

④ 过程伴随着对直觉结果的正确性的坚信感;

⑤ 这一过程的理智性,它使直觉有别于冲动性行动;

⑥ 直觉过程同解决新任务的联系,这使它有别于习惯和熟练;

⑦ 快速性,在某些场合直觉过程进行的瞬间性,这种瞬间性在评价被感知的对象(如风格等)时特别引人注目。②

我们综合中外文学、艺术家的创作理论与实践,对于"直感性"或称形象思维运用感性材料的重要特点,可作如下三方面理解:

第一,灵感思维是用有特征的艺术细节进行思维。正如俄罗斯伟大诗人普希金所说:"好的细节,能使被忽略过去的琐事大放光芒。"苏联文豪高尔基也说:"当作家在任何一个人身上找到指出和强调谈话、手势、姿态、相貌、微笑、眼神等等独特的特点的时候,这些人物在他笔下就是活生生的。"③

在现实生活中,作家、诗人虽然对周围许多的人与事有时无法感动,视若罔闻,有时却被一件小事突然打动内心,即刻成为创作艺术形象的核心文字。人们经常碰到这样的现象:往往有具体感性的,有艺术表现力的极为特殊的富有特征

---

① (德)黑格尔. 美学[M]. 朱光潜,译. 北京:商务印书馆,1981.

② (苏)О. И. 尼季伏洛娃. 文艺创作心理学研究[M]. 上海市心理学会,编译. 上海:上海译文出版社,1981.

③ 引自:孙绍振. 文学创作论[M]. 海峡文艺出版社,2009.

的细节,则成为激发作家形象思维的珍贵材料。

第二,灵感思维实为运用艺术直觉进行思维。作家笔下的艺术直觉与科学直觉不尽相同,它有着文学家的特殊性,如"形象性"、"情感性"与"多样性"。人脑不同于动物的三、四级条件反射心理联系,而是打破了动物逐级联系的机械程序,建立起几十级的条件反射联系。经过社会实践的多次反复之后,人不必逐级分析、体验到物质的理性内容后,情感机构才开始工作,只需看见物质理性内容的系统信号(主要是抽象的语言信号),情感结构即可借助特殊的化学物质和神经通道越级启动。因而,凭借压缩了的情趣化的理性意象,人们只要感知到某一事物的熟悉形象,而不一定有意回忆一遍、或再一次直接体验其具体内涵,就能引起一种愉悦之情。这样,凭借其形象物就能引发愉悦之情,凭借情感倾向就能间接判断事物的普遍属性。艺术直觉是这样取得了与科学直觉不同的表现形式,即在丰富实践的基础上实现理性、形象性、情感性与下意识、非自觉性的辩证统一。

马克思曾发现与指出,当人的感觉通达时,方可"直接在其实践中成为理论家"。同时,人的感知活动总是在现有的"心理定势"基础上进行的。当人们在感知客观对象的时候,所获得的感觉内容是其昔日物质和文化生活所造成的全部心理功能,于精神追求、文化素养的指引下综合而得之文化产物。正如苏联著名作家阿·托尔斯泰所感悟:"我用我全部心理和生理的动作,用我的整个存在去对形象的综合与运动做出反应。"①

第三,灵感思维是手、脑并用的实践性思维。文艺创作是人的创造性的实践活动,艺术构思的整个过程都是在艺术实践中进行的。艺术创作中的思维活动,不是纯粹认识性的思维活动,而是一种实践性的思维活动。艺术家对特征性细节、感性材料的发现和感觉都是在实践中完成的。诸如雕塑家的艺术创作和形象思维是在总体构思基础上,一边观察感觉,一边在动手"雕"和"塑"的实践中完成。舞蹈家的构思是在不断变换、感受各种姿势动作中完成。文学创作也是作家在设计、体验和修改动作的过程中,手脑并用"塑造"出各种形象的,是边"思"、边"做"、边"改"、边"创造"的。著名作家王蒙在《漫谈小说创作》中论及人物形象时披露:"我认为写作的时候,不但要求助于自己的头脑,而且要求助于自己的心灵,求助于自己的皮肤、眼睛、耳朵、鼻子、舌头和每一根末梢神经。"②

---

① 引自:张佩文. 阿·托尔斯泰[M]. 北京:人民文学出版社,2010.

② 王蒙. 漫谈小说创作[M]. 上海:上海文艺出版社,1983.

谈及作家、诗人的艺术直觉与灵感,我们可以借用俄罗斯著名诗人普希金的一句名言来描述:"灵感冲动的一刹那,我那流传百世的作品便挥笔而就。"我国文学家、诗人、历史学家郭沫若在创作《地球,我的母亲》与《凤凰涅槃》等知名诗作时,同样经历了艺术灵感对自身感官的强烈的刺激:

　　《地球,我的母亲》是民八学校刚好放了年假的时候做的。那天上半天跑到福冈图书馆去看书,突然受到了诗兴的袭击,便出了馆,在馆后僻静的石子路上,把"下驮"(日本的木屐)脱了,赤着脚踱来踱去,时而又率性倒在路上睡着,想真切地和"地球母亲"亲昵,去感触她的皮肤,受她的拥抱。在那样的状态中感受着诗的激荡、鼓舞,终于见到了它的完成。便连忙跑回寓所把它写在纸上,自己觉得就好像真是新生了一样。

　　《凤凰涅槃》那首长诗是在一天之中分成两个时期写出来的。上半天在学校的课堂里听讲的时候,突然有诗意袭来,便在抄本上东鳞西爪地写出那首诗的前半;在晚上行将就寝的时候,诗的后半的意趣又袭来了,伏在枕上用铅笔只是火速地写,全身都有点作寒、作冷,连牙关都在打战。就那样把那首奇怪的诗也写了出来。①

再如俄国著名作家果戈理在创作《剃掉的一撇胡须》之时,这样描绘艺术灵感出现后动人心魄的情形:"我感到我脑子里的思想像一窝受惊的蜜蜂似的蠕动起来;我的想象力越来越敏锐。噢,这是多么快乐呀,要是你能知道就好了! 最近一个时期,我懒洋洋地保存在脑子里的,连想都不敢想写的题材,忽然如此宏伟地展现在我的眼前,使我全身都感到一种甜蜜的战栗。于是我忘掉一切,突然进入我久违的那个世界。"②由此可知,艺术想象、艺术情感、艺术直感与灵感思维确实是文学、艺术家形象思维最重要的精神催化剂!

第二节　心理的综合与文艺思维

全面、系统论证人的心理思维类型与形式,除了上述形象思维、抽象思维、意象

---

① 郭沫若. 凤凰涅槃:郭沫若诗文经典[M]. 南昌:二十一世纪出版社,2014.
② (俄)果戈理. 果戈理中短篇小说集[M]. 刘淑梅,译,哈尔滨:北方文艺出版社,2012.

思维、直觉思维、灵感思维等之外,从各个角度与层面上审视,还有其他各种称谓与形形色色的思维形式,诸如:"平面思维"、"立体思维"、"内向性思维"、"聚合性思维"、"扩散性思维"、"求异思维"、"逆向思维"、"统摄思维"、"情感思维"、"神话思维"、"无声思维",等等,有些如前所述,有些尚待我们进一步归纳与整合,继续深入认知与论证。

上述各种思维形式,合而为一则可显现其心理思维的综合特征。对于思维方式,在中西文化系统比较中有所差异,近代以来,国内外学术界对此从不同的角度进行过反复讨论。

除此之外,人脑思维模式亦有动作思维、艺术思维、语言思维、直观思维、定性思维、定量思维、顿悟式思维、归纳思维、演绎思维、价值思维、操作思维,等等。另外,还有:古人思维、今人思维、中国人思维、外国人思维、儿童思维、青少年思维、中老年人思维、科学家思维、企业家思维、文人思维,等等。再有:批判思维、求证思维、递进思维、想象思维、推理思维、对比思维、交叉思维、转化思维、跳跃思维、渗透思维、统摄思维、幻想思维、平行思维、行为思维、具象思维、上升性思维、求解性思维、决断性思维、机械式思维、理解式思维、启发式思维,等等,真是林林总总,五花八门,不一而足。

我们在从事心理思维研究与文学创作,及其理论研究时,应该充分了解与研究其特质,并根据需要予以全面的科学的分解与整合。

图20　文学大师易卜生

众所周知,人的思维过程即指分析与综合,分类与比较,归纳与演绎,抽象与概括的心理运用程序。"分析"是在思维中把对象分解为各个部分或因素,并分别加以考察的逻辑方法。"综合"是在思维中把对象的各个部分或因素整合成为一个统一体加以考察的逻辑方法。

"分类与比较",即根据事物的共同性与差异性把事物分类,将具有相同属性的事物归入一类,具有不同属性的事物归入不同的一类。"思维比较"则是比较两类或两种思维的共同点和差异点。通过比较研究方可更好地认识文艺思维学本质。分类是比较的后继过程,重要的是分类标准的选择,导致对更为重要的文艺规律的发现与使用。

思维学中的"归纳"是从个别性的前提,推导出一般性的结论,其前提与结论之间的联系是有或然性的。抽象与概括分析与综合一样,是相互联系不可分割的。"演绎"是从一般性的前提推理得出个别性的结论,前提与结论之间的联系是有必然性的。"抽象"是运用思维的力量,从研究对象中抽取其本质的属性,抛开其他非本质的东西。"概括"是在思维中从事物单独对象属性,推广到整体属性的思维方法。

随着国内外心理学研究的不断深入,为文艺思维学领域研究创造力问题的解决提供了充分的条件。许多富于创造力的理论假设是由涉及发散思维、知觉、问题表征、顿悟能力、智力、知识、思维风格、个性、动机和环境等多种成分所构成。创造力的核心是"创造性思维",是发散性思维与集中思维的统一,通常更多地表现在思维的发散性上。产生合理的方案离不开有重要意义、有各种创造性思维的方法,如"横向思维"、"逆向思维"、"多路思维"、"创造性思维",等等。

对上述诸种思维形式进行更加深入的研究,事无巨细,还须对更加具体思辨性较强的理论概念作以必要的简述,除了前章所列举的14种基本思维模式之外,下述还有诸如"平面思维"、"立体思维"、"内向性思维"、"聚合性思维"、"扩散性思维"、"求异思维"、"逆向思维"、"统摄思维"等八种特殊思维模式,需要对其进一步认识与剖析:

1. "平面思维",又称"二维思维",是指对事物的某一层次进行思考,从而达到认识其性质的思维方式。它是只沿着某一方向或某一线索进行认识的线式思维,在同一平面的纵、横两个方向展开的结果。强调在对立的两方面集中思维,讲究横向比较与平行比较,如对"一方面,另一方面"的罗列,它可以达到认识某一方面的相对全面性。但因囿于某个平面中的一面,而不是反映对象整体性的全面,因而最终仍带有片面性。平面思维又称"何莫斯巴梯亚思维"①。文学艺术创作中对人的研究和表现，如果只从生理学的层次进行，只能说明人在某一方面、某一层次的特征，从而简化了人的心理思维丰富性。

2."立体思维"，又称"雅努西亚式思维"②，即"两面神思维"，或称"空间思维"。它是指和周围事物关系的立体的思维形式，倡导对于认识对象从多角度、多方位、多层次、多手段体察与研究，力图真实地反映对象整体。后人以雅努西亚借指此种整体性思维形式。这是一种纵横统一，多元把握，全方位反映事物的思维方式，它强调系统整体性和系统动态性。因其强调克服片面性和主张多元化思考，可视作一种较理想的思维方式。它以大量知识积累为基础，并创造性地使看似不相关联的知识，通过多维思考联系起来，并在某种突发启示下产生整合，从而形成一个新的知识系统。立体思维是给人以亲临其境、亲感其境、亲见其境的感觉。文艺作品要引人入胜，必须塑造出全面、深刻的立体化世界图像；音乐要使人陶醉其中，就要有丰富的旋律和动感；绘画艺术中深浅不同的色彩、远近相异的层次，浓淡相间的笔墨，都有多角度、多层次、多方位的立体思维特征。

3."内向性思维"，指一种导向内心世界的思维方式，亦称为"我向性思维"，或"孤独性思维"。持有这种思维方式的人往往对外部世界缺乏兴趣，对周围发生的事件不闻不问，与他人很少交往，以免受到来自外部世界的强烈刺激。从性格上看，内向性思维者多属于"内倾型"的极端形式。他们与外部世界相疏离，与周围环境及他人之间缺乏有机的联系，眼光导向内心，沉湎于自己的内心世界。内向性思维以其自身独有的感性思维方式来思考世界，其思维方式与正常的理性思维迥然相异。内向性思维具有显著的情绪性、内在定向性、孤独性和私有性，这类特性来源于思维者关注的自我心理。

内向性思维者唯一感兴趣的是自我内心世界，外部世界只是他们内心情绪、欲望的对象。他们喜欢依照自己的情绪、意向去感受内部世界发生的事件，去体验内部世界发生的变化，并用自己创造的象征形式对内部世界进行解构与重构。由于其思维具有强烈的个性化色彩，所以对其本人具有特殊意义和亲切感。在常人看来，依据理性思维的标准，内向性思维缺乏合乎逻辑的思维规律，其前提有所缺陷，因而这种思维经常是古怪而令人费解的。内向性思维有异于常态的理性思

---

① "何莫斯巴梯亚"为希腊罗马神话中人物，亦称"一面神"。

② "雅努西亚"传说为罗马神话中的双面神，他有两张脸，一张面向过去，一张面向未来。

维,其逻辑起点往往是某种情感焦点,其思维过程不是一种逻辑推论过程,而是一种象征性的思维过程,即将普通、具体的概念赋予情绪化的象征意义。在形象概念与抽象概念之间,加入象征性的意义联系,使之统一合成抽象的内感和具体的普遍性观念。这对文学、艺术创作来说,是不可缺失的,往往具有独特的文艺思维学指导意义。

4. "聚合性思维",又称"求同思维"、"集中思维"、"辐合思维"等,与"发散性思维"相对应,是指思维者聚集与问题有关的信息,进行重新组织和推理,从而得出正确解决问题方案的一种思维方式。例如,作家、艺术家的文艺作品从诸多生活原型中概括出某一人物形象,理论工作者依据大量资料归纳出一种学术结论。聚合性思维的主要作用是求同,适用于问题解决只有一个正确的答案,或一个最好的解决方案。聚合性思维与发散性思维都是创造性思维的重要组成部分。对于文艺创作活动来说,这两种思维形式相辅相成,缺一不可。

5. "扩散性思维",又称"发散思维"或"辐射思维",是指思维者根据问题提供的信息,从不同角度、不同方向进行思考,力求获得多种答案的一种思维方式,它与聚合性思维相对应。例如,人们在学习中的一题多解,发明创造中尽可能形成更多的方案设想,对艺术主题的多向度、多层面领会。扩散性思维的主要作用是求异和创新,适用于问题存在多种答案的可能性,心理测验中的创造能力测试,所衡量的主要是扩散性思维发展的水平和状况。扩散性思维在文学艺术创造活动中具有重要作用,但不能把扩散性思维同聚合性思维截然对立。创造性思维往往需要二者的有机结合。

6. "求异思维",指从已知的信息中派生出多种不同方向探索,推测、想象、假设与构思,然后产生出不同于传统思路的思维形式。求异思维表现在艺术构思中,倡导脱离常规的独特想象,如黑格尔所说:"把彼此各自独立的事物结合成为错综复杂的意象"。求异思维对文艺创作来说极为重要,因为艺术的生命在于独创,独创就要借助于求异思维。求异思维是独创的心理前提,求异思维可以贯穿于艺术创作的全过程,体现在艺术构成的各个方面。文艺创作中缺乏求异思维会导致作品类型化、雷同化、抽象化与概念化。

7. "逆向思维",指从问题的目标状态出发的初始逆推,从逐渐探索解决问题的各种先行步骤,一直追溯到问题起始的一种思维方式。在思维心理学过程中,文学、艺术家采用的特殊思维形式亦包括逆向思维,特别是在对传统主题、人物原型进行改造、逆变的时候,这种思维方式常常会导致出奇不意、料想不到的新意。

8.“统摄思维”,指在思维中从整体上对对象的混沌、模糊的把握。在科学研究与探索中,统摄思维通过概括手段推论各个环节的过程,用一个概念取代若干概念的过程。如“力”的概念包括:“运动”、“相互作用”、“转移”、“主动”等概念,因此可以说“力”是个概括力很强的符号。在文学艺术创造中,统摄思维则是对于创作活动的一种宏观概括。如著名剧作家曹禺在创作《雷雨》时,最初充盈于他心中的是一种复杂而又难以言喻的情绪。此种情绪实际上是在潜意识层次对剧作创作活动一种不自觉的宏观概括。

统摄思维潜意识中的宏观概括一般有两个特点:第一主要是情绪上的同时又是模糊不清的影像;第二是在朦胧形式中蕴含的纵横交错、难以言喻的复杂内涵。感性显意识的宏观概括,是以感性形式对未来作品做整体上的概括,其中可以分为:形象、情感、语言、格调、节奏、意境等多种文化概括。对文艺作品整体的形象概括,可以是贯穿性的人物、画面和细节,也可以是模糊、朦胧的影像,甚至是一种带有哲理意味的心理感受。统摄思维在艺术创造中的作用、目的并不在于穷尽故事和人物形象的全部内涵,而在于把握文艺作品的重点和核心。

基于上述高层次的思维模式与相关文体思维,文艺理论家对于文学、艺术文体的理性思考,自然更加深入与全面。文艺思维虽然主要来自形象思维、灵感思维、抽象思维,有时还来自其他类型的思维模式,经常为综合性或模糊性思维形式所影响。在具体文艺创作思维模式之中,对于所属的诗歌、散文、小说、戏剧、曲艺、影视等文体思维进一步分析研究,会有助于我们对传统文化、文学、艺术思维的理性认识。

文艺思维学之文学思维学,如同探究文学本体一样,需要对文学史,文学家与创作,文学理论,文学比较四个方面进行全面、系统、科学的探索。另外还要对与文学有关联的文化学、心理学、美学、思维学、符号学等进行综合性研究。

文艺形式的主要对象——“文学”可分为“散文文学”与“韵文文学”,或分为诗歌、散文、小说、戏剧、曲艺、影视文学,等等。文学思维学分支学科与此相对应,亦有诗歌、散文、小说、戏剧、曲艺、影视等文学思维研究,或称诗歌思维学、散文思维学、小说思维学、戏剧思维学、曲艺思维学、影视文学思维学等。对其各分支学科主要可从如下四个类型论述:

1. 关于诗歌思维。畅广元教授撰文认为,作为研究诗歌的心理学诸因素的“诗歌心理学”共有“两个分支:“诗歌创作心理学”与“诗歌品鉴心理学”。诗歌创作心理学研究诗人对生活进行诗化的心理活动,包括"诗意感知、诗境建构和诗美传达"。关于诗人艺术发现的心理因素,诗人审美选择的心理机制,诗人的情感表象与诗境建构,诗的情感基调与诗境的构成,诗的外在结构与诗人诗美传达的欲求,诗的语言与诗人的情感活动方式,以及诗人的审美心理结构,诗人的艺术思维特征等。他认为:"诗人的艺术气质,诗人的艺术人格,诗人的心理机能与无意识在诗创作过程中的凝聚与宣泄等问题,均是诗创作心理学的基本研究内容"。这些形式和内容也同样是诗歌文学创作思维学的基本研究内容。畅广元梳理了我国诗歌心理学研究历程之后,特别强调:

> 由于文艺心理学主要以人文心理学,而不是科学心理学作为学科知识基础的,所以体悟和理解较之实证显得更为重要。作为文艺心理学一支的诗歌心理学的研究,在方法论上,应该更好的把总的综合原则与对对象的比较逼近的实际体悟和理解融合起来,这样将有助于提出具有较高科学性的理论与假说。①

如果将其文艺理论与相关优秀文学作品作对应,俄国诗人普希金的诗歌充分显示了文体思维的独特之处,以及诗人灵感思维的艺术魅力。如他的诗作《1833·秋》中动人心扉地抒写:

> 在甜蜜的宁静中,
> 我的幻想使我痴如梦,
> 于是,诗兴在我的心中苏醒;
> 内心里洋溢着滚滚的激情,
> 它颤栗、呼唤、寻求、梦魂中,
> 想要自由自在地倾泻干净;
> 这时一群无形之客向我走来,
> 似曾相识,都是我幻想的成品。

傅正谷编著《外国名家谈梦汇释》一书,对此首名诗产生时的奇思妙想如此评述:"普希金论诗歌创作,则十分重视灵感的作用。他曾不止一次地说过,'诗歌和

---

① 鲁枢元,童庆炳,程克夷,张皓主编. 文艺心理学大辞典[M]. 武汉:湖北人民出版社,2001.

几何学一样,是需要灵感的。''灵感是一种易于感受印象和理解概念,因而易于阐述这些概念的一种心灵状态。几何学和诗歌一样需要灵感。'他说自己是'写诗出于灵感,不是为了酬金',是'用一只漫不经心的手,拨弄着充满灵感的七弦琴'在歌唱。在不少诗歌中,他更是以诗一般的语言,生动地描绘出他在灵感的作用下进行创作的过程。比如在这首题为'秋'的诗歌中,他就描绘了灵感来时,也就是诗兴突发时那种'如痴如梦'的忘我的、狂迷的状态。"①

于 1988 年,海峡隔断四十年后有所转机,著名诗词作家乔羽创作过一首堪成艺术精品的抒情歌词《思念》。当时由著名作曲家谷建芬谱曲,著名歌手毛阿敏首唱。一时轰动了大陆与台湾,让世界华人大为感动。此首优美动情歌词如此倾诉:

> 你从哪里来,我的朋友,好像一只蝴蝶飞进我的窗口。不知能作几日停留,我们已经分别得太久太久。

> 你从哪里来,我的朋友,好像一只蝴蝶飞进我的窗口。为何一去便无消息,只把思念积压在我的心头。

> 你从哪里来,我的朋友,好像一只蝴蝶飞进我的窗口。难道又要匆匆离去,又把聚会当作一次分手。

魏德泮著《乔羽论》一书,对这首颇有朦胧艺术思维情调的歌曲倍加赞赏:"此作品读起来十分明朗、直白,但写得非常有感情,她是内心深处非常深沉的一种感觉。用极为明白的语言写出来,似对昔日恋人的思恋,又像历经岁月沧桑后对久别友人的倾述,表达出微微的失意和淡淡的惆怅。唱后这种情绪仍久久萦怀,挥之不去。有人说,这首词从'见面'到'叙旧'、到'分手',能成为一个故事、一部戏,给听众留下许多联想的空间,尤其是'蝴蝶'这个美丽而飘逸的意象更耐人寻味。特别令人思索不尽的是,乔羽在旧金山'硅谷'与中国科学家见面时,许多人问他'歌词中"蝴蝶"是指谁呀?'乔羽说:'那不是说"好像一只蝴蝶"吗?'他们又紧追不舍地问:'谁好像一只蝴蝶呀?'乔羽只得说:'每个人心中都有一只蝴蝶,我不过是说出了你们心中的秘密而已。'"为此,评传作者大为赞叹:"难怪有人说,《思念》是中国朦胧诗中最好的一首!"②

---

① 傅正谷. 外国名家谈梦汇释[M]. 天津:天津社会科学出版社,1991.
② 魏德泮. 乔羽论[M]. 北京:作家出版社,2006.

对于诗歌会产生无穷艺术魅力之原因,我国现代诗开创者郭沫若曾明确指出:"诗是强烈的情感之录音。"著名诗人艾青在《诗论》一书中,对诗歌思维与创作有着更为精辟的学术见解:

> 诗是人类向未来所寄发的信息;
>
> 诗给人类以朝向理想的勇气。
>
> 诗的旋律,就是生活的旋律;
>
> 诗的音节,就是生活的拍节。
>
> 一首诗必须具有一种造型美;
>
> 一首诗是一个心灵的活的雕塑。
>
> 诗是语言的艺术;
>
> 语言是诗的原素。
>
> 诗是艺术的语言——
>
> 最高的语言,最纯粹的语言。①

古往今来,诗歌确实是世界各国人民喜闻乐见的文体形式,是社会最为普及的大众文学品种。传统诗歌分为"叙事诗"、"抒情诗"、"格律诗"、"自由诗",等等。诗歌是一种语词凝练,结构跳跃,富有节奏和韵律,高度集中地反映生活和表达思想感情的文学体裁。诗与歌相融合,更使得人们雅俗共赏,老幼咸宜。诗歌能诵、能吟、能念、能唱,又能表演,若配置五彩缤纷的屏幕艺术与画面显现,则更加生动感人。诗歌创作追求文辞的跳跃性与音乐性。诗歌的凝练性体现在用高度概括的艺术形象,精练的文字语言,集中地反映社会生活和表达人的丰富思想情感。

2. 关于散文思维。我们可以赏读范培松著《散文天地》一书中的一段精彩论述,他认为:散文思维活动经常"出现在作家情感最充沛的时候",如20世纪六十年代初期,"巴金写了一篇怀人之散文《我们永远站在一起》,文章写得真挚感人,叶圣陶誉之为'给怀人之作开辟了新的境界'。这篇散文创作成功的秘密在哪里?巴金郑重其事地说:'我只是在思念最深的时刻写下一点怀友的感情。'……巴金这句话就引起了叶圣陶的强烈共鸣。叶圣陶大声疾呼:'思念最深的时刻'七个字,大可注意!"此书作者精辟地描绘了散文思维之神韵:"这时刻,那些无关紧要的东西消散了,隐没了,涌现在心头的,尽是些最为精要的活灵活现的东西,把它

---

① 于依选编. 艾青诗文名篇[M]. 长春:时代文艺出版社,2003.

写下来,当然扎实,当然深至。这进一步揭开了良好创作情绪是散文创作成功的秘密。"①另外,范培松在《散文天地》中还率性地对"直抒胸臆"之"抒情散文"进行细致入微的表述:

> 直抒胸臆的抒情散文,是直接倾吐自己的情感。它既不需要选择某个客观对象来抒情;也不严格按照事物发展先后次序进行抒情,常常一下笔就让情从自己的喉咙里冲出来,感情骤起,一泻千里。我们可把这种构思法称为"爆发式"。它很像非洲人击鼓。据说,非洲人击鼓巨鸣之前,没有一段轻弱的前奏,也没有什么提示性的微小动作,一切是安静的。只是在刹那之间,突然一阵震耳欲聋的巨响,像炸雷在人们头顶上炸开,巨大的声浪在百分之一秒时间里同时灌入听众双耳。直抒胸臆的抒情散文和此极为相似,文章一开始,就激昂慷慨,嗓门拉得很高,发自内心呼喊、抒发。韩愈的《祭十二郎文》,朱自清的《给亡妇》均属这种爆发式的构思法。

3. 关于小说思维。我们可参阅文艺评论家、翻译家李健吾撰写的《福楼拜评传》一书的高深理论见解。他在此书中对法国一些著名小说家进行比较后,所得的结论如下所述:"司汤达深刻,巴尔扎克伟大,但是福楼拜,完美。"那是因为"福楼拜博学,多思,善于思维。"据有关文字记载,1872 年 7 月 12 日,福楼拜给女作家乔治·桑写信求助:"我想开始写一部书,事前必须用好些月,念好些书。然而我不愿意毁家买书,不知道你在巴黎认识哪家书店,能否借给我所需要的书籍?"他同时在给翟乃蒂夫人的一封信中写道:"要写这部书,我必须读许多我不知道的东西:化学、医学、农学。如今我正读医书。然而只有傻子,只有疯子,想写这样一部书! 活该,听天由命好了!"他在此信中透露,为了写好《包法利夫人》这部长篇小说:"我笔记的卷宗有八寸之高。"1852 年 3 月,福楼拜在给高莱女士的一封信中如此动情的写道:

> 如今我连颈项都沉湎在少女的梦里……整整十五年以来,我和驴一样地工作着。我这一生就像顽石似的过着,我把握的热情全关在笼子里面。除非为了解闷,有时我走去瞻望、瞻望。噢! 只要写成一部美丽的作品,我这一生也不算白活!②

---

①　范培松. 散文天地[M]. 广州:花城出版社,1984.
②　李健吾. 福楼拜评传[M]. 长沙:湖南人民出版社,1980.

在小说创作的综合性思维与心理通感方面,我们可欣赏中国古代文人刘鹗的代表性小说《老残游记》第二回,其中一段出神入化的文字描写:"王小玉便启朱唇,发皓齿,唱了几句书儿,声韵初不甚大,只觉入耳有说不出来的妙境;五脏六腑里,像熨过,无一处不伏贴;三万六千个毛孔,像吃了人参果,无一个毛孔不畅快。唱了十数句之后,渐渐越唱越高,忽然拔了一个尖儿,像一线钢丝抛入天际,不禁暗暗叫绝。哪知那极高的地方,尚能回环转折;几啭之后,又高一层,接连有三四叠,节节高起,恍如傲来峰西面,攀登泰山的景象:初看傲来峰削壁千仞,以为上与天通;乃至翻到傲来峰顶,才见扇子崖更在傲来峰上,乃至翻到扇子崖,又见南天门更在扇子崖上,愈翻愈险,愈险愈奇。那王小玉唱到极高的三、四叠后,陡然一落,又极力骋其千回百折的精神,如一条飞蛇在黄山三十峰半中腰里盘旋穿插,顷刻之间,周匝数遍。从此以后,愈唱愈低,愈低愈细,那声音渐渐的就听不见了。满园子的人,都屏气凝神,不敢少动。约有两三分钟之久,仿佛有一点声音从地底下发出,这一出之后,忽又扬起。像放那东洋烟火,一个弹子上天,遂化作千万道五色火光,纵横散乱。这一声飞起,即有无限声音俱来并发。那弹弦子的亦全用轮指,忽大忽小,同她那声音相和相合,有如花坞春晓,好鸟乱鸣。耳朵忙不过来,不晓得听哪一声为是。正在撩乱之际,忽听霍然一声,人弦俱寂。这时台下叫好之声,轰然雷动。"

王炳社著《艺术思维学》一书,在其中他特别欣赏此段有声有色的文学描绘,并对此高度赞赏:"这是写王小玉说书,作者采用通感思维,极写声音变化之妙。从有形之视觉来写无形之听觉,达到了以目代耳,以具体形状来描绘飘忽的声音之目的。"①

4. 关于戏剧文学思维。我们可参阅德国著名诗人、戏剧家席勒在1781年复活节时为名剧《强盗与爱情》撰写的"序言":"这个剧本,读者只可以把它当作一种利用了戏剧手法的特点,来抓住人类心灵作用最深处的戏剧性的故事;它并没有有意遵循舞台剧本上的限制,也没有对渺茫的演出的成功有所希冀。我相信,在三个钟点内要把三个突出的人物巨细无遗地表演出来,而这三个突出的人物的活动,又是千丝万缕地互相依存着的,那根本是一种荒谬的主观妄想。同时,我也相信,这三个突出的人物,只许在24个钟点内加以尽情表露。

① 王炳社. 艺术思维学[M]. 北京:国际文化出版公司,2003.

那么从事情的性质本身看来，即使对于最敏锐的心理观察家，也是不可能的。现实的错综复杂就是如此，所以我万万不能把现实生硬地填入亚里士多德那种狭窄的框子里去。"①

英国著名剧作家莎士比亚在《仲夏夜之梦》第五幕第一场中，凭借主人公之口道出了文学艺术家神奇的"思维想象"成功奥秘之所在：

> 疯子、情人和诗人都是满脑子结结实实的想象。疯子看见的魔鬼，比广大的地狱里所能容纳的还多。情人和疯子一样癫狂，他从一个埃及人的脸上会看到海伦的美。诗人转动着眼睛，眼睛里带着精妙的疯狂，从天上看到地下，从地下看到天上。他的想象为从来没人知道的东西构成形体，他笔下又描绘出它们的状貌，使虚无缥缈的东西有了确切的寄寓和名目。②

在我国，绝妙的文艺思维、精彩的传奇故事亦体现在哲人、诗人、艺术家对文艺作品的相互比较鉴赏过程之中，如周恩来总理在一次国际事务活动中。所抛出的一席妙言警句，堪称典型的"戏剧思维"范例。

那是在1954年，中国代表团在参加日内瓦国际会议期间，周总理曾指示手下工作人员，为外国客人放映一部新出品的越剧电影艺术片《梁山伯与祝英台》，并要求撰写和递交一份此部剧作的中英文说明书。没想到工作人员未领会其用意，而南辕北辙。待总理看到的是长达十五页的官样文字时，即善意地批评："真是不看对象，对牛弹琴！"撰文者有些不服气地解释："给洋人看这种电影，那才是对牛弹琴呢！"周恩来幽默地点拨道："那就要看你怎么个弹法了。你要用十几页的说明书去弹，那就是乱弹。"撰文者犯了傻，忙询问："那到底该怎么办呢"。周总理笑了笑，然后睿智地提议："我给你换个弹法吧，你只要在请柬上写一句话：'请您欣赏一部彩色歌剧电影——中国的《罗密欧与朱丽叶》'，就行了。"工作人员听了这一席话，倾刻茅塞顿开，对周总理的超凡绝俗的文艺思维能力佩服得五体投地。

---

① （德）席勒．席勒文集［M］．钱春绮，朱雁冰，译．北京：人民文学出版社，2005.
② 武汉大学中文系文艺理论研究室编．外国作家谈创作经验［M］．武汉：武汉大学出版社，1979.

思考题：

1. 什么是灵感？它有哪些特点？

2. 什么是直觉思维？它与灵感思维的区别是什么？

3. 灵感思维的特征有哪些？

4. 什么是文体思维？它与灵感思维有着怎样的关系？

第九章

文学结构与思维语言

人类历史事实证明,文学、艺术思维不是空泛无形的,而是有据可循的。如前文所述,"思维"是有逻辑性的、有结构性的,是可以通过抽象理性的科研手段找到其客观规律的。我们从《辞海》上查询,思维之"逻辑"是英语 logic 一词的音译,由此引申,逻辑系指思维的规律,亦可指"客观规律性"。在心理思维学基础上所形成的逻辑学,即研究思维形式、结构和规律的科学。

思维之"结构",指人的思维各个部分的配合与组成形式。结构之"结"原指结构之物,即用线绳等实物打结或编织。据《道德经》云:"善结无绳约而不可解。"后来,"结构"之词,由"线结"过渡至构造房屋。唐代诗人杜甫《同李太守登历下古城员外新亭》诗云:"新亭结构罢,隐见清湖阴。"再有通过王延寿《鲁灵光殿赋》云:"详察其栋宇,观其结构",我们进一步得知"结构"本义为"屋宇构造的式样",指根据设计好的式样来构造屋宇。另如人们常说的"结构文章"、"结构房屋"与"结构工程"、"结构思维",均为动词形式,亦称显型与动态型思维形式。还有人们常说的"文章结构"、"思想结构"、"房屋结构"、"工程结构"等,则为名词形式,亦称隐型与静型思维结构形式。

论及文学作品结构,指文学作品内部的组织构造和总体安排。不同的思维结构反映在文学创作与作品上,有着不同的结构内涵。结构体现在作品各个层次、各个局部关系之中。无论是从文学内部结构来看,还是从其外部结构来审视,均指文学叙事作品中人物配备所出现的顺序、位置,情节的处理、调度、环境的安排。抒情文学作品中意象关系的组织、节奏及其变化等等,都属于结构的内容。在思维结构学中,结构可划分为"静型结构"与"动型结构",或分为"横向结构"与"纵向结构",亦可分为"顺叙结构"与"倒叙结构",另外还可分为"综合结构"或"混合结构"、"纵横交错结构",等等。无论是哪种思维与文学结构,都要根据文学创作原则与文学作品的需求来设计。

第一节　静、动型文学思维结构

所谓"结构",在相关词典里解释为"各个组成部分的搭配和排列"。文学有着独特的叙述方法和总体结构形式。按结构的形式可分为文学的"外部结构"与"内部结构";按结构历史来分则有"传统式结构"与"非传统式结构",另外还有兼而有之的"综合性结构";其文学结构的具体形式与内容诸如下述:

1. 外部结构,指文学创作在外部的组织方式,即将文学形象结构起来的方法,是使其作品逐渐成形至最后完成步骤,其中包括如何处理部分与部分,部分与整体之间的分割与联系,次序与排列,以及开端、发展、高潮和结尾等基本结构要素,如比例安排,确定场面,段落划分与组合等。外部结构所形成的是以事件或情节发展为依据的结构方式。外部结构的主要任务是:按照一定的文艺规律与创作意图,从作品形式与内容,提供人物造型、动作、语言、时空环境等形象系统的蓝图。

2. 内部结构,指文学创作的内部构造方式。构成形象的各种要素的内在逻辑联系,是编织文学作品成形的前提性步骤,其中包括性格不同的人物之间的相互关系,人物、事件、环境之间的关系,以及由各种关系形成的艺术独特价值。内部结构的主要任务是:根据主题或创作意图处理作品的题材,促使文学思维合理设计、配置各种组成的相互关系,以利于构成未来完整的文学形象。

3. 传统式结构中的文学结构,包括小说式结构、散文式结构、诗歌式结构和戏剧式结构等文学结构形式。其中小说式结构的艺术特征、表现手法是以叙事描写人物思想感情细微变化为特点,不要求情节高度集中,而致力于各种场面的联系,在主要的情境和人物之外,也需要次要情节的穿插。"散文式结构"与散文样式有相似的结构特征,不太注重情节的完整性和因果关系,其总体构思是将若干事件连结在一起的段落所构成。此种文体灵活多变,取材自由,在松散之中蕴含着真挚、深沉的情感,具有其他类型结构形式无法代替的真情实感与艺术魅力。

4. 非传统式结构,亦被称为"时空交错式结构"。它与时空顺序式结构相对应,指打破现实时空的自然顺序,将不同时空场面按照一定艺术构思的逻辑交叉衔接与组合,以求组织与产生相应情节,推动文学作品的发展。这种结构在时空上往往大幅度地跳跃、颠倒,显示现在、过去以至未来。还有把回忆、联想、梦境、幻觉和现实组接在一起,形成独特的文学叙事格式。此种结构通过倒叙、插叙而扩大时空概念,以表现时间与空间的多层次与多侧面。结构方式的核心是片断交错的安排,借以推动结构的整体发展,对综横交错的片断进行必要的分切与组合。其内在结构联系,互相衔接。在此范围内,各个片断的因果逻辑关系愈直接、愈密切,其文学结构便愈有分量。

5. 在上述各种文学结构的基础之上,还有一种吸取各家之长的是"综合式结构"。它是在传统与现代文学之上,运用其他学科文体的叙事元素,逐渐形成抒情性与叙事性密切结合的文学结构类型,也可视为"时空顺序式结构"与"时空交错式结构"两者的相互融合,是通向新的文学结构的必经之路。在刻画人物性格、描绘事件、穿插场面上较为细腻、详尽,类似叙事性较强的总体文学。

前述结构既可做名词如"文学结构",也可做动词形式"结构文学"使用,如同美术造型中"位置经营"或"经营位置"或"建筑设计布局"。依照法国著名学者狄德尔的理论:"结构或布局就是按照戏剧体裁的规则而分布在剧中的一段令人惊奇的历史"。另如霍洛道夫所说:"文学创作所形成的建筑,需建筑得明智、合理、经济、引人、完整、统一"。总而言之,文学的结构是不可忽视的重要构成因素,一部文学作品的结构是否完美、和谐,是否富有创造性,是衡量文学家思维能力与艺术水平高低的重要标志。

古希腊思想家柏拉图在《文艺对话集》中认为:"每篇文章的结构应该像一个有生命的东西,有它所特有的那种身体,有头尾,有中段,有四肢,部分和部分,部分和全体,都要各得其所,完全调和。"①

著名古希腊哲学家亚里士多德在《诗学》中讨论文学情节结构时,曾对结构组织与整体形象予以科学阐发:

> 结构里面的事件要有紧密的组织,任何一部分一经挪动或删削,就会使整体松动脱节。要是某一部分可有可无,并不引起显著的差异,那就不是整体中的有机部分。②

正如柏拉图与亚里士多德相关理论指出的那样,文学思维与文学作品应当像有机的整体一样,各部分之间相互联系和影响,从而构成完美、和谐的整体。每一部分在整体中,都有其特定的结构位置和功能,不能随意移动、替代和增减。

---

① (古希腊)柏拉图. 文艺对话集[M]. 朱光潜,译. 北京:人民文学出版社,1997.
② (古希腊)亚里士多德. 诗学[M]. 陈中梅,译注. 北京:商务印书馆,1996.

　　优秀的文学作品是作家创造出来的一个完整的艺术世界,它有自己的生命和内在的统一性。每一个部分之所以不能随意更动,在于其作品为之服务的鲜活的生命,就像人的肢体作用于一个完整生命系统一样。文学思维与作品结构的有机统一性,要求通过生命各部分的关系相整合,为所描写的形式与内容创造出一种内在统一的物象,从而使作品中的文学世界获得充沛的艺术生命力。

　　亚里士多德在《诗学》中讨论"悲剧结构的完整性"时指出:"所谓完整,指事之有头,有身,有尾。所谓'头',指事之不必然上承他事,但自然引起他事发生者;所谓'尾',恰与此相反,指事之按照必然律或常规自然的上承某事者,但无他事继其后;所谓'身',指事之承前启后者。"由此可知,《诗学》可贵之处在于指出传统叙事结构有两个基本特点:一是结构的开端"不必然上承他事",就是说同作品之外的事物没有逻辑联系,这个起点是虚构的。二是指结构通过自身的逻辑发展而走向终结,不再继续发展。以"从前有一个……"开头,"从此以后他们过着幸福的生活"①为典型的叙述结束方式,遂即体现文学结构统一的完整性。

　　20 世纪中期,瑞士心理学家皮亚杰引发结构主义理论世界性研究思潮,他明确指出:"人文科学中最普遍的先锋运动倾向之一就是'结构主义',它正在取代'原子论'的观点和'整体论'的解释。"②事到如今,全球范围内,结构主义运动已形成一股巨大的学术洪流,广泛冲击着哲学、美学、心理学、人类学、结构学、社会学、文学等领域,同样也深刻地影响着文艺思维学的深入研究与发展。

　　依据皮亚杰对"结构"所下的定义,结构具有"整体性"、"转换性"和"自调性"等三大特性,即(1)"结构的整体性",亦指结构中每个成分的安排是有机的关系,而不是各自孤立的简单混合;(2)"动态场的转换性",是指结构并不是静止的,有一些内在的规律控制着结构的差异发展;(3)"结构的自调性",是指结构由于内在的规律而自行调整,结构中某一成分的改变必将引起相关成分的改变。

　　西方心理学界公认:索绪尔和雅各布森的语言学理论是"结构主义的基石"。结构主义思维逻辑模型建立在自然科学之数学的基础之上,它所涉及的不是个别的具体的内容,而是抽象的一般形式关系,及其综合与聚类的文化形态。此种抽象的心理或思维形式关系,深刻地反映了自然与社会现象的本质。

　　翻阅文化历史,中外作家、诗人依循文学作品的"结构"原则,一般要追求其完

---

① (古希腊)亚里士多德. 诗学[M]. 陈中梅,译注. 北京:商务印书馆,1996.
② (瑞士)皮亚杰. 皮亚杰教育论著选[M]. 卢濬选,译. 北京:人民教育出版社,1990.

整性,要有头、有身、有尾,有发生、发展、高潮与结尾,形成所谓"起、承、转、合"结构形式。在中国古代文艺理论之中,元代戏曲作家乔吉称之为"凤头、猪肚、豹尾"。依其观点模式:文章开头要美丽,中间要丰满,结尾要响亮,这可谓我国古人文艺思维结构与创作成功经验之得。

清初戏曲理论家李渔在《闲情偶寄》一书中将"结构"视为文学作品第一要素。他认为这是作家、诗人最基础、最重要的工作。李渔以诗文传奇为例,颇具匠心地指出:

> 填词首重音律,而予独先结构者,以音律有书可考,其理彰明较著。……至于"结构"二字,则在引商刻羽之先,拈韵抽毫之始。如造物之赋形:当其精血初凝,胞胎未就,先为制定全形,使点血而具五官百骸之势。倘先无成局,而由顶及踵,逐段滋生,则人之一身,当有无数断续之痕,而血气为之中阻矣。工师之建宅亦然。基址初平,间架未立,先筹何处建厅,何方开户,栋需何木,梁用何材;必俟成局了然,始可挥斤运斧。倘造成一架而后再筹一架,则便于前者,不便于后,势必改而就之,未成先毁,犹之筑舍道旁,兼数宅之匠资,不足供一厅一堂之用矣。故作传奇者,不宜卒急拈毫,袖手于前,始能疾书于后。①

李渔的"戏剧结构论",强调"胞胎未就,先为制定全形",认为没有全盘结构考虑,而"造成一架而后再筹一架"之做法为不可取之举。文学结构亦然,此为文学作品内容的组织、安排、构造,是作者思维结构之外化物。在进行文学创作的时候,作家、诗人总要根据文学主题表现,以及通过形象塑造的需要,把经过集中、概括、加工的生活材料加以匠心独运的裁剪安排,从而构成一部浑然一体、有机、完整的艺术作品。

我们在总结中外优秀作品成功的创作经验,发现在处理文学作品的结构之时,应该遵循如下四条基本原则:1. 结构要服从主题的需要;2. 结构要达到本身的完整周密;3. 结构要适应各种文学体裁的不同要求;4. 结构要照顾到本民族的艺术欣赏习惯。

文学结构要力求"完整、周密",这是文学逻辑思维形式中不可回避的重要原则。俄罗斯著名作家阿·托尔斯泰说过:"在真正的艺术作品——诗、戏剧、

---

① (清)李渔. 闲情偶寄[M]. 杜书瀛,注. 北京:中华书局,2007.

图画、歌曲、交响乐中，我们不可能从一个位置，抽出一句诗、一场戏、一个图形、一小节音乐，把它放在另一个位置上，而不致损害整部作品的意义。正像我们不可能从生物的某一部位取出一个器官来放在另一个部位，而不致于毁灭该生命的生命一样。"他还认为，"一部优秀文学作品就像有生命的人与物一样，不能任意调整与挪动其某个部分，有生命的结构是有生命的整体，是不可分割的生命组织部分。"文学作品有着本身的相对独立性与完整性，应该有张有弛，疏密得当，层次分明，前后呼应，富有整体感和系统性，特别是对大型文艺作品与长篇文学巨著创作尤为重要。

图21　凶神恶煞

　　与东方传统结构理论有所不同，西方结构主义尊重的是经验和实验所积累的客观事实。它以社会中人与人之间的关系，自然界相互作用的对象和产物、语言符号的编码，以及相对稳定的文化结构作为研究的基本要素，竭力排除人的主观性，强调艺术精密的结构与科学性，从而填补自然科学与人文科学研究，在方法论上的理论鸿沟。依照结构主义原理审视，人的心理思维结构可按其思维形态角度分类，可大致分为静止型与潜隐型，或动态型与显现型思维文学结构，我们亦可借用相应科学方法来探讨文学思维深层次的理论问题：

　　1."静、隐型思维"，指相对静止型与潜隐型思维，为人们所不易觉察的"不显山不露水"的心理思维存在形态。此种思维结构所存在的判断与推理，不在显现层面,不在动态性、滚动性的思维过程中,而是包含在意象结构的潜隐性、内在性之中。

如前所述,文学作品的结构是指文学作品内部的组织构造和总体安排的思维结构,及其反映在文学创作与作品上不同的结构内涵。其结构体现在文学作品的各个层次、各个局部的关系之中。从外部来看,叙事文学作品中人物呈现的顺序、位置、情节的处理调度,环境的安排,抒情作品意象的关系组织、节奏及其变化等等,均隶属于微观或内在的结构模式。

著名文学家茅盾在《谈〈水浒〉的人物结构》一文中,条分缕析地论证林冲形象塑造与故事内向型结构:

> 林冲故事,从狱庙烧香到水泊落草,一共有五回书,故事一开始就提出那个决定了林冲命运的问题,从此步步向顶点发展。但这根发展的线不是垂直的一味紧下去的,而是曲折的,一松一紧的。判决充军沧州,是整个故事中间的一个大段落,可不是顶点,顶点是上梁山,林冲故事也就于此结束。在这五回书中,行文方面,竭尽腾挪跌宕之能事,使读者忽而愤怒,忽而破涕为笑。刚刚代林冲高兴过,又马上为他担忧。甚至故事中的小插曲(如林冲路遇柴进及与洪教头比武)也不是平铺直叙的。①

《水浒》中的"林冲故事",此种有伏笔,有照应,时而泼墨如云,时而惜笔如金,穿插敷衍、浓淡相间的微观文学人物描写,以及内在文学结构,可谓小说作者深入思考、精心策划而形成的静、隐形结构之理想成果。

不同的文学体裁,如诗歌、小说、散文、戏剧等,有着各自不同的思维结构。同为诗歌结构也不尽相同,一般来说,抒情诗的结构大都服从于诗人情感的高低起伏,比较客观、单纯与率真,而叙事诗则复杂、精细、真实、理智与客观。至于古典诗词,如律诗、绝句、曲令、雅词等则有着较为规范与固定的文学结构与格式。再如,戏剧、戏曲、电影、电视剧本由于要供演出或拍摄、放映使用,故此,文学结构须考虑到舞台演出、拍摄与放映的某些技术上的特殊要求。戏剧由于场地和演出时间的限制,一般要求结构紧凑,矛盾冲突集中,而电影则要强调用特殊的"蒙太奇"镜头组接,往往把场景切割得很细微。不管各种文学形式采用何种结构,都是在追求文学作品内外形式与内容的高度和谐与统一。

---

① 茅盾. 谈《水浒》的人物结构[M].//茅盾. 茅盾评论文集. 北京:人民文学出版社,1978.

法国作家福楼拜的小说名作非常重视与讲究作品的艺术结构设置。他的短篇小说《纯朴的心》是一篇精心结构而成的优秀文学作品,描写了一位名叫费莉西戴的劳动妇女平凡而感人的一生。费莉西戴是一位泥水匠的女儿,从小失去父母,给一位农场主放牛,后来却遭诬陷,被赶出家门。她十八岁时,也做过爱情的美梦,但是被无耻的"情人"所抛弃。她痛哭了一整夜后,索性跑到一个偏僻地方,在欧斑太太家做了一位平平凡凡、辛辛苦苦、忙忙碌碌的厨师,以打发人生。虽然小说故事情节并不复杂,但其高超的文学结构与艺术技巧却征服了每一位读者。

2."动、显型思维",是相对于静、隐型思维的文学结构形式。此种动态型与显现型思维结构使人的思维外化,是由深层结构转化为表象结构的物化形态。我们从列夫·托尔斯泰对长篇小说《复活》的选题、构思、结构的设计与调整可知,此部优秀作品的典型人物形象是怎样从无到有、从模糊到清晰的文学思维与创作过程。

从有关资料可知,《复活》的人物故事的来源,以及最初的结构样式,来自一位俄国地方法院检察官柯尼所介绍的一桩诉讼案。此案例为俄国彼得堡一位贵妇人家佃户的女儿,父亲死后成为无依无靠的孤女。她十六岁时,被贵妇家一位年轻公子诱奸而怀孕,随后被赶出家门,因生活无着落而沦落为妓女。在此期间,她因偷拿了一位酒醉的嫖客的一百卢布而被判罪。恰巧原来推她下水的青年人是法院陪审员,他也出现在审判席上。见此窘况,年轻公子良心得以发现,声明要与她以结婚的方式来赎罪。

此现实案例故事遂促使列夫·托尔斯泰产生强烈的创作愿望。他在一封信中激动地写道:"那情景真是妙不可言!我真想写它,那可真好哇!"另外,他在1890年的日记中表述:"柯尼的故事的外在形式,我脑子里已经想清楚了。应当从开庭写起,这就便于暴露司法机关的伪善,以及表现他(小说主人公)的正义的要求。"另外,他还多次来到法庭旁听审判,并如此形象地描述道:"法庭,闷热,可耻的滑稽剧。我记下了对原型所需要的东西。"

根据各方面图文资料的搜集与思想上的权衡,列夫·托尔斯泰决定用纵式的文学结构、顺叙的方式,按照年代的次序恢复"它的原样",以"主人公口述"的形式书成写《复活》的文学草稿。他从聂赫留朵夫到达姑妈家依次写起,接着描述他如何诱奸玛丝洛娃,以及给这位无辜少女带来可悲的后果。后来又描写聂赫留朵夫的归来和他的悔恨,最后写到被传讯至法庭为止。可见,此种动、显型结构方式建立在原始的"柯尼的故事"的文学思维框架之上。

　　为了深化小说主题,展开、揭示社会矛盾,列夫·托尔斯泰对原型故事不满足,于1897年重新动手撰写《复活》,并在日记中记载新的文学构思与创作过程:"开始浏览《复活》,读到他(聂赫留朵夫)决定跟她结婚时,讨厌地扔掉稿本。一切都显得肮脏、杜撰、虚弱。已经糟蹋了,难以再修改。为了改正,必须要轮番描写她(玛丝洛娃)和他的情感与生活。要从正面严肃地写她,从反面嘲弄地写他。"复杂的心理思维与行动,促使列夫·托尔斯泰将作品的人物中心,完全转移到玛丝洛娃身上,集中描写她的悲惨经历,揭露上层官僚贵族、地主奢侈腐败的生活,以及形成对反动专制制度残酷统治的强烈控诉。他特地设计聂赫留朵夫为玛丝洛娃四处奔走,央求和她一起流放至西伯利亚,可是玛丝洛娃却拒绝了他,而与一位革命者结合与远行。此种文学结构大大深化了长篇小说主题思想与人物精神世界。

　　对于作家、诗人来说,结构文学作品确实有一个内在思维外化的神奇过程,需要通过反复思考、精心思维,而使文学意象中模糊不清的东西逐渐生动活泼起来,使孕育已久的人物形象"呼之欲出"而"栩栩如生"。此种创作过程正如别林斯基所描述的那样:"他还没有拿起笔来的时候,他已经清楚地看见他们(艺术形象),已经可以数清他们衣服上的褶襞,他们额上犁刻出来热情和痛苦的皱纹;已经熟悉他们,比熟悉你的父亲、兄弟、朋友、妹妹、爱人更清楚些。他也知道他们将说些什么、做些什么,清晰看见那些缠绕他们、维系他们的全部事件的线索。"

　　对于此种文学内部感觉幻化为外部的复杂感情,由意象"内视"渐变为"外化视听"形象的艺术创作过程,我们可从英国著名作家狄更斯创作的长篇小说《大卫·科波菲尔》的艺术构思与创作体会中深刻感知:

　　　　多年以后,我还时常梦见这场风暴,如此逼真,以至我从梦中惊醒,仿佛惊涛骇浪还在我这安静的斗室内震荡、喧嚣。……我要把目睹的一切如实地写在纸上。我并不在回忆,而是看到这景象,因为此刻它又在我眼前浮现了。①

　　说到文学思维最重要的特质与语言思维的强大功能,我们还可参阅日本文艺理论学家浜田正秀在《文艺学概论》的精彩论述:"人所发明的最了不起的工具是

---

① (英)狄更斯. 大卫·科波菲尔[M]. 宋兆霖,译. 南京:译林出版社,2004.

'语言'。语言是精神的工具、思考的武器。有了它,人的精神能力才得以飞越般的扩大。"同时他又指出:"语言与形象的关系,即语言是精神的主要武器,但另有一种叫做'形象'的精神武器……形象作为一种记忆积累起来,加以改造、加工、综合,使之有可能成为精神领域中的代理体验。"①然而,我们处于无数现实事物的包围之中,以正确的语言表述真实的事物往往无能为力。正如德国著名哲学家海德格尔所说:"事物的本质总是潜藏在表层深处。纷繁复杂的外界事物,往往以形象(心象、表象)的形式进入我们的精神世界之中,它不单单是视觉形象,而且有听觉形象和嗅觉形象、触觉形象……在这微弱形象之中却集中了精神的巨大能量,由此才能创造出鲜明、理想的艺术形象。"

著名学者、作家朱自清在散文佳作《歌声》之中,以他艺术家特有的敏锐感觉与微妙感应,将所倾听的"散曲清歌"融入令人陶醉、赏心悦目的文字之中:

　　昨晚中西音乐歌舞大会里"中西丝竹和唱"的三曲清歌,真令我神迷心醉了。

　　仿佛一个暮春的早晨,霏霏的毛雨,默然洒在我脸上,引起润泽,轻松的感觉。新鲜的微风吹动我的衣袂,像爱人的鼻息吹着我的手一样……

　　这是在花园里,鲜花都还做她们的清梦。那微雨偷偷洗去她们的尘垢,她们的甜软的光泽便自焕了……

　　涓涓的东风只吹来一缕缕饿了似的花香;夹带着些潮湿的草丛的气息和泥土的滋味。……这些虽非甜美,却能强烈地刺激我的鼻观,使我有愉快的倦怠之感。

　　看啊,那都是歌中所有的:我用耳,也用眼,鼻,舌,身,听着;也用心唱着。我终于被一种健康的麻痹袭取了。于是为歌所有。此后,只由歌独自唱着,听着;世界上便只有歌声了。②

由此可见,文学作品安排的内在或外在的思维结构形式是多种多样、千变万化的,往往"定体则无,大体须有",或"文无定法"。虽无固定的格式,可大致遵循一般的结构规律。在此大前提之下,思维结构基本的样式还有多种,诸如下述纵式或称"演进式";横式或称"并列式",以及"纵横交错式"思维结构,很值得我们

① 　(日)浜田正秀. 文艺学概论[M]. 北京:中国戏剧出版社,1985.
② 　朱自清. 歌声[M].//朱自清. 朱自清散文. 北京:人民文学出版社,2005.

进一步关注：

① 纵式结构,是以时间的推移(即按故事情节的自然发展)或作者认识的发展为顺序来安排文字材料。如古代章回小说《金玉奴棒打薄情郎》即按故事情节的自然发展安排结构,作品按照时间先后,安排了"莫稽入赘"、"乞丐闹宴"、"负心杀妻"后,继而又设计"棒打薄情郎",从而揭示其矛盾冲突,控诉了封建等级门第观念对妇女们的摧残。

② 横式结构,是以空间的转移或材料分类为称序来安排材料。如王愿坚的短篇小说《七根火柴》,集中描写了在一天之中发生的几个动人心扉的历史事件,生动感人地描写了红军长征过草地的艰苦环境,无名战士献出七根火柴的典型场景。完全是以特殊空间场景为中心、合理地安排了生动形象的文字材料。

③ 纵横交错式结构,经常采用"现实——回忆——现实"或"时间跳跃、地点跳跃、空间跳跃"等思维方式,纵横交错、合情合理地安排文字材料。如刘白羽的优秀散文《青春的闪光》,立足现实,放眼未来,在北京天安门黎明的霞光中,作者回忆过去、感受现实、纵横交叉,激情飞扬,亦有跳跃节奏感,可视为静、隐型与动、显型混合文学特殊的文学思维结构。

第二节　文学语言的思维外化

人类古老的人文学科"语言学",在历史上曾对哲学、心理学和相关学科产生过极大的影响。西方学者皮亚杰认为："语言学,无论就其理论结构而言,还是就其任务之确切性而言,都是在人文科学中最先进,而且对其他各种学科有重大作用的带头学科。"传统与先进的文学语言学在人的思维外化方面确实发挥着巨大的导引作用。

我们首先需搞清楚,到底什么是"语言"？据童庆炳主编的《文学概论》中指出："语言是人类所特有的社会交际工具,是一种表达观念的符号系统。"[①]若具体分析,语言实为一种语言、文字描述的心理——社会现象,为"由词的言、义按一元的语法构成的符号系统"。语言随着社会文化的产生而产生,随着社会文化的发展而发展,其语言结构是由语音系统和语义系统构成语言思维的统一体。

---

① 童庆炳主编. 文学概论[M]. 北京:北京大学出版社,2007.

　　论及语言与思维的关系,可参阅苏联哲学家、思想家斯大林在《马克思主义和语言学问题》中的一段至理名言:"语言是同思维直接联系的,它把人的思维活动的结果,认识活动的结果,用词和词组成的句子记载下来,巩固起来。这样就使人类社会中的思想交流成为可能。"①语言是人的思想的外化物,是人的思维的直接表现。语言是人类社会特有的一种信息系统,是人们用来进行社会交际和思维活动的有效工具。

　　俄苏著名作家高尔基在《论文学》中指出:"语言把我们的一切印象、感情和思想固定下来,是文学的基本材料。"美国著名学者韦勒克在《文学理论》中亦论述:"语言是文学的材料,就像石头和铜是雕刻的材料,颜色是绘画的材料,或声音是音乐的材料一样。"故此,他认为:"语言是思维外化文体"之一"文学的第一要素"。文学是语言所构成的世界,"没有语言就不会有文学"。韦勒克还认为,文学语言有三大特点:(1)语言的准确性,(2)语言的鲜明性,(3)语言的生动性。事实证明,优秀的作家不仅是驾驭语言文学的能手,同时亦为文学语言心理思维的大师。

　　统而言之,文学语言是指以语言为媒介构成形象的艺术符号。文学是语言的艺术,文学的基本特点是以语言为材料来构筑艺术形象,表现社会生活和人的思想情感,也同样形象地再现人的思维心理的文化结晶。故此,我们有必要深究思维与语言之间的内在关系,及其相互的转换过程。

　　科学研究表明,在自然界里不仅只有人才有思维,动物也应该拥有,本质性不同只是在于,动物的思维外化没有形成"语言",只能停留在"言语"的本能体验。人与动物共有的"动作思维"则指直接与实践活动相联系的思维,又叫"感知运动思维"或"直观行动思维"。在人类思维发展史上,运动思维是人体发生最初的原始思维模式。通过思维动作解决所面临的基础问题,这时原始思维尚未从动物本能中区分开来。

　　运动思维的信号载体和思维显示不是靠语言文字,而在很大程度上依赖于主体自身的象征性动作。正如马克思、恩格斯表述:"思想、观念、意识的生产,最初是直接与人们的物质活动,与人们的物质交往,与现实生活的语言交织在一起的。"诸如原始土著人古老的狩猎舞蹈,运动员的传统比赛训练科目,初生儿的一

---

①　(苏)斯大林. 马克思主义和语言学问题[M]. 中共中央马克思、恩格斯、列宁、斯大林著作编译局,1971.

些与动物相近的模拟性举止动作,以及人类世世代代沿袭下来的各种以象征性仪式行为,都是运动思维的具体表现。

在文学、艺术创作的视听中,运动思维有着十分重要的地位。因为高级运动思维在人类的实践活动中,特别是在对各种技能和技巧的掌握和运用上,具有非常重要的意义。例如音乐、绘画、雕塑、舞蹈等基本技能与技巧的掌握和运用,就是高级艺术技能的动作记忆活动与运动思维活动相互作用的思维外化过程。艺术技能的动作记忆活动,常借助于传统的基础训练,并依赖于对操作程序熟练的掌握。运动思维则依赖于贮存于人的记忆中的动作信息,并按照自身的理解对其行为,进行新的操作程序的编码。

显而易见,文艺思维与文学创作较之普通的运动思维与技能、技巧运用水平要更高一筹,其奥秘在于逐步将动物界共性意义的"言语",成功地过渡到只有人类才拥有的高级层面意义上的"语言"。

在古代中西文论中许多学者往往把文学语言分为四个层面:(1)"言"(语言);(2)"象"(形象);(3)"意"(意义);(4)"道"(思想)。在这四个层面上,言语与语言是最基本的层面,但有孰高孰低之分。语言是言语的升华,因为语言产生了形象,形象决定了意义,意义反映了思维。

"言语"是人的初步语言之实践,是个人运用语言的过程或产物,言语的发展是人们说话和听话能力的发展。与语言有所不同,言语虽然也是人的心理现象,但并不真正归属于社会现象,而隶属于物理现象范畴,是个体借助语言传递信息的显现,亦为运用语言表达思想感情的过程。经学术考证,人在言语传递信息过程中有三种形式,都与人的主要感官,如听觉、视觉与动觉有关系,即:(1)听觉为主的言语(人类交际历史中出现最早,也是现代人类最常用的言语形式);(2)视觉为主的言语(是在人类发明了文学以后才有的,并在听觉言语的基础上发展起来的);(3)动觉言语(发声的言语,仅为人类信息传递的主要手段,也是思维得以进行的工具和代传刺激的内部来源)。

思维与言语、语言的关系,实质上是人的大脑和语言符号之间的深层关系所在。人的大脑是知识的仓库和加工厂,是高度发达的语言信息处理系统。大量生理解剖与实验的结果告诉我们,在语言活动过程中,起着主要作用的有三个大脑神经中枢:1.1861年,法国外科医生保罗·卜洛卡通过对人脑的解剖研究,发现了左侧大脑皮质中,有一个部位支配人的发音和说话能力。它位于大脑左半球低额回部分的一个神经中枢,主管说话过程,因为卜洛卡发现,故被称为"卜洛卡区";

2. 第二个神经中枢叫"维尼克区",是因为1874年德国病理学家卡尔·维尼克确定了大脑的左半球中,支配语言记忆和理解的有关部位,故以他的姓氏命名"维尼克区"。它位于大脑左半球高颞回附近,主管听话和对语言的理解。3. 第三个神经中枢是"视觉区",它把视觉与"维尼克区"联系起来,其神经中枢涉及书面语的阅读和理解过程。

经过国内外神经语言学和病理语言学的研究结果表明,人类的语言活动主要跟大脑左半球的某些生理部位相联系。控制语言活动的大脑左半球主管理性的抽象思维,右半球主管感性的形象思维。通过对人的大脑的解剖,我们可以发现其左半球控制语言的有关部位,要比右半球的相应部位体积大,生理结构显得更为复杂。

神经语言学的任务主要在于探讨人脑和语言之间的关系。人脑中的神经活动是一种微观生理行为,而人们在社会中的语言交际活动是一种宏观的生理心理行为。在人的大脑和语言的关系之中,"遗传因素"、"环境因素"、"时间因素"是三个共同作用的基本因素。目前,人工智能研究显示,大脑认知过程有三个级别:(1)第一级是"神经过程";(2)第二级是"信息加工过程";(3)第三级是"心理过程"。人类的语言能力,一部分是从遗传基因里得到的,另一部分是在社会语言活动的交互作用下学习得到的。实际上,人的语言能力的形成,一方面要有先天遗传的物质基础,即大脑神经系统和发音器官、听觉器官等生理构造;另一方面还要依靠后天环境的培养过程,即交流思想和传授知识的社会作用。这两方面语言能力相辅相成,缺一不可,这就是辩证唯物主义的心理思维观与语言观。

结构主义语言学创始人索绪尔首先指出,"语言是符号系统",语言亦为思维外化形式,是人类社会用来进行的交际(交谈、交流思想)工具。语言不是具体的事物本身,而是代表事物及其关系的抽象符号。他认为:语言系统是由许多符号构成的,其中的"词"就是一种符号,它能使交谈者意识到所代表的对象,另外如"句子"则是符号序列。语言符号是"语符"和"语义"两者相结合的统一体,语言及其书面记录——"文字",是语言符号的物质外壳。语音以振动的声波形式传输,文字以平面图样形式显现。思维外化的语音和语义之间,以语言符号生动形象地描述与反映着人类生活的"现实世界"。

苏联著名作家阿·托尔斯泰在创作《彼得大帝》一书的过程中,对"艺术文句"之语言形式有深刻的认识:"我终于懂得了艺术文句构造的秘密。这种艺术文句的形式,取决于讲述者和读故事人的内心状态。"我国文学大师老舍也发现文学语言"不是由字句的堆砌而来的,它是心灵的音乐,是由心中炼制出来的,从心眼里掏出来的。"苏联作家法捷耶夫曾细密地论述:怎样使所想、所见的东西变为文学语言的思维外化过程:

> 对于语言的修炼——力求把你所看见的东西,把你意识中结晶了的东西表现得最准确,需要麻烦、细腻的劳动。作家面前摆着词汇、概念的汪洋大海;表现任何一种思想、形象,需要十个,十五个,二十个字眼……但选择哪些字眼,恰恰正是非常正确地表达你所看见的和想要说的呢? 许多人都忘记了。艺术作品中甚至谈话、对话的句子也不是像日常谈话那样,自然地不假思索就奔涌笔下的。这种句子也要构造,构造它的过程是复杂的,不是机械的。①

西方生理、心理学家们经过大量临床测试证实,作家、诗人的思维与意象必然要向着文学言语转化,其心理操作过程一般分为三个阶段:(1)首先是有一种表达或者交流的动向与欲望;(2)出现一种词汇贫乏、语法结构残缺,但都黏附着丰富心理倾向,以及心理意象的内部言语;(3)在深层句法结构的基础上,扩展为一种以表层句法结构为基础的外部语言。由此可知,文学语言的表达并不是一个单纯的语言技巧问题,而是文学家心理世界的审美意象运动,是一种复杂而高深的思维外化形态。

如果再进一步分析,人的言语与语言符号的序列,因受人的发音器官和思维过程所限制,是按照时间先后顺序排列而形成的线性状态,其符号序列好比一根无形的链条,即所谓的"言语链"。然而此种语言符号的结合,又要遵循不同层次结构的规则进行。所谓语言系统叠置层次,一般划分为三层:(1)第一层次是"语素",即语言系统中音义结合的最小单位,可在交际过程中重复使用;(2)第二层次是由一个或多个语素构成的词汇,它是语言系统中能够独立使用的单位;(3)第三层次是由词构成的句子。如果再细分,在词和句子之间又可分出"短语"(或"词组")以及"小句"(或"分句")。

西方著名符号学家雅可布森认为,语言符号与生物遗传学中的遗传密码之间有着惊人的相似之处,他科学论断:"遗传密码与语言符号,乃是人类从远祖传递

---

① (苏)高尔基,马卡连柯,托尔斯泰,等著. 论写作[M]. 磊然,曹靖华,等译. 北京:人民文学出版社,1957.

到后世的两种基本的内存信息系统。从结构形式上看,语言符号与遗传密码一样,均表现为严密的层累结构。"只有此种相互制约与依存的分层结构系统模式,才保证了此种物质与精神生命体的存在与发展。

图22 月光下的女神

在当今世界上,不同地域、不同国家都存有各自不同的思维与语言形式。西方有关学者认为,任何一种语言的表达,都有一种总体意义或文化韵味。此种文化是由语言的四种主要功能所组成:(1)传达意义(说话者的内容);(2)传达情感(说话者的情感倾向);(3)语调功能(说话者的态度);(4)意象传达功能(说话者的目的)。但是,科学语言与文学语言因为表达者的思维方式,抽象思维与形象思维的不同,从而语言功能与目的有所不同。

抽象的科学语言目的为阐述某种道理,要尽力发挥语言的第一功能,以做到准确无误表达;形象的文学语言善于表达某种情感,它即尽力发挥语言的第二功能。德国著名哲学家施莱尔·马赫认为:"语言有两个要素,逻辑和音乐的。……思辨尽管都是用语言,但两者的倾向是对立的。前者企图使语言靠近数学心理,后者却靠近形象。"科学语言与文学语言有各自的主要特点:科学语言具备"指示性",它运用概念、判断、推理的逻辑形式,说明性质,阐明观点,具有高度的精确性;文学语言的主要特点是"形象性",它运用形式多样的修饰手法,描绘出生动的艺术形象和绚丽的生活图景,显示一定的思想情感内容,因而具有高度的"暗示性"。

　　著名文学家鲁迅娴熟驾驭丰富多彩的文学语言的才能,令人钦佩不已。他在《从百草园到三味书屋》一文中,所描写的春夏之交季节中的草木景色,其鲜艳色彩与虫鸟欢悦的情景,充满了多层次色彩感与厚重的立体感:

　　　　不必说碧绿的菜畦,光滑的石井栏,高大的皂荚树,紫红的桑椹;也不必说鸣蝉在树叶里长吟,肥胖的黄蜂伏在菜花上,轻捷的叫天子(云雀)忽然从草间直窜向云霄里去了。单是周围的短短的泥墙根一带,就有无限趣味。油蛉在这里低唱,蟋蟀们在这里弹琴。翻开断砖来,有时会遇见蜈蚣;还有斑蝥,倘若用手指按住它的脊梁,便会拍的一声,从后窍喷出一阵烟雾。……①

　　茅盾先生论证语言的神奇功能曾指出:"文学艺术的语言应当是形象化的,富有表现力的,准确的和精练的,然后可以传达作者所欲传达的思想情绪,然后可以构成鲜明的形象。"他特别列举古典小说名著《水浒传》第三回"鲁提辖拳打镇关西"中的一段精彩文字描写,充分展示了语言形象化的艺术魅力:"……扑的只一拳,正打在鼻子上,打得鲜血迸流,鼻子歪在半边,却便似开了个油酱铺,咸的、酸的、辣的一发都滚出来。郑屠挣不起来,那把尖刀也丢在一边,口里只叫:'打得好!'鲁达骂道:'直娘贼!还敢应口!'提起拳头来就眼眶际眉梢只一拳,打得眼棱缝裂,乌珠迸出,也似开了个彩帛铺,红的、黑的、紫的都绽将出来。两边看的人惧怕鲁提辖,谁敢向前来劝。郑屠当不过,讨饶。鲁达喝道:'咄!你是个破落户!若只和俺硬到底,洒家倒饶了你!你如今对俺讨饶,洒家偏不饶你!'又只一拳,太阳上正着,却似做了一个全堂水陆的道场,磬儿、钹儿、铙儿一齐响。鲁达看时,只见郑屠挺在地上,口里只有出的气,没了人的气,动弹不得。"②在此部古典小说中,鲁提辖这三拳的语言文字描写得何等生动、简练与准确!

　　中外优秀文学作品之所以令人称绝,因其语言描写极具富艺术表现力。"语言艺术"正是依仗此种优势,才使塑造的人物形象更加生动丰富,绘声绘影,方能深入到读者之所想、情感之所至的思维领域。诸如:杜甫《兵车行》诗中"车辚辚,马萧萧,行人弓箭各在腰"之句,使人仿佛身临战车隆隆、战马嘶鸣的出征场面;白居易《琵琶行》诗中"大弦嘈嘈如急雨,小弦切切如私语。嘈嘈切切错杂弹,大珠小珠落玉盘"四句,其新奇文字的比喻,文学语言的韵律,将琵琶艺人琴声描绘得惟

　　① 　鲁迅. 朝花夕拾[M]. 北京:人民文学出版社,1972.
　　② 　(明)施耐庵.[M]. 水浒传. 北京:人民文学出版社,1997.

妙惟肖;杜甫《绝句》诗中"两个黄鹂鸣翠柳,一行白鹭上青天",诗中"黄"、"翠"、"白"、"青"四种色调交织成为一幅瑰丽多彩的图景;王维《使至塞上》诗句"大漠孤烟直,长河落日圆",更是将西域天然景致绘画意境成功地融入诗作之中。

精妙语言在文学中蕴含着无法言表的特殊、神奇的文化功能,这是因为语言与事物产生着多种联系,常常获得"言外之意"或"弦外之音"的特殊艺术效果。正如夏丏尊先生在《叶圣陶论创作》一书所称誉:

> 在文学中,"赤"不但能作红色,"夜"不但能作昼的反面吧。"田园"不但解作种菜的地方,"春雨"不但解作春天的雨吧。见了"新绿"二字,就会感到希望、自然的加工,少年的气概等等,说不尽的旨趣。见了"落叶"二字就会感到无常、寂寥等等,说不尽的意味吧。真的生活在此,真的文学也在此。①

我们从英国著名小说家夏洛蒂·勃朗特的文学名著《简·爱》一段非常精彩的对话中,亦能体会到语言文字的巨大艺术魅力。这段感人故事生动描写绅士罗切斯特伤残之后,女主人公简·爱重新回到他身旁,并吐露了深藏在心底的爱情。罗切斯特问话冷静中隐寓热烈,简·爱回答诚挚而深沉,其语言均激荡着人物复杂、纯洁的情感波涛:

"简,你肯嫁给我么?""是的,先生。""一个可怜的瞎子,你得到处用手牵着他走?""是的,先生。""一个比你大二十岁的残疾人,得由你一直来侍候着他?""是的,先生。""当真么,简?""完全当真,先生。""哦!我的心肝!愿上帝保佑你,酬报你!""……那我现在是得到酬报了。对我来说,做你的妻子,就是我在世上所能得到的最大的幸福。""因为你喜欢牺牲?""牺牲!我牺牲了什么?牺牲了嗷嗷待哺和渴望满足。有权拥抱我所珍视的,——亲吻我所热爱的,——偎倚我所信赖的;这是作什么牺牲么?要真是这样,那我倒确实喜欢牺牲了。""还要容忍我的病弱,简,不计较我的缺陷。""这对我来说,算了什么。我现在更加爱你了,因为我可以真正对你有所帮助,而以前你骄傲地什么也不依靠的时候,除了施舍和保护以外,不屑于扮演任何其他的角色。"②

无独有偶,俄国著名作家屠格涅夫的《门槛——梦》,有一大段精彩绝伦的有着深刻底蕴与含义的人物对话,读后更加令人感动:

---

① 夏丏尊. 叶圣陶论创作[M]. 上海:上海文艺出版社,1982.
② (英)夏洛蒂·勃朗特. 简·爱[M]. 吴钧燮,译:北京:人民文学出版社,1990.

　　我看见一所大厦。正墙一道狭窄的门敞开着；门里，阴沉的浓雾一片迷蒙。在高高的门槛前，站着一个姑娘，一个俄罗斯姑娘。那咫尺莫辨的浓雾里寒流滚动；同时随着冰的气流，从大厦里传来了缓慢的、喑哑的声音。——呵，你想跨进这道门槛来，你知道等待的是什么吗？——知道……姑娘回答说。知道寒冷、饥饿、憎恨、嘲笑、轻视、侮辱、监狱、疾病，甚至死亡吗？——知道。知道你会跟人世隔绝，完全孤零一个吗？——知道……我准备好了。我愿意经受一切苦难，一切打击。——知道……不仅躲开敌人，而且要抛弃亲人，离开朋友吗？——是的……都可以离开他们。——好吧，情愿去牺牲吗？——是的。——在做无谓的牺牲吗？你将会死去，而且任何人……任何人都将不会知道你的名字，不会把你纪念！——我不需要任何感激，也不需要任何怜悯。我不需要名声。……你情愿去犯罪吗？姑娘低下了头……会去犯罪。不一会，门里边的声音又重复自己的问话。——你知道吗？——他终于说道——你可能不再相信你现在信仰的东西，你可能会领悟到你是受了骗，白白地牺牲了自己年轻的生命吗？——这我都知道。反正我要进去。——进来吧，姑娘跨进了门槛——随后，在她后面落下了沉重的门闸。一个傻瓜！有人在后边咬牙切齿地骂了一句。——一个圣洁的女人！——从某处却传来一声。①

　　根据上述散文诗的相关注释文字，我们可了解到许多社会内情："这篇作品是屠格涅夫在当时俄国发生的'五十人案'、'一百九十三人案'和薇拉·扎苏里奇刺杀彼得堡市长以后，受到女革命家索菲亚·彼罗夫斯卡娅的活动影响而写成的。概括地反映了俄国十九世纪七十年代末和八十年代初的一个女革命者的光辉形象。"同样，此篇优秀范文生动感人地显示了屠格涅夫驾驭思维情感与语言天才，及其高超的文字能力。

　　如上所述，这一切论及人的思维的语言外化与敏锐语感，以及语言文学符号设立、选择与写作表达，在大中专语文教学中是经常讨论的重要课题。当我们阅读到《叶圣陶语文教育论集》中《文艺作品的鉴赏》一文的"训练语感"一节论述，深受启发。叶圣陶先生曾谆谆告诫从事创作的人们："审慎的作家写作，往往斟酌又斟酌，修改又修改，一句一字都不能随便。……凡是出色的文艺作品，语言文字

---

① （俄）屠格涅夫. 门槛[M]. 巴金，译. 哈尔滨：北方文艺出版社，2008.

必然是作者的旨趣的最贴合的符号。"①

　　叶圣陶先生还说过,只有有了对日常生活的"真实的检验",文学家对于语言文字才会有"正确、丰富的理解力",对于语言文字才会有"高度灵敏的切身感受",这种感觉惯常叫"语感"或"通感"。他认为,文学语感的锐敏,不能单纯从语言文字表面去揣摩,而"要把生活经验落实到语言文字深处",只有经过认真刻苦"训练语感",方可通过文字的桥梁与作者的情感整合与融汇。说到底,语感实际上就是人的心理思维与灵感的外化,是语言艺术最成功细微的文化结晶。

思考题:

1. 人的心理思维结构按其思维形态可分为哪几类? 分别举例说明。

2. 怎样理解静止型与潜隐型,或动态型与显现型思维文学结构?

3. 人的思维与言语、语言的关系是什么?

4. 文学语言的思维外化具体如何体现? 请以优秀作品为例论述。

---

　　①　中央教育科学研究所. 叶圣陶语文教育论集［M］. 北京:教育科学出版社,1980.

第十章

文学思维情绪与情感

人是"文化动物"、"社会动物"或"感情动物",在万物生灵中最懂得、最重视丰富情感生活。文学亦称为"人学",是专事描写人的感情文学,是描述人的七情六欲的文字样式。"人非草木,岂能无情",故此,我们在研究"文艺思维学"时,有必要对人的情绪与感情进行一番科学、深入的剖析。

据科学家观察,大自然中人最富有情感,故有所谓"在天愿作比翼鸟,在地愿为连理枝","舐犊之情,鱼水之情"的文字譬喻,亦有"人有悲欢离合,月有阴晴圆缺,此事古难全","人情莫亲于父母","情之所至,正在我悲","哪个少女不怀春,哪个少年不动情"等的文字描绘。列宁曾强调:"没有人的感情,就从来没有、也不可能有人对于真理的追求。"

叶奕干、何存道、梁宁建主编《普通心理学》在论述"情绪与情感的分类"一章中明确指出:"我们将情绪和情感分为基本情绪,与接近事物有关的情绪和情感,与自我评价有关的情绪和情感,与他人有关的情感体验等四种状态。"①其中所述的"基本情绪"包括:"快乐、愤怒、恐惧、悲哀"。他还指出:"与接近事物有关的情绪和情感"包括:"惊奇和兴趣,厌恶";"与自我评价有关的情绪和情感"包括:"害羞,骄傲与自罪";"与他人有关的情感体验"包括:"爱、恨"等情感形式。

在心理学、思维学教程中,"感情"与情绪、情感的含义有所不同,但相类似,其联系非常密切。情绪与情感是人类心理生活的一个重要方面,是人对客观现实的一种心理反映形式,它伴随着人的认知过程而产生,对其思维过程产生重大影响。

什么是情绪和情感? 情绪和情感,以及人对客观事物的态度与体验,是人之需要能否获得满足的反映。人类的各种创造总要以一定的情感活动为其深化的动力。情绪与情感对于人们日常生活与文艺活动确实具有重要的意义。

---

① 叶奕干,何存道,梁宁建等. 普通心理学［M］. 上海:华东师范大学出版社,1997.

第一节　人生体验与文艺思维

关于文学创作过程中所产生的艺术情感,列夫·托尔斯泰曾下过这样的经典定义:"在自己的心里唤起曾经一度体验过的情感,在唤起这种情感之后,用动作、线条、色彩、声音,以及言辞所表达的形象,来传达出这种感情,使别人也能体验到这同样的感情——这就是艺术活动。"他还进一步阐述:"艺术的感染的深浅取决于下列三个条件:(1)所传达的感情具有多大的独特性;(2)这种感情的传达有多么清晰;(3)艺术家真挚程度如何。换言之,艺术家自己体验他所传达的那种感情的力量到底如何。"列夫·托尔斯泰所提出的这三个条件,均集中在作家、诗人的情绪与情感这个文学创作焦点上,也同样是文艺思维学中讨论的核心问题。

无论是情绪还是情感,均指人对客观现实的一种特殊的心理反映形态,是人对发生关系的客观事物(包括自身状况)态度的体验。人的一生总要同客观世界许多事物发生各种关系,这些事物与状况反映到个体的意识中,必将要采取肯定或否定的态度,此种态度自然会引起人的一系列生理感觉与特征体验。

在人的生理与心理活动之中,客观事物或自身状况信息传递至大脑皮层,经过分析、综合、比较、评价等认识活动,自然会对相关信息形成一定的态度。这种态度又经过神经系统传至皮层下中枢(丘脑、下丘脑、网状结构、边缘系统等),由于大脑皮层下中枢经过植物神经系统,控制着内脏器官、外部腺体和内分泌腺的活动。因此,人的呼吸、循环系统、骨骼、肌肉组织、内外腺体,以及代谢过程的活动,在情绪状态中都会发生变化。这种生理变化再作为丰富的感觉传送到大脑,于是人就体验到了某种情绪与情感。

先秦思想家荀子很早就认识到情感的存在,他将人类情感分为"好、恶、喜、怒、哀、乐"等6大类,即所谓"六情说"。法国著名哲学家笛卡尔也认为人有"惊奇、爱悦、憎恶、欲望、欢乐、悲哀"等6种原始情绪,其他情绪与情感都是其组合或分支。在近现代,我国心理学家林传鼎将人的情绪与情感表现扩大与归纳为:"安静、喜悦、愤怒、哀怜、悲痛、忧愁、愤激、烦闷、恐惧、惊骇、恭敬、抚爱、憎恶、贪欲、嫉妒、傲慢、惭愧、耻辱"等18类。

西方著名学者普拉特切克以"强度"、"相似性"和"两极性"划分人的情绪与情感,并构建起呈八字形扇面的锥体心理模型,分别代表:"狂喜、警惕、悲痛、惊奇、狂怒、恐惧、接受、憎恨"。美国著名心理学家伊扎德从中梳理分析出："兴奋、喜悦、惊骇、悲痛、憎恶、愤怒、羞耻、恐惧、傲慢"等9种"情绪分类表"。实际上，按科学方式认别，人类最基本、最原始的情绪和情感只有四大类，即"快乐"、"愤怒"、"恐惧"与"悲哀"。对此，我们须作如下具体的心理理论分析与阐释：

　　(1)"快乐"是达到所盼望的目的后，紧张解除之时，个体产生的心理上的愉快和舒适；

　　(2)"愤怒"是愿望得不到满足，实现愿望与行为一再受到阻挠，从而引起的紧张积累而产生的情绪体验；

　　(3)"恐惧"是个体企图摆脱、逃避某种情境时产生的情绪体验；

　　(4)"悲哀"是个体失去某种值得重视和追求的事物时，所产生的情绪体验。悲哀从强度上可分为"遗憾"、"失望"、"悲伤"和"哀痛"。

　　在《普通心理学》一书中，作者将情绪基础上形成的"情感体验"划分为：对相关客观事物"惊奇"，"兴趣"，以及"厌恶"三大类；将相关自我评价分为两类："害羞"，以及"自罪"；将相关情绪分为两类，即"爱"与"恨"。并且认为，情绪、情感亦可称为人的思维感情的外化动作，其表情动作，外部表现形式主要分为三大类："面部表情"、"身段表情"与"言语表情"。

　　从思维心理学产生的客观规律上审视，文学、艺术创作思维可分为形象思维、艺术思维与情感思维。据先秦经典《诗·大序》云："情动于中而形于言。"《礼记·乐记》云："情动于中，故形于声。声成文，谓之音。"南朝刘勰《文心雕龙·明诗》云："人禀七情，应物斯感，感物吟志，莫非自然。"另外《文心雕龙·情采》亦云："昔诗人什篇，为情而造文；辞人赋颂，为文而造情。何以明其然？盖风雅之兴，志思蓄愤，而吟咏情性，以讽其上，此为情而造文也；诸子之徒，心非郁陶，苟驰夸饰，鬻声钓世，此为文而造情也。"认为是"为情造文"，即真情动于中而声不能不发，只有此类文学作品才能感染诸多读者。汉代辞赋作者认为是"为文造情"，即心中本无真情实感，只是为了写作矫揉造作，如此难以使人受到感动。由此可见，古今中外，优秀文学艺术作品只有在真情实感推动下才能取得成功。

　　著名作家巴金先生充满感情与爱写作一生，他谈到长篇小说《家》的创作经过时，回忆起如下动人的情感：

　　　　我仿佛在跟一些人一同受苦，一同在魔爪下面挣扎。我陪着那些可爱的年轻生命欢笑，也陪着他们哀哭。我一个字、一个字地写下去，我好像在挖开我的记忆的坟墓，我又看见了过去使我的心灵激动的一切。①

德国著名美学家黑格尔在《小逻辑》一书中，将艺术思维称为"活动于人类一切行为里的思维"，是"使人类的一切活动具有人性的思维。基于思维，表现人性的意识内容，每每首先不借思想的形式而出现，而是作为情感、直觉或表象等形式而出现。"法国作家巴尔扎克在《人间喜剧》"前言"中宣称，他的作品是一部"描写人类感情的历史"。因为其作品中的人物"是从他们所处时代的五脏六腑孕育出来的，全部人类感情都在他们的皮囊下颤动着，里面往往掩藏着一套完整的哲学"。

我国著名作家杨朔以情动人，创作过数部中、长篇小说，如《红石山》、《望南山》、《月黑夜》、《大旗》、《三千里江山》等，临终时还出版了《洗兵马》。然而令他扬名文坛却是一系列优秀散文，如《潼关之夜》、《蓬莱仙境》、《海市》、《泰山极顶》、《荔枝蜜》、《茶花赋》、《秋风军姿》、《雪浪花》、《画山绣水》、《樱花雨》，等等。冰心老人由衷地赞叹其人其作："称得上一清如水，朴素简洁，清新俊逸，遂使人低徊吟诵，不能去怀。"

究其杨朔文学作品成功的原因，重要的关键的一条就是作者有着非常丰富的感情，缜密的思维，优美的文笔。

杨朔在《写作自由》一文中自述："思想是作品的灵魂。但如果只有思想，而没有感情，那种灵魂也是死灵魂。"他的散文非常注重主观感情的抒写。杨朔在人物描写方面，努力把丰富感情倾注、溶化到人物形象中去，使讴歌的对象焕发出浓郁的诗情，变成意化的艺术形象。请看《雪浪花》中对"老泰山"的一段精彩描写：

　　西天上正铺着一片金光灿烂的晚霞，把老泰山的脸映得红彤彤的。老人收起磨刀石，放到独轮车上，跟我道了别。他推起小车走了几步，又停下，弯腰从路边掐了枝野菊花，插到车上，才又推着车慢慢走了，一直走进火红的霞光里去。②

相比之下，在各种文学文体中，"诗歌"是一种最讲究感情浓度的文学形式。以伟大的无产阶级革命导师卡尔·马克思写给恋人燕妮的爱情诗为例。我们可感受到他那纯真、高洁、深挚动人，充满了人间最美好情感的诗文。如他至燕妮的自由体十四行诗《思念》，如此动情而感人：

---

① 巴金. 家. 后记[M]. 北京：人民文学出版社，1981.
② 杨朔. 东方第一枝[M]. 北京：作家出版社，1962.

燕妮,即使大地盘旋回翔,

你比太阳和天空更光亮。

任凭世人把我无限责难,

只要你对我爱,我一切甘当。

思念比永恒的宇宙要久常,

比太空的殿宇还高昂,

比幻想之国还更加美丽。

焦急的心灵——深过海洋,

思念无边,无穷无尽。

你给我留下来的形象——像似神灵塑造一样,

使我永远把你记在心头上。

你值得思念,

但思念一词,无力表达我热烈的心肠。

可以说,思念似火在燃烧,

在我的心中永远激荡。①

德国伟大诗人、思想家海涅撰写的《宣告》一首诗,更是热情如火、情深似海:"暮色朦胧地走近,潮水变得更狂暴。我坐在岸旁观看,波浪的雪白的舞蹈,我的心像大海一样膨胀。一种深沉的乡愁使我想往你,你美好的肖像,到处萦绕着我。到处呼唤着我,它无处不在。在风声里,在海的呼啸里,在我的胸怀的叹息里。我用轻细的芦管写在沙滩上:'阿格内丝,我爱你!'但可恶的波浪,打在这甜美的自白上,把它消灭。折断的芦管、冲散的沙粒、泛滥的波浪,我再也不信任你们!天色更暗,我的心更热狂。我用强大的手,从挪威的树林里,拔下最高的枞树,把它插入'爱特纳'的火山口。用这样蘸着烈火的笔头,写在黑暗的天顶:'阿格内丝,我爱你!'从此这永不消灭的文字,每夜都在那上边燃烧。所有的后代子孙,都欢呼着读这天上的句子:'阿格内丝,我爱你!'"②

海涅在西方文坛知名度很高,他写的诗歌被翻译成多种文字,在各国四处传

---

① 中共中央马克思恩格斯列宁斯大林著作编译局译. 马克思恩格斯全集[M]. 北京:人民出版社,2007.

② (德)海涅. 海涅诗选[M]. 冯至,等译. 北京:人民文学出版社,2012.

扬。如其著名诗作《德国，一个冬天的童话》、《亚利西亚织工》等，被音乐家谱为歌曲到处传唱。抒情诗歌代表作《宣告》中的"爱特纳"系指欧洲最大的火山，处于西西里岛上，是火山岩石以巨大热力激励着他，将满腹情感化为动人诗句，献给自己所爱的姑娘"阿格内丝"。

"爱情"在人生情感体验中是最娇美的花朵。郭沫若先生曾讴歌："化腐朽而为神奇，原来是要靠有真挚的爱情，或者敌意——这是宇宙中的一个隐谜，这是文艺上的一个真谛。"巴金先生对此无限感慨："我写作一方面靠辛勤劳动，另一方面靠生活中的爱憎。"每当我"拿起笔写作的时候，一种不可遏制的感情就从笔端流泻出来"。他还激动地表达：由于感情的涌动，"这时候我的手不能制止地迅速地在纸上移动，似乎许多、许多人都借着我的手来倾诉他们的痛苦。我忘了自己，忘了周围的一切，我简直变成了一部写作的机器"。

中西诸多作家、诗人对感情生活的全身心的体验，致使他们的脑细胞与文艺思维感觉变得异常敏感与发达。法国女作家乔治·桑在《印象和回忆》中，如此激越、细腻、生动地描写：

> 我有时逃开自我，俨然变成一棵植物，我觉得自己是草，是飞鸟，是树，是云，是流水，是天地相接的那一条水平线，觉得自己是这种颜色或是那种形体，瞬息万变，去来无碍。我时而走，时而飞，时而潜，时而露。我向着太阳开花，或栖在叶背安眠。天鹅飞举时，我也飞举，蜥蜴跳跃时，我也跳跃，萤火和星光闪耀时，我也闪耀。总而言之，我所栖息的天地，仿佛全是我自由伸张出来的。①

对于文学、艺术家如此丰富多彩的内心体验活动与创作经验，我们可从文艺理论家钱谷融先生的《文艺创作的生命与动力》一文中得以启迪："一个作家总是从他的内在要求出发来进行创作的，他的创作首先总是来自社会现实在他内心所激起的感情波澜上。这种感情的波澜，不但激励着他，逼迫着他，使他不能不提起笔来；而且他的作品的倾向，决定于这种感情的波澜是朝着哪个方向奔涌着。他的作品的音调和力量，就决定于这种感情的波澜；具有怎样的气势和多大的规模。这就是艺术创作的'动力学原则'。"艺术创作的"动力学原则"，不仅表现于形象感知的心理机制之中，也离不开文学、艺术家积极而热烈的情感。

翻阅国内外文艺理论中讨论情感思维的诸问题，一般集中在如下两种表象之

---

① （法）乔治·桑. 乔治·桑情书选［M］. 黄建华，余秀梅，译. 桂林：漓江出版社，1991.

中:其一是个人情感的直接流露,更明确地说,就是从事着表现行为的人的自我表现;其二是指某种情感概念的形象性表达,即表现者对于某种更为广泛的情感呈现。西方音乐巨匠勋伯格曾说过:"一件艺术品,只有当它把作者内心中激荡的感情传达给听众的时候,它才能产生最大的效果,才能由此引起听众内心情感的激荡。"美国著名女学者苏珊·朗格在《情感与形式》一书中明确指出:"音乐是情感的符号表现"。她认为文学语言更是如此,"是一种表达意味的符号,运用于全球通用的形式,表现着情感的经验"。

说到底,作家、诗人、艺术家的人生情感体验至关重要的是,他们对人的生命存在意义的审美与把握,只有人在生命积极活动时,方可体验着自己生存的意义、目的和价值。文艺家随时带着强烈情感色彩对应于人生情感检验、认识过的事物,对社会实践活动中产生的情感,进行回味、反刍与省悟。从而证实体验生命感受是文艺思维心理学中的一个核心问题。

著名文艺现论家童庆炳主编的《现代心理美学》一书中,曾将人生体验形态进行科学分类,并将文学家与艺术家思维心理与情感体验大致分为:"崇高体验"、"缺失性体验"、"丰富性体验"、"愧疚体验"、"神秘体验"、"孤独体验"与"归皈体验"等7大类:

1. "崇高体验",是指作家经由自然或社会的外在刺激所唤醒的压力,及其内心带有痛楚和狂喜成分的刺激性体验。其崇高体验,与西方学者马斯洛所说的"高峰体验"有共同之处:它们都是从作家内在的基础,即从心灵中激发出来的狂喜和激情,是无与伦比深沉的人生体验。崇高体验是蕴藏着极大激情、洋溢着十足的冲动性的阳刚之气的深层体验,躁动不安的崇高体验之情感的激流。此种情感经常反馈形成作家的内驱力,迫使他们呐喊或渲泄,以积极的思维与行动进入生活底层而潜心创作。

作家的崇高体验的表达主要经过"成就动机"的萌生与达成得以实现。动机生成以后,其内心即充满非同寻常的激情:要追求理想,献身社会,建立奇功,以创造文学伟业为天职。例如古代史学家司马迁倾诉:"肠一日而九回,居则忽忽若有所亡,出则不知其所往";李白云:"停杯投箸不能食,拔剑四顾心茫然。欲渡黄河冰塞川,将登太行雪满山";谭嗣同云:"我自横刀向天笑,去留肝胆两昆仑";杜甫云:"安得广厦千万间,大庇天下寒士俱欢颜。风雨不动安如山。呜呼!何时眼前突兀见此屋,吾庐独破受冻死亦足";岳飞云:"怒发冲冠,凭栏处,潇潇雨歇";屈原云:"路曼曼其修远兮,吾将上下而求索"。从这些情感充沛诗句中,我们不难体会到历代文豪大家经人生崇高精神体验所产生的震撼人心、汹涛浪涌之伟力。

2."缺失性体验",是指作家处于生存中的特殊情感,在某种缺失或痛苦到来之时,所产生的对关于人生的意义、目的和价值的审美把握。从心理思维学的角度来说,人在缺失状态下因机体失衡,于是内心就会产生一种要求重新取得平衡的内驱力,即产生接触某种缺失的动机,或物质的、或精神的心理体验。所以古代才出现了司马迁"发愤著书"之说,韩愈的"不平则鸣"之说,欧阳修的"穷而后工"之说,以及西方的"苦恼意识"之说,"愤怒出诗人"之说等相关文艺理论。

对于有成就感的作家、诗人来说,"苦难是人生一笔财富。诗人的不幸乃创作的大幸",缺失性体验是一种文学创作难得的原动力。英国著名作家狄更斯在晚年时回忆痛苦人生:"我的整个身心所忍受的悲痛和屈辱是如此巨大,即使到了现在,我已经出了名,受到别人的爱抚,生活愉快,在睡梦中我还常常忘掉我自己有着爱妻和孩子;甚至忘掉自己已经长大成人,好像又孤苦伶仃地回到了那一段岁月里去了。"

我国著名小说作家叶蔚林在谈到《在没有航标的河道上》的创作经过时,曾感慨不已地描述当时特殊的心境与感受:

> 1972年的夏天,我曾经随一只木排在潇水、湘水飘流了24天。我的具体感受就是在这个时候获得的。当时我被剥夺了工作权利,完全是个普通劳动者。我心情抑郁,愤懑,不平,但又渴望着自由与光明。于是我对河道上的景色非常敏感,浮想联翩。看见潇水曲折的河道,便联想起"舜帝南巡"的古老传说,想起中华民族悠久的历史;看见暮色中两岸模糊的景物,便联想起光明与黑暗交替的最后时刻;看见夕照中温柔的河水,便联想起慈祥的、宽大为怀的母亲;看见远方的一抹幽蓝时,甚至涌出了泪水。我觉得一切美好的东西都在前面召唤着人们。①

在人生情感历程中,"小时丧母"、"中年丧妻"、"老时丧子"三大悲哀之事,系人世间巨大的缺失与悲伤,给人的思维心理带来不堪回首的强烈刺激。西方著名学者阿瑞提用"旧逻辑思维"将此缺失体验与艺术联想结合:"在旧逻辑思维里,苹果可以和一位母亲的乳房视为同一,因为乳房和苹果形状相似。乳房和苹果等同了。换句话说,在旧逻辑思维中,A也能够成为非A——也就是B——如果A和B具有一种相同属性(或要素)的话。""对于我们探讨创造力来说,重要的是这些类

---

① 叶蔚林. 在没有航标的河流上[M]. 天津:百花文艺出版社,1981.

型的思维离开了经常的轨道而开辟了更多的可能性。一个人可以在一个单一的事物中发现上百种属性,因此进行创新的可能性也就大得多。"在西方一些作家、诗人心目中,正是此种"旧逻辑思维"的驱使,方能转化出来艺术中的暗喻或象征,以求超越自我达到更深层次的人生体验。

3. "丰富性体验",是指作家获得友爱、友谊、信任、尊重和成就等状态下,产生对关于人生的意义、目的和价值的审美把握。作家的丰富体验,特别是童年时代对爱的温暖的体验,成为人格发展非常重要的因素。列夫·托尔斯泰回忆童年时说:"塔吉安娜姑姑对我的一生影响最大。从我很小的幼年时代,她就交给了我爱与精神方面的快乐。不是用言语教我的这种快乐,而是用她整个人生,她使我充满了爱。我看见、我感到她怎样去爱别人,于是,我懂得了爱的快乐。"巴金先生也曾动情地回顾童年往事:"最先在我的脑子里浮动的就是一个'爱'字。'父母的爱','骨肉的爱','人间的爱',还有家庭生活的温暖……把我跟这个社会联系起来的也正是这个'爱'字。这是我全部性格的根底。"

美国著名社会心理学家亚伯拉罕·马斯洛从心理学角度进行考察时发现:"婴儿出生后的头十八个月里,如果不是生活于一个充满友爱关系的环境中,那么长大后,他们可能会有心理病态,无法爱别人,也不会需要别人的爱。"譬如高尔基在 5 岁时失去了父亲,他与母亲来到外祖父家,但是这个染坊家庭为了争夺财产,"引起不断的争吵,甚至无情的厮打"。每当回忆起这些情景,他总觉得像是"一位善良而又一丝不苟的高手所叙述的一篇悲惨的童话"。法国著名作家罗曼·罗兰在青年时代曾在睿智、博学、慈爱的玛尔维达夫人的友情帮助下,获得许多丰富性情感体验。故此,他不无感动地追忆:"她的慧心使我能恢复信心……灿烂的光明回来了,一切又温暖了。精神的活力又注入了新的潜力。了解一个人的朋友,实际上创造了那个人。在这个意义上,玛尔维达创造了我。"

图 23　憧憬未来

丰富多彩的人生体验、友谊与爱情,很可能促使作家、诗人潜在的创作热情的爆发,这是不言而喻的生活现实。如英国诗人白朗宁夫人创作的《葡萄牙人的十四行诗》,就是她与丈夫白朗宁爱情的结晶。法国作家左拉中年时与女工让娜的爱情,促使他以神奇的速度写出了《金钱》和《崩溃》等文学名著。英国诗人雪莱与玛丽结婚后一年之中,创作了诗剧《卿姬》,长诗《混乱的假面行列》,诗剧《解放的普罗米修斯》,诗篇《西风颂》、《云雀曲》等。俄国诗人普希金向冈察洛娃求爱的三个月期间,神速地完成名著《叶甫盖妮·奥涅金》、《别尔金小说集》,以及多部长诗、讽刺故事和三十首抒情诗。由此可见,欢愉、幸福的人生体验对文学创作活动起着多么大的促进作用。

4.“愧疚体验”,是作家因自己以某种行为违反内心的道德准则,从而引起的愧悔、内疚、自查等心理时产生的人生体验。如鲁迅先生在《风筝》一文中,回忆起他小时候无端踏碎弟弟辛辛苦苦做的风筝时的心理愧疚:

> 然而我的惩罚终于轮到了,在我们离别得很久之后,我已经是中年。我不幸偶而看了一本外国的讲论儿童的书,才知道游戏是儿童最正当的行为,玩具是儿童的天使。于是20年来毫不忆记的幼小时候,对于精神的虐杀的这一幕,忽地在眼前展开,而我的心也仿佛同时变成了铅块,很重、很重的坠下去了。

创作过自传体小说名著《忏悔》的法国著名文学家卢梭,他曾这样反思:“我们对他人的痛苦的同情的程度,不决定于痛苦的数量;而决定于我们为那个遭受痛苦的人所设想的感觉……任何人都只有在他的想象力已开始活跃,能使他忘掉自己,他才能成为一个有感情的人。”奥地利精神分析学创始人弗洛伊德也说过:“一个人越是正直,他对自己的行动就越是严厉和不信任。所以,最终恰恰是这些最圣洁的人指责自己罪恶深重。”作家、诗人的深深愧疚与自责行为,往往是其良心与道德的发现,以及他们创作的原动力。“愧疚体验”正是人格高尚的体现。列夫·托尔斯泰于晚年的文学创作动力,就来自他对贵族阶级深重罪孽的洗心革面。

清代小说家曹雪芹在名著《红楼梦》中诚恳地袒露心迹:“今风尘碌碌,一事无成,我突愧则有余,悔又无益,大无可为何之日也!”故此暗自发愿:“欲将已往所赖天恩祖德,锦衣纨绔之时,饫甘餍肥之日,背父兄教育之恩,负师友规训之德,以至今日一技无成,半生潦倒之罪,编述一集,以告天下。”巴金先生在《随想录》中回忆

"文革"时期所做的违心之事而感到沉痛不已："今天我回头看自己在十年中间所作所为,实在不能理解。我自己仿佛受了催眠一样变得多么幼稚,多么愚蠢,甚至把残酷、荒唐当作严肃、正确……这是一笔心灵上的欠债,我必须早日还清。它像一根皮鞭在抽打我的心!"

5. "神秘体验",是作家对于超越日常经验的神秘事物的一种热恋般敏感的情感体验。"老庄哲学"中将神秘物称为"道",其特点是此物象的超验性。所谓"道不可闻,闻而非也;道不可见,见而非也;道不可言,言而非也。"他以此追寻其道,另如"有情有信,无为无形,可传而不可受,可得而不可见"。老子认为对此种看不见、摸不着的对"道"的把握,不能仅靠肉体感受,而是来自一种神秘莫测的心灵感应。

神秘体验是从经验升华为超验,从平凡中体验其神秘感受。神秘体验有一种"瞬时性和直达本体的巨大穿透力"。美国著名作家海明威的《老人与海》描写的人与大鲨鱼之间的生死搏斗,其惊心动魄的传奇故事内容就是典型的例证。老人不顾精疲力竭之折磨,仍坚持不懈地与大海博弈,终以胜利者雄姿猎取到大鲨鱼骨架,真实感人地表现了人与大自然的神秘关系。以实际行动验证人拥有不可抗拒的非凡意志和毅力。

法国著名生命哲学家柏格森认为:真正的实在的人生本体来源于"生命冲动"。他对"意识绵延"进行深入的分析,"是把一件东西用某种不是它本身的东西表达出来"的推理性语言符号,视之"共有的要素"。西方学者阿瑞提把"神秘体验"当作一种特殊的内觉体验,认为它是"一种无定形认识,是一种非表现性的认识——也就是不能用形象、语词、思维,或任何动作表达出来的一种认识"。由此可见,体验心理内觉是作家、艺术家独特的文艺思维特点。但是神秘体验与"不可知论"完全不同。此种思维方式作为一种审美体验的心理活动,只是表明了人的认识过程的渐进性,以及人对世界的认知永无止境。

6. "孤独体验",由于人类生命现象的偶然性,在地球上,每个人于茫茫宇宙中都无法拒绝孤独。人类这种生命现象与其他生命体思维心理无法沟通,故此产生孤独与忧患意识。人们总意识自己是被驱逐出家园的宇宙弃儿,经常会产生"我是谁"?"我从哪里来"?"我到哪里去"的哲理性思考;人们总感到在广袤无垠的浩瀚宇宙之间,显得太可怜、太有限与太渺小。从而产生"人为朝露"、"朝生暮死"之感慨,此种人生体验本身就是一种深刻而惨烈的孤独内省。

在历史上,杰出人才与优秀作家,往往能在孤独中创作出不朽之作。诸如从中国古代诗人屈原的《离骚》、《九歌》,到现当代鲁迅的《野草》、《呐喊》、《阿Q正传》等均为例证。西方作家与作品更是如此,譬如罗曼·罗兰描写已步入老境的列夫·托尔斯泰的孤独与寂寞:

> 这个英雄主义的斗争,正同贝多芬和米开朗基罗的一样,是在绝望的孤独中进行的,或者说是在没有大气的空间进行的。妻子、儿女、朋友、敌人都没有理解他,都认为他是唐吉诃德……谁也不能安慰他。为了能够独自死去,他不得不在一个凛冽的严冬,逃离自己富有的家庭,而像乞丐一样倒毙在路旁。……正是那些为大家进行创作的人,反而离群索居,其中每一个都是钉在十字架上的救世主,都为自己的信仰同时也为全人类受苦。

虽然许多中外作家、诗人茫然无知宇宙,一生独自远行,但是决不愿意离开孤独,总要借以放荡不羁、桀骜不驯来突出其个性,以至于产生李白"天子呼来不上船"的豪放性格,认为如此才拥有源源不绝的旷世诗情。罗曼·罗兰认为作家、诗人只有"在连绵不断的行为和感情的激流里,为自己保留一间单房,离开人群,单独幽居",如此才能深思反省,找到真正的精神自由天地。一个人越是热爱自然,热爱宇宙,热爱生命,就越会感到生命的短暂,就越会对大自然与社会富有人情味;"只有将情感移情于大自然,生命才有了归皈,"也才能超越孤独与寂寞。

7."归皈体验",是作家在寻找精神家园过程中所达到的神圣精神境界,以求获得充实、安适与永恒的人生感受。归皈体验是一种分层次的人类精神的存在状态,是一种心理升华的人生体验。据有关学者归纳分析,此种心理现象大体划分为如下三类:(1)"宗教皈依";(2)"童年归皈";(3)"自然归皈"。

1."宗教皈依",著名科学家爱因斯坦曾指出,人们经常"怀有一种崇敬和激荡的宗教心情",认为很难在造诣较深的科学家中找到一个从来没有宗教感情的人。同样,西方文学艺术家亦常具有此种高尚的"宇宙宗教感"。列夫·托尔斯泰说过:"我认为,人没有宗教是既不能善,亦不能幸福。我愿占有它,较占有世界上任何东西都更牢固,我觉得没有它,我的心会枯萎……我此时感到心中那么枯索,从而需要一种宗教。"往往浓重的宗教皈依感情是作家心灵的福地与归宿,由此支撑,方可获得一种难得的心理平衡,达到一种高度、充实的精神境界。

2."童年皈依",此种精神体验是与作家不可遏制的普遍存在的"儿时心理"回归愿望有关。"怀旧情结"是一种朦胧的然而又是固执的萦绕、眷恋的心理状态。现当代人经常有向人类童年回归的冲动,其原因正如马克思所述:在"人类每一个时代",其固有的人格都是在"儿童的纯真的无忧中复活着",从而"充满美好与理想化"。无忧无虑一去不复返的儿童时代,总让文学艺术家感到愉快与怀恋。

3."自然归皈",崇尚大自然,经常是在人们心灵深处涌动的一种美好愿望与内心需要。在西方文学作品中,大自然作为人的感性生命,除了与社会产生对立面以外,还以理性的对立面出现。法国启蒙运动领袖卢梭提出"回归大自然"的口号,其社会文化影响极为深远。他著文全面、深刻昭示:"假如这里有一种境界,心灵无需瞻前顾后,就能找它可以信赖、可以凝视它全部力量牢固的基础……只要这种境界持续下去,处于这种境界的人就可以自称为幸福。"他还诠释,人在大自然中可以"达到一种心灵的沟通",可以"脱离肉体束缚而获得全身心的彻底解放与自由"。只有:"返归大自然",才可以"领悟出人生存在的真谛,找到自己寻觅已久的精神家园"。

我国古典诗人与大量优秀诗作亦然,早已体会到令人敬畏的大自然之神秘。诸如陶渊明的"采菊东篱下,悠然见南山","久在樊笼里,复得返自然";李白的"相看两不厌,惟有敬亭山";王维的"独坐幽篁里,弹琴复长啸。深林人不知,明月来相照"。那种"物我两忘、恬静闲适",归皈大自然的人生体验,确实引领着古今文学、艺术家去寻找心灵栖息的精神家园。

第二节 情绪、情感与文学生命

根据生理学与心理学实验测定,人的生命形式是不断自我更新的"蛋白体"的化学物质成分,以及复杂的多元物质与精神相结合的生命系统。生命基因的主要特性有四大原则:(1)"长寿";(2)"复制的准确性";(3)"生殖力强";(4)"自私富有个性"。生命的表现力体现在人的生理机体与心理活动机制的正常化。从人的生理感觉器官之"视、听、嗅、味、触"觉等"五觉",过渡至第六感觉"情感",方可探析到综合性"统觉"对文学、艺术创作所起的重要作用。

人的情感活动,根据一系列科学测试获悉,当人的神经兴奋达到皮层下部位时,会在人体中引起各种生理反应,其循环系统、呼吸骨骼、肌肉组织、内外腺体,以及新陈代谢,在相应的情绪状态下都会发生各种各样的变化。当此种"复合感觉"传入人的大脑中,即可形成特有的心理体验。经认识、判断、评价之后则可归属于"喜、怒、哀、乐、惧、爱、恨"等"七情六欲"情感类型,作家若将其化为文艺作品即可形成富有情感的典型人物形象。

法国著名作家雨果在60岁时创作的长篇小说《悲惨世界》,充分调用了他16岁时的强烈情感记忆:有一天中午,他在法国巴黎广场游玩,目睹一位年轻姑娘因犯"仆役盗窃罪"而遭受烙刑的惨状。一个行刑吏残暴地把烧红的烙铁放在她的肩头,使劲往下按,于白色烟雾中,传来姑娘惨痛的呼喊,此种悲惨的经历深深地烙入少年雨果的心灵深处。他沉痛地回忆:"事经四十年后,我的耳边仍然响着被折磨的女子惨痛的呼喊声,那不是一个罪犯,而是一位烈士。我从那里回来,就下决心永远要和法律的恶劣行为作斗争。"后来,他创作的《悲惨世界》《巴黎圣母院》等小说名著中的许多人物原型,都与此次人生体验和情感印象有关联。

美国美学家苏珊·朗格在《艺术问题》一书中解释"情感"概念:"这里所说的情感是指广义上的情感,亦即任何可以被感受到的东西——从一般的肌肉觉、疼痛觉、舒适觉、躁动觉和平静觉,到那些最复杂的情绪和思想紧张程度,还包括人类意识中那些稳定的情调。"另外,她还将情感活动和生命机能紧密联系起来细致论述:

> 感觉能力就是生命机能的一个组成部分,而不是生命机能引起的,生命本身也就是感觉机能。当然,这种作为感觉能力的生命,与人们观察到的生命永远是一致的,而且当我们能够意识到情感和情绪是非物理的组合,是精神的组成成分时,它们在我们眼里,仍然是某种与有机躯体,以及与这个躯体的种种本能相类似的东西。①

苏珊·朗格还精确地从心理学、美学与情感符号学角度阐述"生命形式"的内在含义。她认为:"人的感觉能力是组成生命活动的一个不可或缺的方面"。在某种程度上,生命本身就是一种"感觉能力",而情感实际上是一种"集中、强化了的生命",是"生命湍流中最为突出的浪峰"。"生命形式"的特征是什么? 她概括为"有机统一体"、"运动性"、"节奏性"与"生长性"等四个方面:

1."有机统一体"。是说生命体是一个复杂的有机统一体,构成它的各种因素相互依赖,不能脱离整体孤立地存在。生命形式体现在艺术作品上为一个整体,

① (美)苏珊·朗格. 艺术问题[M]. 滕守尧,朱疆源,译. 北京:中国社会科学出版社,1983.

不可随意舍取某一部分,在任何艺术作品的内在结构,都体现出一种有机形式,像生命体中的组织排异一样,不能随意更换。

2."运动性"。是说整个生命折射时,总是处于一种永不停息的生理运动状态。人的机体不断地消耗与吸收,组织不断地死亡和再生。杰出作家、艺术家与优秀文艺作品均在反映此种生理、心理特性。如同法国雕塑家罗丹所感叹:"如果不首先使自己要表现的人物活起来的话,那是不会感动我们的。……在我们的艺术中,生命的幻象是由于好的塑造和运动得到的。"

3."节奏性"。一种生命现象之所以能够源源不断地存在和发展,就在于它始终按照各种方式的节奏,有条不紊地运动着。诸如:呼吸节律和心脏跳动,清醒与睡眠的交替。同样,文学艺术作品也具有这样的节奏,体现在音乐、舞蹈的节拍、诗歌的韵律、绘画线条的连续等艺术形态之中。

4."生长性"。是指生命体的生长、发展与消亡的规律。凡是完整、优秀的文学艺术作品,分别显现在小说的"起承转合"过程中;戏剧中冲突的开始、展开、激化和解决;音乐主题的呈现、展开、发展和尾声;美术作品构成图形的方向性伸展,文学、艺术生命的运动与生长。

从思维心理学角度审视我们获知,构成人的悲剧、喜剧、正剧心理主要因素有"恐惧感"、"怜悯感"、"崇敬感"、"勇敢感"、"正义感"、"喜悦感"、"悲伤感"、"愤怒感",等等。

"悲剧感"之所以产生,是因为:悲剧的主人公是壮美的,由此而引起勇敢、正义感、崇敬和喜悦的审美快感,以致无法压倒的各种情感;或者是因情感因素互相矛盾,相互烘托,相辅相成,产生恐惧与相互矛盾之复杂情感,由此而唤起一种壮美感;或是恐惧与愤怒情感的铺垫,人在恐惧中血液加快循环,心脏加剧跳动,肌肉趋于紧张,从而产生强烈的审美愉悦。特别是情感在悲伤与痛苦方面的重复,促使人们经过联想与想象而得到美的陶冶,起到特殊的心理宣泄作用。

著名文学作家老舍在小说代表作品《骆驼祥子》中,有一段细致入微的车夫祥子的悲剧心理描述:

> 祥子坐在炕沿上,点着了一支烟,并不爱吸。呆呆地看着烟头上那点蓝烟。忽然泪一串串地流下来,不但想起虎妞,也想起一切。……没了,什么都没了,连老婆也没了!虎妞虽然厉害,但是没了她,怎能成个家呢?看着屋里的东西都是她的,她本人可是埋在了城外!越想越恨,泪被怒火截住,他狠狠地吸那支烟,越不爱吸偏要吸。把烟吸完,手捧着头,口中与心中都发辣,要

狂喊一阵,把心中的血都喷出来才痛快。①

俄国著名作家契诃夫的名作《带阁楼的房子》,有一段描写主人公内心"懊悔"独白的文字实在令人惊叹:"一种不满意自己的心情煎熬着我,我惊慌自己的生活;因为它过得这样快,这样没意思;我老是想着,想看从自己的胸膛里,把那颗越来越沉重的心挖出来,那么多好!"

再如,法国文豪雨果在长篇小说《巴黎圣母院》中,用极其丰富的情感与笔触描写女主人公爱斯美拉达的极端恐惧心理:"爱斯美拉达依旧立着,那张使得许多不幸者受过苦的皮床,叫她害怕,恐惧使她每根骨头都在发抖。她立在那儿吓呆了,夏赫莫吕做了一个手势,两个助手便把她夺过去坐在床上。他们没有伤害她,但是当他们一碰到她,当那皮床一碰到她,她就觉得周身血液全向心底流去了。她用恐惧的目光环顾室内。她仿佛看见那些难看的刑具,从各方面向她爬过来,爬在她身上,咬她,嵌她,刺她。她觉得这些东西在各种东西里面,就像是昆虫和禽鸟里面的蝙蝠、蜈蚣和蜘蛛。"②

常言道:"人生最大的悲剧莫过于死亡。"国内外有许多文学艺术家都擅长于描写人在死亡时特殊、复杂的心理活动。如列夫·托尔斯泰在《战争与和平》一书中对安德烈临死前的悲剧心理描写是那样惊心动魄:

> 安德烈王爵不仅知道他要死了,他也觉出他正在死去,而且已经半死了。它有一种超脱尘世一切的感觉,也有一种奇特的轻松、愉快的感觉。他不慌不忙地等待要来的事。那个无情的、永远的、遥远不可知的东西——他一生不断地觉出它的存在——这时与他接近了,并且由于他所感到的奇特的轻松,几乎是可以了解、可以接触的了……

鲁迅先生在《再论雷峰塔的倒掉》一文中,曾精彩地论证悲剧与喜剧之区别:"悲剧将人生的有价值的东西毁灭给人看,喜剧将那无价值的撕破给人看。讥讽又不过是喜剧的变简的一支流。"另外,我们还可以真切地体味马克思、恩格斯为"喜剧"所下的经典定义:"人类能够愉快地和自己的过去诀别",从中可感受到悲、喜剧在心理学与文艺思维学范畴中产生的巨大艺术魅力。

---

① 老舍. 骆驼祥子[M]. 北京:人民文学出版社,2000.
② (法)雨果. 巴黎圣母院[M]. 陈敬容,译. 北京:人民文学出版社,1982.

　　"喜剧"就其本质而论,属于滑稽美学范畴。"笑"是对喜剧对象的一种最基本的审美心理反应。作为社会文化现象、"笑"的特质是人们特殊的心理体验与情感流露。审视西方历代对喜剧之"笑"的研究成果,诸如亚里士多德的"鄙夷说",霍布斯的"突然荣耀说",还有斯宾塞的"精力过剩论",以及"和谐说"、"失望说"、"自由说"、"游戏说",等等。我们获知,喜剧美学与心理学中的"喜"与"丑"实为艺术美学的同一范畴。车尔尼雪夫斯基指出"丑是美的起源和实质"。雨果指出"丑在美的旁边,畸形靠近优美"。另外与"丑"相伴的还有"幽默"、"谑趣"、"滑稽"、"戏弄"、"惬意"、"欢愉"等等不同心理情感形式,可知此学问之大之深之玄妙。

　　英国著名作家笛福的长篇小说《鲁滨逊漂流记》,潇洒自如地描绘男主人公的"欢愉喜悦"心情:"假如有人在临上绞架的时候忽然得到赦免,或是正要被强盗谋害的时候忽然得到救援,或者经历这一类死里逃生的事情,他就不难猜到我现在如何喜出望外;同时也不难设想我是以怎样愉快的心情把船开进了这股回流,并且以怎样愉快的心情把帆扯起来,乘风破浪前进!"

　　法国著名作家莫泊桑的优秀长篇小说《俊友》,是这样描述女主人公洋洋自得、春风惬意的"喜剧"心情:"她惊喜交集地颤抖着,小口小口地喝着杯子里的红色果子汁。一面用放心不下的闪烁眼光瞧着四周。每一颗吞下去的樱桃,使她觉得犯了一次错误,每一滴由她嗓子浸下去的辣嘴的流质,给她引起一阵辣火火的快乐。那种由于一场犯禁的低级享乐而引起的愉快。"

　　在我们研究与探索文艺思维学原理时,"悲喜交集体验"或称"人生高峰体验",颇值得人们高度关注。西方著名心理学家马斯洛解释这种心理体验"是瞬间产生的压倒一切的敬畏情结,也可能是稍纵即逝的强烈的幸福感;或甚至是欣喜若狂、如醉如痴、销魂落魄的感觉"。此种"高峰体验"在文学描绘中,多集中于对优秀古典诗词的赏读。如我们所熟悉的杜甫《闻官军收河南河北》诗云:"剑外忽传收蓟北,初闻涕泪满衣裳。却看妻子愁何在,漫卷诗书喜欲狂。白日放歌须纵酒,青春作伴好还乡。即从巴峡穿巫峡,便下襄阳向洛阳。"还有当代诗人贺敬之的"信天游"体抒情诗《回延安》散溢的奔放狂喜之情感:

　　　　心口莫要这么厉害的跳,灰尘呀莫把我眼睛档住了。……手抓黄土我不放,紧紧贴在心窝上。……几回回梦里回延安,双手搂定宝塔山。千声万声呼唤你——母亲延安就在这里!杜甫川唱来柳林铺笑,红旗飘飘把手招。白羊肚手巾红腰带,亲人们迎过延河来。满心话顿时说不过来,一头扑在亲人怀……

依上诸佳文所述,细究其因,是因为文学家与读者的感觉是多侧面、全方位的,故此,其情感体验也是极为丰富多样的;随之所反映的文学形象也是立体性的、复合型的。除了上述的悲剧式、喜剧式,亦有悲喜混合式情感描写。特别突出的还有如"梦幻"、"爱恋"、"嫉妒"、"怨恨"、"矛盾"、"犹豫"等综合心理情感文字的描写与表述。

论述文学作品中主要人物形象之知觉,特别是"梦幻"之感情,在我国古典小说中成功运用的典范,要首推曹雪芹的名著《红楼梦》。此书有一段众所周知的为林黛玉设计的恍然隔世、如梦如幻的文学描述:

> 黛玉恍惚"曾许过宝玉的",心内忽又转悲作喜,问宝玉道:"我是死活打定主意的了。你到底叫我去不去?"宝玉道:"我说叫你住下,你不信我的话,你就瞧瞧我的心。"说着,就拿着一把小刀子往胸口一划,只见鲜血直流。黛玉吓得魂飞魄散,忙用手握着宝玉的心窝,哭道:"你怎么做出这个事来,你先来杀了我罢!"宝玉道:"不怕,我拿我的心给你瞧。"还把手在划开的地方儿乱抓。黛玉又颤又哭,又怕人撞着,抱住宝玉痛哭。宝玉道:"不好了,我的心没有了,活不得了。"说着,眼睛往上一翻,"咕咚"就倒了。黛玉拼命放声大哭,只听见紫鹃叫道:"姑娘、姑娘,怎么魇住了,快醒醒,脱了衣服睡觉"。

大量中西优秀文学创作实践证实,男女之间的情爱、性爱文字表述,总能激荡起作品人物复杂的生理与心理反应。在社会议论与公众眼光指摘下,男女恋人往往会显露出特有的惶恐感与羞涩感。如著名作家柳青在长篇小说《创业史》中,描写秀兰的一段微妙心理变化,可谓神来之笔:"秀兰紫棠色的脸通红了。她全身的血都涌到她闺女的脸上来了。在一霎时间,闺女的羞耻心完全控制了她。"直接感觉是人类共同的,随后,才因不同的思想感情,而改变感觉。"在一转眼间,秀兰脑中出现了一个令人难堪的场面——陌生的村子,陌生的巷子,无数双陌生的眼睛,盯着自己。人们在交头接耳,谈论她的人样,笑着,点着头,品评着没过门的媳妇! ……她突然把两手盖在紫棠色脸上,奔出草棚屋。"①

---

① 柳青. 创业史[M]. 北京:人民文学出版社,2005.

图 24　儒雅闻一多

在复杂、综合情感与矛盾心理刻画方面,非常见功力的优秀文学作品,诸如著名女作家丁玲在《莎菲女士的日记》中的精彩描述:"没有人来理我,看我,我会想念人家,或恼恨人家,但有人来后,我不觉得又会给人一些难堪,这也是无法的事。近来,为要磨炼自己,常常话到口边便咽住,怕又在无意中刺着了别人的隐处,虽说是开玩笑。因为如此,所以可以想象出来,我是拿一种什么样的心情在陪苇弟坐。但苇弟若站起身来喊走时,我又会因怕寂寞而感到怅惘,而恨起他来。"①

在西方大量名著之中,特别需要指出的是,英国莎士比亚的"四大悲剧"之一的《奥赛罗》,其男主人公奥赛罗在受猜忌后,对爱妻苔丝狄梦娜的一段深情独白,作者将其矛盾复杂心理描写淋漓尽致:

再吻一下,再吻一下吧,但愿你死了,你还是这样! 那么,我杀了你,我还是这样地爱你。吻一下——这是最后一个吻了! 从不曾这样甜,却又这样的毒。我只想哭泣——可这是两行无情的泪。这一缕悲伤,是神圣的,因为它大义灭亲。②

在文艺心理、思维学理论指导下的优秀文艺作品创作成果之中,我们经常可赏读到反映丰富多样的思想情感,如"快乐"、"愤怒"、"恐惧"、"悲哀"等"常态思

---

① 丁玲. 莎菲女士的日记[M]. 北京:人民文学出版社,2004.
② (英)莎士比亚. 奥赛罗[M]. 曹未风,译. 上海:上海译文出版社,1977.

维"心理描写;也能读到反映不同情绪与情感千姿百态、五花八门的"变态思维"文学作品,均可证实对中西文学、艺术家创作与研究各种心理思维研究的重要性与必要性。

著名作家杨沫的长篇小说《青春之歌》,在描写女主人公林道静的"快乐心情"时,是那样的生动、形象而感人:"为了驱走心上的忧伤,她伸手在道边摘起野花来。在春天的原野上,清晨刮着带有寒意的小风,空气清新、凉爽,仿佛还有一股沁人心脾的香气在飘荡。她一边采着一丛丛的'二月兰',一边想着江华的到来,会给她的生活带来许多新的可贵的东西,渐渐的心情又快活了。她采了一大把'二月兰'和几支'丁香花'向学校跑着。她穿着天蓝色丹士林的短旗袍,外面套着浅蓝色的毛背心,白鞋、白袜,颈上围着一条白绸巾,衬着她白白的秀丽的脸。这时,无论她的外形和内心,全洋溢一种美丽的青春的气息,正像春天的早晨一样。"

中国现代文学奠基人茅盾的短篇小说代表作《春蚕》中的文字描写,显得异常爽朗与洒脱:"老通宝家的蚕非常好!虽然'头眠'、'二眠'的时候连天阴雨,气候是比'清明'天似乎还要冷一点,可是那些'宝宝'都很强健。村里别人家的'宝宝'也都不差。紧张的快乐弥漫了全村庄,似乎那小溪里淙淙的流水也像朗朗的笑声了。"俞长江、高起祥、吕晴飞编写的《写作语林》中对此段诗意文字予以高度评价:茅盾先生的《春蚕》"先是点到'老通宝家的蚕非常好'",很快就转到"村里别人家的'宝宝'也都不差",跟着的是一段形象生动的文字描写,表达了蚕农们的喜悦心情:"作者瞻前顾后,知道蚕农每年要过'窝种'、'收蚕'、'上叶'、'上山'、'收蚕'等好几道关,现在'宝宝'好,自然是令人高兴的。然而它只能说明丰收在望,作者把此时蚕农的喜悦比喻为'小溪里淙淙的流水',而不是舒心的大笑,是很有分寸的。"①

鲁迅先生在《故事新编·铸剑》中,将母亲诉说父亲被害之事,以及对眉间尺的愤怒描写得绘声绘色:"眉间尺忽然全身都如烧着猛火,自己觉得每一根毛发都仿佛闪出火星来。他的双拳,在暗中捏得格格地作响。"②俄国著名作家赫尔岑的小说《家庭的戏剧》对人物心理描述更为精彩纷呈:

　　　　我觉得我自己已经完全破碎了,野蛮的复仇的冲动,妒忌的刺激,和被损

---

① 俞长江,高起祥,吕晴飞. 写作语林[M]. 济南:山东教育出版社,1983.
② 鲁迅. 鲁迅全集[M]. 北京:人民文学出版社,1982.

害了的自尊心使我迷醉。任何的刑罚和绞刑架，都不能叫我感到恐怖！我的生命不值一个钱了。这是逼着人做出任何疯狂、可怖的行为的一个主要条件。我不说一句话，我抄着两只手在客厅里那张大桌子前面……我的脸完全扭成了怪相。

著名作家丁玲的短篇小说《水》中，描写主人公的恐惧心理非常精彩："各人的心都被一条绳子捆紧了，又像吹胀了的气球，她们预感着自己的心要炸裂。她们眼望着远方，不敢祈求，也不敢设想。她们互相安慰，自己向自己安慰的说道：'大概不要紧吧。'"

红军领袖、革命烈士方志敏的优秀散文《可爱的中国》，我们读后令人感慨与过目不忘，其中刻画革命者落难后的窘境写得异常逼真："三个人的身体都在战栗着。他们都在竭力将身体紧缩着，好像想缩小成一小团子，或一小点子，那鞭子就打着那一处了。三人挤到一个舱角里，看他们的眼睛偷偷地东张西望的神气，似乎他们希望就在屁股底下能够找出一个洞来，以便躲进去避一避着无情的鞭打。如果真有一个洞，就是洞内满是屎尿，我想他们也会钻进去的。"

莎士比亚著名悲喜剧《罗密欧与朱丽叶》中，作品借凯普莱特之口，抒发大起大落悲哀之情："太阳西下的时候，天空中落下了蒙蒙的细雨；可是我的侄儿死了，却有倾盆的大雨送着他下葬。怎么！装起喷水管来了吗，孩子？咦！还在哭吗？雨到现在还没有停吗？你这小小的身体里面，也有船，也有海，也有风；因为你的眼睛就是海，永远有泪潮在那儿涨退；你的身体是一艘船，在这泪海上面航行；你的叹息是海上的狂风；你的身体经不起风浪的吹打，会在汹涌的怒海中覆没的。"

我们发现，在一些文艺心理学名著之中，专家学者对"变态心理"很关注，研究与探索很有见解。如张伯源主编的《变态心理学》"前言"中指出："变态心理学是心理科学的一个重要分支学科。同常态心理学不同，它是从另一个视角来研究和揭示心理异常现象发生、发展和变化规律的一门科学。"[①]根据研究行为异常心理动力学观点，强调无意识领域中心理冲突在造成思维异常方面所起的作用，认为人的内在矛盾冲突或情绪扰乱是精神疾病的根源，同样也是文艺思维情绪与情感研究的重要课题。众所周知，这一重要理论的建立，其系统的理论来自弗洛伊德名扬全球的"精神分析学说"。

---

① 张伯源主编. 变态心理学[M]. 北京：北京大学出版社，2005.

英国学者莱昂内尔·特里林撰写的《弗洛伊德与文学》一文认为:"弗洛伊德的心理学是唯一系统地叙述人类心理的心理学,就其内容微妙复杂、笔触引人入胜和悱恻动人而论,它抵得上几百年来文学所积累的一大堆乱七八糟的心理常识。"特里林对此学说高度评价:"弗洛伊德对于文学影响巨大,这当然也是确实的。他的影响大部分是如此普遍,几乎难以确定它的范围;不是以这种方式,就是以那种方法,经常是通过曲解或者荒谬的简单化。它已潜隐到我们的生活中,成为我们文化的一个组成部分。"①据上述文字所言其经典理论,系指弗洛伊德创立的"精神分析论",其典型文艺例证为莎士比亚的著名悲剧《哈姆雷特》,突出表现为男主人公哈姆雷特在合谋杀了父亲的凶手面前,一时失去了理智,说出一些不着边际的话,干了一些不计后果的蠢事。

依照弗洛伊德的变态心理学理论剖析,这是哈姆雷特"无意识本能的压抑作用"所造成的不正常变态行为举止。事实证明,人的本能"欲望",如果受到思维潜意识的阻滞,被压抑的本能即"性欲"之潜能,就会在无意识层面强烈地活动。于是乎,就会发生各种精神疾病或产生形形色色变态心理。

美国女作家玛格丽泰·密西尔的长篇小说《飘》,对主人公变态心理理解颇深,描写的文字非常细腻与触目惊心:

> 不错,他死了。无疑的,她杀了一个人。那一股烟袅袅浮上天花板,那两道血在她脚下越来越广阔了。她在那里也不知站了多少时刻,只觉得在那夏日早晨的寂静里,仿佛一切声音、一切气息都突然放大了。她自己心里的搏动,仿佛跟擂鼓一般,那山茉叶子仿佛是阵雨,连那远处烂泥地里鸟儿的哀诉也像轰响了,连那窗外花儿袭来的暗香也刺鼻了。她杀了一个人——她是向来连听见杀猪都要觉得不忍的!这是谋杀啊!她迟钝地想到,我已犯了谋杀案子了。哦,我怎么会做这种事的呢!但是,她的眼睛一经看见地上针线盒旁边那只毛茸茸的手,心里就又活跃起来,当即感到一阵凉爽的舒适。她竟可以将自己的脚后跟伸进那伤口里去,让那人的热血去熨着适意适意。她总算给陶乐报了一点仇——给母亲报了一点仇了。②

在现实生活之中,人若失去正常的自我调节、自我综合意识的理性之后,会使

---

① 江西省外国文学学会编. 外国现代文艺批评方法论[M]. 南昌:江西人民出版社,1985.
② (美)马格丽泰·密西尔. 飘[M]. 傅东华,译. 杭州:浙江文艺出版社,1988.

自己的各种心理思维意识如一盘散沙似的处于混乱无序、各行其是、互相排挤、为所欲为的状态；从而就会出现"狂想"、"痴迷"、"混沌"、"猜疑"、"自卑"、"恐惧"、"丧失记忆"、"人格分裂"等异常心理现象。对这些变态心理的描写，经常出现在中外经典文学作品之中，由此为文艺创作百花园增添许多隐讳而朦胧的思维文字色彩。

思考题：

1. 情绪与情感的区别是什么？它们分别在文学思维中起着怎样的作用？

2. 人生体验形态可以分为哪几类？

3. 通过文本具体阐释人的情感中的"崇高体验"。

4. 举例说明情感如何作用于变态文学思维的。

第十一章

文学艺术创作与思维理论

　　"文艺思维"作为文学、艺术家一种复杂的高层次的文化心理过程,它在已有生活经验的基础上,于强烈的创新意识推动下,借助丰富想象和联想,直觉和灵感,以渐进或突发形式重新组合信息,从而形成新的理论、观点、事物设计、形象体系等独特的心理活动过程。文艺创作的主要任务是创造新的有社会审美意义的艺术形象,因而,文学、艺术家的思维方式从根本上来说是一种"创造性思维"。

　　童庆炳主编的《文学理论教程》中,曾给"文学"下过这样一个诗意盎然的新颖定义:"文学是显现在话语蕴藉中的审美意识,这种审美意识形态是一般意识形态的特殊形式,而一般意识形态又属于社会结构中的上层建筑。"①此部精品教材引用的"蕴藉"一词,在中国古代文献中常常写成"酝藉",即含蓄富有涵养之意;"话语蕴藉"指文学作为社会性话语活动蕴含着"不断生成"的丰富意义,是对文学活动特殊的思维活动与语言状况的高度概括,亦为对"现实型"、"理想型"与"象征性"文学语言与意义状况进行高度的理论概括。相比之下,蕴藉文学比较侧重于表现主观理想的抒情性的"理想型文学"。

　　相对于立足社会现实、突出再现性的"现实型文学",理想型文学的基本特征是"表现性"和"虚幻型"。若具体加以论证,即为:表现性系指"把内在主观世界状况(如情感、想象、理想、幻想等)直接表达出来"。虚幻性则指"充分运用夸张、变形、虚构的方法,以达到对客观事物特殊的文字处理"。此类创造性文体形式借助于浪漫主义的狂放激情、跳跃思维,以及丰富幻想与虚构手法使之文学精品的逐步产生。

---

　　① 童庆炳主编. 文学理论教程[M]. 北京:高等教育出版社,1992.

第一节 文学人物形象与创作思维

论及文学人物形象的塑造,不能不深究"形象"之深刻思维内涵。我们从《辞海》中查询"形象"一词有两种解释:一种与"形相"相通,指人的形象容貌。《三国志·魏志·管宁传》云:"宁少而丧母,不识形相"。另一种指文学艺术区别于科学反映现实的特殊形式,即根据现实生活各种现象加以艺术概括之后,所创造出来的具有一定思想内容和艺术感染力的生动图画。文艺作品中的形象主要是指人物形象,其文学"人物形象"是作家、诗人经过"形象思维"精心创造的结果。文艺工作者创造的文学形象所涉及的基本与敏感的问题是:文学形象的"真实性"与"典型性"。

南宋文人洪迈在《容斋随笔》中叙述:"江山登临之美,泉石赏玩之胜,世间佳境也。观者必曰'如画'。至于丹青之妙,好事君子嗟叹之不足者,则又以'逼真'曰之。"①此文中提及欣赏大自然时,总要涉猎到形象的逼真描绘。人们往往感叹所见"真是风景如画",丹青妙手画作又以"逼真"为标准。作家经过形象思维塑造出来的文学形象,既可揭示生活的本质和规律,有助于人们把握文化真与善;亦可加强人物对于生活中艺术美的认识。文艺评论家总是把真实、逼真放在第一位,认为成功的形象不是生活现实的低级摹写,而是高层次理想的创新与塑造。

抗日战争时期,在山西兴起"山药蛋派"的代表性作家赵树理,于新解放区工作之时,偶然遇到这样一件普通事件:"一个农村的民兵队长同一个姑娘谈恋爱",本来这是再正常、自然不过的事,但不可思议的结果:二位恋人却被把持村政权的坏分子活活地打死。如同旧封建势力反动族长无辜杀人一样,这件事激发了作者极大义愤与创作激情。他用文学作品反映此事并不拘泥原来的事件,而是删去了琐碎的、没有社会意义的生活细节,且改变了原来的生死结局,将主人公悲惨遭遇改编为一对新人的幸福结合故事,从而变得更为真实感人与可信。此种形象塑造显然基于生活"逼真"之文学艺术现实。

再以我们所熟悉的曲波创作的优秀长篇小说《林海雪原》为例。此书中塑造了一系列崭新的人物艺术形象,特别突出刻画了杨子荣的英雄气质。作者在回忆

---

① (宋)洪迈. 容斋随笔[M]. 北京:中华书局,2007.

撰写杨子荣真实故事的过程时,如此深情地写道:

> 当时他们克服了闻所未见的奶头山绝壁悬崖之类神话般的天险,发挥了大智大勇、孤胆作战的奇能。特别是杨子荣同志只身进入座山雕的营寨,终于擒拿了这个三代匪首。然不幸在最后擒拿匪首四大部长的斗争里,被匪首郑三炮弹击身亡。我曾经无数遍地讲过林海雪原上的斗争生活,尤其是杨子荣同志的英雄事迹,听到的同志无不感动惊叹!我想,用口讲只有我一张口,顶多再加上还活着的战友二十几张嘴。杨子荣侦察排也只不过在三十八军有名……我有什么理由不把他们更广泛地公之于世呢……于是我便有了写成一篇长篇小说的幻想。杨子荣同志本来已经牺牲了,而我书中没有写他牺牲,原因是我不愿意这样一个人牺牲,在我的心目中,杨子荣的精神永远活着。①

古往今来,成功的"文学形象"塑造均强调人物形象的典型性,其"典型"一词原意是"模型"。法国著名作家巴尔扎克曾指出:"典型指的是人物,在这个人物身上,包括着所有那些在某种程度上跟它相似的最鲜明的性格特征。"他将其典型称作"类的样本"。文学典型有不同类型,是人物个性的塑造与体现。这正如德国著名诗人歌德指出:"艺术的真正生命在于个别、特殊事物的掌握和描述。"俄罗斯著名学者别林斯基将"典型人物"称为"熟悉的陌生人",认为"是一个特殊世界的人们的代表,并且它是一个完整的个别的人"。另外,他认为,典型指"典型人物、典型形象"与人的"典型性格"。具体来讲,典型是指作者用典型化方法创造出来的具有鲜明个性,又能反映一定社会本质的艺术形象。

统而言之,典型是指作家、艺术家用以概括现实生活、创造新的人物形象的写作方法。它包括"概括化"和"个性化"两个方面,即通过个别反映一般,通过特殊有个性的人物和具体的矛盾冲突,反映某一特定时代的社会面貌。典型化是作家、艺术家运用典型方法塑造艺术形象所达到的概括化与个性化高度的统一。典型化一般分为三个方面,即"人物典型化"、"情节典型化"与"环境典型化"。为此,恩格斯高屋建瓴高度概括:典型化"除细节的真实外,还要真实地再现典型环

---

① 曲波. 林海雪原[M]. 北京:人民文学出版社,2005.

境中的典型人物。"①

　　文学作品所要描写的对象主要是人,文学创作的崇高任务是塑造典型化的人物形象。在现实生活中,存在大量真实感人的人物,经作者选择、集中、概括、提炼并按照人物自身的遭遇和命运,沿着其性格形成和发展的逻辑,有机地组合起来,才能创造出既有鲜明个性特征,又能揭示某种本质特征的活生生的典型人物。苏联文豪高尔基在论述文学典型性时指出:"根据抽象化和具体化的法则创造出来,把许多英雄人物的有代表性的功绩'抽象化'——分离出来,然后再把这些特点'具体化'——概括在一个英雄人物的身上——这样就形成'文学的典型'。"他还形象勾勒:"假如一个作家能从二十个到五十个,以至几百个小商人、官吏、工人的每个人身上,把他们最有代表性的阶级特点、习惯、嗜好、信仰和谈吐等等,抽取出来,再把他们综合在一个小商人、官吏、工人的身上。"②

　　鲁迅先生也说过:"作家取人为模特儿,有两法:一是专用一人;二是杂取种种人,合成一个",其结果:"往往嘴在浙江,脸在北京,衣服却在山西,完全是一个拼凑起来的角色"③。按此种"杂取"手法创造出来的文学人物形象,才是作者认可、读者需求的艺术典型。

　　提及列夫·托尔斯泰创作《安娜·卡列尼娜》的初衷,只想描写一个不忠实的妻子,以及由此而发生的生活悲剧,带有一定"私生活"色彩。在长篇小说初稿之中,安娜·卡列尼娜是一个趣味低劣、卖弄风情、智力低下、品行不端的女人,后来随着作家思想认识的不断深化,才改变为迫切追求资产阶级个性解放,憧憬未来幸福,敢于与封建官僚思想决裂的人物典型。正因为如此,她才遭到贵族社会的鄙视与打击,所追求的爱情受到官宦的冷遇,最终被逼迫走上自杀的道路。

　　安娜·卡列尼娜的典型形象塑造,据说是作者受到人物原型普希金娜的启发所为,另外还融合了其他同类型的模特形象,如安娜·斯捷潘诺夫娜·皮罗戈娃,她是庄园主比比柯夫的女管家和情妇,于1872年,被主人遗弃后卧轨自杀。列夫·托尔斯泰曾在车站亲眼看见她被火车压得血肉模糊的身躯而深感震惊与沉痛。他正是借鉴于此难忘形象而塑造出安娜·卡列尼娜这一典型人物的。为此,他特别声明:"这部长篇小说凡是我能够从新颖、独特的于人们有益的方面所深透理解

————————

①　(德)恩格斯. 致玛·哈克奈斯(1888)[M].//马克思,恩格斯. 马克思恩格斯选集:第四卷. 北京:人民出版社,1992.

②　(苏)高尔基. 高尔基文集[M]. 北京:人民文学出版社,1981.

③　鲁迅. 故事新编[M]. 天津:天津人民出版社,2011.

的东西,都可以毫不勉强地放得进去。"①

如上所述,在广泛、集中、深入概括大量社会生活原型基础上塑造典型人物形象是作家、艺术家普遍使用的一种有效的写作方法。正如高尔基所说:"大作家、老作家和古典作家笔下的典型是什么意思呢?这是用牛乳炼出来的凝乳,这是一种发过酵的东西,是一种提炼过的东西。"我们查阅中西文学典型形象,诸如此类"发过酵"的"凝乳",还有浮士德、哈姆雷特、唐吉珂德、牛虻、保尔·柯察金、阿Q、祥林嫂、江姐、杨子荣、林黛玉、林冲、武松,等等。作家就是用此种特殊方法塑造出来一系列成功的典型人物形象。

另外,以生活中具有典型意义的人物原型为主干,适当地整合其他人物片段亦可塑造出典型的文学人物形象。鲁迅曾大谈经验之得:"专用一个人,言谈举动,不必说了;连微细的癖性,衣服的式样,也不加改变。"如他的小说代表作《狂人日记》中的主人公"狂人",即以自己表兄为原型而形成;巴金的小说代表作《家》中的觉新则是以他大哥为原型,另外在他身上进行补充;此种方法以遵循其艺术创作规律为原则,为一种典型人物化合与文学创造。

正是作家、艺术家在生活中受到某种人物、事物之感动,从而产生了神奇、复杂的心理意象,并按文学典型化的规律,或"杂取种种人","合成一个",或"取一个人"并且"加以补充",以生动、准确、鲜明的语言文字进行生动描述,从而创造出无数有血有肉、呼之欲出的人物艺术形象。

文艺思维理论中的"意象"这个名词,曾经反复出现在我国古代文学艺术理论书籍之中,尤其是古典诗文之中,实值得高度关注。《周易》中提出"立象而尽意",其意是经过变化多端的"卦爻之象",表现流动不居吉凶福祸之意。陆机《文赋》云:"意不称物,文不逮意。"刘勰《文心雕龙》云:"独照之匠,窥意象而运斤。""意象"在中国现当代也有不少文人论述,如艾青在《诗论》中说:"意象是从感觉到感觉的一些蜕化",是诗人从直观感觉"向采取材料的拥抱",借以"唤起感官向题材的迫近"。

西方作家亦有对"意象"的一些理论阐述。如法国著名哲学家萨特在《想象心理学》中写道:"意象是关于对象的意识。……大多数心理学家都认为,当他们划出意识流的横断面的时候,他们便发现意象。"美国学者阿瑞特在《创造的秘密》一书中写道:"意象仅是想象的一种类型,它是产生和体验形象的过程。"他还说:"意

① (俄)列夫·托尔斯泰. 安娜·卡列尼娜[M]. 草婴,译. 上海:上海文艺出版社,2004.

象总是朝着一个方向运行；或者朝着另一个方向运动，不断地形成变化着。这表现出心灵在不停活动着。"①

从心理学与思维学的角度审视，意象是主体之"意"与客体之"象"的双向运动，是存在于主客体心理世界的一种特殊的文化现象。也就是说，意象是无定形的富有创造力的"意"，以及有定形的、富有表现力的"象"，是抽象的"意"与具象的"象"的有机结合。例如文艺作品中所追求的"爱"就是一种"意"，它总是在寻找爱的"象"，其意念中爱的对象就是殊途同归的意象。

在思维心理学中，意象虽然基于表象之上，但它超越了表象对客观物体的反映。意象是浸染知识和情感的"象"进入高层次的想象思维。"表象联想"是指由一事物表象联系另一事物表象的心理现象。与意象相通的"联想"，如亚里士多德曾将联想区分为"接近联想"、"类型联想"与"对比联想"三种。弗洛伊德及追随者在心理分析中又指出"自由联想"概念，这是更为复杂的意象运动变化。如今心理学学者进而将其意象之联想，又分为"接近联想"、"相似联想"、"对比联想"、"关系联想"等四种样式。

唐代诗人白居易《忆江南》云："江南好，风景旧曾谙。日出江花红胜火，春来江水绿如蓝，能不忆江南？"此首诗词中"江南"、"江花"、"江水"这三种物象之间互为映衬，形成优美的接近联想。李白《静夜思》诗中"明月光"与"地上霜"是视觉表象间的相似联想。韩愈《听颖师弹琴》诗中"昵昵儿女语，恩怨相尔汝。划然变轩昂，勇士赴敌场"。其铿锵琴声的听觉表象和"勇士赴敌场"的视觉表象对比则形成关系类型的联想。

我们从国画大师齐白石的画作《蛙声十里出山泉》、著名音乐家贝多芬的《命运交响曲》、柴可夫斯基的舞剧《天鹅湖》可认知，表象联想为艺术意象转化为艺术形象的重要桥梁。概而言之，表象联想对于文学创作有着以下三方面的重要意义：其一，表象联想是生活形象转化为艺术形象的重要途径；其二，表象联想是艺术形象之间相互联系的基本途径；其三，文学创作运用比喻、象征、对比、反衬等多种意象表现手法塑造其艺术形象。

艺术形象塑造之"想象"，实指人脑将原有的表象加工改造形成新表象的心理过程。想象不是原有表象的简单复现，而是思维运动对原有表象加工改造而形成的复合事物表象。想象活动的实际心理活动内容是表象的分解与综合。表象的

---

① （美）阿瑞特. 创造的秘密[M]. 钱岗南，译. 沈阳：辽宁人民出版社，1987.

分解与综合在想象与表象联系中展开更为复杂的运动形式,此为文学艺术创作中重要的意象活动,是文学艺术形象创造的根本方法。

　　所谓"表象分解",就是把人的记忆中的有关想象"拆散"或"碾碎",再经过分解的表象重新结合形成一个新的表象。英国著名诗人拜伦曾说:"描写自然的诗,如果仅是如实地写自然,是不能表达诗人的意图的。他所描画的天空,并非自然天空的形象,它是由很多不同的天空所组成的,即不是任何一天的天空的全盘模仿。"他又说:"康诺雕塑像时,他采取一人的肢体,另一个人的手,第三个人的五官,或第四个人的体型,或者同时对他们都加以改善,像古希腊艺术家在具体化的'维纳斯'后所做的那样。"①在艺术形象的创造过程中,表象的分解,不应该是生硬死板的割裂,而应该是生动精细的分化。表象的综合,不应该是简单的捏造,而应该是有机的聚合。

　　列夫·托尔斯泰在谈到《战争与和平》中对女主人公娜达莎形象塑造时,坦露其良苦用心:"我拿过达尼亚来,把她同苏尼雅一同捣碎,于是就出现了娜达莎。"歌德谈到他创造《少年维特之烦恼》中主人公绿蒂时感喟不止:"这是诸多美女们的容姿和特性合在一炉而冶之,铸成那主人公绿蒂。"一个"捣碎"足见表象分解之精细,一个"冶之"与"铸成",足见表象综合之浑然天成,只有经此复杂的,独出心裁的程序,才能创造出和谐、完整、血肉丰满的新的人物艺术形象。

图 25　傲骨关汉卿

---

① 中国社会科学院文学研究所编. 中国社会科学院文学研究所:古典文艺理论译丛[M].
　　北京:知识产权出版社,2010.

"艺术想象",是在表象联想基础上经过自觉的思维运动,是借助原有的表象和经验创造出新形象的心理过程。可以说,任何文艺创作都离不开艺术想象,因为"没有艺术想象就没有艺术世界",更没有成功的文艺作品。宋代文人欧阳修的著名词作《踏莎行》,描写诗人在旅途的真切心理感受,其"上阕"抒写他在途中的所见所闻:"候馆梅残,溪桥柳细,草薰风暖摇征辔。离愁渐远渐无穷,迢迢不断如春水。"其"下阕"则幻变为他想象的女人的细腻情感:"寸寸柔肠,盈盈粉泪,楼高莫近危阑倚。平芜尽处是春山,行人更在春山外。"此首词作中所述,欧阳修经艺术想象的女人柔肠粉泪,倚栏望远山,离愁别绪涌上心头,令人为之动容。

深受艺术想象驱使、频出文学佳作的宋代文人柳永的《雨霖铃》词云:"今宵酒醒何处?杨柳岸,晓风残月",形象地显示了"自古伤别离"的深情意象。将艺术想象化为成功形象的诗词名作,还有李白的"云想衣裳花想容",白居易的"芙蓉如面柳如眉",牛希济的《生查子》"语已多,情未了,回首又重道,记得绿罗裙,处处怜芳草",等等,精彩纷呈,不一而足。

天赋极高、生性聪慧的宋代文豪苏东坡,所写的极富艺术想象力的《水调歌头》,自古迄今世代流传,感人肺腑:"明月几时有,把酒问青天。不知天上宫阙,今夕是何年。我欲乘风归去,又恐琼楼玉宇,高处不胜寒。"诗词作者幻想着遨游月宫,但是"高"不可攀,"寒"不能胜,故急转直下感叹:"起舞弄清影,何似在人间。"此可谓艺术想象的奇葩、思维联想的文学硕果。

宋代诗词大家辛弃疾名作《木兰花慢》在艺术想象方面,更是大胆奇异:"可怜今夕月,向何处,去悠悠?是别有人间,那边才见,光影东头?是天外。空汗漫,但长风浩浩送中秋?飞镜无根谁系?姮娥不嫁谁留?谓经海底问无由,恍惚使人愁。怕万里长鲸,纵横触破,玉殿琼楼。虾蟆故堪浴水,问云何玉兔解沉浮?若道都齐无恙,云何渐渐如钩?"诗词中的意象飘逸浪漫,深情吟诵:今日月亮不见了,是去天外还去了人间?浩浩长风送走了中秋月,不然则是海中的万里长鲸触破了玉殿琼楼!如今它使玉兔沉浮,云层紧锁,令人观之顿生愁绪。诗人丰富的想象,神奇地跨越现实生活,翱翔于虚幻的艺术境界。

清末民初著名文艺理论家王国维对此词作惊叹评析:辛弃疾此作,"中秋饮酒达旦,是用'天问体'作《木兰花慢》送月,曰:'可怜今夕月,向何处,去悠悠?是别有人间,那边才见,光影东头?'词人想象,直悟月轮绕地之理,与科学家密合,可谓神悟。"①此首出于中国古代诗词描绘的"神奇天象",于 15 世纪,竟然被西方天文学家哥白尼的科学原理所证明。

法国著名作家福楼拜在长篇小说《包法利夫人》中细微地描写了爱玛·包法利悲惨的一生,她心地善良,却被上流社会引诱又抛弃,后在绝望中服毒自杀。他不胜感叹地回忆当时自己的奇特艺术心理想象:"我的想象的人物感动我,追逐我,倒像我在他们的内心活动着。描写爱玛·包法利服毒的时候,我自己的口里仿佛有了砒霜的气味。我自己仿佛服了毒,我一连两次消化不良,两次真正消化不良,当时连饭都全吐了。"②

著名电影演员斯琴高娃在饰演老舍名著《骆驼祥子》改编的同名电影中的"虎妞"时,曾著文表述其生动体验过程,以及心灵的震撼与对生命的深切感知:"总之,什么都得是真的,要车份,是真的;骗人,是真的;吵架,是真的;吃醋,是真的;就连死也是真的。拍虎妞之死这场戏,我要求导演不要试拍了,一次拍成。拍完,我全身一点劲儿也没有了,心都在绞痛不止,觉得自己真要不行了,也不知死去了多少细胞!"

综合上述文学创作与文艺评论的精彩观点,对应于人的内部感觉,即接受机体本身的心理刺激,反映机体的位置、运动和内部器官不同状态的感觉,包括运动觉、平衡觉和机体觉等。其中机体觉亦称为"内官觉",是人的内部脏器的生理感觉,乃身体内部各器官所有感觉的总称,包括消化、循环、排泄、生殖诸感觉在内。人的消化感觉亦包括饥、渴、反胃、疝痛等一系列内部脏器的复杂感觉。另如肠、肝、胆、肾与生殖器,以及心、脑等,无论在生理、心理与文艺思维中,都有科学数据记载与文字描述。特别是人的"性觉"在男女之间的恋情与婚配、性感冲动、性交、性变态之中有着重要的生理与心理依据。

人的内部感觉,特别明显地表现在人的运动觉与平衡觉上。运动觉亦称"动觉",为筋肉感觉、腱觉、骨节感觉、平衡感觉、旋转感觉、晕眩感觉、筋肉疲劳和痛苦感觉等的总称。有人将其与触、味、听、视等感觉相区别,称之为"第六感觉"。在生活动觉中,常见的并为文学作品经常描述的有:轻重感觉、移动感觉、旋转感觉、平衡感觉、晕眩感觉等,如"旋转感觉"是一种比较明显,逐渐变得模糊的"内觉"。

---

① 王国维. 人间词话[M]. 上海:上海古籍出版社,1998.
② (法)福楼拜. 包法利夫人[M]. 李健吾,译. 北京:人民文学出版社,2003.

生理、心理学家告诉我们,感觉多来源于人的内耳。内耳前庭内有石灰质的若干硬块称为"耳石",其生理感觉专司杂音。内耳又有器官称为"半规管"、"内三条",各居一方,相交成正角。根据相关实验,内半规管被毁伤的人与动物,都会失去其身体的平衡。人开始旋转时,半规管中的液体必向后流动,刺激器管内的神经,从而唤起"旋转感觉"。过分地刺激半规管,或旋转乍停以后,耳朵会告诉人们仍在旋转,可眼睛却停止这种感觉,从而产生了"晕眩感觉",此为主观与客观相联结而产生的内部感觉。经过专业训练的运动员、舞蹈演员、杂技演员与高空从业者均能适应此种生理与心理感受。

著名诗人艾青在观赏俄罗斯芭蕾舞《小夜曲》之后,写有《给乌兰诺娃》一首诗,动情地咏叹:"像云一样柔软,像风一样轻,比月亮更明亮,比夜更宁静——人体在太空里游行;不是天上的仙女,却是人间的女神,比梦更美,比幻想更动人——是劳动创造的结晶。"此首优秀诗作中描绘轻风一样的旋转,与轻云一样的浮游的神奇的芭蕾舞蹈动作;在诗人视听中,俄国芭蕾舞蹈大师乌兰诺娃早已化为幻想梦境中无比优美的女神。相比之下,过分的旋转、晕眩与丧失平衡的文艺作品,描写显现的是人的痛苦、绝望的感觉。

美国著名作家杰克·伦敦在《马丁·伊登》一书中令人震撼地生动地描写男主人公在死亡前的特殊感觉:

> 他的不听话的手脚拍击、搅动起来,痉挛似的一忽儿动,一忽儿停,力量也薄弱得很。可是他到底战胜了自己的手脚,战胜了叫它们拍击、搅动的求生的意志。他沉得太深了。尽这副手脚干,也永远升不到水面上来了。他觉得仿佛懒洋洋地浮在一片朦胧朦胧、幻影重重的大海上。四下里是一片五色缤纷的光辉,沐照着他,覆盖着他。这是什么呀?这仿佛是一座灯塔;可是这座灯塔就在他自己的脑袋里头——一片闪烁、耀眼的白光。光一闪闪地愈闪愈快。猛听得一阵隆隆声,响了好半天。他觉得,自己仿佛在一道望不见底的大楼梯上滚下去。眼看快滚到底了,他掉黑暗中啦。他只知道这么些。他掉到黑暗中啦。一刹那,他还知道,下一刹那,就什么都不知道了。①

根据西方名家优秀文学作品中所描述的人在濒临死亡时的特殊心理感觉,在不规则、不经意地流动着的此种特殊的思维语言现象,对此,文艺心理学中出现一

---

① (美)杰克·伦敦. 马丁·伊登[M]. 殷惟本,译. 北京:人民文学出版社,2004.

个新名词——"意识流"。这是指人的特殊意识与思维活动,是一种连续性的、变化不定的、斩不断的"语言流",就像河流那样处于川流不息的状态。

意识流,此种新颖、先锐的思维学术概念,由美国心理学家威廉·詹姆斯于1884年发现提出并论述:"意识本身并不表现为一些割裂的片段,像'锁链'或'列车'这样一些字眼,并不能恰当地描述它最初所表现的状态。它并不是什么被连结起来的东西;它是在流动着的。'河'或'流'乃是最足以逼真地描述它的比喻。此后,我们在谈到它的时候,就把它称为'思想流'、'意识流',或'主观生活流'。"

詹姆斯在相关心理学论著中曾认为,意识流具有四种重要特性:(1)"每一种'状态'都是属于个人意识的一部分";(2)"意识是经常在变化着的,没有一种状态在一度消逝之后,能够重新出现,并且和它以前的情况完全相同";(3)"每一个人的意识都可以感到是连续不断的";(4)"意识总是对于它的对象的某些部分发生兴趣而把其他部分加以排除,它始终是在进行欢迎或拒绝——一言蔽之,始终是在对它们进行选择。"

詹姆斯的意识流理论对于西方哲学界、心理学界和文学界产生深远的影响,渐次成为西方现代文艺,特别是西方小说与电影创作中广泛运用的一种写作技巧。此种方法强调作家、诗人要敏锐地捕捉文学作品人物意识的流动状态,是潜在的系统的真实的隐形思维过程。意识流小说通常使用内心独白的叙述技巧,主张自然、生动地描绘作品人物连续不断的视觉、听觉、触觉与下意识动作,这些心理印象与思想倾向汇聚在一起,即形成神奇的意识之流。

此典型的文学范本为詹姆斯·乔伊斯的长篇小说《尤利西斯》,此书中用意识流手法描述都柏林市的三位居民——利奥波德·布卢姆、摩莉·布卢姆和斯蒂芬·迪达勒斯在十九个小时中产生的复杂心理状态。特别是他在显示意识流动状态下,女主人公摩莉表达内心独白时,为显示象征、暗示、隐喻、隐射等心理效果,作者竟然陈列了长达数十页、不加标点的文字:

> 一刻钟以后在这个早得很的时刻中国人该起身梳理他们的发辫了很快修女们又该打起早祷的钟声来了她们倒不会有人打扰她们的睡眠除了一二个晚间还做祷告的古怪牧师以外隔壁那个闹钟鸡一叫就会大闹起来试试看我还睡不睡得着一二三四五他们创造出来的像星星一样的花朵像花龙巴街上的糊墙纸要好看得多他给我的裙子也是那个样儿……

与此同时,詹姆斯·乔伊斯还撰写有《都柏林人》、《青年艺术家的肖像》、《芬尼根守灵夜》等优秀文学作品,亦不同程度地运用神奇莫测的意识流手法。在西方作家与作品中,还有施尼茨勒的《古斯特尔少尉》、威廉·福克纳的《喧嚣与骚动》等,均为可供研究与赏析的典型的意识流式小说作品。

在我国,借鉴西方文学"意识流"文学手法获得成功的代表人物是著名作家王蒙,他创作的《春之声》、《风筝飘带》、《布礼》、《蝴蝶》等小说;另如于 20 世纪末产出的优秀电影作品《小花》、《苦恼人的笑》等,可视为中国当代"意识流"文艺作品之先声。

"意识流"文艺作品,是以着重描写潜意识自由联想为主要特点的,此类作品利用反传统手法形成了新兴的文学思维结构。在文学创作中,意识流具体表现在下列五个方面:

(1)内心独白。这是文学作品人物向读者告知,自己的心理活动所发出的心灵的无声语言。

(2)梦境。意识流文学常常通过梦境的描写来表现人物的心理状态。诸如海明威在《乞力马扎罗的雪》中描写主人公哈里半梦半醒的意识流;又如茹志鹃的《剪辑错了的故事》运用梦境来"剪辑"生活,均有利于表现人物下意识状态,及其纵横驰骋的自由联想。

(3)错觉。意识流文艺作品侧重于有心理变态的人错读的感觉,如卡夫卡的《变形记》。

(4)幻觉。这是一种虚假的心理感觉,由于人处在不清醒、非理智状态,所反馈的信息产生混乱和异化。

(5)隐喻和象征。隐喻是一种自觉的联想,是作者有意识安排的暗示,象征则是一种自发的心理联想。

意识流手法对文学创作产生明显的引领作用,使得作家对人物的心理描写,变得更加深入而细致。特别是在作家捕捉瞬间的感受和印象,再现跳跃式的联想方面,更显得敏锐而迅捷。

为了适应文学艺术表现,意识流在创作形式、手法与结构上也出现各种神奇的变化。诸如时序的颠倒、空间的转换、幻觉错觉的运用、象征意味的追求,以及人物行动、对话与内心独白的错综交织。当然,在运用此种手法来表现中华民族传统文化心理时,也存在着一些不足之处:诸如运用意识流有时缺乏思想深度,有的流于公式化、形式化;在时序、空间的处理上,也有为变换而变换的不规范现象。

文艺思维结构形式之所以重要,是因此为文学艺术作品的材料、内容的组织方式和内部构造,这是作家、艺术家精心结构的文体框架,是文学作品所反映的生活内容和主题思想,以及作者谋篇布局的重要依据和基础。作者在构思中所考虑的结构形式,需要最大限度地反映社会生活的本质,以达到形式与内容的和谐、完整与统一。对此,俄国文艺理论家车尔尼雪夫斯基曾高屋建瓴予以阐释:

> 只有形式完全与思想适应,只有体现了真正的思想的作品才是艺术的。为了解决形式与内容交相适应的问题,就应当看重作品的各个部分和详情细节,是否真正是展示作品的基本思想。无论任何出色的详情细节——例如场面、性格、情节如何曲折和优美,假如它不为最完全地反映作品的基本思想服务,那它就损害了作品的艺术性。

以著名作家魏巍在抗美援朝期间,创作了享誉文坛的优秀报告文学《谁是最可爱的人》为例。当年,他在写作初稿时,发现文学结构上出了问题:"想写通讯《自豪吧,祖国》一文时不成功,只好忍痛割爱,删除重复多余材料。"后来改用并列结构才使此作品得以起死回生。对此,他深刻反省:"在朝鲜时,我曾写了一篇《自豪吧,祖国》的通讯,里面写了二十多个我认为最生动的例子。带回来给同志们看了看,感到不好,就没有拿出去发表。因为例子堆得太多了,好像记账,哪一个也说得不清楚、不充分。以后写《谁是最可爱的人》,就只选择了几个例子,在写完后又删掉两个。事实告诉我:用最能代表一般的典型例子来说明本质的东西,给人的印象是清楚明白的,也会是突出的。"

在现当代文学史上,许多作家、诗人在文学创作时,非常喜欢将现实、梦幻与回忆相互交织进行文字描述,从而使自身感情在思维联想的浪潮中交错互动、往返起伏,由此作者主观的潜在的将"意象"幻化为外在的客观的"视像"。如俄国著名作家屠格涅夫的散文诗《当我不在世的时候》即为典范之作:"当我不在世的时候,当我过去的一切都化为灰烬的时候——你啊,我唯一的你啊,我这样深情地和这样温存地爱过的人。你,大概体验过我的痛苦,人啊——可不要到我的坟墓去。……你在那儿是无事可做的。请不要忘记我……但也不要每日在忧虑、欢乐和困难的时刻想起我。……我不想打扰你的生活,不要搞乱它的平静的水流。不过在孤独的时刻,当善良的心,那熟悉的怯弱和无缘无故的悲伤碰着你的时候,你就拿起我们爱读的书当中的一本,找到里面我们过去常常读的那些页、那些行、那些话吧!——记得吗?——有一次,我们涌出了甜蜜的、无言的泪水。你读完吧,然后闭上眼睛,把手伸给我……把你的手伸给一个不在世的朋友吧。我将没能够用我的手来握它:我一动不动地长眠在地下。然而,你也许会在你的手上感觉到轻轻的爱抚。于是,我的形象将出现在你的眼前,你一双闭着眼睛的眼睑下将流着泪水。而类似这样的眼泪水,被美女感动了的我,过去曾和你一起流过。你啊,我唯一的朋友。你啊,我这样深情地和这样温存地爱过的人!"①

对于"梦幻"中显现的灵感思维,实在稀有而值得格外珍贵,对此,西方著名哲学家费尔巴哈指出:"灵感是不为意志所左右的,是不由钟点来调节的,是不会依照预定的日子和钟点迸发出来的。"灵感思维的突发性特征,往往表现在人们头脑中日积月累的思考。在某种外来因素的刺激下,在毫无戒备的状态下突然显现出来,作者无法预知灵感到来的时间、场合,以及所接受的诱因。

"灵感"这个神奇的精灵,就是这样出其不意地到来,使冥思苦想的问题突然得到迎刃而解。对此,廖军著《视觉艺术思维》也抱有无限的惊奇与喜悦,论证灵感的"突发性":

> 人的思想质变有两种形式:一是人们对事物认识的积累和反复思考,从感性阶段逐渐上升到理性阶段,这是渐进式的变化;另一种是人们日积月累的知识达到一定的程度,经某种因素触发而产生突变,使感性认识迅速升华为理性认识。灵感的出现能够打破人们的常规思路而产生特殊的效果,这就是灵感思维的突变性。②

作家、艺术家在文学、艺术创作时,受到灵感的影响,往往会突发其想,茅塞顿开,从而产生意想不到的优秀文艺作品,此种成功的范例很多。诸如高尔基在同客人谈话中偶然受到启发,即创作了文学名作《教育诗》。列夫·托尔斯泰正发愁《安娜·卡列尼娜》如何开头时,偶然间受普希金《别尔金小说集》"后记"一句话启示,便以"奥布朗斯基家里一切都乱了",作为这部名著的开头语。我国古代诗人曹植的"七步诗"尤其体现了灵感思维的突发性特点。

三国曹魏时期,曹丕做皇帝之后,一直对才华横溢的胞弟曹植嫉妒与怀恨在心。一次勃然命令他在七步进行中作诗一首,否则将动刑正法。曹植却镇定自若,在平时生活积累、内心感悟的基础上调动灵感,突发其想,于短步之内,出其不意吟诵出:"煮豆燃豆萁,豆在釜中泣。本是同根生,相煎何太急"这样千古传诵的

---

① (俄)屠格涅夫. 当我不在世的时候[M]. 智量,译. 武汉:湖北人民出版社,2001.

② 廖军. 视觉艺术思维[M]. 北京:中国纺织出版社,2000.

美妙诗篇。

无数事实证明,灵感迸发于大脑高度紧张动作的一瞬间,情绪激动,犹如闪烁的流星划过夜空,非人力所控。灵感从孕育、成熟到涌现而出,停留时间十分短促,不期而至,而且转瞬即逝,这就是灵感的"瞬间性"。宋代诗人苏轼对此描述:"作诗火急追亡逋,清景一失后难摹。"①俄国诗人普希金认为:"灵感是一种敏捷地感受印象的情绪,因而是迅速理解概念的情绪。"

苏联著名诗人马雅可夫斯基在《我怎样作诗》一文中,真实记载了"灵感来袭"时的特殊况味。有一次,他为了描绘一位孤独的男人对恋爱之人如何钟情,前后苦思冥想两昼夜,还找不到恰当的诗句。第三天夜晚,继续琢磨仍无收获,他只好上床睡觉。然而在后半夜的梦境中,脑海中突然闪现出如下奇特的诗句:"我将保护和疼爱你的身体,就像一个在战争中残废了的,对任何人都不需要了的兵士爱护着,他唯一的腿。"他激动万分地赶紧跳下床,在黑暗中摸到一根烧焦了的火柴棒,在香烟盒上匆忙写下了"唯一的腿"几个字,然后又睡着了。可是在第二天,他面对这一行神来之笔所写的文字,竟一时无法破译解其"天书"的来历。所以,灵感突入其来,转瞬即逝,实在令人难以猜度,急需迅速捕捉。

正因为灵感思维具有"瞬间性"的特征,才使得作家、诗人时刻期待着大脑中灵感的随时光临。反之,由于缺乏快速记录的习惯和迅速辅捉的能力,灵感经常宛如夜空中的烟火划过而消散无踪。有些学者研究新思想、新观念、新形象,将产生的时期称其为"灵感期",也称豁然开朗,为心灵的"顿悟"。

灵感的产生往往是"突然性"的,甚至是带"戏剧性"的。有时出现于半清醒、半睡眠状态,有时产生于正从事其他活动(如散步、钓鱼、听音乐、旅行等)的灵感期。当人们步入此特殊的心理过程,眼前突然闪现出一瞬间的灵感,顿时使创作思路畅通,文思泉涌,梦笔生花,出现最佳创作状态,有时自己也难以置信,何来如此神来之笔?!

科学家与作家、艺术家一样,在豁然开朗期,经过长期思考之后,由于受到外界某种神秘因素之启示,或所思问题在潜意识中孕育、成熟,问题久思常常得到意外解决,人们通常称其为"灵感活动"。苏联作家冈察洛夫回忆自己的写作突发状态时说:"仿佛是摸索着前景,起初写得没精打采,笨头笨脑,枯燥无味,我自己都常常没兴趣写了。直到突然光芒四射,照亮了我应该走的道路。"法国大作家巴尔

---

① (宋)苏轼. 东坡词注[M]. 吕冠仁,注. 长沙:岳麓书社,2005.

扎克对此种特殊心理思维活动作了如下生动的描述：

一天晚上，走在街心，或当清晨起身，或在狂饮作乐之际，巧逢一团热火触及这个脑门，这双手，这条舌头；顿时，一字唤起了一整套意念；从这些意念的滋长、发育和酝酿中，诞生了显露匕首的悲剧、富于色彩的画幅、线条分明的塑像、风趣横溢的喜剧。

我国著名学者朱光潜在《谈美》一书中，曾总结出"灵感"思维的三大特征："一、它是突如其来的，出于作者自己意料之外的。""二、它是不由自主的，有时苦心搜索而不能得的偶然在无意之中涌上心头。希望它来时它偏不来，不希望它来时却蓦然出现。""三、它也是突如其去的，练习作诗文的人大半都知道'败兴'的味道。'兴'也就是灵感。诗文和一切艺术一样都宜于乘兴来时下手。"他还惊喜地发现，灵感还有其他神奇功能或"功夫"：

最容易显出天才的地方是灵感。我们只须就灵感研究一番，就可以见出天才的完成不可无人力了。杜工部常自道经验说："读书破万卷，下笔如有神。"所谓"灵感"就是杜工部所说的"神"，"读书破万卷"是功夫，"下笔如有神"是灵感。据杜工部的经验看，灵感是从功夫出来的。①

大量事实证明，文学艺术家的思维活动往往是断断续续地进行着，常常是夜以继日，日复一日，经常在暗自期待"灵感"的来临。在此时候，个人的意识中对纠结问题已不再有意去思考，于不自觉的潜意识活动中，问题仍然存在。但是，日间苦思不解的问题，谁想夜间休息或睡眠时忽然灵感在梦中出现，真可谓是人生的奇迹！由此可见，创造性思维的酝酿期多属潜意识过程，这种潜意识的思维活动极有可能孕育着解决问题的新观念。一旦酝酿成熟，灵感与才气就会脱颖而出，使问题轻而易举得到解决，对于文学艺术家来说，这真所谓"山重水复疑无路，柳暗花明又一村"。

第二节　文艺创作与创造性思维

"创造性思维"，是指以新颖、独创的方法解决问题的心理思维过程。通过这

---

① 朱光潜.谈美［M］.桂林:广西师范大学出版社,2004.

种思维方法,不仅能揭示客观事物的本质及内部联系,而且还会在此基础上产生新鲜、奇特、有社会意义的思维成果。它是人类思维的高级心理与创新过程,更是人的意识发展水平提升的标志,文学艺术工作者在文艺创作中非常需要此种创造性思维形式。

在《普通心理学》教科书中,我们了解到,创造性思维主要有以下四个特点:(一)新颖性;(二)创造性思维是发散思维与聚合思维相结合的产物;(三)创造性想象的积极参与;(四)灵感状态。经过许多心理学家深入研究发现:创造性思维不同于一般的思维活动,它要求打破惯常的解决问题的方法,而将已有的知识经验进行一系列总结与重建,在此基础上,创造出前所未有的思维成果。由此可见,"新颖性"、"独创性"是创造性思维最本质的文化特征。

中西心理学家普遍认为,人们在创造性思维活动中,特别要求培育发散性思维,尽可能多联想,多思考,以求找出各种更多、更好的解决问题的方案。

在文艺创作阶段,作家、艺术家对长期积累的创作素材需进行"去粗取精、去伪存真、由此及彼、由表及里"的加工改造,以期构思与显现新的艺术形象。但是,反映生活本质的东西,不是随意就能从纷繁的素材中找出来的,人的头脑中储存的旧有表象,也不是稍加拼合就会产生新的艺术形象的。因为文艺创作首先要进入潜心构思的"酝酿期",此阶段往往要经历很长时间,有时甚至长达几年、十几年、几十年。在此过程中,作家、艺术家的思维活动表面上似乎经常中断,但实际上原来构思的意象会不时地出现在他们的头脑中,渐次转化为潜意识与梦境中新的人物形象。

清朝初年有一位才华横溢的山水画大师石涛,他吟诵着一句广为传诵的名言——"搜尽奇峰打草稿",即指画家在观察生活中的艺术构思及酝酿过程。宋朝郭熙在《林泉高致》一书中,亦强调山水画应当"身即山川而取之"。在中国古代,许多画家徒步远行,踏遍青山,"身即山川","搜尽奇峰"而吟诗作画。有的"没乘雪自携饼饵","摹拟竟日忘归";有的"每自担竹笥,储诗画笔墨";有的"扁舟泛海,尽览山水"。

近代著名画家黄宾虹走遍祖国名山大川,他最钟爱黄山,几十年间上下此山十多回,并自号"黄山山中人"。他每到一处,总是全身心地投入真山真水的博大怀抱。有一次他冒雨入蜀游青城山,看到漫山幽谷、飞瀑争流时感慨不已,情不自禁吟诗一首:"泼墨山前远近峰,米家难点万千重。青城坐雨乾坤在,入蜀方知画意浓。"后来,黄宾虹又夜行长江三峡之"瞿塘峡",于月光下画速写时,灵感袭来,不禁连声大呼:"月移壁! 实中虚,虚中实。妙,妙,妙极了!"遂作《题画嘉陵山水》，把"月移壁"与"雨淋墙头"联系在一起，体悟自然山水之艺术奥妙。不觉道出"我从何处得粉本，雨淋墙头月移壁"的独特创作经验。

俄国画家普·阿·费多托夫在美术界有着"绘画界的果戈理"之称誉。他的油画佳作《少校求婚》构图简洁，寓意深刻，极富戏剧性和故事传奇性。画家敏锐地捕捉：失踪多年的未婚夫突然来临，引起富人家里一片骚动与忙乱。此一瞬间的动人画面，生动形象地揭露了沙俄社会中贵族和富人拼命追求财富，互相巴结，狼狈为奸，以至沦丧道德的丑态，具有强烈的讽刺性和艺术幽默感。为了画好此幅名作，画家经历了漫长的艺术酝酿期。最初，他以讽刺口吻揭露上流社会的昏庸与腐朽，写作过一首与奥斯特洛夫斯基讽刺喜剧《自己人好算账》，以及果戈理传世名剧《钦差大臣》相提并论的叙事诗《少校婚姻》。后来，他又以种种借口潜入富人家中，留心其家庭的陈设，并到店铺与商场，细致观察富人们的神态，举止行动，随手画成草图。费多托夫每天的"主要的工作均在街头和别人家里"，他为此感慨之至："我是求教于生活的，我的劳动就是睁大了眼睛去看。因为我的题材散布在全城，我得四处奔波，去寻找它们。"为了创作画面上那个令人过目不忘的富人形象，他花费了大量时间去寻找生活中的"模特儿"，以求形象逼真入其画作：

> 有一天，终于在亚尼赤金桥畔发现了我的理想之物。这是任何一个幸运者把自己的美人预定在涅瓦河上相见时的那种快乐情景，也不能胜过我遇到这个棕黄色胡子和大腹便便的人的喜悦。我就跟踪我的这个寻得的对象，一直把他送到家，然后找机会认识他，同他整整周旋了一年。研究他的性格，得到画这个可爱的老伯伯的肖像的许可，于是我马上就把他放到这幅画上来。①

无独有偶，法国著名作家莫泊桑的恩师福楼拜，他曾谆谆嘱托自己的学生："对你所要表现的东西，要长时间很注意去观察它，以便能发现别人没有发现过和没有写过的特点。在任何事物里，都有未曾被发现的东西。因为人们用眼观看事物的时候，只习惯于回忆起前人对这事物的想法。最细微的事物里也会有一点点未被认识过的东西，让我们去发掘它。为了要描写一堆篝火和平原上的一株树木，我们要面对着这堆火和这株树，一直到我们发现了它们和其他的树、其他的火不相同的特点的时候。"福楼拜还告诫得意门生莫泊桑，要作到眼光犀利、思维敏捷、捕捉形象。如果走到一个马车站，"请你只用一句话就让我知道马车站有一匹

---

① （俄）伊戈尔·多尔果波洛夫. 俄罗斯名画的诞生[M]. 北京：金城出版社，2013.

马和它前前后后五十来匹是不一样的"。莫泊桑认真按照恩师教导去做,仔细观察生活,刻苦锻炼艺术感受、表现能力与写作技巧,后来,他果真撰写出《羊脂球》、《项链》等一大批传世小说佳作。

图26　著名诗人郭沫若

16世纪时,著名英国哲学家培根非常用心于创造性心理思维的培养,他曾富有哲理地认识与区别,把盲目堆集材料的求知识方式称作"蚂蚁搬家"的方式;把主观、随意创造体系的方式叫作"蜘蛛结网"的方式。他认为:作家、艺术家与"真正的哲学家,则应像蜜蜂一样。它们从花园和田野里面的花朵中采集材料,但是用它自己的一种力量来改变和消化这种材料"。以此为启迪,培根缔造出"知识就是力量"这样有哲理的名言警句。同样,中国文学大师鲁迅高歌礼赞"蜜蜂的精神",他谆谆告诫青年人:"必须如蜜蜂一样,采过许多花,这才能酿出蜜来。倘若叮在一处,所得就非常有限。"

文艺思维正是这样直接或间接地使用抽象、复杂的表现形式,不断地进行思维的特殊心理训练。俄国近现代文学的奠基人普希金有一首人们经常吟诵的名诗《假如生活欺骗了你》,诗中写道:"假如生活欺骗了你,不要忧郁,也不要愤慨!不顺心时暂时克制自己,请相信,欢乐之日即将来临。我们的心儿憧憬着未来,现实总是令人悲哀:一切都是暂时的,转瞬即逝;而那逝去的将变为可爱。"经查询诗的来龙去脉,这是他当年题写给邻居奥西波娃女儿姬姬的纪念册上的赠言。在字里行间,充满了对年轻人的殷殷期望。

再如,普希金创作优秀抒情诗《缪斯》,扬溢着非凡的哲思、想象与浪漫情愫:

　　我幼小的时候,很讨她的欢喜,

她给了我一只七支管的芦笛。

她微笑地听着我吹奏——轻轻地，

按着笛管的抑扬顿挫的洞隙。

我已经会用我的柔弱的手指奏出：

为神启示的庄严的赞诗，

以及弗里吉亚的牧人安详的歌曲。

从清晨到黄昏，在橡树的阴影里，

我殷殷聆听这隐秘女神的教益。

而且，为了偶一奖励，使我欢喜，

她也有时从她妩媚的额际，

撩开卷发，把芦笛从我手里接去。

那时啊，笛管就充满了神的呼吸，

发出圣洁的声音，使心灵沉迷。

　　普希金的此首名诗中所述"隐秘女神"，系指古希腊神话世界中的九个女神，她们都是主神宙斯的女儿，分别掌管诗歌、艺术、历史、科学、智慧等不同部门。普希金在此首抒情诗中所歌颂的女神"缪斯"，是智慧与艺术的化身，对她的高歌礼赞充满了奇特的幻想色彩与创造性思维。

　　英国著名诗人雪莱有一首优秀诗作《赞智力的美》，读后令人非常震憾与钦佩不已。他将人的"心灵智力"称为美的精灵："有一种不可见的力量威严的身影，虽不可见却漂浮在人群中，翅膀似夏季潜行在花叶间的风，凭着多变的翅膀访问纷乱的人境；像透过山巅松林的月色闪烁不定，用闪烁的目光巡视人们每一张面孔，每一颗心；像黄昏时分的色彩与和谐的声音，像星光下铺展的云霓，像对逝去的音乐的记忆；像由于美丽而可爱的一切，又由于它的不可思议而更珍贵可亲。"在此诗中他还写道："美的精灵啊，你在哪里？是你以你的色彩把神圣光辉，赋予你照临的人类思想和形体。……似乎不可能发生，也确未发生过的和谐的音响，异样的光辉；也请你让你的力量，就像把自然的真谛在我无为的青春时日揭示给我，把安详和镇定给予我生命的进取期。赐给这崇拜者吧！他崇拜你，也崇拜包含有你的一切形体。哦，美的精灵，是你的魅力使他畏惧他自己，然而热爱着全人类。"[①]

---

　　①　（英）雪莱. 雪莱抒情诗选[M]. 查良铮，译. 北京：人民文学出版社，1999.

一个艺术形象的诞生,一种理论新概念的创建,在人的大脑中涌现,或在优秀文学作品中记载,并非一蹴而就轻率之举,而是需要精心推敲,反复修改提高,经过反复社会实践才能成熟完满。我国古典文论者历来推崇"染翰成章,自然高妙",又要求"新诗改罢自长吟"。此种反复、精细的"渐悟"与"熔炼之功",是突发其想的直觉"顿悟"的必要补充,也是创造性的艺术形象能够在文学作品站住脚的必要条件。

苏联著名作家阿·托尔斯泰认为:"在艺术里,一切都取决于具有重大意义的艺术家的观察力。"法国著名作家左拉曾形象地把文学创作比喻为"百眼巨人",或"百手巨人"在进行不同寻常的文字工作。他深切地感悟:"一百只眼睛是为了看到一切,一百只手是为了握住笔杆,记下一百只眼的见闻。"俄国文豪列夫·托尔斯泰似乎真的有一百只眼和一百只手在卓越地工作,令众人敬佩不已。伟大哲学家列宁高度评价他的一系列鸿篇巨制,"反映了一直到最深的底层都汹涌激荡的伟大的人民的海洋",是一面无比真实的"俄国革命的镜子"。

法国作家司汤达在创造性文学思维创作中,同样是一位成功的实践者,尤其是他创作的扬名世界文坛的优秀长篇小说《红与黑》。

图27　精神的饥渴

论及司汤达的名著《红与黑》的缘起,最初是受了《法院通报》中关于安东·贝尔特案件报道的启发而作。此案例详情为:安东是一个贫穷的乡下手艺匠的儿子,他年轻时曾在当地一位神父的帮助下,进入一所神学学校学习。由于他不喜欢读《圣经》而爱看世俗书籍,被学校开除。安东只有到米舒家做家庭教师,不久成为米舒夫人的情人。旋尔，他又求学于一所高等神学校，在德·卡尔东家任教时，又狂热地追求主人的女儿。他执意寻求与上流贵族平起平坐，但是此社会却把他当一个仆人看待。在受辱之余，他决心进行报复。有一次，安东看见米舒夫人在教堂里祈祷，便向她开了一枪，法院执意判决，将他推上断头台。经不同文本相比较，人们不难看出此案件已构成《红与黑》的基本轮廓，其主人公安东·贝尔特即为此部长篇小说中典型形象"于连"的人物原型。

通过此部文学作品我们发现，司汤达经过一系列创造性的艺术思维，卓越地进行了文字处理，特别注重思想升华及心理验证。他在《红与黑》下增加了一个副标题："一八三〇年纪事"，借此在书中告知读者："现在在法国有二十万个于连·索黑尔"。并且标明书中"描写的是路易十八和查理十世的政府带给法国的社会风气"。继而，解读书名之"红"代表法国大革命，是指充满英雄业绩的拿破仑帝国时期；"黑"则代表法国革命另一方面反动势力，指封建社会势力猖獗的复辟时期。此书显然是作家精心写作的长期观察与反映波旁王朝复辟时代法国，及其社会生活的文学思维结晶。

当然，在写作《红与黑》的过程中，司汤达还有机地融入一些自己的生活经历。他在法国马赛撰写此书第一部时，曾一往情深地热恋着一位将军的妻子曼蒂，即克莱孟丁·居里亚尔伯爵夫人。后来他又在巴黎结识了著名画家德拉克鲁亚的妹妹阿尔伯塔，对她爱慕不已。他在写第二部之时，遇到向他吐露爱情的意大利姑娘朱丽雅·林叶丽，使他一度被冷淡的心，重新萌发热情，并依此塑造出典型人物形象"玛特尔"。故此，有人赞誉司汤达为世上少有的"人类心灵的观察者与描绘者"。

人们常说，优秀文艺作品是"长期积累，偶然得之"，"一文得知，毕生酝酿"之硕果。据古代文献《宣和书谱》记载，唐代书法家怀素："一夕，观夏云随风，顿悟笔意，自谓得草书三昧。"于是，其"书法大进"，遂"若惊蛇走虺，骤雨狂风"。另据盛熙明《法书考》所载，宋代书法家雷简夫创作自述："余偶昼卧，闻江湖声。想其波涛翻翻，迅駃掀磕，高下蹙逐，奔去之状，无物可寄其情。遽起作书，则心中之想，尽在笔下矣。"

著名作家老舍在创作话剧代表作《龙须沟》时，将长期生活积累的大量生活素材，经思维想象与加工处理后，遂化为鲜明的人物艺术形象。他在介绍自己创作体会时，如此形象生动地比喻：

　　一个作家，他箱子里存的做成的或还没有做成的衣服越多，他的本事就越大。他可以把人物打扮成红袄绿裤,也可以改扮成黑袄白裤。他的箱子里越阔,他就游刃有余。箱子里贫乏,他就捉襟见肘。我写《龙须沟》,如果从动笔写第一章算起,自然不长;要是从程疯子那件大褂、丁四那件短袄算起,那该是几十年了。①

著名学者、文学家郭沫若编写过多部历史剧,自称都是"妙思乐涌,奔赴笔下"。诸如他写《筑》只用了 13 天,《屈原》花费了 10 天,而写《蔡文姬》只用了 7 天就完稿了。可是有谁得知他"一泻千里"的"神来之笔"却是经过长期酝酿而形成的。据郭沫若先生回忆,于抗战前在日本留学时,他就想把"荆轲刺秦王,高渐离击筑"的历史故事写成舞台剧本。《屈原》则是郭沫若"二十五前的试作《湘累》的发展"。《蔡文姬》是他"幼时发蒙读过《三字经》'蔡文姬、能辨琴'"时就已萌芽欲写其作,但将此事写成剧本、搬上舞台已是"隔了六十多年"以后的事了。

蒙古族著名作家李準创作《李双双》电影剧本时,导演要求他用生动形象镜头来反映李双双与喜旺的夫妻关系。他即调动生活积累中的生活场景,突然想出一个高招:干脆让喜旺在众目睽睽下任性而动,随意将脊背上的一件脏衣服丢给河边的新婚妻子去洗。对此成功形象之举,李準曾解释:"生活积累得越丰富,'偶然得之'的机会就越多。一桶汽油不盖盖子,碰到火星就会烧燃;一桶水,火星再多,仍然点燃不起火来。"周恩来总理生前对文艺工作者们谆谆告诫:"作品的产生可以是偶然得之,但是这种偶然得之,是建立在长期的生活和修养基础上的。"故此,文学艺术思维中的生活积累、灵感发挥是相辅相成的,是可遇而不可求的创作规律所使然。

综上所述,创造性文学思维是一种非常积极而复杂的心理思维活动。除了上述四个思维心理阶段之外,专家、学者还根据不同的内容与形式概括出如下四种不同的创造模式,即创造思维的四阶段公式:"定向——逼近——成型——引深"。还同时划分出四种不同的思维时期:(1)定向期,主要收集各种信息,决定创造方向和结构;(2)逼近期,以最大的毅力和决心,集中精力,坚持不懈,向既定的目标,进行思维冲击;(3)成型期,经过深思熟虑,产生顿悟或灵感;(4)引深期,经过验证和深化思维,使新的观念更加新颖,让新的形象更加成熟。

---

① 老舍. 龙须沟[M]. 北京:人民文学出版社,1797.

思考题：

1. 通过文本分析,创作思维如何体现在文学人物形象设置之中?

2. 思维理论在文学艺术创作中的意义是什么?

3. 谈谈人物形象对文艺作品中的重要作用。

4. 如何理解创造性思维在文学艺术创作过程中发挥的作用?

第十二章

文艺新思维与文学大发展

回顾世界历史，人类第一次革命是"新石器时代"，第二次革命是"农耕革命时代"，第三次革命是"产业革命时代"；第四次革命是"电子信息时代"。新的人类历史时期必然要产生新的革命与文艺思维形式，以及新的文学、艺术样式。20世纪以来所产生与发展的电影文学、电视文学、MTV文学与多媒体文学，正面临着新文体的转型与新思维的建构，借此将更大限度地开发与拓展人的智能与思维潜力。

人作为高级动物与"万物之灵长"，既是自然动物、社会动物，又是文化动物。在漫长的生理与心理进化中，人类不断丰富与完善自身的思维与语言能力，逐步从低级、蒙昧与野蛮阶段，过渡至高级、先进与文明的层次。如今到了21世纪，这是新的思维心理历史时期，无论是文化心理学、思维学，还是文学、艺术心理学、智能思维学都会有着长足发展。故此，我们所从事的文艺思维学，及其理论与创作实践也应该"与时俱进"，紧跟新世纪的脚步大踏步前进。

令人倍受鼓舞的是，陶伯华研究员在本世纪初从钱学森先生提出的"大成智慧工程"与"大成智慧学"得到深刻启发，开始对"智慧思维"做进一步的理论探索：即对生物智能的演进，原始思维的飞跃，抽象思维与形象思维的提升，辩证思维的发展，创新思维的开拓，人机思维的匹配等方面，进行一系列深入、细致的学术探讨。他所撰写的《智慧思维学》一书，所设计的诸篇章，全面、生动地阐释通过"生物智能的演进"、"原始思维的飞跃"、"抽象思维的提升"、"辩证思维的发展"、"形象思维的变相"、"创新思维的开拓"、"灵感思维的激发"、"天才思维的怪异"、"群体思维的优化"、"人机思维的匹配"、"诗性思维的追求"①等专题，层层递进，以期构筑形成"现代文化新思维"，阅读此书之后，给人耳目一新之感。

如前所述，"创新思维"不同于一般的人的思维活动，它要求打破传统解决问题的

---

① 陶伯华.智慧思维学[M].长春:吉林人民出版社,2010.

方法,提出将已有的知识经验进行改造或重建,全力推出个体或群体,以及社会发展的前所未有的思维成果。

如今世界,"新颖性"已成为创造性思维最本质的特征,其立足点皆为"求新"。此学说认为,思维运作的结果倘若没有新意,就谈不上创造性思维。对此,李赟著文高瞻远瞩指出:"创造思维就其思维的性质来看,它本质上是一种求异思维。倡导独辟蹊径,求同中之异,即勇于打破常规惯例,致力于从不同的角度,求得新的理解和认识,提出一些使人意想不到的、崭新的有价值的见解;或求独到之异,即更注重探求人类认识的未知天地,力图开创人类认识的新领域。"①在风起云涌、万象更新的21新世纪,我们理所当然应该按照创新思维模式,对其文化智慧、文艺大发展等相关课题给予必要的预测与有力的促进。

第一节　文化智慧与文艺新思维

在当今社会中,科学技术高度发展产生的"科学发展观",有效地指导着文艺理论与文学、艺术创作的长足发展。科学的智能化带动着新世纪"文艺智能化"不断更新。美国斯坦福大学人工智能研究中心尼尔逊教授对"人工智能"下过这样一个经典定义:"人工智能是关于知识的学科——怎样表示知识,以求怎样获得知识并使用知识的科学。"美国麻省理工学院温斯顿教授进一步对此阐释:"人工智能就是研究如何使计算机去做过去只有人才能做的智能工作。"这些先进观点反映了人工智能学科的基本思想和内容,即人工智能是研究人类智能活动规律,其构造具有一定智能的人工系统;人工智能研究如何让计算机去完成以往需要人的智力才能胜任的工作;如何应用计算机的软、硬件,来模拟人类相关智能行为的基本理论、方法和技术,以及得到这些问题的解决。

"人工智能",是现当代计算机学科的一个新兴分支。20世纪70年代以来,被称为世界"三大尖端技术"(空间技术、能源技术、人工智能)之一,也被认为是21世纪"三大尖端技术"(基因工程、纳米科学、人工智能)之一。数十年来、人工智能获得迅速的发展,在很多学科领域都得到广泛应用,并取得了丰硕的成果。

人工智能现已逐步成为一个独立的人文分支学科,无论在理论,还是实践上都

---

① 李赟. 创造性思维的特征、方法与创造力培养研究[M]. 西安:西安建筑科技大学,2007.

已自成系统。"人工智能学"成为研究致使计算机模拟人的某些思维过程和智能行为(如学习、推理、思考、规划等)的新兴学科。主要包括计算机实现智能的原理,制造类似于人脑智能的计算机,其目标定为大力促使计算机实现更高层次的应用。

人工智能涉及计算机科学、心理学、哲学和语言学等学科,可以说是自然科学和社会科学中众多学科的最佳结合体,其学术范围已远远超出计算机科学原有范畴。人工智能与思维科学的关系是科学理论和实践的关系,处于思维科学的技术应用层次。从思维观念看,人工智能不局限于逻辑思维,还涉猎到形象思维、灵感思维的科学运用,如此才能促进人工智能突破性的发展。

科学智能影响的"文艺智能"自从进入语言思维领域后,将使人工智能学科、社会科学与自然科学智能互相促进,并得以更快的发展。夏义生在《科学发展观与当代文艺的思维转型》一文中,全面论述到此种新兴思维模式与科学发展观的深层逻辑关系:

> 科学发展观是一种社会发展模式,也是一种思维方式。"笔墨当随时代",文艺的思维方式不可避免地要受到时代生活的影响。时代主题的转换要求文艺面对生活调整自身的姿态。随着时代主题从战争与革命向和平与发展转换,文艺的斗争思维向和谐思维转型,也就成为历史的要求。和谐思维方式是和谐文化的深层内核。建设和谐文化,实现科学发展,关键在于更新思想观念,转变思维方式。从和谐的视域出发,以和谐为基本原则和价值取向来观察生活,攫取素材,创造作品,这是新的历史时期对文艺工作者提出的新要求。①

图28　国学大师季羡林

---

① 夏义生. 科学发展观与当代文艺的思维转型[M]. 光明日报,2009. 4. 10.

对于无论是高端科学的人工智能，还是普及形式的文艺思维形式与文化智慧思辨方法的训练，我们均可从广为人知的《迈向科学之路》一书中获悉秘诀："我们谈一些名著，常常为它们旨意高远、体大思精、立论严谨、搜罗丰富而感叹，同时也不禁要问：作者从哪里找到这么多的思想和资料呢？其实，这绝非朝夕之功，而是日积月累、辛勤劳动的结晶。"

实际上，有关学者利用科学归纳法、逻辑法、思维法寻觅其源，回答此类问题，此书举出很多令人惊叹与信服的例证："马克思为了写《资本论》，曾钻研过1500种书，而且分门别类做出大量提要。""鲁迅先生为了研究中国小说史，从上千卷书中寻找所需要的资料，《古小说钩沉》《唐宋传奇集》等书就是他辛勤辑录的成果。"再如："达尔文是善于直接向大自然索取第一手资料的能手。从1831年踏上军舰作航行考察时开始，他就孜孜不倦地搜集各种珍贵植物和地质标本，挖掘古生物化石，研究生物遗骸，观察荒岛上许多生物的习性。经过二十七年长期的资料积累、分析和写作，终于发表了轰动一时的《物种起源》。"

由此可见，人类智者的天才与能力，及其所获成果不是凭空而来的，而是长期积累、创造性劳动所得。我们不能忘记，在此基础上，还要遵循一个理论前提，即要敢于解放思想，认真训练正确的文化思维。对于文学、艺术家来说，则要深入研究与与实践科学思维与文艺思维，即前文所述的逻辑思维、形象思维与灵感思维。

在《东方人与西方人——各国国民性格管窥》一书中，作者把东、西方各国民族的基本性格与思维模式进行对照比较，得出这样一种认知："直率的美国人、稳重的英国人、浪漫的法国人、严谨的德国人、骄横的日本人、保守的中国人。"不管此种分析正确与否，其文化思维差异给中华民族，特别是汉民族带来深刻的文化反思，从而激发起不断适应社会、适应新时代的心理思维进步。

在如今高科技发展时期，文学创作与文艺理论同样需要"高智能训练"与"文化大智慧"开发。美国诗人罗登堡高度评价华裔诗人、文艺理论家叶维廉的先进思维方式："他是学者、现代主义的旗手、记者、散文家；而纵使他具有多重身份，仍一直与其时代、地域、运动血脉相连。……他是美国（庞德系列的）现代主义与中国诗艺传统的汇通者。"与此相印证，叶维廉著《中国诗学》"附录"中的"漏网之鱼：维廉诗话"之"诗人的职责"中记载："理想的诗人应该担当起改造语言的责任，使它能适应新的感受面。其中一个方向是：利用抽离的作用，使语言表面的歧义性完全消除，达到最高的交感性；另一方向即是全神贯注于事物本身，不让表面奇异的语言所左右。"①另外,在"外在气象与内在气象的交融"一章中,他引证了仰慕已久的唐代诗人杜甫名诗《初月》之深刻寓意:"光细弦欲上,影斜轮未安。微升古塞外,已隐暮云端。河汉不改色,关山空自寒。庭前有白露,暗满菊花团。"并对此情景交融的特殊心理思维所铸造的优美文字进行如下评述:

> 诗中没有一句不是自然现象展露的弧度的迹写,但同时又没有一句不是"人的境遇"(如御边所引起的国家、个人的境遇)的迹写。诗人只给我们他对自然现象所经验的基本迹线,使读者从迹线索构成的气氛里,感受到多层类同的情境的迹线(御边只是最明显的一层)。……虽则在写诗时或有意、或无意地用了象征,但很自然地会以外象的迹线,映入内心的迹线这种表现为依归。②

美国华裔文艺理论家刘象愚教授对此理念亦有浓郁的兴趣,他在论证文学和诗歌的特质与文化功能时睿智地指出:"文学是美言丽句的文章,这种概念是中国审美文学理论的基础,而与技巧概念有着密切的关系,甚至可以说这两者是一枚钱币的两面。其基本差异在于:审美概念主要着重于文学作品对读者的直接影响(艺术过程的第三阶段),而技巧概念着重于作家与其作品的关系(第二阶段)。当批评家从作家的观点,讨论文学而规范出作文的法则,他可以说是在阐述技巧理论;而当他描述一件文学作品的美,以及它给予读者的乐趣,那么他的理论可以被称为'审美理论'。在中国文学批评中,审美概念的起源,可以追溯到'文'这个字的字源;一如在第一章所指出,它的原意可能是'样式'(pattern)或'花纹'(marking)。文学被称为'文章'(patterns),这表示出一种审美的文学概念。"③

文学之所以富有美学、心理学、思维学的多重学术价值,是因为其文体有着鲜明的"象征意义",具有超越形象自身的寓意性。美国著名学者劳·坡林明确指出:"象征的定义可以粗略地说成是,某种东西的含义大于其本身。"当文学中词语寄寓某种超出本义的内涵所产生的"暗示",以及词语含有多层不确定的意义而形成的"朦胧"之语言特征之时,就使此类文学的美学坐标移向了东方,转向了现代审美,即为读者与观众留下了无穷的艺术想象空间,以促使人们去探寻丰富而深邃的"言外之意"、"象外之象"与"弦外之音"。依此可见,"象征型文学"的基本特

---

① (美)叶维廉. 中国诗学[M]. 北京:人民文学出版社,2006.
② (美)叶维廉. 中国诗学[M]. 北京:人民文学出版社,2006.
③ (美)刘象愚. 中国文学理论[M]. 杜国清,译. 南京:江苏教育出版社,2006.

征是所谓的"暗示性"和"朦胧性"。

　　法国现代派诗人波德莱尔在知名诗作《应合》中,运用象征型语汇描述所见所闻与所思:

> 自然是一座神殿,
>
> 那里有活的柱子,
>
> 不时发出一些含糊不清的语言。
>
> 行人经过那儿,
>
> 穿过象征的森林,
>
> 森林露出亲切的眼光对人注视。
>
> 仿佛远远传来一些悠长的回音,
>
> 互相混成幽昧而深邃的统一体。
>
> 像黑夜,又像光明一样茫无边际,
>
> 芳香、色彩、音响全在相互感应。

　　现代主义文学文体变异幻化、光怪陆离,使读者不觉走入"象征的森林",听到各种"含糊不清的语言"、"互相混成幽昧而深邃"的"一些悠长的回音",其"芳香、色彩、音响全在相互感应"。面对此种纷繁杂驳、奔腾流动的现代世界文化思潮,文学家、艺术家只有从神秘性、多义性、模糊性的诗歌;音响性、节奏性、流动性的音乐;梦幻性、色彩性、光感性的美术画面中,才能寻找到塑造的对象,以及在特殊精神状态下观照的"对应物"。

　　赵文林、谢淑君著《当代思维学》一书论证"思维演化过程"时,经分析的归纳认为:现代人的心理思维共有五个维度:"1. 由浅到深——这是从认识的阶梯性提出的。认识的阶梯性来源于思维的结构性或层次性。2. 由粗到细——这是从知识轮廓清晰度提出的。在许多场合,都有一个由粗到细的认识演变过程。3. 从简单到复杂——这是从思想内容积累的数量提出的,思想内容的复杂性表征一个人的精神财富的储存量。一般说来,愈复杂,愈丰富,就愈有益。4. 由定性到定量——这是由知识内容中包含的'量'与'质'的关系提出的。世界上也许只有一门科学是由定量到定性,这就是数学。5. 由推测到确证——这是由知识的真实性提出的。现代科学愈是发展,认识对象就距人的自然感觉渠道愈远。"[①]

---

① 赵文林,谢淑君. 当代思维学[M]. 北京:工人出版社,1988.

20 世纪 40 年代,德国著名哲学家、美学家海德格尔借用现代派诗人荷尔德林的诗作《人诗意地栖居》,证实当今社会须诗化之现实:"假如生活是十足的辛劳,人可否抬眼望,仰天而问:我甘愿这样? 当然,只要善——这纯真者仍与他的心同在,他就乐意以神性来测度自身。难道神不可了知? 抑或他显露自身犹如苍穹? 我宁愿相信后者,神乃人的尺度。人功德丰盈,但却诗意地栖居于大地。如果可以,我要说,那被称作神的形象的人,较之夜的星光闪烁,更为纯真。大地上可有一种尺度? 绝无!"

在海德格尔的心目中,生活中"十足的辛苦"的人,不甘贫穷、寂寞、无知与无助,出于天性本真,只有渴求神灵"以神性来测度自身"。因为他们相信"神乃人的尺度"。在"星光闪烁"的夜晚,人们虔诚地仰望着天空,追寻神的踪迹,此时才有所心理满足。因为只有在天地之间,借助充满爱的神性,人类才会"诗意地栖居于大地"。另外,海德格尔在《荷尔德林与诗的本质》一文中断言:"诗便是对神性尺度的采纳,为了人的栖居而对神性尺度的采纳。"诗人只有在"聆听天地神灵的呼唤"之后,才会萌发写诗的冲动,"只有当诗发生、出场,人的栖居才会发生。诗首先让栖居在其本质上得以实现。"

海德格尔还发现,在现实的文学、艺术思维与创作过程之中,并非"人在说语言",而是"语言在说人"。人若离开诗的艺术的语言,将会深深藏匿在世界的黑暗之处,饱受不见天日的阴冷死寂之苦。故此,他敏锐地指出:"十分明显的是,诗的活动领域是语言,因此,诗的本质必须通过语言的本质去理解。尔后,以下的情形便了然大白了:'诗是对存在的第一次命名'。他还说:是对万物的本质的第一次命名。"得以进而化之;"诗并不是任何一种随意的言说,而是特殊的言说,这种言说第一次将我们日常语言讨论和与之打交道的一切带入敞开。因此,诗决非把语言当作手头备用的材料,毋宁说,正是'诗第一次使语言成为可能'。诗是一个历史的、民族的原初语言。因此,应该这样颠倒一下:'语言的本质必须通过诗的本质来理解'。"

海德格尔在《荷尔德林与诗的本质》中,还通过对荷尔德林的著名诗句的深刻领会获得感悟:"诗"并非"随意的言说",而是神谕的"特殊的言说",它是一个民族历史的"原初语言"。人们因为"诗意地栖居",才使得生活的"一切带入敞开",才有了真正生存的意义与价值。但是令人遗憾的是,近百年以来,人类社会现实却被无情的残暴的战争、瘟疫、嫉妒、凶杀、功利,还有生硬冰冷的机械化、电子化、物质享乐而肢截、扭曲与毒化。在这个本来充满诗意的世界中,诗人失去自己的精神家园,诗的歌吟只是一首"无字之歌"。故此,他强烈呼吁,人类应进行深邃的哲学思考,通过诗与艺术还原到原初语言的维度,高声疾呼人类尽快恢复"诗化本质"与艺术的本真。

　　刘安海撰写的文学创作心理学专著《文学创作：系统的心灵创造工程》，亦由衷倡导与呼唤"诗化本质"。他将文学、艺术创作看作一个全面、系统的心灵创造工程，这个工程被作者称为"母系统"。并认为，在此之下统摄六个子系统：第一个为"创作动机"；第二个为"观察体验"；第三个为"创造思维体系"；第四个为"整合完形"；第五个为"艺术表现"；第六个为"调节控制"。刘安海强调，每个子系统同母系统之间都有极为紧密的内在联系，其立论应建立在对诸多理论知识的融会，以及对大量创作实践想象科学分析的基础之上。

　　我们所赖以生存的社会呈现多维、多义、多视角、多层面，故此，刘安海认为新时期文学、艺术创作是"极为复杂多样的，然而因为人类鉴于智能与条件的限制，所能反映与表现的传媒手段过于落后而狭窄，而失去了大量甚至绝大多数有价值信息。"①正因为如此，只有在传统思维基础之上，不断开拓创新，努力走向高科技电子信息化与科学智能化道路，才有希望引导新的文艺思维与超文本智能向前发展。

　　早在 19 世纪中叶，美国著名思想家、诗人、哲学家梭罗就从"生活艺术化"的角度，对其文化审美进行深入的思考和文学创作实践。梭罗在美丽、深邃、悠静的"瓦尔登湖"独居的岁月中，与山水花鸟为伍，以艺术的审美来超越"安静而绝望的生活"。他似乎在大自然诗性与神性领域中，聆听到上帝动人的歌声，在他的心目中只有"自我的庙宇"才产生真正的艺术。梭罗写作的不朽名著《瓦尔登湖》，即是为现实又为理想奉献的心灵杰作，亦为文学想象与思维的艺术结晶。

　　德国著名美学家康德认为："想象力是一个创造性的认识功能，它有本领，能从真正的自然界所呈献的素材里，创造出另一个想象的自然界。"②黑格尔在其《美学》名著中认知，"艺术家最杰出的艺术本领就是想象"。在现实中，无论是文学家还是文艺理论家，都对超越自然的审美想象寄予厚望，充分肯定其思维活动的美学特征与超前想象，并促使共存发展。

　　古希腊哲学家阿波罗尼阿斯在谈到文艺创作时说，"是想象制造了艺术品"。英国著名剧作家莎士比亚对美的艺术想象作过如此精彩描述："疯子、情人和诗人，都是想象的产儿：疯子眼中所见的魔鬼，比广大的地狱里所容纳的还要多；情

---

①　刘安海．文学创作：系统的心灵创造工程［M］．上海：华中师范大学出版社，1993.

②　（德）康德．判断力批判［M］．//外国理论家作家论形象思维．北京：中国社会科学出版社，1979 年版．

人,同样是那么疯狂,能从埃及的黑脸上看出海伦的美貌;诗人的眼睛在神奇的狂放的一转中,便能从天上看到地下,从地下看到天上。想象会把不知名的事物用一种形式呈现出来,诗人的笔,再使他们具有如实的形象,空虚的物也会有了居处和名字。强烈的想象往往具有这种本领,只要领略到一些快乐,就会相信快乐的背后有一个赐予的人;夜间一转到恐惧的念头,一株灌木一下子便会变成一头熊。"①俄苏著名文学家高尔基同样指出:"想象在其本质上也是对于世界的思维,但是它主要是用形象来思维,是艺术的思维。"②

我们欣喜地看到:世界各国文学艺术创作者,正在尝试着将一切飘忽不定的、难以捕捉的事象固定下来,并鲜明地呈现在欣赏者面前,并竭力将一切抽象文字转化为具体可感的美的图像,这就是现代"想象思维"的重要美学价值,而与此相连的即是"智能联想"。凭借着丰富的崭新的"智能思维"联想,文学艺术创作者把强烈的审美情感充分地表达出来,才会产生创新的优秀的文艺作品。

第二节　思维导图与文学大发展

新兴科学实验成果反复显示,人从一出生即开始积累庞大、复杂的"思维数据库"。大脑惊人的储存能力,使人类生成大量的心理资料,继而经由"思维导图"与放射性思维方法而使文艺创作大受裨益。人们除了需加速资料的累积量之外,更多的是应将相关数据依照彼此关联性分层、分类管理,使资料的储存、管理及其应用更具系统化,从而增强大脑运作的效率。"思维导图"颇善于开发左、右脑的功能,借其颜色、图像、符码的使用,不但可以协助我们的文化记忆,增进文学艺术创造力,而且会让思维更加轻松有趣,更具有个人特色及多面性。

文学艺术创作过程中所依靠的形象思维、抽象思维与灵感思维,这是人类的基本思维方式,是一种以直观形象为思维载体的高级心理活动。早在古希腊时期,亚里士多德就注意到人类思维的不同的形式,并做了初步、奠基性的研究:"显然,想象和判断是不同的思想方式。想象是可以随心所欲……而获得结论(判断),是不由我们做主的,结论有正确和错误之别。"对此种先知先觉的科学思维理

---

① (英)莎士比亚. 仲夏夜之梦[M].//莎士比亚全集. 北京:人民文学出版社,1978.
② (苏)高尔基. 论文学[M]. 北京:人民文学出版社,1978.

论,马克思给予充分的肯定:"这位研究家最早分析了许多思维形式,社会形式和自然形式,也最早分析了价值形式。"

伟大的思想家、哲学家毛泽东在《人的正确思想是从哪里来的》一文中,关于对社会现实思维方式由浅而深,由点到面,由低级思维向高级思维发展的理论观点,至今读起仍颇有启发意义:"无数客观世界的现象,通过人的眼、鼻、舌、耳、身这五个官能,反映到自己的头脑中来,开始是感性认识。这种感性认识的材料积累多了,就会产生一个飞跃,变成了理性认识,这就是思想。这是一个认识过程。"在上述人的思想运作方式与过程,或"心理模式"基础之上,对现当代人的思维功能,以及理性的科学方法进行深入的探索与研究,亦可从西方心理学家开发的"思维导图"中获得新的启示。

英国学者东尼·博赞、巴利·博赞合著的《思维导图》,其中有许多篇章涉及文艺创新与现代思维模式,诸如"发散性思维"、"头脑风暴"、"创造性思维"、"思维新境界"等。不同寻常、博大精深的"思维导图",以放射性思维方式与"收放自如"的心理模式,提供给人们一种正确而快速的学习方法与工具。运用在创意联想,项目企划,问题解决与分析,会议管理等方面,产生令人惊喜的实用效果。

她是一种充分展现个人智力潜能的思维方法,可迅速提升人的思维技巧,大幅度增进其记忆力、组织力与创造力。它与传统的"笔记法"和"学习法"存在量化跳跃式的差异,主要导源自脑神经生理的学习互动模式,并且展现人生具有的放射性思维能力和获得多感官的学习特性。思维导图为人类提供一个有效思维图形工具,倡导运用图文并重的技巧,开启人类大脑无限的潜能。

思维导图俗称"心智图",又称脑图、心智地图、脑力激荡图、思维导图、灵感触发图、概念地图、树状图、树枝图,思维地图,等等,是一种理想的图像式思维的工具,以及一种利用图像式辅助方法来表达思维的智能工具。心智图是使用中央关键词,引起形象化构造和分类的神奇想法。它用辐射线形连接所有的代表字词、想法、任务或其他相关联项目的图解方式。

表达发射性思维的有效的图形思维工具思维导图,简单而有效,是一种富有革命性的思维工具。思维导图运用图文并重的技巧,把各级主题的关系用相互隶属与相关层级图表现出来;把主题关键词与图像、颜色等建立记忆链接,充分运用左、右脑的机能,利用记忆、阅读、思维的规律,协助人们在科学技术与逻辑想象,抽象与形象之间平衡发展,使之人类大脑的潜能得以最大限度开发。

近年来,思维导图完整的逻辑架构,及其大脑综合思考的方法,在世界范围内被广泛应用在学习及工作方面,大幅度降低了人的耗费的时间以及物质资源,对于一些人的理论水平有着大幅提升,产生了不可忽视的人类思维强大功能。

值得高度关注的是:《思维导图》一书在"充分挖掘文学和诗歌的价值"一章中,非常关注文艺思维新形式与新方法运用,除了论及"文学要素:情节,主题,哲学,观点,人物塑造,情绪和气氛,背景,意象,象征"等之外,还深入阐述文学作品的文化属性、思维特点与学术意义:

> 诗歌和文学作品中有历史留给我们的伟大思想,它们是我们进入想象、幻想、思想、哲学、欢笑和冒险世界的阶梯。可以增长我们的知识,增加我们的历史和文化数据库。一部小说就像大海,所有拍打着海岸的波涛,都是由那些一个盖过一个的波浪推进的。这些波浪本身又是由一个又一个浪花涌动着,它们相互拥抱连接,形成了数英里长的海浪。小说的语言节奏也像大海中的波浪。那些较大的节奏是小说更深层的要素。①

这部研究思维神奇的畅销书籍,还特设"大脑——被施了魔法的编织机"一章,用以证实"人的大脑及其潜能"。作者特地引用了查尔斯·谢灵顿的经典思维理论:"人的大脑是一台被施了魔法的编织机,数百万个闪光的梭子,编织着一个渐渐隐去的图案,一个总有自身含义的图案,尽管它从不听人调遣。它就像银河开始了某种宇宙的狂舞。"由此而感慨与赞誉:"毫不夸张地说,我们的大脑就是一切。我们能给大脑许多东西,反过来,大脑也给予我们许多东西。"②

图 29　未来的时空

①　(英)东尼·博赞,巴利·博赞. 思维导图[M]. 北京:中信出版社,2013.
②　(英)东尼·博赞,巴利·博赞. 思维导图[M]. 北京:中信出版社,2013.

　　刘爱伦主编的《思维心理学》亦论及大脑科学与智能开发,其知识涵盖面很大。他在此书推介新世纪心理思维,提出当前需大力倡导"创造性思维与发散性思维",并且清晰地阐述:"发散性思维是从所给的信息中产生众多的信息,从同一输入来源中,产生各种各样为数众多的输出,即从问题的多种可能方向扩散出去,探索问题的多种解决。"他还积极引荐崭新的思维模式:"吉尔福特于1967年将集中思维和发散思维作为智力结构的因素提出来,并认为'流畅性'、'变通性'和'独创性'构成了发散性思维的三个维度。"另外刘爱伦还指出:"创造力的核心是创造性思维。创造性思维是发散性思维与集中思维的统一,通常更多地或首先表现在思维的发散性上。但是产生最合理的方案离不开集中思维。……有相当重要意义的八种有效地测量创造性思维的方法:横向思维、逆向思维、多路思维、直觉思维、灵感思维……要开发创造性思维,改善创造性活动的具体方法、策略和技巧。"①

　　相比这下,思维心理学中"创造性思维""与"发散性思维"确实是最值得倡导与推广的新的思维模式。因为这两种模式昭示以新颖、独创的方法解决问题,其新思维过程是人类思维的高级阶段与智能思维的成熟体现。

　　纵观当今日新月异的社会文化发展和文艺新思维,现代语言文学与思维学,宛若一张硕大无比的网络系统。随着现代科技的发展,人类文化交流日益频繁,语言学与其他学科产生越来越复杂与密切的关系,其中包括人文科学,诸如社会学、历史学、地理学、考古学、心理学、哲学、逻辑学、文学、艺术学、文化史学,等等;自然科学,诸如数学、信息论、电子学、医学、符号学、情报学、通信技术、计算机科学、自动化技术,等等。由此交叉形成许多新兴语言学科,诸如人类语言学、社会语言学、地理语言学、心理语言学、神经语言学、数理语言学、实验语言学、计算语言学,等等。涉及新兴的智能思维科学,其中对"计算机"与"语言学"的关系研究尤为重要,同样对我们认识与推动文艺心理学与思维学理论发展至关重要。

　　在现代语言文学中,人们逐渐掌握与使用计算机技术处理文字,反映文学信息,乃至加强音像艺术解码之功能。我们利用计算机处理语言信息,需要将一定数量的信息和处理程序输入现代科学机器,予以全面储存,然后编入命令,让它在储存的大量信息中查找某种信息;按照需要的方式自动编排,显示其结果。相对于传统文化传播手段,计算机技术如储存、检索、编排信息的任务经电子机械介入较易完成。此方面早已得到有效应用的对各种语言素材进行统计、分类、储存,快

---

　　①　刘爱伦主编. 思维心理学［M］. 上海:上海教育出版社,2002.

捷编辑各种词表、索引和词典,建立语料库、术语数据库,等等,从而节省了大量的人力和物力。通过人的智慧与技能,首先让计算机"看懂"文学语言,再根据需求"输入"文字"语句"、"语法"、"语义规则",然后进行更大信息量、更高层次的符码解读。这样才能实现传统自然语言与现代人工语言,乃至现代文学艺术语境的真正转型与体现。

不可否认,电子技术与信息科技,给人类带来前所未有的自由空间与生活乐趣。在世界上,自从出现了电报、电话、电台、电影、电视与电脑等"电子家族"之后,电子传播依据"模拟技术"与"数码技术"在全球得以覆盖性的渗透及发展。如今思维形式的革命,继纸质印刷后传播模式又一次得到恢复,从而重新确认被遗弃已久的民间口头文化,使之多流向的动态性口语与线性凝固的书面语言融汇在一起,通过电子荧屏、音像技术获得更大范围与规模的传播。借此技能将文字转变为数码,作为信号去控制另一种信号的变化而形成编码电子文本与计算机存储器为依托的数码化电子文本,以及通过摄像机的拍摄转化成的模拟性电子文本。

据有关专家指出:电子科学技术文本转换的最大优势在于:由其蕴含的感性信号和非感性信号矛盾运动,形成假设性与虚拟性,这是现实中人的视听感官无法直接接受与把握的电磁信号传播。此种电子技术的特性正好与文艺形式的"想象思维"相互补充,并使之文学、艺术虚幻性相神奇遇合。

在人类文化历史上,无论是线性的还是非线性的文学形式,如诗歌、散文、小说、戏剧等,原来都离不开纸质媒介的传播,但是,传统文学多拘泥于线性、径直性的"再现",而现代文学电子技术则倾向于交互性、交叉性的"表现"。两者有机融合从而形成一个巨大的文本网络,呈现出一种"不择细流、吸纳百川"的开放态势。黄鸣奋教授在《超文本诗学》一书中对此精彩地阐述:

> 古代世界中书写发明之后,建立自己的网络,变化了作者的任务,这种网络由文本之内的参考文献及引文所组成,并与文化中由其他文本所形成的更大的网络相联系。如今,网络建设的重任,已转移到科技工作者及网络商肩上。他们所建成的网络其实是人工平台,任何写作(不仅是文学创作)都可以在这一平台上运行。反过来,凡是在该平台上从事的写作,都被纳入了"赛伯世界",成为庞大的交往网络的组成部分。文学本就应当成为促使人们心心相印的虹桥,电子超文本网络为实现文学的使命创造了前所未有的便利条件。①

---

① 黄鸣奋. 超文本诗学[M]. 厦门:厦门大学出版社,2002.

在现实生活中,"电子超文本"确实架设起一座光彩夺目、硕大无比的"虹桥",不仅真实还原了绚丽多彩的世界,还将人的深邃莫测的心理、思维全面得以呈现。当我们进入家庭与公众电影院,坐在电视机、电脑网络或大屏幕前,大至天文地理,小至花鸟鱼虫,都感到那样真切与逼真,美丽、动态化地显现在我们的眼前。那种经过电子技术虚拟化处理的精美画面、音响给人的心灵带来多么大的震撼与冲击,这是传统纸质文学艺术文本所无法比拟与替代的。前趋状态科技形势正在催促着文艺理论与文学、艺术创作思维尽快走上科学与智能的现代化道路。

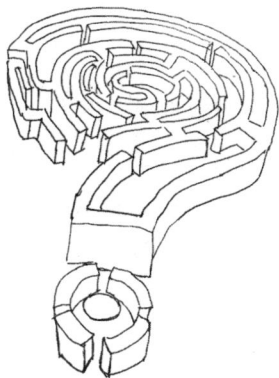

图30　思维的迷宫

李炳全著《文化心理学》认为,文艺思维应该实事求是,建立于扎实的文化心理思维学基础之上,如此才能有所进步:"20世纪末,在以实证理念和现代西方哲学为基础的整个世界心理学,尤其是西方心理学面临的新的困境的情况下,文化心理学以一种完全不同于主流心理学的新姿态迅速崛起。文化心理学突出的是文化,文化是其研究的核心,或者说是出发点和归宿。以文化为文化心理学的主线,围绕文化来界定、组织、梳理有关的概念和理论,形成一个较为严密、完整的文化心理学体系。通过分析、整理和解读,概括出文化心理学的研究传统、研究策略和研究目的,从而使文化心理学体系更为完整与系统。"①

从富有前瞻性的宏观学科理论所审视,"文艺心理学"与"文艺思维学"属于

---

① 李炳全. 文化心理学[M]. 上海:上海教育出版社,2007.

"人类文化心理学"的一个重要分支,以人类文化大视野来"界定、组织、梳理有关的概念和理论",方可进一步促使其学科"形成一个较为严密、完整的文化心理学体系"。在此基础之上,陆贵山于《综合思维与文艺学宏观研究》一文中,竭力倡导"综合思维方式",并予以深入论证:

> 只有倡导和运用整体性的宏观辩证的综合思维方式,才能有利于取长补短,发挥各种文艺观念的综合优势,实现各种文论学理系统之间的协调性和复合性的价值和功能。研究文艺学主要有两种思维方式,除"分析思维方式"之外,还有"综合思维方式"。只有运用整体的综合思维方式对文学进行宏观的系统研究,才便于把握对象的全貌。这好比艺术家作画,既要有精美的细部,更要有宏伟的构图。

在此文中,陆贵山还富有见解地指出:"应当有一些学者放眼和有志于运用整体的综合的思维方式,对文学进行宏观的、综合的、辩证的、多维的、跨学科的、全景式的研究。尽可能更加全面、系统地把握文学的本质、价值和功能。通过运用整体的综合思维对文学进行宏观研究,以期实现文艺理论的大发展和大创新,需要几代人的集体智慧,必然经历一个艰辛的、深刻的、漫长的历史过程。"①

当然,令人神往的"综合思维方式",不能局限于"硬性"宏观思维的审视,还应该倡导"软性"微观的中华民族传统思维模式,对其东方世界传统"艺术意境"进行深入探析。对此,著名美学家宗白华在《中国艺术意境之诞生》一文中极富创见地描述:"以宇宙人生的具体为对象,玩赏它的色相、秩序、节奏、和谐,借以窥见自我的最深心灵的反映;化实景为虚境,创形象以为象征,使人类最高的心灵具体化、肉身化:这就是'艺术境界'。"在分析研究了独具特色的中国诗学,乃至东方美学"意境的特构"与"中国心灵的幽情"之后,我们发现,宗白华先生提出的"艺术的人生观"更富有中华民族传统文化与现代文艺思维色彩。

为了维护"中国诗学"的传统思维优势,弘扬中华民族诗学的个性精神,钱学森先生与陶伯华倡导的"诗性思维的追求",可谓21世纪文艺心理学极富前瞻性的思维形式。中国诗学思维的本质是中国传统文化的"形象思维",是"生命——文化——感悟"的多维、多元诗学体系。它们之间的内在关联,即以生命思维形式为内核,以心理文化思维为肌理,由感悟思维元气贯穿,形成一个"完整、丰富、活

---

① 陆贵山. 综合思维与文艺宏观研究[J]. 文学评论,2007. 2.

跃的心理诗学有机整体"。不同心理维度之间多姿、多彩地交融与"互运、互动、互联",遂形成丰富的有内在审美张力和多义性的理论诠释。从文艺心理学、文学思维学的角度,弘扬中国传统诗学的优势,将文艺思维学与"生命美学"联系起来综合性研究,有望逐步建构起一个体大思深的新的中国诗学思维体系。

俄苏著名心理学家巴甫洛夫曾经动情地描绘:"无论鸟翼是多么完美,但如果不凭借空气,它是永远不会飞向高空的。事实就是科学家的空气。你们如果不凭借事实,就永远也不能飞腾起来。"伟大领袖、导师列宁对此理论高度评价,并确认思维与想象在"社会科学创造中"产生的不可或缺的重要作用:"有人认为,只有诗人才需要幻想,这是没有理由的!这是愚蠢的偏见!甚至数学上也是需要幻想的,甚至没有它就不可能发明微积分。"

郭沫若先生更是精辟地概括科学与艺术的未来思维定式:"既异想天开,又实事求是。"他还高屋建瓴地指出:"科学也需要创造,需要幻想,有幻想才能打破传统的束缚,才能发展科学!科学工作者同志们,请你们不要把幻想让诗人独占了。《嫦娥奔月》,《龙宫探宝》,《封神演义》上的许多幻想,通过科学,今天大都变成现实。"

在当今世界中,我们文艺工作者应该有远见、有抱负,借助于科学思维理论,不断提升文艺思维学的高度,"既异想天开,又实事求是",不断"打破传统的束缚"。努力将实现中华民族伟大的复兴梦化为现实;努力创作出既符合时代要求,又数量众多、质量优秀的文学、艺术作品,共同促使中国当代文艺事业的大繁荣与大发展。

思考题:

1. 科学发展观对当代文艺的思维转型有什么作用?

2. 文学和诗歌的特质与文化功能是什么?

3. 什么是"思维导图"?它对文学发展有什么作用?

4. 你如何看待文艺新思维与文艺大繁荣?

后　记

开拓文学艺术思维新时空

在当今诸多人文学科中，"思维学"是一门较为年轻的学科，至于由文艺学与思维学嫁接而成的综合性学科"文艺思维学"，更是一门新近产生的具有深刻内涵与蓬勃朝气的分支学科。虽然文艺思维学至今尚未成熟，还未形成特有的气势与规模，但却是一门社会需要，大众欢迎，颇有发展前途的新兴人文学科。

回顾往事，在20世纪末，笔者没有机会接触到跨学科的思维学，因为年轻时仅从事文艺编辑工作，多徘徊在操作性较强的文学、艺术创作实践之中，顾不上挂靠什么理论学科研究。只是在本世纪初，有幸从边疆文化部门转至内地高校，从事一些教学科研工作之后，才发现梳理清楚心理学、思维学，乃至与文艺研究的关系是何等重要和紧迫。

多少年来，人们由衷地钦佩富有才情、妙笔生花的国内外著名文学、艺术家，尤其倾倒于看来轻松创作出的优秀文艺作品，但不得而知文坛大师是如何开动脑筋，挥动文笔，源源不绝推出精品伟作的，由此自然产生出许多相关臆猜与幻想。其实这些神奇的心理现象与文艺理论方可通过科学分析、研究探索得以解决，原来均借助于强有力的学术理论武器"文艺思维学"！

记得当年，笔者从新疆文联调入山西师范大学后，惊喜地发现上海、北京、山西、陕西等高校有许多老师热衷于"教育心理学"和"认知思维学"研究。他们旁征博引、引经据典，找来诸多国内外相关著述与科学数据,试图解析深藏于人类大脑"黑箱"中的大量神秘信息。还有一些老师沉溺于心理学实验室,对受教育的学生们进行乐而不疲的科学测试,企图解开沉睡于人类大脑深处的思维奥秘,这一切都引起了笔者的热爱与强烈好奇!但是遗憾的是,当时没有条件与机会从事此门科学技术含量颇高、玄妙深奥的文艺心理学与思维学研究,只有抓耳挠腮,望洋兴叹的份儿!

不过,"机会总给有准备的人的"。记得在21世纪头一年,山西师范大学戏曲文物研究所筹办"中国文艺理论辅导班",来自省内外的学员们强烈请求新增加一门"文艺创作与思维"课程。不知为什么,冯俊杰所长与黄竹三教授找到了笔者,希望能从多年来全国热烈讨论的"形象思维"角度入手,全面、系统、通俗地阐述此门学科学理。因为笔者过去一直在文艺界扎堆厮混,多少有些此方面文艺理论积累与创作实践,又对国内外文艺家们的生平故事与创作经历感兴趣,就贸然接下了此门不知高低深浅的新课程。

当笔者准备开设"文艺思维与文学创作"此门课程时,又一次翻阅1965年7月21日毛泽东主席写给陈毅元帅的关于写诗的一封信,并大量搜集中外学界相关资料过程中,对自古迄今的文艺心理与思维概貌逐渐有了全新的认识。在备课的过程中,笔者才发现此门学科看似简单,细究起来却十分复杂与深邃。因为其中要涉及许多自然科学与社会科学知识,并且需有大量的文艺知识和代表性作品来对应研究。最困难的是,对于至今还处于初步探索的"脑科学"的生理与心理原理的剖析,对笔者这位初涉自然科学研究皮毛的新手,近似异想天开,痴人说梦。

但是让人感到欣慰的是,此门课在边写边讲过程中,一直受到高校学生们的热烈欢迎与大力支持。笔者在虚心听取了他们的意见与建议之后,几经修订的讲义,先后被山西师范大学文学院、美术学院、音乐学院、历史文化学院所接纳,相继被邀请去开设院、系的公共选修课。令人兴奋与感动的是,连续六年,选课的学生们踊跃,课堂上反映强烈,此门新开之课一时成为温度持续上升的"热门课"。

笔者在调入陕西师范大学文学院之后,又将文艺思维学部分内容吸收、分解于民族文学、文艺美学、戏剧文学、丝路文学与影视艺术中讲授,同样获得了广大本科生、硕士、博士生们的好评,从而心理深处受到莫大的鼓舞。但是不可忽视的是,因为社会文化的不断发展,科学技术的不断更新,以及人们思维观念的不断改变,此门学科的形式与内容不免有些陈旧。随着电子科学、智能高科技的不断涌现,国内外大量学术成果需要参考与借鉴。笔者感到以前仅局限于大学课堂上的此部讲义形式与教材内容有些浅薄,只有逐步加工、充实与完善才能跟上社会现实的需求。

记得在大学讲授此门课时,笔者有幸阅读到朱光潜先生的《文艺心理学》和《悲剧心理学》,以及刘爱伦主编的《思维心理学》等,受到很大的启发。后来在浏览到英年早逝的当代才俊王小波的散文集《思维的乐趣》的一些章节深为感动,尤感到当今中国文人需要认真改造旧思维模式,才能尽快走上新思维的道路。

王克俭在《文学创作心理学》一书中专设的"创作思维规律的研究"中所阐释的新观念:"文学创作的心理过程与文学创作的思维过程关系极为密切",让人感到非常贴切与思路洞开。当然,笔者还陆续读到许多中西心理学家与文艺美学家撰写的有关文学、艺术思维理论著述,亦获得诸多启示与鼓励。

笔者在备课与授课过程中,惊喜地发现通过思维学研究可有效地训练与提升大中专与高等学校学生的"智力结构"。此种心理思维机能由"观察力"、"记忆力"、"思维能力"、"想象力"与"操作能力"五种基本能力所组成。经相互参照,亦发现上述五种基本要素对文艺研究与创作思维训练更是大有裨益。

综合诸位专家学者所述观点:"观察力"是智力结构的"接收器",

接受来自外面世界的信息;"记忆力"是智力结构的"储存器",保存与检索各种信息;"思维能力"是智力结构的"加工器",对各种信息进行加工;"想象力"是智力结构的翅膀,使各种信息富有活力;"操作能力"是智力结构的"转换器",是智力转化为物质力量的凭借;在智力结构中最为重要的是"综合创造力",它主要是由创造性思维与艺术想象所组成。

具体到智能时代的"智力训练",或思维能力的培训,包括思维的"流畅性"、"变通性"与"独创性"的各种机能的训练。"流畅性"指的是对问题做出流畅的反应能力,它反映了思维量的特征;"变通性"指的是思维的随机应变的能力;"独创性"具有新意或新颖性的成分;经过比较研究,上述智力结构与训练方法同样可对应于文艺思维教学与创作实践活动。

另外,笔者认识到研究文艺思维不能仅沉缅于自然与社会科学基本原理,而应该逐步理论与实践相结合,扩大到高层次文化思维心理学,这样才能进入"思维学新时空"。

著名心理学家燕国材在为汪凤炎、郑红著《中国文化心理学》一书所写的"序"中指出:"中国文化心理学将研究放在两个方面:一是中国文化里蕴含的即使与现代外国心理学成果相比,也毫不逊色的心理学思想;二是在中国文化背景下形成起来的、具有典型意义的、重要的心理与行为方式。"这样才能使"文化思维心理学"具有如下双重性质与价值:"一方面从一定意义上讲,可用中国文化心理学指称中国古代的心理学思想",或者说,它是"中国古代心理学思想史"的"主体部分";另一方面,它又是"以中国文化为背景、为底蕴,从中国文化的角度来研究中国人心理与行为规律的一门学科"。也只有这样,文化心理学或文艺思维学才能真正担负起导引具有中华民族文化特色的文学、艺术研究与创作实践的重任。

在《文艺思维学研究》一书即将出版之际,笔者首先要感谢在陕西师范大学校园同楼居住的著名学者霍松林教授的言传身教,他老人家曾在20世纪50年代撰写《文艺学概论》、80年代撰写《文艺散论》《文艺学简论》,并陆续发表《形象思维散论》与长篇学术论文《试论形象思维》,他在文艺学、文艺心理思维研究方面做出杰出的贡献,给笔者以重要的心灵启迪。另外还要感谢陕西师范大学文学院的尤西林、李西建、韦建国、朱鸿、杨宏科、樊列武、傅功振、程国君、屈雅君、曹胜高等教授的具体指导与学术合作。

在这几年中,我与此部教材课题组的成员:中北大学副教授杜鹃博士、西安思源学院讲师郝亚茸硕士合作密切与愉快,我们多次切磋讨论与分析研究,科学分工,集体写作,反复修订,方在原来《文艺思维与文学创作》讲义基础之上修改、加工、形成如今以文艺心理学与思维学为主的《文艺思维学研究》教材这样深入浅出、雅俗共赏的既适合于文化学、文艺学研究生,又适用于普通高校本科生与文艺爱好者阅读与使用的学术专著。

我们竭力主张通过《文艺思维学研究》这本教材,在给不同层面的学生传授知识的同时,不断加强其智力技能教育,激发学生们的好奇心与求知欲,活跃学生们的创造性思维与想象,促进他们思维灵活性与创造性的发展。为了使此教材形象而直观,我们还绘制了一些生动有趣的插图,希望能获得举一反三、相得益彰的阅读效果。

感谢陕西师范大学研究生院慧眼识玉,认知"文艺思维学"此门课程有着深厚的学科基础与广阔的学术天地,并且拥有大批忠实的读者,大力支持与促进,将其编写成高校通识教育精品教材。

特别要感谢中国作家协会副主席、陕西省作家协会主席、著名小说家贾平凹先生为此书题写书名。陕西省作家协会副主席、散文名家、陕西师范大学朱鸿教授为此书赐序言。还有湖北省美学学会会长、武汉大学博士生导师邹元江教授,上海歌剧院著名剧作家王树元先生为此书撰写推荐词。

　　再有要感谢陕西师范大学外语学院副教授郭英杰博士翻译书名、目录与内容提要。著名画家李克先生为此书设计与绘制封面。同时，衷心感谢东北师范大学出版社责任编辑的辛勤劳动，使此本教材顺利出版与发行。

　　此书出版后，我们将会根据专家学者与广大读者的指教，千方百计地征求社会各界意见与建议，逐步加工、修改，精益求精不断提高这本通识教育教材的质量，热情期待此书能真正成为全国广大高校师生与读者们所喜爱的文艺心理与思维科学领域的优秀学术读物。

　　　　　　2017 年 10 月 30 日，黎羌书于西安"雁夏斋"。

参考文献

1. 朱行能．写作思维学[M]．北京:人民出版社,2007.

2. 刘强．中国喜剧意识和形象思维辨识[M]．合肥:安徽文艺出版社,1992.

3. 余力民．喜剧导演思维与训练[M]．昆明:云南大学出版社,2006.

4. 张冲．1977年以来中国喜剧电影研究[M]．北京:中国电影出版社,2006.

5. 艾志强,谢姗杉．论现代科学思维方法[J]．辽宁工业大学学报,2011(5).

6. 中国社会科学院外国文学研究所．外国理论家、作家论形象思维[M]．北京:中国社会科学出版社,1979.

7. 章沛．思维规律论[M]．长沙:湖南人民出版社,1981.

8. 朱德发．主体思维与文学史观[M]．济南:山东教育出版社,1997.

9. 傅修延．文学批评思维学[M]．北京:文化艺术出版社,1989.

10. 段建军,李伟．新散文思维[M]．北京:商务印书馆,2006.

11. 周光亮．思维与文化的演进[M]．兰州:甘肃民族出版社,2012.

12. 段建军,李伟．新编写作思维学教程[M]．上海:复旦大学出版社,2008.

13. 田子馥．中国诗学思维[M]．北京:人民出版社,2010.

14. (瑞士)荣格．心理学与文学[M]．北京:三联书店,1987.

15. (美)威廉·詹姆斯．心理学原理[M]．上海:商务印书馆,1933.

16. 朱光潜．文艺心理学[M]．上海:上海开明书店,1936.

17. (俄)列夫·托尔斯泰．艺术论[M]．韦陈宝,译,北京:人民文学出版社,1958.

18.（德）爱克曼辑录．歌德谈话录[M]．朱光潜,译．北京:人民文学出版社,1978.

19. 金开诚．文艺心理学论稿[M]．北京:北京大学出版社,1982.

20. 唐钺．西方心理学史大纲[M]．北京:北京大学出版社,1982.

21. 朱光潜．悲剧心理学[M]．张隆溪,译:北京:人民文学出版社,1983.

22.（苏）科瓦廖夫．文学创作心理学[M]．程正民,译,福州:福建人民出版社,1983.

23.（美）雷·韦勒克,奥·沃伦．文学理论[M]．刘象愚,译．上海:三联书店,1984.

24.（苏）尼季伏洛娃．文艺创作心理学[M]．兰州:甘肃人民出版社,1984.

25. 钱锺书．谈艺录[M]．北京:中华书局,1984.

26. 余秋雨．戏剧审美心理学[M]．成都:四川人民出版社,1985.

27. 刘再复．性格组合论[M]．上海:上海文艺出版社,1986.

28. 钱学森主编．关于思维科学[M]．上海:上海人民出版社,1986.

29.（美）苏珊·朗格．情感与形式[M]．刘大基,译．北京:中国社会科学出版社,1986.

30.（美）鲁道夫·阿恩海姆．视觉思维审美直觉心理学[M]．滕守尧,译．北京:光明日报出版社,1986.

31.（德）W·舒里安．审美感知心理学[M]．罗悌伦,译．桂林:漓江出版社,1986.

32.（美）霍夫曼．弗洛伊德主义与文学思想[M]．王宁,译,北京:三联出版社,1987.

33.（美）马斯洛．存在心理学探索[M]．昆明:云南人民出版社,1987.

34. 杨春鼎,黄浩森,刘奎林．思维的艺术[M]．西安:陕西人民出版社,1987.

35. 林同华．美学心理学[M]．杭州:浙江人民出版社,1987.

36. 黄鸣奋．艺术交往心理学[M]．厦门:厦门大学出版社,1987.

37. 钱谷融,鲁枢元主编．文学心理学教程[M]．上海:华东师范大学出版社,1987.

38. 鲁枢元主编．文艺心理学著译丛书[M]．郑州:黄河文艺出版社,1987.

39. 王先霈. 文学心理学概论[M]. 武汉:华中师范大学出版社,1988.

40. 叶浩生主编. 西方心理学的历史与体系[M]. 北京:人民教育出版社,1998.

41. (德)曼弗雷德·科赫·希勒布雷希特. 现代派艺术心理[M]. 陈裕鹏,译. 上海:上海文艺出版社,1989.

42. 田运. 智慧与思维[M]. 北京:宇航出版社,1989.

43. 陆一帆主编. 文艺心理学丛书[M]. 海口:三环出版社,1989.

44. 刘伟林. 中国文艺心理学史[M]. 海口:三环出版社,1989.

45. 鲁枢元. 文艺心理阐释[M]. 上海:上海文艺出版社,1989.

46. 童庆炳. 艺术创作与审美心理[M]. 上海:百花文艺出版社,1990.

47. 童庆炳主编. 心理美学丛书[M]. 上海:百花文艺出版社,1990.

48. (德)拉尔夫·朗格纳. 文学心理学[M]. 周建明,译. 郑州:黄河文艺出版社,1990.

49. (法)雅克·马利坦. 刘有民,译. 艺术与诗中的创造性直觉[M]. 北京:三联书店,1991.

50. 胡山林. 文艺欣赏心理学[M]. 郑州:河南大学出版社,1991.

51. 曹文轩. 思维论[M]. 上海:上海文艺出版社,1991.

52. 刘烜. 文艺创造心理学[M]. 长春:吉林教育出版社,1992.

53. 彭方. 文学人才学[M]. 北京:中国文联出版社公司,1992.

54. 董小玉. 文学创作与审美心理[M]. 成都:四川教育出版社,1992.

55. 刘安海. 文学创作:系统的心灵创造工程[M]. 武汉:华中师范大学出版社,1993.

56. 童庆炳主编. 现代心理美学[M]. 北京:中国社会科学出版社,1993.

57. 张浩. 思维发生学[M]. 北京:中国社会科学出版社,1994.

58. 赵诚. 高等教育思维研究[M]. 北京:装甲兵工程学院出版社,1995.

59. 曾杰,张树相. 社会思维学[M]. 北京:人民出版社,1996.

60. 田运主编. 思维辞典[M]. 杭州:浙江教育出版社,1996.

61. 王克俭. 文学创作心理学[M]. 北京:中央民族大学出版社,1997.

62. 杨春鼎. 形象思维学[M]. 合肥:中国科技大学出版社,1997.

63. 李欣复. 形象思维史稿[M]. 济南:山东教育出版社,1998.

64. 苏越主编. 新编表达基础知识[M]. 上海:上海人民出版社,1998.

65. 杨文虎. 艺术思维与创作发生[M]. 上海:学林出版社,1998.

66. 吕景云,朱丰顺. 艺术心理学新论[M]. 北京:文化艺术出版社,1999.

67. 赵光武主编. 思维科学研究[M]. 北京:中国人民大学出版社,1999.

68. 朱长超. 创新思维[M]. 哈尔滨:黑龙江人民出版社,2000.

69. 陶伯华,马秀娟主编. 超前思维[M]. 哈尔滨:黑龙江人民出版社,2000.

70. 陶伯华,马秀娟主编. 怪异思维[M]. 哈尔滨:黑龙江人民出版社,2000.

71. 周文柏. 文艺心理学[M]. 北京:中国人民大学出版社,2000.

72. 鲁枢元,童庆炳,程克夷,张晧主编. 文艺心理学大辞典[M]. 武汉:湖北人民出版社,2001.

73. 刘爱伦主编. 思维心理学[M]. 上海:上海教育出版社,2002.

74. 陶伯华主编. 精英思维[M]. 哈尔滨:黑龙江人民出版社,2002.

75. 董学文主编. 西方文学理论史[M]. 北京:北京大学出版社,2005.

76. 李炳全. 文化心理学[M]. 上海:上海教育出版社,2007.

77. 朱行能. 写作思维学[M]. 北京:人民出版社,2007.

78. 朱长超. 思维史学[M]. 长春:吉林人民出版社,2010.

79. 王跃新. 创新思维学[M]. 长春:吉林人民出版社,2010.

80. 刘奎林. 灵感思维学[M]. 长春:吉林人民出版社,2010.

81. 王跃新,王洪胜. 创新思维应用学[M]. 长春:吉林人民出版社,2010.

82. 胡珍生,刘奎林. 创造性思维方式学[M]. 长春:吉林人民出版社,2010.

83. (英)东尼·博赞,巴利·博赞. 思维导图[M]. 北京:中信出版社,2013.